最后一个秘密，我喜欢月亮。
月亮不知道。

千山茶客

「有时候做一个人的替身久了，难免会忘记自己是谁。」
「都督，你一定要记住我的名字。」
「我叫……」
「禾晏。」

目录

第二十一章 月亮 001

第二十二章 夫妻 029

第二十三章 红妆 059

第二十四章 秘密 087

第二十五章 师徒 115

第二十六章 独宠 141

第二十七章 芋兰 171

第二十八章 敌来 203

第二十九章 火攻 221

第三十章 有别 245

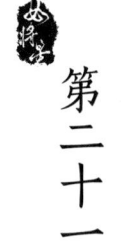

第二十一章

月亮

林双鹤与肖珏说起楚子兰的时候，禾晏刚到楚子兰的门口。

应香笑盈盈地将她迎了进去："禾公子来了。"又朝她身后看了一眼，玩笑般地道，"今日宋大小姐怎么没有跟来？"

"她在收拾东西。"禾晏笑道，"过几日就要离开凉州卫了，总不能日日跟着我。"

说起此事，禾晏就一个头两个大。宋陶陶得知要回朔京后，一哭二闹三上吊，说什么都不愿意离开，和程鲤素达成空前的一致，差点没把凉州卫的房顶掀了。后来还是肖珏亲自出马，将俩孩子镇住，他们才同意随肖珏的人马回京。

这便罢了，宋陶陶还企图将禾晏也一并带走。

"肖二少爷许了你什么条件，我宋家许你三倍，你别在凉州卫了，"小姑娘道，"听程鲤素说你想要建功立业，何必走这么一条路。在这里拼了性命，也没升个官，太可怜了！"

禾晏心道：是啊，太可怜了。

"我宋家就不一样了，"宋陶陶煞有介事道，"我爹在京城虽说不上呼风唤雨，帮衬你一把还是可以的。你在我宋家，比在凉州有前途多了。至于军籍册一事，你也不必担心，只要我告诉我爹，他会有办法放你自由身。"

禾晏："……不了不了，我在凉州也挺好的。"

宋陶陶目光如刀："你该不会是舍不得那个叫应香的侍女吧？"

禾晏哭笑不得："非是如此，只是我在凉州卫身份特殊。宋姑娘想要我的话，可以直接去找肖都督，若是肖都督肯放人，我当然跟着宋姑娘回京。"

肖珏会轻易放人吗？当然不会，凉州卫又不是京官女婿备用军团，一旦开了她这个头，凉州卫的其他新兵会怎么想？拼死拼活不如讨好千金小姐，这样下去凉州卫都不用敌军来打，军心一散，过两年自己就没了。

肖珏才不会让这种事发生。

搬出肖珏对小姑娘来说还是很有震慑力的，宋陶陶顿时偃旗息鼓，不再提带着禾晏一起回京的事了。

她走到屋里，楚昭正在喂鸟。今日是楚昭令应香过来，说找禾晏说事的。

"楚兄。"她道。

楚昭将最后一点鸟食放进食盅,鸟儿扑棱了一下翅膀,发出清脆的叫声。这样冷的天,实在不适合养鸟,是以楚昭的那点炭,全都放在鸟笼附近了。

"你来了。"楚昭笑着走到水盆边净手。

"楚兄今日让应香来找我,可是有什么要事?"禾晏试探地问。

"也没什么,"楚昭笑着请禾晏坐下,"我可能再过几日就要回京了。临走之时,打算与禾兄辞行。"

禾晏一怔:"你要回去了?"

"不错,"楚昭笑笑,"在凉州已经待了两个月,路途遥远,等回去都已经春日了。这两个月在凉州,承蒙禾兄照顾,过得很有趣,禾兄有心了。"

"哪里哪里,"禾晏连忙道,"哪是我照顾你,是你照顾我差不多。"

"接我的人大概就这几日到,"楚昭笑道,"我想这几日都没下雪,不如在白月山上设一亭宴,与禾兄喝辞别酒可好?"

"都督不许我们私自上山。"禾晏犯难,"而且楚兄也知道,我酒量不好,若是喝醉了,难免又惹出什么麻烦。"

楚昭闻言,笑着摇了摇头:"无碍,我们不上山,白月山脚下有一处凉亭,从凉亭俯瞰就是五鹿河,亦可看最佳月色。至于酒,就算禾兄想喝,我也是没有的了。就以茶代酒,心意到了就好。"

既都说到这个份儿上,禾晏也没什么可推辞的了,便爽快答道:"当然好了,楚兄要走,我自然应该相陪。不知楚兄所说的亭宴是在何时?我当好好准备准备。"

"今夜就可。"楚昭笑了,"省得夜里下雪,明日便无好月色。"

禾晏道:"今夜就今夜,今夜我定要与楚兄彻夜高谈!"

她想,楚昭就要走了,日后谁能给她解释京城众位大人错综复杂的关系?不如趁着今夜尽可能地多套话,免得日后再难找到这样的机会。

楚昭笑了:"禾兄爽快。"

"对了,"禾晏想到了什么,"楚兄怎么突然要回去?之前你不是说,要待到春日天气暖和一点才走?现在出发,恐怕路上寒冷。"

"情非得已。"楚昭有些无奈地笑道,"是我的同僚,翰林学士许大人要娶妻,我得赶回朔京赴喜宴。"

禾晏正焐着桌上的茶杯暖手,闻言一愣,只觉得手心一凉,一颗心渐渐下沉,差点控制不住自己的表情。

她僵硬地扯了扯嘴角,问:"许大人?哪个许大人?"

"叫许之恒,太子太傅的长子,"楚昭奇道,"我没有与你说过他吗?此人博学多才,饱读诗书,很是出色。"

冒着热气的茶水倏然冻结成冰。

禾晏的手指微微蜷缩："许之恒……"

禾晏是如何回到屋子的，自己也不清楚。接下来楚昭说了什么，她也记不得了。只记得自己竭力不要让情绪泄露一丝一毫，免得被人发现破绽。

等回到屋里，她才扶着床头慢慢地在榻上坐了下来。

脑中响起方才楚昭说的话。

"许大爷之前是有过一房妻室的，他的大舅哥便是当今的飞鸿将军禾如非。禾如非的堂妹嫁给许之恒不到半年，便因病双目失明。不过许大爷并未因此嫌弃发妻，遍寻名医，体贴得很。"

禾晏问："体贴……得很？"

"不错，当时许家夫人希望许大爷纳妾，或是再为他寻一位平妻，被许大爷断然拒绝。可惜的是，许大奶奶到底福薄，今年春日，独自在府中时，下人不察，不慎跌入池塘溺死了。

"许大奶奶过世差不多一年了，许大爷原本告知亲友，日后不会再娶。可他如今年纪轻轻，许家焉能让他做一辈子鳏夫。他倒是深情，连亡妻的娘家也看不过去，从禾家又挑了一位小姐与他定了亲，是二房所出，比原先的禾大奶奶年幼三岁，今年才十七。"

禾家二房所出……禾晏闭了闭眼，那就是她的亲妹妹。

禾家早已打好算盘，或许正是同许之恒商量的结果。禾晏必须死，可禾晏一死，禾家与许家的姻亲关系就此消散，这是两家都不愿意看到的结果。不如一人换一人，用禾晏的死，换来一位新的禾大奶奶。

她扶住头，只觉得脑袋像是要炸开。

陡然间，有人的声音响起："大哥？你怎么了？"

禾晏抬头一看，竟是程鲤素。

她问："你怎么来了？"

小少年道："我刚才在外面敲了半天门，无人应，还以为你不在，给你送点零嘴吃。"他关切地上前，"大哥，你脸色看起来很差，是不是伤口疼？要不要我帮你叫林叔叔？"

禾晏摆手，勉强笑道："不必了，我就是昨日没睡好，有些犯困。"

程鲤素心大，不疑有他，点点头："好吧。"又想起了什么，撇嘴道，"大哥，这几日你好似都很忙，再过不了多久我就要回朔京了，再见不知是什么时候。我前些日子跟着马教头学了一手杖头木偶戏，晚上耍给你看怎么样？"

禾晏此刻满心都是方才楚昭的话，哪有心思接程鲤素的茬，况且她还记得之前与楚昭的约定，便摇头道："今夜不行，我与楚四公子已经约好，去白月山脚看月亮。"

"两个大男人看什么月亮！"程鲤素不满道，"再说月亮哪里有木偶戏好看，日日都能看到的东西有甚稀奇？"

他这么一吵闹，倒将禾晏的心思拽回来了一点点，她耐着性子解释："也不是全为了看月亮，只是楚四公子过几日就要离开凉州卫了，所以临行之前，想与我喝酒而已。"

"你与楚四公子关系好是好事，可也别忘了我呀。"程鲤素并不知肖珏与楚昭之间的暗流，他道，"于情于理，你都该与我更熟稔一些。大哥，你可不能抛下我！"

小屁孩，这种事也要争风吃醋，禾晏只好哄道："知道了，今日陪他喝酒，明日就看你耍木偶戏，如何？"

程鲤素这才满意，笑嘻嘻道："这还差不多！"

晌午用过午饭后，士兵们纷纷寻暖和的地方小憩一会儿。

肖珏正在演武场与副总兵说话，交代接下来几个月的日训内容，林双鹤走过来，远远地对着他将扇子往前支了支，示意他借一步说话。

肖珏将事情交代完，往林双鹤那头走，边走边不耐道："你不是去医馆帮忙了？"

林双鹤成日无所事事，近来天气寒冷，沈暮雪拿大锅煮用来驱寒暖胃的汤药，分发给众人。因人手不够，林双鹤自告奋勇去帮忙，他讲究公子做派，嫌凉州卫的兵士不洗澡邋遢有异味，帮了两日就不干了。

"我本来打算去的，结果半路上遇到人。有客人来凉州卫了。"他道。

肖珏："何人？"

林双鹤的脸上显出一点意味深长的笑容来："徐娉婷……的贴身侍女。"

屋子里，年轻的侍女笑盈盈地站在门前，令小厮将箱子在屋中一一打开，道："这都是小姐亲自挑选，送给四公子的礼物。"

当今丞相徐敬甫权势滔天，朝廷里一半的官员都曾是他的学生，活了大半辈子，名声极好，皇帝也信任，若说有什么遗憾的事，便是膝下无子。后来寻了一位名医诊治，到了近五十岁的时候，妻子老蚌生珠，终于生下一名女儿，就是徐娉婷。

临老了才得了这么一位掌上明珠，徐家几乎是对徐娉婷百依百顺，只怕公主都不及她娇宠。徐娉婷今年十七，生得也是千娇百媚的小美人一位，只是性子格外霸道跋扈。

楚昭是徐敬甫最得意的学生，常去徐家吃饭，一来二去，也就与徐娉婷熟识了。

"墨苔妹妹舟车劳顿，"应香笑着递过一杯茶，"喝点茶暖暖身子。"

墨苔瞥一眼应香，皮笑肉不笑道："罢了，奴婢喝不惯凉州卫的粗茶。"

应香也不恼，面上仍挂着笑容，又将茶端走了。墨苔瞧着应香的背影，眼中闪过一丝轻蔑，心中骂了一声狐媚子。

这样的狐媚子，日日跟在楚四公子身边，焉知会不会将勾引人的手段用在自家主子身上。徐大小姐虽然也年轻貌美，但于承欢讨好一事上，断然比不过这贱人。徐娉婷不是没想过将应香从楚昭身边赶走，可惜的是，一向温和的楚昭断然拒绝，最后还是徐相亲自出面，将此事揭过。

不就是一个奴才，用得着这般呵护着？墨苔心中不满，却不能对楚昭发泄。

她四处打量了一下楚昭的屋子，片刻后才摇头道："四公子所住的地方，实在是太寒酸了，连炭火都少得可怜，看来这两个月，四公子受苦了。"

"无碍，"楚昭温声答道，"这里的新兵都是如此。"

"他们怎么能和您相比？"墨苔道，"您可不能将自己与那低贱人混为一谈。"

楚昭眼中闪过一丝冷意，再抬起头来，又是一副温和的模样，他问："墨苔姑娘来此，可是有事？"

"没什么事，"墨苔笑道，"就是小姐许久不见四公子，有些想念了。听闻凉州冬日极冷，便令奴婢带着车队来给四公子送些御寒的衣物。"

她弯腰，从箱子里取出一件裘衣，捧着走到楚昭面前，道："这是小姐亲自令人去客商手中收的，穿着可御寒。四公子要不要试一下？"

裘衣毛皮顺滑光洁，柔软轻巧，一看便知价值不菲。

楚昭站起身，将裘衣披在身上，笑着道谢："很暖和，替我谢谢大小姐。"

墨苔掩嘴一笑："要道谢的话，四公子还是亲自跟大小姐说吧。"她似是想起了什么，问楚昭，"四公子打算何时回朔京？"

"就是这两日了。"

"奴婢瞧着凉州实在不是人待的地方，若是大小姐在此，一定会心疼四公子的。不如就明天启程如何？早些出发，也能早些见到大小姐。"她微微一笑，"奴婢走之前，老爷还同大小姐说起四公子呢。"

她虽是探询的话，语气却是不容置疑，笑谈间已经将决定做下，不容楚昭反驳。

楚昭顿了一刻，抬起头来，笑道："好，明日就启程，我也想念先生了。"

"那真是太好了。"墨苔的脸上顿时绽开一朵花，催促小厮将箱子里的东西一一拿出来。

"这箱子里都是御寒的衣物，奴婢先替您拿出来，等布置好，再帮你收拾明日出发用的行李。"她道，"还望四公子不要怪奴婢多事。"

"怎么会？"楚昭笑道，"我感谢都还来不及。"

应香站在帘子后，望着屋里颐指气使的墨苔，目光垂了下来，静静立了片刻，走开了。

冬日的傍晚，天很早就黑了。屋子里亮起了灯火。

林双鹤仰躺在榻上，吐出嘴里的瓜子皮，道："徐娉婷的侍女怎么回事，从白天说到黑夜，都不放楚昭离开？不知道的以为她才是徐大小姐，这宣告所有物的表现，也太明显了吧。我现在，都觉得楚子兰有些可怜了。"

肖珏正坐在桌前看军文，闻言道："可怜的话，你可以去将他解救出来。"

"那还是算了，"林双鹤坐起身来，"这能怪谁呢？还不是怪楚子兰自己。谁叫他长得好看，性情又温柔，这样的男子，本就是人人争抢的对象，他还自己上赶着讨好徐敬甫，被徐大小姐看上，也是意料之中。"

肖珏哂笑："真能做成徐家的女婿，那是他的本事。"

"也是，"林双鹤对肖珏的话深以为然，"他原本在石晋伯府上就遭人排挤欺负，后来若不是因为徐敬甫的关系，怎么能记在嫡母名下？倘若真娶了徐家的大小姐，石晋伯府上，日后不就都是楚子兰做主了嘛！"

世人皆说女子趋炎附势，找个好夫家便能背靠大树好乘凉，焉知男子又有何不同？真有利益横于面前时，所有的选择不过是为了过得更好。所谓的喜不喜欢、甘不甘愿、真不真心，都不重要了。

也不知是徐娉婷的悲哀还是楚子兰的悲哀。

"我看那侍女说照顾是假的，监视他是真的。"林双鹤摊了摊手，"楚子兰今夜都别想睡觉了。"

"楚子兰？"程鲤素的脑袋从窗口探进来，"他怎么了，他今晚不是和我大哥去看月亮吗？"

"什么看月亮？"林双鹤问。

"就是去白月山脚看月亮啊，我原本想找我大哥看我新学的木偶戏，我大哥说今夜和楚四公子去看月亮，只能改到明日。"程鲤素看了看林双鹤，又看了看肖珏："舅舅，你们刚才说的，什么意思啊？"

肖珏把他的头按回窗外，关窗道："回去睡觉。"

程鲤素在外头砸窗未果，半晌只得走了。

007

他走后，林双鹤摸着下巴，问："我禾妹妹今晚和楚子兰约了去看月亮？他们发展得这样快？"

肖珏继续看军文，懒得理他。

"不行，"林双鹤从榻上爬起来，"我得去看看。"

他直接走到两间房的中门处，拍门道："禾兄？禾兄！禾兄你在吗？在就说一声。"

他将耳朵附在门板上，另一头静悄悄的，没有任何声音。

林双鹤又拍了几下，仍然没有应答。他后退两步，自言自语道："我禾妹妹该不会还不知道徐娉婷的人来了，自己去看月亮了吧？"

"怀瑾！"他大喊一声。

肖珏被他一句话震得耳朵生疼，不耐烦道："干什么？"

"我禾妹妹可能一个人去看月亮了，"林双鹤走到他跟前，"你去找一下。"

"不去。"肖珏漠然开口，"要去你去。"

"我倒是想去，可白月山这么大，我又不识路，万一像之前日达木子那件事一样，山上有歹人怎么办？你有武功能抵挡一二，我去了，出了人命你后不后悔？"

肖珏："不后悔。"

"你这人怎么这样？"林双鹤干脆一屁股坐到他桌上，把军文挡住了，他苦口婆心地劝道，"你看看我禾妹妹，多可怜啊！楚昭不知道她是女子，对所有人都温柔。但禾妹妹还是头一次遇到这样温柔的人，女儿家心思细腻，自然容易被打动。可她的身份不能暴露，就只能把这份爱藏在心底。心上人约她看月亮，她定然很欢喜，可是不知道她这个心上人早就是别人认定的女婿，她现在一个人在山脚下，肯定很冷很难过。你就不能去看她一眼，安慰安慰她？"

肖珏对他的想法感到匪夷所思："她喜欢楚子兰，碰了壁，我去安慰，什么道理？！"

"现在正是你的好时机啊！"林双鹤鼓励他，"现在就是乘虚而入的最好机会！"

肖珏冷笑："那我就更不会去了。"

"好好好，"林双鹤道，"咱们且不说感情的事。她是你的兵，你是她的上司，禾妹妹前段时间还帮你保全了凉州卫，你总该关心一下下属吧。"

"我是她上司，不是她爹。"肖珏凉凉道，"况且她有腿，等不到人自然会回来。"

林双鹤沉默片刻，问他："你觉得她是那种等不到就放弃的人吗？"

肖珏持笔的手一顿，眼前浮现起演武场上，少年背着沙袋负重行跑的画面。

禾晏并不是一个轻言放弃的人,有的时候她很机灵狡猾,但有的时候,她固执又坚持。很难说清楚这究竟是执着还是愚蠢,但林双鹤说得没错,以她的性子,十有八九会在山上等一夜。

有病。

见肖珏态度有所松动,林双鹤立刻添油加醋:"你想想,她才十六岁,一个小姑娘,能在凉州卫走到如今这一步已经很不容易了。再被楚子兰这么一打击,太可怜了。你就当做好事,上山去,把她带回来。她心里感激你,日后为你卖命都要真诚些。"

见肖珏没有动弹,林双鹤加上最后一把火:"肖夫人在世的时候,最仁慈心软,如果是她看到禾妹妹,肯定要帮忙的。"

"闭嘴。"肖珏忍无可忍,抓起一旁的狐裘,站起身往门外走,"我去。"

林双鹤看着他的背影,满意极了:"这才是真男儿。"

白月山山脚下,有一块巨石,巨石平整延展,看上去像是一处石台。顺着石台一直往下走到尽头,可听到水浪的声音。

俯首,脚下是壮阔河流;仰头,明月千里,照遍山川大江。

禾晏在石台的尽头坐了下来,水声哗哗,一下又一下地拍打着远处的礁石。像是隔着遥远时空传来的沉沉古音,旷远悠长。

和楚昭约好戌时见,也不知现在是什么时候了,楚昭仍然没影。她倒是找到了楚昭说的亭子,不过亭里也并未摆好酒菜点心,不清楚究竟是什么情况。

或许她应该去找找楚昭,但走到这里,一旦坐下来,便再也不想起来了。

四林皆雪,白茫茫覆住一片山头,月光洒满整面江河,清疏畅快。

这是极美的月色,也是极美的雪色,禾晏觉出疲惫,抱膝坐着,看着江河的尽头。

她喜欢夜晚更甚于白日,喜欢月亮,更甚于太阳。只因为在做"禾如非"的那些年,面具不离身,可那面具闷热厚重,少年顽皮,总在夜深人静,偷偷取下一炷香时间。

无人看得见面具下的真实容颜,除了窗外的月亮。

她伸出手,试图抓住挂在遥远山河的月亮,月光温柔地落在她手上,仿佛会为她永远停留。

"你在做什么?"有人的声音自身后传来。

禾晏回头,见狐裘锦衣的年轻男子自夜色深处走来,个子极高,透出冷冽的俊美。

是肖珏。

禾晏一怔,下意识地往他身后看去,肖珏见她如此,嗤道:"楚子兰不来了。"

"为何?"禾晏问。

肖珏看她一眼:"京城中来人,有事走不开,让我来说一声。"

禾晏点头,又惊奇地看着他:"都督竟会为楚四公子传话?"

肖珏与楚昭可是水火不容,楚昭让肖珏来传话这事已经不可思议了,肖珏居然真就听了他的话来这里找她,更是令人震撼。

"你还能关心这个,看来并没有很伤心。"他说着,在石台的另一头坐了下来。

冬日的夜风吹来,吹得人冷极,禾晏问:"我为何要伤心?"话音刚落,便"阿嚏"一声,打起了个喷嚏。

凉州卫的劲装,冬日虽是棉衣,可夜里出来吹风,也实在冷得够呛。她恹恹地坐着,脸都冻得苍白,如青色的玉,带着一种易碎的通透。

肖珏默了一刻,站起身来。

禾晏正要抬头,兜头一件狐裘罩了下来,她眼前一黑,待从狐裘里钻出来时,肖珏已经回到原先的位置坐下了。

裘衣微暖,霎时将风雪挡在外面,禾晏愣了许久,才道:"谢谢。"

肖珏侧头来,看了她一眼。

女孩子头发束起,穿着他的黑色裘衣,肩膀极窄,看起来很单薄,原先她成日热热闹闹、叽叽喳喳,只觉吵闹得令人头疼,但当她安静的时候,就好像变成了另一个人。

肖珏垂着眼睛看她,片刻后,弯了弯唇角:"你苦大仇深的样子,实在很难看。"顿了顿,又道,"舍不得楚子兰?"

"什么?"禾晏莫名。

"快死的时候都没看你这样丧气过,"他懒洋洋地开口,"看来是很喜欢了。"

禾晏有些不明白他说的话。

"还没走就这样要死要活,等明日他走了,你怎么办?"肖珏望着远处的江河,慢悠悠道。

"明日?"禾晏一惊,"这么快?"

她记得楚昭跟她说是这几日,却也没有说是明日。

肖珏似笑非笑地看了她一眼:"急了?"

"没有,"禾晏道,"我只是有些意外……"又想起了什么,黯然开口,"也是，他要赶上许……许大爷的喜宴，是得尽早出发。"

禾晏问肖珏："都督认识京城许家的大少爷吗？"

肖珏："听过。"

"许之恒要成亲了，楚四公子匆忙赶回去，就是为了赶上他的喜宴。"禾晏嗓音干涩。

"成亲的是许之恒，又不是楚子兰，"肖珏拧眉，"看看你现在没出息的样子，还想进九旗营？"

禾晏勉强笑了笑，正要说话，肖珏扬手，一个东西丢进了她怀里。

禾晏低头一看，是一串糖葫芦，在外头放得有些久了，冷得跟冰块一样，在一片雪白中红彤彤的，兀自鲜艳。

"这……哪儿来的？"

"宋陶陶的。"肖珏道，"顺手拿了一串。"

他并不懂得如何哄小姑娘，走的时候问了一下林双鹤，林双鹤回答他："若是别人，将伤心的姑娘哄好，当然要费好一番周折，带她看灯看花看星星，买玉买珠买金钗，但你就不一样了，你只要坐在那里，用你的脸，就可以了。"

肖珏无言以对，最后从沈暮雪房间过的时候，见靠窗的桌上放着宋陶陶托人买的糖葫芦，就随手拿了一串。

上次见她吃这东西的时候，很开心的模样。

禾晏将糖葫芦拿起来，剥开上头的米糕纸，舔了一下，糖葫芦冰冰凉凉的，一点点甜顺着舌尖漫过来，甜得人心里发涩。

脑海里忽然想起了之前同楚昭说的话来。

她问楚昭："新的许大奶奶叫什么名字？"

楚昭回答："叫禾心影，是禾家二房的二小姐，与先前的禾大奶奶是亲姐妹，我曾见过一次，性情天真温柔，说起来，也能算许大爷的良配。"

"禾心影……"禾晏喃喃道，"你可知，先前的许大奶奶叫什么？"

楚昭愣住了，迟疑了一下，摇头道："先前的许大奶奶深居简出，从前又不在朔京，我从未见过，也不知她叫什么名字。"

连名字都没有留下。

世人记得飞鸿将军，记得禾如非，记得许之恒，甚至记得许之恒新娶的娇妻，可禾晏却没人记得。

她以为过了这么久，亦知道许之恒的真实嘴脸，早已不会觉得心痛。但听到他要娶妻的那一刻，竟还是异样地疼。仿佛多年以前的执着与信任，一夕之间尽数崩塌，连谎言都不屑于留下。

留下的只有她的蠢和不甘心。

011

她抬起头来看向月亮，月光温柔地漫过荒山大江，漫过雪丛四林，漫过她荒凉孤单的岁月，漫过她面具下的眼睛。

月亮知道她的秘密，但月亮不会说话。

"你知道，"她开口，声音轻轻的，"许之恒新娶的妻子叫什么名字吗？"

肖珏懒洋洋道："我怎么会知道。"

禾晏自嘲地笑了笑，又问："那你知道，之前的许大奶奶叫什么名字吗？"

河浪汹涌地拍打礁石，仿佛岁月隔着久远的过去呼啸而来。

他淡淡地看了禾晏一眼，眉眼在月光下俊美得不可思议，那双秋水一样的眸子里浮起一丝讥诮，淡声道："怎么，名字一样，就想当许大奶奶？"

禾晏一怔。

"你知道……你知道她叫……"她的心怦怦狂跳起来。

"禾晏。"

浪花落在礁石上，被打碎成细细的水珠，汇入江海，无法分出每一道浪来自何处。

可是……

禾晏这个名字，被记住了。

禾晏猛地抬头，看向他："你认识……不，见过许大奶奶吗？"

她在心里说，不可能的。她与肖珏同窗不过一年，便各奔东西。再回朔京，她成了禾大小姐，不再是"禾如非"，极快地定亲嫁人，连门都没出几次，更勿提结识外男。等嫁入许家，新婚不久瞎了眼睛，成日待在府中，几乎与世隔绝。

肖珏怎么会见过她？

除非……

"见过。"

年轻男人坐得慵懒，丰姿夺人，山川风月不及他眸中明光闪烁。

一瞬间，他的嗓音和某个夜里的嗓音重合了。

亦是这样的夜晚，这样的山色，雨淅淅沥沥下个不停，她的世界灰暗无光，与绝境只差一丝一毫。

肖珏道："她欠我一颗糖。"

庆元六十二年的中秋，是大魏最冷的一个中秋。

从早上开始就一直下雨，黑云沉沉，看势头，是要下整整一日也不停歇。

莲雪山乱峰森罗，争奇并起。因下着雨，雾气四合，山路难行。

马车在山径上慢慢驶过。

纵然是这样难走的山路，莲雪山也常年热闹，只因山上有一处灵寺，名曰玉华。玉华寺香火极旺，据说在此拜佛的人，都能心想事成。这话有些言过其实，但玉华寺存在至今，亦有百年，是真正的古寺。朔京的达官贵人们，逢年过节都愿意来此祈福诵经，以求家人安康和乐，万事胜意。

马车帘子被人掀开，肖家大少夫人白容微瞧了车外一眼，轻声道："快了，再过不到一炷香，就到玉华寺了。"

"饿了吗？"在她身侧，肖璟温声问道。

白容微摇头，看了看身后跟着的那辆马车，有些担忧："怀瑾……"

肖璟轻轻叹息一声，没有说话。

肖家人都知道，肖二少爷不喜欢中秋，甚至是讨厌。

当年肖仲武战死沙场，过了不多久就是中秋。倘若他还活着，本该回来和家人一同度过中秋家宴。可惜的是，还没等到中秋来临，他就死在鸣水一战中，肖家的中秋家宴筹备到一半，戛然而止。

再也没有继续。

自肖家夫妇去世后，每年的中秋肖珏都不在朔京，今年是自他接过南府兵后，第一次在朔京过中秋。而肖家也遵循肖夫人在世时候的规矩，中秋节上莲雪山的玉华寺烧香祈福。

只是未料到今日天气竟然如此糟糕，不仅没有日头，雨还下个不停。

果如白容微所言，不到一炷香的工夫，已经看到了玉华寺的寺门。一位僧人正披着斗笠将地上的落叶清扫干净，见肖家的马车到了，便放下手中的扫帚，将他们迎入寺中。

因下雨，山路难走，往年这个时候，玉华寺早已热闹起来，今日却是除了肖家的马车以外，只剩一辆马车在山门外停着，不知是哪家的夫人小姐。

肖珏随着他们往里走。

天色黑沉，虽是下午，瞧着仿佛已经是傍晚，几人随着寺庙里的僧人先用过斋菜，再去佛堂里烧香祈福。

白容微与肖璟先进去，轮到肖珏时，那位青衣僧人伸手拦住他，道："这位施主，不可进去。"

前面的白容微和肖璟转过身，白容微问："为何？这是我弟弟，我们是一道上山祈福的。"

青衣僧人双手合十，对着她行了一礼，转向肖珏，低头敛目道："施主杀孽太重，佛堂清净之地，不度心染血腥之人。"

几人一怔，杀孽太重。

虢城长谷一战，六万人尽数淹死，可不就是杀孽太重？这些年死在他手中的南蛮人数不胜数,的确心染血腥。"

"师父,"白容微急了,"佛普度众生,怎可区别对待?"

"他虽双手沾满血腥,也挽救了不少人的性命。"肖璟蹙眉,"师父这话,未免太过片面。"

青衣僧人垂眸不语。

"请师父宽容些,"白容微央求道,"我们肖家愿意再添香火银钱,只要能让我弟弟也进佛堂一拜。"

"不必了。"有人打断她的话。

锦袍青年抬眸,目光落在佛堂里,金身佛像盘腿而坐,有凶神恶煞的怒目金刚,亦有神态安详的大日如来。自上而下,由远及近,悲悯地俯视着他。

梵音袅袅,苦海无边,佛无可度。

他早该料到这个结局。

"他度不了我。"肖珏扬起嘴角,"我也不想回头。"

就这样沉沦,也未尝不可。

他转身往外走:"我在外面等你们。"

身后传来白容微和肖璟的呼喊,他有些不耐地皱起眉,然后将一切抛之脑后。

他并不知道,在他走后,青衣僧人念了一声佛号,低声道:"未必无缘。"

因下着雨,下山的路比上山的路更滑,天色昏暗,祈福过后再下山,恐有不妥。今夜只能宿在玉华寺了。

中秋夜外宿,也是一件无可奈何的事。僧人为白容微几人安排好屋子就退了出去,桌上放着玉华寺特制的月团,白容微叹了口气,对肖璟道:"你去将怀瑾叫来,就在这里吃中秋宴吧。"

肖璟去隔壁屋子敲门,半晌无人应答,推门进去,屋子里空空如也。肖珏不在屋里。

他看向寺庙的院落,雨水将石板冲洗得干干净净,下着雨,肖珏这是去了哪里?

玉华寺寺庙后院,有一棵古树,玉华寺建寺时就已经在此,不知活了几百年。古木有灵,枝繁叶茂,来上香的信徒称之为"仙人树"。仙人树上挂满红绸丝带,有祈求金榜题名的,亦有祈求花好月圆的。红线将树枝覆了满满一层,下雨的时候,外无遮挡,挂着的心愿布条被打湿,贴在枝木上,仿佛披了一层红色纱绸。

持伞的青年停下脚步。

地上掉了一条红布，上头还缀着黄色的缨子，大概是雨水太密集，将这条红绸冲落下来。肖珏顿了顿，弯腰将红绸捡了起来。

每一条红绸上，都写着挂绸之人的心愿，他低头看去，左边的字已经被雨淋湿，墨迹氤氲看不出原本的模样，右边还剩一个看得清的，字迹歪歪扭扭，如同三岁小儿拿笔乱涂，写着一个"看"。

看？看什么？古里古怪的。他个子高，随手将这条古怪的红绸重新系在树上，特意寻了一枝树叶最繁茂的，这样一来，不太容易被雨打湿。

做好这一切，他将放在一边的伞重新举起。腰间的香囊因方才的动作露了出来，他怔住。

香囊已经很陈旧了，暗青色的，上头用金线绣着黑色巨蟒，威风灵活，精致华丽，但约是时间过了太久，针脚已经被磨得模糊，巨蟒的图案也不如从前真切。里头瘪瘪的，像是什么都没装。

他的指尖抚过香囊，眼里有什么东西沉了下去。

贤昌馆的少年们都知道，肖珏少时起便有一香囊不离身，如林双鹤这样顽皮些的，一直好奇这里头究竟装的是什么宝贝，后来得了机会抢走打开一看，竟是满满一袋子桂花糖。

当时肖二少爷便受了好一番嘲笑，这般喜欢吃甜的，连进学也要随身携带。

殊不知，这是肖夫人在世时，亲手为他做的。

肖夫人死后，他仍然戴着这个香囊，但里面却再无鼓鼓囊囊的糖果，唯有一颗……不知道隔了多久的，已经不能吃的桂花糖。

肖珏十五岁下山，进了贤昌馆，他早年间在山上，该学的都已经学了，因此先生教的功课，只消看一遍也能过目不忘。成日在课间睡觉，常常轻轻松松得第一。先生喜欢，同窗羡慕，看在外人眼里，简直是上辈子不知积了多少德这辈子才能投胎如此。

但肖仲武待他极严厉。

他生来慵懒，原先在山上时，除了先生，无人管束，肖仲武也看不见。待下了山，同窗时常邀他今日酒会，明日梨园，都是十四五岁的少年郎，也没有不去的道理。虽然大部分时间，他只是懒洋洋地坐在一边看着，或者干脆睡觉，但看在肖仲武眼中，却觉得此子甘于堕落，游手好闲。

肖仲武斥责他，请家法，没收他的月银，罚他抄书练武。

他一一照做，但少年人，桀骜不驯刻在骨子里，哪里又真的服气。他越是从容淡定地认罚，肖仲武越是气不打一处来，再后来，他就与肖仲武吵了一架。

肖珏扬眉："你要我做的，我都做了。既然只看结果，现在结果已经有了。

015

父亲，你又在别扭什么？"

少年嘴角的笑容讥诮，一瞬间，肖仲武握着鞭子的手再也抽不下去，肖珏轻笑一声，转身离开。

那是他最后一次看见活着的肖仲武。

肖仲武第二日带兵去了南蛮，不久后，在鸣水一战中身死，死状惨烈。

棺椁运回京城，消息传来的时候，肖夫人正在厨房里为肖珏做桂花糖。得到消息，一盘子桂花糖尽数打翻，落在地上，沾了灰尘。

侥幸活命的亲信跪在肖夫人面前，哭着道："原本是打算提前两日过鸣水，可将军说，鸣水附近的阜关盛产铁器，想为二少爷打一把剑，临行时与二少爷争执，伤了二少爷的心，希望这把剑能让二少爷明白他的苦心。没想到……没想到……"

屋子里响起肖夫人撕心裂肺的痛哭。

她扑上去，胡乱地打在肖珏身上，哭着骂道："你为什么要与他置气？为什么！如果不是你与他置气，他不会在鸣水多停留，不会身中埋伏，也不会死！"

他忍着这可怕的指责，任由女人软绵绵的拳头落在他身上，一言不发。

怎么可能呢？他的父亲，那个刚毅严厉、挥起鞭子来半点情面都不留、将稚儿留在陌生的山上、一年到头也不过来一次的男人，怎么会死？他冷漠无情，心怀大义，怎么可能死？

可怕的控诉还在继续。

"是你害死了他！是你害死了你爹！"

他忍无可忍，一把将母亲推开："我没有！不是我！"

女人被他推开，呆呆地看着他，受不了她如此绝望的神情，肖珏转身跑了出去。

他并不知道自己应该去什么地方，也不知道自己要去找谁诉说。他下山回到朔京，也不过一年而已。一年的时间，他甚至还没认全肖府上下的人，甚至还没学会如何与他的亲人自然而然地相处，就……已经如此了。

人在痛极的时候，是不会流眼泪的，他眼下还不觉得痛，只是蒙。就像是听了一个不可能是真的的笑话，并不知道该作何反应。他只是觉得脚步沉重，不敢上前，无法面对母亲绝望凄厉的眼神。

很多年后，肖珏都在想，如果当时的他不那么胆怯，上前一步，回到屋里，是不是后来的所有事都不会发生。

但没有如果。

他回去的时候，已经是晚上了。肖璟和白容微已经回来，两人眼眶红肿，像是哭过,一向文弱有礼的肖璟冲上来揍了他一拳,揪着他的领子,红着眼睛吼他:"你去哪儿了?你为什么不在府上?为什么不陪在母亲身边!"

他忽地生出一阵厌恶和自嘲,扯了一下嘴角:"你我都是儿子,你问我,怎么不问问你自己?"

"你!"

"怀瑾,"白容微抽泣道,"母亲没了。"

他的笑僵住。

"母亲……没了。"肖璟松开手,后退两步,捂脸哽咽起来。

肖夫人一生,柔弱得如一朵未曾经历风雨的花。肖仲武活着的时候,她对肖仲武诸多不满,隔三岔五地吵架,仿佛一对怨偶。肖仲武死去,这朵花便倏而枯萎,没了养分,跟着一道去了。

她走得如此决绝,甚至没有想过被她丢下的两个儿子日后留在朔京该怎么办,肖家该怎么办,她的人生在失去肖仲武的那一刻,再也没了意义,所以她用一方洁白绢帛,结束了自己的生命。

她死之前对肖珏说的最后一句话是:"是你害死了他!是你害死了你爹!"

这句话将成为一个永恒的噩梦,在肖珏数年后的人生里,常常令他从深夜里惊醒,辗转难眠。

他永远也无法摆脱。

肖仲武和肖夫人合葬在一起,前些日子为了中秋宴准备的灯笼与画布全部撤下,换成雪白的灯笼。

墙倒众人推,肖仲武的死,带给肖家的打击远不止于此。肖璟在朝堂中受了多少明枪暗箭,肖珏在背后就要承受同样的负担。南府兵如何,肖家如何,鸣水一战莫须有的罪责如何。

他仍旧没有流一滴泪,木然地做事,密集地安排。他能睡着的时候越来越短,回府的日子也越来越晚。

那天晚上很晚了,肖珏回到府上。肖仲武死后,府上下人遣散了许多,除了他的贴身侍卫,他不需要小厮。觉出饿来,他才发现整整一日都没吃东西。

太晚了,不必去麻烦白容微,肖珏便自己走到厨房,看可有白日里剩下的饭菜对付一下。

灶台冷冰冰的,厨房里也没什么饭菜,这些日子众人都很忙碌,哪有心思吃东西。他找到了两个馒头、一碗酱菜。

灯火微弱得就像是要熄灭了,厨房里没有凳子,少年倦极,随意找了个靠墙的角落坐下,端起碗来,突然间,瞥见长桌的尽头,墙壁的拐角,躺着一颗桂花糖。

肖仲武战死的噩耗传来时，肖夫人正在为肖珏做桂花糖，乍闻此信，一盘桂花糖尽数打翻，后来被小厮打扫，全部都没了。这里却还有一条漏网之鱼，静静地躺在角落，覆满灰尘。

他爬过去，小心翼翼地将桂花糖捡起，拂去上头的灰尘。糖果里隐隐传来桂花的香气，一如既往地甜腻。

肖夫人总是把桂花糖做得很甜，甜得齁人，他原本不吃甜。

但这是他的母亲，给他做的最后一颗糖了。

香囊里还有剩下的糖纸，他将那颗糖包好，重新放进香囊，然后端起碗来，拿起馒头。

肖二少爷向来金尊玉贵，讲究爱洁，如今却不顾斯文，坐地上吃饭。他的衣服已经两日未换，肚子也是粒米未进，再不见当年锦衣狐裘的丽色风姿。

少年靠墙仰头坐着，慢慢咬着馒头，吃着吃着，自嘲地一笑，秋水般的长眸里，似有明光一点，如长夜里的星光余烬，飞快地消失了。

时光飞逝，没有留下半分痕迹，过去的事，似乎已经是上辈子的回忆。那些复杂的情绪交织在一起，最后变成唇边一抹满不在乎的微笑。

并不是什么不能过去的坎。

他怔然地看着手中的香囊，不知道在想什么，片刻后，松手，继续往前走。

"少爷。"飞奴从身后走来。他接过伞，替肖珏撑着，询问道："现在要回寺里吗？"

"走走吧。"肖珏道，"透透气。"

最后一丝光散去，莲雪山彻底陷入黑暗。浓雾弥漫，如山间幻境。这样的夜，几乎不会有人走。

雨水顺着伞沿落下，并不大，却绵绵密密，如铺了一层冰凉薄纱，将山间裹住。

"这雨不知道下到何时能停。"飞奴喃喃。

中秋之夜大多晴朗，如此的夜实在罕见。肖珏抬头望去，黑夜沉沉，看不到头。他道："今夜没有月亮。"

没有月亮，不照人圆。

山林路泥泞不堪，除了雨声，什么都听不到。越往边上走，越是树木繁茂，看不清楚人的影子。前方忽然传来窸窸窣窣的声音，飞奴一顿，提醒道："少爷。"

肖珏摇头，示意自己听到了。

这么晚了，还在下雨，谁会在这里？

飞奴将手中的灯笼往前探了一探,有个人影站在树下,起先只能看见一个模糊的影子,大概是个女子,不知道在捣鼓什么。往前走了两步再看,便见那女子站在一块石头上,双手扯着一条长长的东西,往下拽了拽。

绑在树上的,是一条白帛。

这是一个寻死的女人。

禾晏过去从不觉得,人生会有这样难的时候,难到往前多一步,都无法迈出。

她已经很久没看过月亮了。

失明后到现在,她浑浑噩噩地过日子,许之恒安慰她,说会永远陪在她身边,禾晏笑着说好,可纵然表现得再平静,心中也是茫然而恐惧的。她一生面对过许多困境,大多时候不过是凭着一股气站起来,跟自己说,跨过这一步就好了。不知不觉,再回头看时,已经跨过了许多步。

唯有这一步,她跨不过去,也不知如何跨过。

七夕的时候,她在府中坐到深夜,也没等到许之恒回来。原以为是因为朝中有事,第二日才知,头一天许之恒陪着贺宛如逛庙会去了。她摸索着在屋里的窗下坐好,静静听着外头丫鬟的闲谈。

"昨日大爷与夫人吵架,吵得老爷都知道了。主子心情不好,咱们这些做下人的反倒倒了霉,还不都是因为东院那位。"

"要我说,大爷也太心软了些。咱们许家的大奶奶怎么能是一个瞎子?没得惹人笑话。夫人这几日连外头的宴约都推了,就是不想旁人问起。"

有小丫鬟看不过替她说话:"大奶奶又不是生来就瞎的,突然这样,已经很可怜了。"

"可怜?她有什么可怜的?她就算瞎了,也能待在府里被人服侍,至少衣食不缺。可怜的是大爷,年纪轻轻的,就要和这瞎子捆着过一辈子。咱们大爷才学无双,什么样的女子找不到,偏要找这样的?"

"对!大爷才可怜!"

诸如此类的话像是尖锐的钩子,一句一句往她心上钩,钩得她鲜血淋漓。

夜里她坐在屋里,等许之恒回来,对他道:"我们和离吧。"

许之恒一怔,温声问道:"怎么说这样的话?"

"或者你休了我也行。"她不喜欢绕弯子,实话实说,"如今我已经看不见,没必要拖累你。"

"你我是夫妻,"许之恒握着她的手,"不要再提这些了,早些歇息。"

他将话头岔开,但并没有否认禾晏说的"拖累"一词。

禾晏的一颗心渐渐沉了下去。

之后的每一天，她过着饭来张口、衣来伸手的日子，时常听到府中下人暗地里的奚落。许夫人与她说话亦是夹枪带棒，话里话外都是禾晏拖累了许家人。许之恒仍旧待她温柔，但除了温柔，也没有别的了。

禾晏觉得很疲惫。

她像是走在一条漆黑的夜路上，路上没有旁的行人。她看不到前面的光，身后也并无可退的地方，不知什么时候才会走到尽头，结束这样折磨人的生活。

中秋夜的前几日，她对许之恒道："我知道莲雪山上的玉华寺，寺里有棵仙人树特别灵，中秋的时候，我想在树上挂绸许愿，也许我的眼睛还能治好。"

自失明起，她几乎从不对许之恒提要求，许之恒愕然片刻，终是答应了，他道："好。"

许是人在倒霉的时候，喝口凉水都塞牙。往年的中秋俱是晴朗，偏偏到了今年，连日下雨。马车走到山上时，天色阴沉得不像话，当天是不可能下山了，还得在山上停留一晚。

许之恒扶着她去庙里祈福，有个僧人往她手里塞了一条红绸，告诉她仙人树所在的位置。禾晏摩挲着红绸对那人道谢。

僧人合掌，慈声道："假使百千劫，所作业不亡，因缘会遇时，果报还自受。"她并不懂佛经，待要再问，对方已经走远。

下着雨，许之恒陪着禾晏去了仙人树旁。

仙人树旁有石桌石凳，方便来挂红绸的香客写字。许之恒替她铺好红绸，将笔塞到她手里，道："写吧。"

禾晏凭着感觉，慢慢地写：希望还能看得见月亮。

不必想，也知道字迹肯定歪歪扭扭，惨不忍睹。

写完字后，她将红绸珍重地交到许之恒手中，许之恒替她挂上仙人树。禾晏什么都看不见，因此，也就没有看到，她的丈夫站起身，随手将红绸挂到肘边的一根树枝上，他甚至懒得伸手将红绸系好，只随意搭着。不过片刻，红绸就被雨水打湿，上头的字迹很快氤氲成一团模糊的墨渍，再难看清究竟写的是什么。

"走吧。"许之恒过来扶着禾晏离开。

"轰隆"一声，一道惊雷声响起，忽而刮起一阵凉风，吹得树枝沙沙作响，那条没有被系好的红绸被风吹落，砸在积水的小坑里，溅满泥泞。

禾晏似有所觉，担忧地问："风这么大，不会将绸子吹走吧？"

"怎会？"许之恒笑着宽慰，"系得很紧。"说罢，仿佛没有看到一般，抬脚从红绸上迈过了。

……

雨没有要停的迹象,今夜不得不在山中留宿。

许之恒去找玉华寺的大师论经去了,已经是傍晚,屋子里点着灯,禾晏静静地坐着。

原本这时候,她早该上榻休息——一个瞎子,除了睡觉吃饭,也没什么可做的。可今夜细雨疏疏,她睡不着,亦不知眼下是几时,叫了两声侍女的名字无人应答,便扶着墙慢慢地往外走,打算叫个人来。

才走到门口,就听见两个侍女在说话。

"刚才好像听见大奶奶在叫人?"

"有吗?叫便叫,别管,这么晚了,叫人做什么。都已经是个瞎子了还折腾,真当自己是大奶奶了。"

禾晏听得一怔。

这两个侍女是许之恒屋里的,平日里性情温柔和婉,待她尊敬恭谨,竟不知私下里是这般说她。

"今日若不是她要上山,咱们也不必在这里过中秋,外面还下着雨,真晦气。大爷就是心肠太好了,带着这么个拖油瓶也不恼。"

"你又不是不知道大爷的性子,表面上是不恼,心里总有芥蒂。咱们许家现在都成京城里的笑话了。大爷素来心高气傲,想来心里也难受得很。我若是她,便一根绳子上了吊,省得拖累别人。"

"嘘!这话也是能胡说的!"

说话的侍女不以为意:"本来就是,跟个动物一样,每日等着人来喂,吃饱了就睡,永远被人服侍着。既不能出府,也看不到,日子过得没滋没味,一两年还好,一辈子都要如此,活着还有什么意思?还不如早死早解脱,也许下半辈子投个好胎,就能看得到了。"

"别说了,外面有热水,咱们先去取点热水来吧。"

脚步声渐渐远去了。

禾晏背对着门,慢慢地滑坐下来。

是啊,一年两年便也罢了,一辈子都要如此,活着还有什么意思?

主子屋里的丫鬟,主子高看谁,便不敢践踏谁。这两人既敢若无其事地谈论她,便可知,许之恒在屋里,并非如在她眼前那般无怨无悔。

不过这世上,又有几人能做到无怨无悔?

禾晏心中忽然就生出一股万念俱灰的感觉。幼时练武,少时进学,后来上战场,争军功,一辈子都在为他人作嫁衣。好不容易摘下面具,以为一切都能从头开始,却又在此时陷入黑暗,并且将一辈子都困在一方四角的宅子,走一步也要人跟着。

人的绝望,并不是一朝一夕累积的。那些平日生活中的小事,蚕食鲸吞人的热情,热情一点点被消耗殆尽,失望和沉重一层层压上来,最后一根稻草轻飘飘落下,"哗啦"一声,希望沉入水底。

绝望铺天盖地。

她摸索着,慢慢地站起来。

屋子里有带着腰带的外裳,她胡乱地抓起披上,拿起失明后常用的竹竿,颤巍巍地出了门。

山寺里人本就稀少,又因外面天黑下雨,僧人早就进了佛堂。她一路胡乱地走,竟没撞上旁人。

多亏少年从军时,养成对路途记忆的习惯。她还记得上山时许之恒说过,寺庙不远处的山涧,有一处密林。悬流飞瀑,如珠玉落盘,壮丽奇美。

有山有水有树,算不错了,可惜的是今夜下雨,没有她喜欢的月亮。

一个瞎子出门,总归是不方便的,尤其是在泥泞的山路上。她不知道自己摔了多少跤,被石头绊倒多少次。只觉得浑身上下湿淋淋的,发髻也散乱了。到最后,气喘吁吁,已经不知道自己走到哪里。

她摔倒在一棵树前,禾晏伸手摸索过去,这棵树很大,应当是老树。

有瀑布的密林大约是找不到了,就在这里也行。她费了好半天的劲儿,才搬到了一块石头。精疲力竭,禾晏在石头上坐了下来。

雨下得小了些,绵绵密密地打在人身上。女子仰头看向天空,雨水顺着脸颊滑下来,她抹了一把脸上的水。

"莫作江上舟,莫作江上月。

舟载人别离,月照人离别。"①

对于这个人间,她并没有什么好留恋的地方。唯一的不舍,就是今夜没有月亮。

禾晏慢慢地站起身来,摸到手边的布帛,布帛被系得紧紧的,她往下拉了拉,很稳,应当不会断开,然后一脚踢开了石头。

……

被拧成绳子的布帛应声而断。禾晏猝不及防,摔倒在了地上。

她怔然片刻,突然明白,这根布帛断掉了。

竟然断掉了?

一瞬间,她的心中,再难抑制莫名的委屈和酸楚,哽咽了一刻,接着小声抽泣,再然后,趴在地上放声大哭起来。

---

① 袁枚《随园诗话》所载,原作者已不明。

禾晏很少掉眼泪。

一个将军，掉眼泪是很影响士气的行为，战场上，她永远要保持自信满满、精神奕奕的模样，好似没有任何人和事能影响她的判断。可人总有脆弱的时候，被冷落的时候可以忍住，失明的时候可以忍住，听到侍女嘲讽奚落的时候可以忍住，被婆母暗示是拖油瓶的时候可以忍住。

但如果连寻死都不成，连布帛都要断掉，她就忍不住了。

眼泪滚烫，大滴大滴顺着脸颊没入身下的泥土，分不清哪是雨哪是泪。

她哭得撕心裂肺，陡然间，听得一个陌生的声音响起。

是个男子的声音，风雨里，嗓音低沉悦耳，带着几分不耐烦，问："你哭什么？"

禾晏的哭声戛然而止。

肖珏看着眼前的女人。

这是个寻死的女人，浑身上下都写着狼狈。她穿着白色的里衣，却拿了件红色的外裳，外裳连腰带都系反了，许是路上摔了不少次，衣裳磕破了几条口子。她的脸上亦是脏污不堪，跟花猫似的，到处是泥。

肖珏自来爱洁，只觉得这一幕十分刺眼，终是忍不住掏出一方白帕，递过去。

那女人却没有接，做出一个防御的姿势，问："你是谁？"

他意外一瞬，注意到对方的目光有些游离，思忖片刻，收起帕子，蹲下身问："你看不见？"

女人愣了一下，凶巴巴地回答："对！我是个瞎子！"说得趾高气扬。

飞奴站在他身后，就要上前，肖珏对他轻轻摇头。

禾晏警惕地握着拳。

不过是想要静悄悄地上个吊，现在好嘛，布帛断掉了，还被陌生人看到了窘迫的情状。为何老天爷待她总是这般出人意料？

肖珏淡淡地看了她一眼，弯腰捡起地上的飞刀，方才，他就是用这个斩断了树上的布帛。

"你想干什么？"禾晏问。

肖珏："路过。"

他实在不是一个爱多管闲事的好心人，做到此步，已经仁至义尽。肖珏站起身，转身就走，走了几步，飞奴凑近，低声道："今日玉华寺只有翰林学士许之恒和他的夫人，此女应当是前段日子眼盲的许大奶奶，禾晏。"

禾晏？他挑了挑眉，禾如非的妹妹？

肖珏转身去看。

女人已经摸索着找到了断成两截的布帛。她先是用一半的布帛在自己脖颈上比画了两下，确定了还能用，便颤巍巍地用这布帛打了个结。

她居然还想再次上吊。

肖珏有些匪夷所思，过后就有些想笑。

这种执着到近乎愚蠢的劲头，和她那个堂兄实在很像。

大多人寻死不过是一时意气，真到了那一刻，内心都会后悔，只是后悔已经晚了。

这女人既然已经尝过濒死的滋味，当不会再次寻死，没料到如此执着，绳子断了也要继续。

他本该不管的，没人拦得住一个一心想死的人。

但肖珏脑中忽然浮现起许多年前，亦是这样一个中秋夜，少年忐忑地回府，等来的却是母亲冰冷的尸体。

眼前的一幕似乎和过去重合了，有一瞬间，他分不清今夕何夕。

飞奴在背后不解地看着他。

肖珏默然片刻，终于妥协，走到那女人身边，问："你为什么寻死？"

禾晏吓了一跳。

她分明已经听到了对方离开的脚步，怎么会突然折返？她一生都在委曲求全，被人摆布，如今临到头了，再也不愿为旁人着想，这人多管闲事已经令她不悦，便一腔怒火全发在对方身上。

她几乎是吼回去的："要你管！"

年轻男人一把攥住她的手臂，将她从地上拖起来。

禾晏震惊，挣扎了两下，可她原本就磕磕绊绊没力气，又看不见，竟一时被拽着走，走了两步，被人丢下，一屁股坐在地上。

地上软软的，是一块草地。

那人似乎就站在她身边，弯腰对着她，声音冷淡："你为什么寻死？"

禾晏憋着一肚子气，高声道："我都说了要你管！今天没有月亮，所以我寻死！上山路上太滑，所以我寻死！我绑根绳子都要断，所以我寻死！在这里遇到你这样多管闲事的人，所以我寻死！可以了吧！"

她凶巴巴地大喊，眼泪却滚滚而下，本是气势汹汹的老虎，看起来更像一只被打湿的、无处可去的野猫。

飞奴紧张地站在肖珏身后。

肖二少爷愿意耐着性子管这种闲事，已经很罕见了，这女人还如此凶悍，更是罕见中的罕见。

禾晏吼完后，突然感觉有什么在自己脸上擦拭。柔软的，绵软如春日扯下来的云朵。

漠然的、带着一丝不易察觉的包容的、温暖的安慰声响起："你若真心要强，瞎了又何妨，就算瞎了，也能做瞎子里最不同的那一个。"

她的暴怒戛然而止。

所有的狼狈和软弱无所遁形，尽数暴露于人前。

"没什么，虽然看不见，但还能听得见，有你陪着我，没事的。"她笑着对许之恒这样说。

怎么可能没事？

怎么可能没关系？

她在夜里一遍遍拿手指描摹自己的眼睛，祈求上天怜惜第二日就可重见光明。那些辗转反侧的夜，咬着牙跟自己说没关系的夜，无法自处但装作若无其事的夜，他们都不知道。

他们什么都不明白。

一个路过的陌生人却明白。

不能哭，不能被人看见软弱，不能抱怨，不能发脾气。这么多年，从"禾如非"到"禾晏"，她的面具其实一直都没有摘下来过。

直到今夜，有一个路过的陌生人，看穿了一切，将她的面具揭下，发现了她的眼泪。

她的所有防备和警惕瞬间泄气，慢慢低下头，眼泪更大颗地砸下来。

原以为说完这句话，禾晏不会再哭了，没料到她竟哭得更大声。雨没有要停的意思，身下的草地已经被雨水淋湿。

肖珏勾了勾手指，飞奴上前，他接过飞奴手中的伞，撑在禾晏头上。

禾晏仍然没有停下来。

他从未见过这么凶巴巴、脾气坏，还特别能哭的女人，难以想象禾如非那个傻开心的性子，竟会有如此截然不同的妹妹。

肖珏被她哭得发蒙，忍无可忍，终是开口道："不要哭了。"

"我为什么不能哭？"她如不识好歹的野猫，对着喂食的人亮出爪子，嗓子都已经哑了，还要争辩，"我不仅哭，还要寻死，我都已经这样了，活着还有什么意思，呜呜呜呜呜……"

肖珏："……"

他从未哄过女子，第一次哄女子就是这样的结果？如此油盐不进？

"到底要怎样你才不会哭？"他忍着怒意，"才不会继续上吊？"

禾晏抽抽噎噎地哭，到这里，她其实已经没有要寻死的念头了。人有时候不过就是在那个关头卡着，过去了就是过去了，过不去就是过不去。这路人出现得莫名其妙，那一句话也并无多温暖，可是……

可是，她不想死了。

她道："你如果能在现在给我一颗糖，我就不寻死了。"

幼时喜爱吃甜的东西，可过了五岁后，禾大夫人对她的一切都管得很严。怕露馅，如姑娘一般嗜甜的习惯也要改掉，再后来，投了军，军中没有甜甜的糖果，只有粗粝的干饼。等嫁了人后，有一次贺宛如生病，许之恒去看她，特意给她带了一小盒蜜饯。贺宛如喝一口药，许之恒就往她嘴里塞一颗蜜饯。禾晏路过的时候瞧见，一瞬间，心中浮起酸意，不知道是羡慕许之恒对贺宛如这般好，还是羡慕贺宛如吃一点点苦，便能得到许多甜。

禾晏不曾任性过，可今夜不知为何，偏像是要在这陌生人身上，将自己的任性发挥到极致。

青年微微一怔，侧头去看身边人。

女人的脸被帕子胡乱擦了几下，面颊仍带泥泞，一双眼睛微微红肿，却亮得出奇，倔强的神情似曾相识。

竟很像某个笨拙的少年。

他沉默片刻，修长的手指去解腰间的香囊。

飞奴一惊。

暗青色的袋子被握在手上，他将袋子的底部捏住，一颗裹着糖纸的桂花糖被倒了出来。

肖夫人死去后，肖珏将最后一颗桂花糖随身携带，这些年，这颗糖陪他度过很多艰难岁月。撑不下去的时候，看看这颗糖，便觉得一切也不过如此。

这是他人生中仅有的一点甜，现在，他要把它送给一个大哭不止、要寻死的女人。他想，他的人生，已经不需要糖了，那就这样吧。

禾晏感到有个什么东西被塞到自己手里。

她下意识地攥紧，就想剥开。

"不能吃。"男子的声音在身边响起。

"什么？"她道，"你是不是在骗我？随便找块石头跟我说是糖？"

禾晏听见对方的声音，带着一点淡淡的怅然："这颗糖，世上只剩最后一颗。很甜，但你不能吃。"

"你是不是有病？"禾晏从不知自己是这样得寸进尺的人。她想这人一定脾气很好，心肠很软，才能容忍自己这般一而再，再而三地胡闹，她道："很甜又不能吃，世上只有一颗，这是陛下御赐的不成？"

她没有看到，她身边的俊美青年低头淡然一笑，道："比御赐的还要珍贵。"

禾晏趁着对方不注意，飞快地扯开糖纸，塞进了嘴里。

"你……"他愕然。

"我已经吃了，咽下去了！"禾晏耍无赖。

对方没有回答。

这是她人生中收到的第一颗糖，糖的味道很古怪，混着她的眼泪，好苦，她想，那就这样吧。

"雨是不是停了？"她没有感到雨丝飘落在身上，伸手胡乱抓了抓，询问身边人。

身侧的青年一直单膝跪地，为她撑着伞，伞面不大，他大半个身子已经淋湿，棱角分明的侧脸上，睫毛沾了细密的水珠，将眸光氤氲出一层浅淡的温柔。

"停了。"

"天上有没有月亮？"

天色沉沉，一丝星斗也无，哪里来的月亮？

他答："有。"

"外面……是什么样的？"

"明月如霜，好风如水，清景无限。"

禾晏露出了今夜第一个微笑："真好。"

她听见身侧的人问："不想死了？"

"不想了。"

"不想死就回家吧。"他道，一把将禾晏拉了起来。禾晏下意识地要抓住他的手，但那只骨节分明的、修长的手已经极快地松开。

肖珏走到飞奴身前，低声吩咐："人送到大嫂房里，让大嫂送回去，我是男子，不便出面。"飞奴应下。

要走时，肖珏忽然又加了一句："警告许之恒，叫他别做得太过分。"

这是要为禾晏出头的意思了。

飞奴过来，要扶着禾晏，禾晏似有所觉，伸手探向那人的方向，她道："谢谢你，你是谁啊？"

他没有说话，禾晏只来得及抓住袖子的一角，从她手中滑过去了，冰凉而柔软，像月光一样。

明明什么都看不见，但她恍惚看见了光，温暖又凉薄，炽热而明亮，没有半分责备，耐心的、包容的，一眼看穿了她所有的秘密，又将她温柔包裹。

她到最后也不知道对方究竟是谁。

那是禾晏度过的最糟糕的一个中秋，满身泥泞，蓬头垢面，与绝境只差一丝一毫，庆幸的是，月亮一直在她身边。

那个中秋没有月亮，但那天晚上的月色真美，那点纤薄而柔软的光，一直温暖了她许多年。

第二十二章　夫妻

江河以上，月光千里，冷透人的衣袂。莹白的光从林间树枝缝隙漏下，如未来得及化开的残雪。

禾晏侧头，看向对面的人。

年轻男人眼眸如秋水，无须增色也动人。他侧脸轮廓棱角分明，英气而慵懒，唇边勾着的浅淡笑意，刹那间让她回到当年山寺的那个夜晚。

就是你啊。她脑中有些发蒙，又很茫然。

她到最后也不知道对方是谁，只记得自己被人送到了山寺里的某个房间，一个声音温柔的女子照顾了她，帮她梳洗干净，送回了许之恒面前。

许之恒问她究竟是怎么回事，禾晏只答想出去走走不慎迷路了。他并没有多说什么，至于送她回来的那个女人，许之恒也没再提起过。因此，她就更不知道遇到的那个陌生男人究竟是谁。

但对方说的那一句"你若真心要强，瞎了又何妨，就算瞎了，也能做瞎子里最不同的那一个"，一直记在她脑中，一个字都不曾忘怀。

她后来尝试着听音辨形，不用眼睛也能生活。这个过程很艰难，但每当想放弃的时候，就会想到那天山寺后的月亮。

月色很美，就这么放弃，未免可惜。

也不是没想过那一日发生的所有，静下心来回忆，有些事情，未必就不是故意的。侍女在门口的谈话，何以这般巧合就被她听见？一个人跌跌撞撞地往山里走，许家下人竟无一人发现？等被送还回来时，许之恒轻易相信了她说的话，没有追究。

不过是希望她自个儿解脱罢了。

他们希望她死，她就偏偏不要死。毕竟这世上，还有人送过她一颗糖，也教她尝过人间的甜。

禾晏一直以为，那一夜的陌生路人，许是一位心肠很好的公子，或是耐心十足的少爷，但竟没想到，是肖珏。

怎么会是他呢？

她轻轻开口："许大奶奶……是个什么样的人？"

肖珏笑了一下，懒洋洋道："很凶，爱哭，脾气很坏的女人。"

禾晏也跟着笑了，眼睛却有些潮湿。她道："你背后这么说人，许大奶奶知道吗？"

她一生中最恶劣的一面，都留给那一夜的肖珏了。而肖珏一生中温柔的一面，大概也留给了那一夜的她。

他并不知道，自己当时的停留，成为绝望中的禾晏唯一的救赎。

月亮孤独又冷漠，悬挂在天上，但没有人知道，他曾把月光，那么温柔地照在一个人身上。

"她没有机会知道了。"肖珏淡淡道。

因为许大奶奶死了。

"也许她知道。"禾晏低头笑笑，忽而看向天边，感慨道，"月色真美啊。"

肖珏双手撑在身侧，跟着抬头，没有看她："不是说要和楚子兰喝酒吗，没带酒？"

禾晏朗声道："山川湖海一杯酒！"她将双手虚握，月光落在手中，仿佛盈满整整一杯，扬手对着长空一敬，"敬月亮！"

青年冷眼旁观，嗤道："有病。"

那姑娘却又转过身来，郑重其事地对他扬起手中的"杯盏"："也敬你！"

不再是方才疲惫晦暗的眼神，此刻的禾晏，双眼明亮，笑容灿然，瞧着他的目光里，竟还有一丝感激。

感激？

他挑眉，哼笑一声，没有去应她傻乎乎的动作："谄媚。"

禾晏盯着肖珏的眼睛，心中默然道：真的……很谢谢你。

……

禾晏与肖珏坐到很晚。到最后，实在是因为山上太冷，她才和肖珏下了山。

待回去已经是半夜，第二日便起得晚了些。等用过午饭，本想去找楚昭问昨晚的事，一去才发现已经人走楼空。

"找楚子兰吗？"林双鹤从旁经过，道，"今日一早，楚子兰已经跟朔京来的人回京了。"

"今早？"禾晏一愣，"他没告诉我是今早。"

"来人比较匆忙。"林双鹤展开扇子摇了摇，"禾兄，聚散都是缘，他迟早都是要回到朔京的，你也不必过于强求。"

禾晏莫名其妙，她过于强求什么了？不过人既然已经走了，再说这些，也没有意义。

楚昭走后不久，宋陶陶和程鲤素也出发回朔京了。临走时，小姑娘眼泪汪汪地拉着禾晏的衣角："禾大哥，你一定要回来看我……"

"看你做什么？你是姑娘，我大哥一个大男人怎么能来看你？"程鲤素一把将她拉开，换成自己，笑呵呵地对禾晏道："大哥，看我看我，来我们府中做客，我请你吃遍朔京酒楼。"

宋陶陶："程鲤素！"

"知道了知道了，回去就解除婚约。"程鲤素掏了掏耳朵，小声嘟囔，"母夜叉，鬼才愿意娶你。"

俩小孩打打闹闹，这一路上看来不会寂寞了。

禾晏送他们上了马车，一时间竟有几分失落。平日里觉得他们闹腾调皮，可真到了离开的时候，便感到十分舍不得。

王霸和江蛟走过来，江蛟道："禾兄。"

误会解开了后，江蛟总算相信禾晏没有夺人妻室，他道："家中托人送了些东西过来，我挑了几样吃的用的，等下你跟我去拿。"

王霸酸溜溜道："武馆少东家就是好，都过来从军了还有人送东西。"

"你不是山匪当家的吗，"禾晏奇道，"你手下怎么没给你送东西？"

"没钱！穷！匪窝解散了不行啊！"王霸恼羞成怒，"问我干什么？你不也没收到吗！"

"……我就问问，你别激动。"禾晏无言，又想起了什么，问道："不过……江兄，你家人为什么突然给你送东西？"

江蛟无奈："禾兄，你是不是忘了，马上新年了。"

新年？禾晏一怔，她这些日子过得太安逸，竟差点忘记，过不了几天就是新年。

新的一年将要来临了。

是属于"禾晏"的，新的一年。

禾晏突然高兴起来，看得江蛟和王霸都是一怔，王霸狐疑地问："你这么高兴做什么，是不是肖都督又背着我们给你什么好东西了？"

禾晏一本正经地回答："对啊！好酒好菜好前程，羡慕不羡慕，嫉妒不嫉妒？"

说罢，转身就走，王霸愣了片刻，追上去道："喂，你给我说清楚！到底给了你什么？！你别跑！"

凉州卫的这个新年，过得还不错。无论是南府兵还是凉州卫新兵，都饱饱地吃了一顿年夜饭。有菜有肉有好酒，十分热闹，喜意将边关的苦寒也冲淡几分。

但这年照过，训练照训。年关一过，禾晏身上的伤也好得差不多了，跟着一起训练。她虽想进九旗营，可南府兵那头的日训量，到底不是大病初愈的禾晏能负担得起的，便只能跟着凉州卫这头一起辛苦。

日子这样平静地过着，直到有一日，飞奴接到了一封来自楼郡的信。

屋中，飞奴正对肖珏说话。

"少爷，鸢影的意思，都督若是寻着合适的人一同前行，准备好的话，最好就趁着这几日出发。济阳离凉州不近，如今出发，等到了都是春日了，能赶得上蒙稷王女的生辰，那一日柴安喜或许会出现。"

肖珏抬眼："乔涣青？"

"此子是济阳王女手下大将崔越之的侄子，"飞奴道，"幼时被崔家的仇家带走，后侥幸得人所救，流落中原，被一富商收养。富商无子，乔涣青便承了他的万贯家财，去年娶妻，后被崔越之查到下落。崔越之如今没有别的家人，便写信请他前来一同参加王女寿辰宴。不过乔涣青十分胆小，还未到达济阳，路过楼郡时，被山匪所劫，受了点轻伤，又听闻去济阳路上多有歹人，死活不肯再往前去了。"

肖珏眸光微动，笑了一下没出声。

不必说，"歹人"定然是鸢影的手笔。不过乔涣青被吓了这么一下，便不敢再去济阳，未免也太孬了一点。

"鸢影派去的人与乔涣青说好了，代替他前去济阳赴宴，不过乔涣青得付千两黄金作为酬劳。乔涣青与家人失散多年，崔越之十几年都没见过这个侄子，所以如今乔涣青长什么样，没有人知道。此人身份合适，时间合适，鸢影也将通行令和证明身份的玉牌送过来了，少爷，应当不会有差。"

一个与藩王亲信失散多年的侄子，这个身份，可以说是十分便利了，可是……

"你说得轻巧，"赤乌忍不住开口，"可鸢影已经说了，崔越之帖子上邀请的是乔涣青夫妇，他还带着他刚娶的娇妻。都督是没什么，可上哪儿去寻一个女子来与都督冒充夫妇？总不能说，走到半路夫人不见了吧？"

飞奴木着一张脸，但也知赤乌说的有道理。南府兵、九旗营里最不缺的就是男子，但凡有什么要用人的地方，身手矫捷的、头脑灵活的、长得俊俏的、手段奇诡的，应有尽有，就是没有女子，鸢影倒是唯一的女子，可鸢影……儿子都十二了，哪里能作"乔涣青"的娇妻！

肖珏蹙眉，脸上第一次显出有些为难的神色来。

"可以去寻个武功高强的死士……"飞奴提醒。

"那怎么可以！"赤乌想也不想就拒绝，"不是认识许久的，谁知道是好是牙,要是暗中加害少爷,你我担得起这个罪责吗?"

赤乌心直口快,飞奴无话可说,只道:"那你可有人选?"

"我?"赤乌想了想,肃然开口,"且不说南府兵,就连咱们肖府上下,都不曾认识几个会武的姑娘。夫人在时,不喜老爷舞刀弄棍,连收进来的侍女,都只会写诗画画、侍弄花草,这样的女子,我没见过几个。"

"找姑娘?"有人在窗外不紧不慢地轻摇折扇,风度翩翩道,"这个我知道啊,放着我不问去问这两个大老粗,肖怀瑾你是不是暴殄天物?他们两个见过姑娘吗,你就问他们这么难的问题,不如问问我,本公子来为你解惑。"

肖珏瞥他一眼,淡淡开口:"谁放他进来的?"

赤乌:"不是我!"

飞奴:"并非我。"

"还需要放吗?"林双鹤自我感觉非常不错,"凉州卫的人都知你我是多年挚友,我又是能妙手回春的白衣圣手,当然对我尊敬有加,凉州卫的每一个地方,我都畅通无阻。"

"把他扔出去。"

飞奴:"……"

"肖怀瑾,你这什么狗脾气?"林双鹤一边说,一边自然地从大门走进来,挥了挥手,示意飞奴和赤乌离开:"让我来解决你们少爷的疑难杂症。"

飞奴和赤乌退了出去,林双鹤将门关好,又将窗子关好,肖珏冷眼旁观他的动作,林双鹤在他面前的椅子上坐下来,问:"找姑娘啊?"

肖珏一脚踢过去。

林双鹤弹了起来:"说话就说话,别老动手动脚,刚才我可没偷听你们说话,就听了半截,没头没脑的,什么身手好的姑娘,你找身手好的姑娘做什么?女护卫?"

肖珏盯着他,突然笑了,不紧不慢道:"找个'妻子'。"

林双鹤:"啊?"

半晌后,他突然回过神来:"你要娶妻了?不能够吧!"

"不对啊,你成天说这个盲婚那个哑嫁的,你要娶妻也当是你自己找的,怎么跟挑菜似的让飞奴他们找好了给你挑?肖怀瑾,胡说八道呢吧?"

肖珏:"我说是给我找妻子了?"

林双鹤:"你还给别人找!你自己的都没下落!"

肖珏不耐烦道:"假的,演戏懂不懂?"

"啥?"林双鹤一愣,慢慢回过味来,他看了肖珏半晌,看得肖珏面露不悦之色,才凑近道,"你是不是要像去凉州城里对付孙祥福那次一样,找个人假扮你妻子去做什么事？"

"还不算笨。"

"那你眼前不就有个人吗？"林双鹤想也不想，立刻道，"当然找我禾妹妹啊！你是不是忘了，我禾妹妹也是个女的，而且身手相当不错，有勇有谋，不矫情，特可爱！能扮得了你外甥，当然也能演得成你夫人。"

肖珏："不行。"

"怎么不行了？"林双鹤不满，"人家能叫你一声爹，你叫一声夫人委屈你了吗？"

肖珏捧茶喝了一口，漠然地看着他："你是收了禾晏的银子来替她说话？"

"我这么有钱，收别人的银子做什么，倒是你，"林双鹤凑近他，"你为什么这么抗拒？别忘了，你找的是假夫人，这个时候就别拿出你挑真妻子的条件了。再或者……"他站直身，以一种指点江山的神秘语气道，"你是怕自己爱上她？"

"喀喀喀。"肖珏呛住了。

他面无表情道："你可以滚了。"

"滚就滚，"林双鹤道，"别怪我没提醒你，禾晏是能想到的最好的人选了。虽然我不知道你到底是要去做什么，可你但凡做什么，都很危险。这种险境，寻常姑娘肯定招架不住，能招架得住的，你又信不过。禾晏好歹也与你并肩作战了几回，你对她也颇有了解。论忠心……"他目光落在肖珏身上，似有几分玩味，"难道你要带沈暮雪去？我想她倒是很乐意同你一道前往，不过，我怕沈大人知道了，会忍不住冲到凉州来剁了你的腿。

"我啊，见过的姑娘比你练过的兵还多。我看禾妹妹如今也不喜欢你，一个不喜欢你的女子与你扮夫妻，那是最不会生出事端的了。换了沈暮雪，那才会出大事。最重要的是，禾妹妹一直做男子打扮，除了你，没人知道她长什么样，就好像从天而降一个人，要真暴露了，也好隐瞒身份。"

肖珏看着手中茶盏，不知道林双鹤的话是听进去了，还是没听进去。

"女儿家的心思最难猜了，如禾妹妹这样简单明了，有什么要么都写在脸上，要么就直接说出来的姑娘，才适合做事。"

"你不如说她是白痴。"

林双鹤噎了一下，气道："该说的我都说了，看在我们是兄弟的分上我才说这么多的，你好好想想吧！想好了再挑人！"说罢，抓着扇子出去了。

等他走后，肖珏将茶盏放回桌上，极浅地叹了口气。

夜深了，禾晏梳洗过后，坐在镜前。

新年期间军中吃得太好，看铜镜里的自己，似乎略圆润了一点。不过禾大小姐生得纤细羸弱，稍长点肉，非但不会过分丰腴，反而多了一点娇态。只是这娇态在军营里，实在是很不合时宜。禾晏冲着镜子里的自己挥了挥拳，做了个凶神恶煞的表情，自觉威风不减，才放下心来，又走到榻前爬上去。

榻上冷得跟块冰似的，军中炭不足，须得用身体将身下的褥子焐热。

才稍微有点热意，忽然听得外头有人敲门，禾晏愣了一下，心道谁啊这是，大半夜的，好不容易才将被窝暖好，这一出去，又冷飕飕的。敲门声还在持续，禾晏只得披着外裳去开门。一开门，就看到林双鹤站在门外。

这么冷的天，这人穿一件薄薄的白衫，甚至还扇扇子，禾晏忍不住将他的扇子攥住："林大夫，能不能别扇了，真的好冷。"

林双鹤动作一停，微笑道："好的。"

"这么晚来找我，可是有什么事？"

林双鹤："禾兄，我们进屋说可好？"

"我是没问题，"禾晏回答，"不过林兄不是说，孤男寡女……"

话没说完，就见那人自顾自地越过她进去，边跺脚边道："冷死我了！"

禾晏："……"

她将门掩上，转过身，林双鹤还在絮叨："你这屋里怎么也不生个炭盆，太冷了吧。"

"炭用完了。"禾晏耐着性子道，"既然很冷，林大夫可不可以直接说到底是何事？"

"我想了想，这件事情一定要跟你说……"

"笃笃笃"的声音，打断了他的话，二人一道看向屋里的中门，敲门声正是从这里传出来的。

禾晏一愣，肖珏半夜敲门是什么意思？她看向林双鹤，林双鹤也是一脸狐疑。禾晏便走过去，犹豫了一下，直接将锁打开。

肖二少爷神情淡定优雅，目光在林双鹤身上掠过一瞬，很快回到禾晏身上，不知道是不是禾晏的错觉，总觉得他的表情有些奇怪。

"都督……什么事？"

"禾晏。"他上前一步，微微俯身，视线平视着禾晏，年轻男子容颜俊美，秋水般的长眸盛满月光，这般近的距离，可以看清他长而微翘的睫毛，声音亦是低低的，带着磁性，听得人脸热心动。

"你喜欢我吗？"

他的声音仿佛有勾魂的能力，将禾晏定在原地，半分也不能动弹，忍不住咽了口口水。

肖珏微微蹙眉："禾晏？"

"我……"

这人寻常懒散时候不觉得，欺身逼近时，便连气息也变得格外危险。他弯了弯唇角，近乎蛊惑般地再次问："你喜欢我吗？"

"不……不喜欢。"禾晏下意识地蜷起手指，指尖掐进掌心，刺痛令她头脑清醒了一瞬，才不至于昏了头说出什么惊世骇俗的话。

再看一边的林双鹤，也早已目瞪口呆。

闻言，肖珏并没有生气，反而像是松了口气，站直身子，扬眉道："很好，就是你了。"

"我？"方才暧昧的气息一扫而光，禾晏得了空隙后退一步，闻言忍不住看向他，"什么是我？"

"乔夫人。"

"乔……夫人？"禾晏一头雾水。

倒是那头的林双鹤，像是忽然明白了，走过来道："你终于肯听我说的，觉得我禾妹妹才是最佳人选，是不是？"

禾晏更听不明白了。

"此事说来话长。"

"那就慢慢说。"禾晏去给他们搬凳子。

肖珏瞥她一眼，侧过头去，淡淡提醒："你先把衣服穿好。"

禾晏低头一看，林双鹤敲门的时候，她随便披了件衣裳，也没好好穿，这会儿弯腰搬凳子，衣裳滑落肩头。

林双鹤道："我什么都没看见！"

禾晏就觉得肖珏有些小题大做了，又不是没穿中衣，该捂的都捂严实了，肖二少爷未免也太过君子。但既然人都说了，她也就整理一下。

等整理好了，才听得肖珏将事情挑重要的与她说了一遍。

"都督的意思是，要我与你扮作夫妇，出发去济阳？"禾晏一拍桌子，"这怎么可以！这是毁我清誉的事！"

扮外甥，无非叫肖珏一声舅舅；扮夫妻，那可是要叫肖珏夫君的！想想自己叫肖珏夫君的模样，禾晏无论如何都无法直视。

"毁你清誉？"肖珏漂亮的眸子一眯，微微冷笑，"你还委屈上了是吗？"

禾晏："……"也是，这事说出去，以旁人的眼光来看，被毁清誉的，大概是肖珏。

可是……他想怎么样就怎么样，自己岂不是很没面子？

难得肖珏有求于自己，禾晏昂高了脑袋，正准备坐地起价，好好勒索一番，就听见这人轻描淡写地开口："这件事做成，你可以进南府兵。"

禾晏："成交！"

"我说，"林双鹤有些头疼，"禾妹妹，你是姑娘家，该矜持一点。"

"那你恐怕高看她了，"肖珏嘲道，"她怎么可能有那种东西。"

"矜持在这种事情上不值一提。"禾晏笑嘻嘻道，"都督，你放心，我绝对能扮演一个好夫人，为你争面子，让旁人对你艳羡有加，夸赞你几辈子才能修得的好福气。"

肖珏忍了忍，平静道："乔涣青的夫人是湖州有名的才女。"

禾晏的自夸戛然而止。

"琴棋书画样样精通，"他看了禾晏一眼，似有几分怜悯，"乖巧懂事善解人意，这十六个字，请问哪个字与你沾得上边？"

"人样。"禾晏老实地答。

"扑哧。"林双鹤忍不住笑出声，笑了一半又觉得这样不太好，便道，"胡说八道，我禾妹妹怎么就不乖巧懂事善解人意了，至于琴棋书画……"他看向禾晏："你会吗？"

禾晏："不太会。"

肖珏嗤笑一声。

林双鹤立马道："那也没关系，我会！你跟着我，不是还要等几日再出发吗？出发前，我保管教会你，不敢说十分擅长，骗骗那群大老粗是肯定没问题了。肖怀瑾，你把禾妹妹交给我，不出五日，还给你一个不一样的窈窕淑女。"

"又矮又蠢又无才艺特长，那还真是辛苦你了。"肖珏漫不经心开口，站起身来，走到禾晏身边，目光直直盯着她。

禾晏被他看得心里发毛，这人又微微靠近，弯唇轻笑："不过也说不准，毕竟我们禾大小姐最擅长骗人了。"

禾晏："……"

肖珏总能把夸人夸出一种贬义。

"让旁人对我艳羡有加的好夫人，我就……"他眸光深深，笑意深长，"拭目以待了。"

他离开了。

中门被关上，那头传来上锁的声音，禾晏松了口气，坐在榻上。林双鹤也站起身，笑道："不早了，那我也先走一步，禾妹妹，明日我再来找你，咱们先熟悉一下琴棋书画。"

禾晏点头。林双鹤欲言又止，禾晏问："林大夫还有什么事？"

他神情复杂地看了禾晏一眼，道："没什么。"摇着扇子出了门。

待身后的门关上，林双鹤吁了口气，按了按胸口。

他与肖珏夸下海口，说禾晏不喜欢肖珏，共处起来才最自在，可是方才肖珏欺身逼近禾晏的时候，林双鹤分明看到了禾晏的紧张和无措。

好像有点不对啊！这也不像是对肖珏完全无意的模样啊？！

怎么回事？林双鹤心急如焚，要是禾晏其实是喜欢肖珏的，这一路同行，岂不是要惹麻烦？

不不不，一定只是因为肖珏生得太好，女子看见他的容貌，一瞬间为美色所惑。多看几次就没感觉了，他安慰自己，一定是这样。

屋里，禾晏坐在榻上。

肖珏居然让自己和他扮夫妻去济阳，这也太不可思议了。而她爽快答应肖珏的提议，也并不全是因为南府兵的那个条件，还因为肖珏提出的那个地方，济阳。

禾晏的师父，漠县一战时，将她从死人堆里救出来的那个路人，也是后来教会了她排兵布阵、刀剑弓马的奇人，柳不忘。

当年分别之时，她曾问过柳不忘："师父，若有一日我想去找你，应该去什么地方？"

"有缘自会相逢，"柳不忘微笑道，"但你若有要事执意寻我，就去济阳城外。我终会到达此处。"

她记在心中。

如今那个"禾如非"已经死了，阴错阳差地，却得了这么个奇奇怪怪的任务，若真的到了济阳，或许能见着柳不忘。知道她身份的，除了禾家人，也就只有柳不忘了。

她很想见见师父。

"济阳……"禾晏微微叹了口气，心中竟有些踟蹰起来。

第二日一早，禾晏早起用过饭，就要跟着一道去演武场日训，才走到门口，就被院子外的人一把拉住："禾兄！"

回头一看，正是林双鹤。

禾晏问："林兄，你怎么在这里？"

林双鹤摇摇扇子："我在这里等你。"他上下打量了一下禾晏的黑色劲装，问，"你这是要去作何？"

"演武场日训啊！早上还没行跑。林大夫，我晚些跟你说，再不去要晚了。"

"等等，"林双鹤挡在她面前，"我让怀瑾与沈总教头打过招呼，这几日，

039

你都不必去日训了。"

禾晏："为什么？"

"你是不是忘了，再过几日你要去济阳了。"林双鹤笑道，"事情也分轻重缓急，当然要抓紧时间做眼前的事。"

禾晏莫名其妙："眼前什么事？"

"你看。"林双鹤指给禾晏看。

院子里的石桌上，摆着一架琴、一方棋、几张纸、笔墨砚台，在凉州卫见到这些风雅之物，一瞬间，禾晏还以为楚昭又回来了。

"你既要扮乔涣青的妻子，琴棋书画都要懂一点。蒙稷王在世的时候，就极佩服文人墨客，藩王属地济阳城内，百姓崇拜才华横溢之人。恰好乔涣青的妻子温玉燕又是有名的才女。禾……禾兄，"林双鹤道，"你身手让人放心，可不能在这上面出什么岔子。来，写个字我看看。"

有那么一瞬间，禾晏觉得自己又回到了朔京的贤昌馆，与同为倒数第一的林双鹤马上就要坐下来互相诵背了。

林双鹤还在催促："来，禾兄，写个字，让为兄看看你写得如何。"

禾晏当即提起笔来写了个字——

烦！

这个字写得龙飞凤舞，潦草不堪，林双鹤见状，摇扇子的动作一顿，半晌才道："禾兄写字，颇有气概，就是太有气概了些，不觉得……女子写字，当柔和一些吗？"

禾晏觉得他这话说得很有问题，当即反问："谁说女子写字就要柔和了？照林大夫这么说，男子就不能写簪花小楷了吗？"

"是是是，"林双鹤道，"可就算不柔和，也不能这么潦草吧！"

禾晏无言以对。

林双鹤便道："没事没事，你要不画个画？就画个寒梅映雪图，糊弄那些济阳人应当是绰绰有余。"

禾晏将纸摊开，抬手画了三朵花，几点麻点似的雪。

林双鹤看着看着，狐疑地问："禾兄，你这画的是煎烧饼不小心将芝麻煎飞了？"

禾晏："……我只会画地图。"

接二连三如此，林双鹤开始慌了，他说："那棋呢？棋会不会？"

"我棋品很差，酷爱悔棋。只怕登不得台，否则控制不住自己，让人看了笑话就不好了。"

"琴呢？琴总会吧？！"林双鹤眼里有些微绝望，"如今府中有姑娘的，五岁起就要开始学琴了。"

禾晏两手一摊："乐器一窍不通。"

两个人面面相觑，气氛尴尬而寂静。

林双鹤心中震惊，他在朔京见过那么多贵女，每个人才艺没有五样也有三样，禾晏居然连样子都做不出来？他突然怀疑自己，跟肖珏提议让禾晏去扮演温玉燕究竟是不是做错了。

"林大夫？"

林双鹤回过神，勉强笑道："没事，我在想事情。"

烂成这样，只能说将最普通的学会，到时候做做样子就好。凉州卫倒是有个现成的女先生沈暮雪，才情出众，可若让沈暮雪知道禾晏是女子，还被肖珏点名要扮夫妻，只怕会出岔子。

罢了，他不下地狱，谁下地狱。林双鹤看向禾晏，内心在滴血，面上却咬牙笑道："禾兄不必惊慌，只要功夫深，铁杵磨成针，有志者事竟成，水滴石穿，你既然不会，就让为兄来教你，咱们从头学起，定也能教人刮目相看！"

禾晏见这人莫名激动起来，轻咳一声："那个……林大夫，你会吗？"

没记错的话，林双鹤是当年与她同为倒数第一的，有什么资格和能力教别人？

林双鹤一把展开折扇，傲然道："本公子别的不会，诗情画意最会了。看我的。"

夜深了，隔壁的屋子里传来尖锐的琴声。

飞奴正帮着肖珏收拾桌上的公文，闻声手一抖，军文散得乱七八糟。他再抬眼去看肖珏，肖珏伸手扶额，一副难以忍受的模样。

飞奴就在心里暗暗叹了口气，这禾晏在演武场上大放异彩，无所不通，没想到竟在琴棋书画一事上如此迟钝，换了朔京城里任何一户学过琴的姑娘，哪怕是五岁，也弹得比这好得多。

三日了，整整三日了，再过两日就要启程，可禾晏的琴声就在一墙之隔，没见半分进步，仿佛还因为人越来越没耐心，越发难听起来。

赤乌是个性急的，好几次偷偷拉着飞奴在暗处道："不会弹就别弹了！少爷这是疯了不成，找个男子扮夫人就罢了，还找个什么都不会的，这不是让人揪破绽呢？！就算再怎么缺人也不至于如此！"

他尚且不知禾晏女子身份，飞奴也不好多嘴，只道："少说话，多做事。"

不过，飞奴心中也犯起嘀咕，禾晏这般驽钝，真能担得起如此重任？

悬。

隔壁屋里，林双鹤摆了摆手，有气无力道："禾妹妹，够了，够了，可以不弹了。"

禾晏住手，看向他，谦虚请教："林兄，我今日可比昨日有进步？"

林双鹤噎了一下，无言以对。

他就没见过如此油盐不进的女子！三日下来，非但没有长进，还一次比一次弹得刺耳，林双鹤如今才知道，世上原来会有人将琴弹出这样的声音。都说近朱者赤，近墨者黑，好歹肖珏也是文武双绝，禾晏与肖珏待了这么久，怎么一点雅意都没沾上？

偏偏这姑娘还一副非常努力的模样，看她如此勤奋，连苛责的话都说不出。令林双鹤想起年少进学时的一位同窗，亦是如此，头悬梁，锥刺股，依旧次次倒数。

惨不忍睹。

罢了罢了，林双鹤站起身，微笑道："可以，很不错，禾妹妹，你果然颇有天分，只要稍加勤练，定能一鸣惊人。这几日你便练着，等到了济阳，再让怀瑾亲自给你指点一二，我看，你也就能出师了。"

禾晏："果真？"

林双鹤："真的不能再真了。"他想，禾晏实在太难办了，他还是早些知难而退为妙，这等复杂的教导，还是留给肖珏自个儿解决，反正禾晏是他的"夫人"，这本也是肖珏分内之事。

想到此处，没了负担，顿觉一身轻松，林双鹤笑道："那剩下两日我也就不来了。禾妹妹，你多练，多练。"

他无债一身轻，翩然离开了。

禾晏尚且将信将疑，她听着分明很难听，林双鹤却这么说，有这么好？

风雅人的兴趣，果真与常人不同。

剩下的两日，禾晏除了练琴外，还寻了个空与洪山他们告别。

来去济阳加上办事，只怕小半年都在外，有这么长时间见不到昔日伙伴，还怪想念的。

"你又和肖都督去办事？"洪山凑近道，"阿禾，你是不是要升了？"

"生了？什么生了？"小麦正在烤捡来的鸟蛋，闻言抬头问，"谁要生孩子了？"

石头轻轻敲了一下他脑袋，看向禾晏："一路多保重。"

禾晏笑笑："当然。还没恭喜你们，进前锋营了。"

年关过后，新兵里又被挑了一部分去前锋营，石头、江蛟、王霸和黄雄赫然在列。小麦年纪小，训练得尚不太出色，洪山一直都各项平平，好在他们二人也并不在意，做个普通兵士已经满足。

"进前锋营哪有你滋润。"王霸逮着机会就要酸禾晏一下，"隔三岔五就能和肖都督一起外出，既不必日训，又能在上司面前卖个好，神仙都没你好过。"

"王兄，此话不对，禾兄与都督外出，定然不会像我们想的那般轻松，指不定有什么危险。"江蛟看向禾晏："万事务必小心。"

禾晏伸了个懒腰："我一向很小心。"

黄雄见状，捻了一下脖子上的佛珠，就道："肖都督愿意带上你，必然是看中你身上某样东西。你若能抓住这个机会，挣上军功，离你想要的就能更进一步，也能更快做成你想做的事。"

禾晏心道，肖珏愿意带上她，确实是看中了她身上某样东西，那就是看中了她是个女的，没想到吧！

"好说好说。"她挥了挥手，"诸位放心，我们都是一起在白月山上争过旗、大通铺上睡过觉的兄弟，但凡有我一口吃的，就有各位一口汤喝。我若真能升迁，定然不会忘记同袍。而且我也相信，就算没有我，各位也能在凉州打出自己的一片天。"

"说得好！"黄雄道，"不靠人，靠己，俱是好汉。"

禾晏微微一笑，看向凉州卫旷远的天空。

远山白雪皑皑，终会渐渐消融，冬日已经过去，春日好景不久就临。济阳与凉州又有不同，山高水远，谁知道未来又会发生什么事。

她拍了拍手，站起身来。

未来从不是靠想就想得出的，不过是，埋着头，一直不断地往前走就是了。

从凉州出发，到济阳城，快马加鞭，也要近一月。

一路往南，越往济阳走，天气越暖，等快到时，路边的野花都开了不少，来往燕子衔泥已经开始筑巢，春天是真的到了。

济阳城外，赤乌赶着马车过来，道："少爷，这附近能买到的最好的马车，就是这辆了。"

马车看起来已经很华丽了，四面以孔雀绿色的精细丝绸装裹，里头的白纱微微拂动，坐进去也是极宽敞舒适。一连多日骑马，禾晏都觉得累，如今能舒服一把，禾晏已经很满意了。偏偏林双鹤还百般挑剔："就这样的？木材也太次了些，我不是说了挑最贵的吗？"

赤乌："这已经是最贵的了。"

禾晏看了看林双鹤，心中叹了口气，这么多年，这位少爷讲究享乐的行事作风还是一点没变。她就搞不清楚了，肖珏去济阳办事，为何要带上林双鹤，这不是给自己拖后腿吗？

想不明白的不只禾晏，林双鹤自己也费解，临走之前百般确认："你确定没说错，去济阳要带着我？"

肖珏："确定。"

"为何？"

"因为同行需要一位管家。"

"管、管家？"林双鹤怒了，"你见过有我这般风姿的管家？"

肖珏打量了他一下："现在见过了。"

话虽这样说，林双鹤自己也挺想跟肖珏出来见见世面。他还从未去过济阳，听闻济阳的姑娘个个都长得美，此生若不见一次，岂不可惜？因此也就嘴上抱怨几句，便欣然答应同行。

之前一直赶路，也没在意其他，如今快到济阳城，便得好好乔装打扮一番，毕竟在这里，他们不再是肖怀瑾与禾晏，而是湖州富商公子乔涣青与他新娶的娇妻温玉燕，以及二位的护卫赤乌和飞奴、管家林双鹤。

飞奴将通行令拿了出来，望着远处的济阳城门，道："少爷，咱们进了城，找了客栈安顿下来，还须得买两位丫鬟。"

总不能富商少爷和少奶奶出行，连丫鬟也不带，衣食起居都要自己动手。

"买丫鬟？"林双鹤道，"我也去！"

肖珏懒得理会他，只吩咐飞奴："找年纪小的，等济阳事情办完，就让她们回家去。"飞奴应下。

赤乌和飞奴在外赶车，马放慢了步子，晃到了济阳城门。飞奴将通行令拿给守城门的护卫，护卫仔细瞧了一下行令上的黑字，态度骤然恭敬："原是崔中骑的家人，请进。"

林双鹤就问："崔越之在济阳身份很高吗？"

"听闻是和蒙稷王女一同长大的，既忠心又厉害，很得王女信任。"禾晏答道。

林双鹤奇道："你怎么知道？"

禾晏继续道："听人说的。"

肖珏瞥她一眼，没有说话。

禾晏没去过济阳，但却对济阳的人和事听过一些。只因她的师父柳不忘就是来自济阳城外，曾与她谈过许多济阳的逸事，她听得多了，便也对济阳生出向往。

只是藩王属地往来麻烦，没料到如今竟能乘着肖珏的风，顺带过来瞧一瞧柳不忘嘴里的水城，着实新鲜。

济阳城市崇丽，万户相连，商贸繁华。城外连着运河，商船云集，济阳盛产的绸缎和茶叶顺着渔阳河直达扬州，真可谓"万斛之舟行若风"。城内又有大大小小的河流，随处可见桥下有小舟行过，船头摆满瓜果小物，这便是济阳的水市。

中原来的人哪里见过这等光景，禾晏趴在马车上往外看，啧啧称奇。

林双鹤感叹道："这济阳果如游者所言，真是个神仙般的地方，难怪易出难进，我要是来了这儿，也不愿意走。你瞧瞧这边的姑娘，生得多水灵，和朔京里的就是不一样。"

禾晏："……"她心道，你在朔京的时候，可不是这么说的。

她又转头去看肖珏，肖珏似对马车外的繁华并无多少兴趣，懒洋洋坐着，眸光平淡，丝毫不见惊喜。

"都督，我们现在先去找客栈吗？"她问。

"什么都督，"林双鹤立刻道，"都到济阳了，你可不能叫都督，免得露馅。"

禾晏："那我叫什么？"

"当然是叫夫君了！"

"夫君"两个字一出来，禾晏和肖珏都震了一震，肖珏脸上神情更是难以言喻，十分精彩，忍了忍，半晌拂袖道："现在不必叫。"

以后叫也怪不自在的好吗？禾晏心中痛苦万分，这趟差事看着不赖，没想到执行起来如此艰难，竟要连人的羞耻心也一并抛却。

肖珏道："先找客栈安顿下来。"

济阳物资丰厚，繁华富庶，找客栈并不用多挑，瞧着都还不错。赤乌挑了一个离城中心最近的地方，方便熟悉城内。

几人先将马车上重一点的东西放下。飞奴走过来："少爷，属下刚刚打听过，在这附近有家饭馆，饭馆的老板娘会帮忙给大户人家买卖丫鬟，倘若今日住在此地，可以现在就去找老板娘帮忙相看。"

肖珏点头。

禾晏迟疑了一下，道："我就不去了吧。"

几人动作一顿，林双鹤问："禾……少夫人，你是有什么事？"

禾晏其实也没别的什么事，只是见不得旁人卖儿卖女，哪怕知道有些孩子进了大户人家做丫鬟未必就过得不好，心中到底不太舒服。当年随军的时候，饱受羌人骚扰的战乱之地，百姓更是卖儿卖女成风。若是儿子还好些，至多是卖给别人做长工。卖女儿的更多，禾晏就见过，十三四岁的姑娘，卖给六十岁的老头做妾，只需要一块烧饼。

人命就是如此低贱。

她实在不喜欢看人被当作货物一般挑挑选选。

"我……我如今不是女子身份吗？"她胡诌了个理由，"总不能穿着这身衣服到处跑，看着也不像温玉燕，我想着，这附近有什么成衣店，我去买两件女子穿的衣裳。有首饰的话也顺带买一些，等咱们见了崔越之，才不至于露馅。"

她为了方便赶路，仍是穿的程鲤素的衣裳。眼下到了济阳，再做男子装扮就不合适了。

林双鹤一听，觉得她说的也颇有道理，就道："那也行。"

"赤乌，你跟着她。"肖珏道，"有事发信号。"赤乌应下。肖珏又看向禾晏："你就在附近，不要走远，济阳不比凉州，谨慎为上。"

禾晏点头："行。"

"那咱们就分头行动，"林双鹤摇摇扇子，"少夫人，记得多买几件漂亮的衣裳，好让他们看看咱们中原的姑娘是如何美丽动人。"

肖珏："闭嘴。"

他们三人先下楼离开了，留下禾晏与赤乌二人。

赤乌心道，林双鹤这话说得不对，禾晏又不是女子，再如何打扮，也不能美丽动人，有什么意义？他刚想到这儿，便见禾晏对着镜子拔下脑袋上的发簪，霎时，一头青丝垂落于肩。

"你……"

禾晏转过头："我一个男子，去成衣店买女子的衣服，未免引人注意，先将头发散下来，怎么样？"她问赤乌，"我现在看起来如何？"

赤乌："……还、还行吧。"他心里嘀咕着，原先怎么没发现禾晏居然男生女相，还以为他扮女子定会让人难以直视，眼下这家伙把头发散下来……还真像个女的。难怪少爷会选他同行了。

"走吧。"赤乌道，"趁天还亮，先去附近转一转。"

二人一同出了门。

济阳城本就比凉州更往南，天气暖和得多，如今又是春日，太阳微微冒出头，晒得人浑身暖洋洋的，柳树冒出茸茸青色，春色无边。

四处都是小贩的叫卖声，济阳人原是靠打鱼为生，民风热烈开放，人人热情好客。路过卖瓜果的商贩，对方见禾晏多看了几眼，便非要塞几颗到禾晏怀里，道："姑娘拿好，不要钱，送你尝尝！"

赤乌："……"竟然被人叫姑娘了？这伪装得也太好了吧！

禾晏笑盈盈地接下，递给赤乌几个，道："济阳城里还真是不错。"

难怪柳不忘提起济阳，语气都是怀念之意。想到柳不忘，禾晏心中又有些担忧，她如今与肖珏待在一处，如何才能找个合适的理由去城外寻柳不忘的踪迹？况且济阳城这么大，要找人着实不易。

正想着，赤乌已经询问旁边一个卖泥人的摊主："小哥，劳驾问问，这附近可有卖成衣的店铺？"

摊主闻言，笑道："听兄弟口音，不是济阳人吧？这你就问对了，"他往前指了一个方向，"济阳的绣罗坊，最大的成衣店，里头有最好最多的衣裳。想买衣裳，到那里去准没错！"

赤乌谢过摊主，与禾晏往摊主指的方向走去。

禾晏有些紧张。

赤乌问："你怎么了？"

"买女子穿的衣裳，有些不自在而已。"禾晏道。

赤乌点头："是挺不自在的。"

禾晏做男子的时间比做女子的时间多。纵然是做女子时，对穿衣打扮一事也不太在意。府中给准备什么就穿什么，真要自己去挑，可能还真挑不出来。心道莫要闹了笑话，挑了什么不适合自己的才好。

但再如何怕，也是要过这一遭的，绣罗坊离这里并不远，不多时便到了。

泥人摊主说得不错，绣罗坊很大，一共五层，看起来像是一处楼阁。站在门口的两个青衣伙计见他们前来，笑着上前迎客，其中一个道："客官，第一次来绣罗坊吗？"

禾晏点头："不错，我们想买几件衣裳。"

"请问是您还是这位公子要挑衣裳？"伙计指了指楼上，"咱们绣罗坊，第一层是男子衣裳，第二层是幼童衣裳，剩下三层都是女子衣裳。"顿了顿，又道，"越往上走，衣裳也就越贵。"他笑着搓了搓手，"您看……"

"我们就去第三层吧。"禾晏当机立断。

"好嘞！"伙计笑眯眯地回答，"两位请随我来。"

这里头果真很大，每一层都铺了精致的地毯，修缮得也极为华丽，同朔京的风雅不同，济阳的布置更繁丽热烈，如同他们人一般。墙上画着壁画，似乎是众人聚在一起游乐。长长一卷，水上坊市热闹无比，游人摩肩接踵，极为有趣。

见禾晏盯着壁画瞧，那伙计便笑道："这是咱们济阳的水神节，咱们济阳是靠水吃饭，年年都要祭水神。两位看看不是本地人，若是待的日子够长，恰好可以来一道看看水神节，可热闹了！"

"水神节？"禾晏问。

"对啊，就在本月，水神节可好玩了！姑娘，你若去了，保管不亏！"

这里的人自来热情，禾晏没说什么，心里却对他说的水神节起了几分好奇。

到了第三层，伙计停下脚步，道："这里就是了，姑娘，您先看。"

禾晏点头，赤乌有些不自在，这一层全是女子穿的衣裳，他一个男子留在此地，不太像样，便对禾晏道："我在楼下等你，你挑好了，让人跟我说一声就行。"

禾晏道："行。"

赤乌走了，伙计继续领着禾晏看，边看边为禾晏解释："这件樱桃红古香缎月华裙，前段日子卖得最好，春日到了，大家都喜欢穿红色的，踏青的时候看起来最显眼。若要吸引情郎的目光，这个最好不过。

"这件藕色缂丝牡丹素玉裙也不错，再配把团扇，就跟画上的仙女似的。清雅出尘，高洁飘逸，妙得很！

"您看看这个，这条彩绣蝶纹裙，上面一百只蝴蝶，全是咱们的绣女一针一线缝上去的，想想，穿着这样的裙子在花丛中，定能吸引到不少蝴蝶，真假蝴蝶一起绕着你，多招人喜欢啊！"

禾晏："……"

她想了想，看向这名伙计："小哥，我平日里很少自己挑衣裳，所以一时间也不知道该选哪件。要不你替我找找，有没有那种穿着不出错，也不挑人，又不至于在宴席上失礼的衣裳？"

那伙计也是个精明人，听禾晏如此说，便笑道："好说。姑娘，我瞧着您皮肤白，又与咱们济阳女子不同，这般出挑的容貌，若是只选不出错的衣裳，埋没了您的美丽岂不可惜？要不……"他走到一件衣裳面前，拈起衣裳的一角给禾晏看，"您瞧瞧这件？"

"这件天香绢玉裙十分轻薄，摸着也很细腻，颜色又是水蓝色，很衬您的肤色。样式简单又大方，您若穿着去赴宴，是决计不会失礼的。最后一条了，您要是喜欢，不如就选这件？"

禾晏瞧着，这件看起来确实没那么多花里胡哨的，摸着也很舒服，便笑道："那就这……"

"这件裙子我要了。"斜刺里伸出一只手，将禾晏手里的裙子一把夺了过去。

禾晏回头一看，见面前站着一个穿黄裙的年轻女子，生得杏脸桃腮，颜如芙蓉。只是肤色略黑了些，身段倒是极好，个子也挺高，一双眼睛看也不看禾晏，仿佛眼前没禾晏这个人。

她身后跟着两个绿衣丫鬟，一人道："还愣着干吗，见了我们小姐怎么不打招呼？"

那伙计一怔，忙弯腰行礼："颜大小姐。"

叫颜大小姐的女子哼了一声，算作应答。

那伙计又转过头来，擦了把汗，对禾晏道："姑娘，要不……您再选一件？"

纵然是傻子，也该明白发生了什么事。无论什么地方什么时候，都少不了这种仗着家世横行无忌的人。伙计也是无辜，禾晏并不想为难他，就道："无事，我再选一件就好。"

"对不住，"那伙计背过身子，低声道，"颜大小姐平日里都不来我们成衣店的，今日不知是怎么回事……"

"无事。"禾晏给了他一个让他安心的眼神，"不必解释，我明白。"

"多谢，多谢。"

伙计便走到颜大小姐身边，笑道："颜大小姐，可需要小的为你挑选衣裳？"

"你是什么东西，还为我挑选？"颜大小姐不屑道，"你去给旁人挑吧，本小姐不需要你来指点。"

那伙计讪讪地退到一边，又回到禾晏身前。比起伺候那位尖酸刻薄的颜大小姐，这位显然要好说话得多，他便笑道："姑娘且看看这个？这件苏绣琵琶裙是掐腰的，袖子极宽大，穿起来犹如走在云雾里，也极美。颜色是梨花白，姑娘穿着，定是冰肌玉骨，幽韵撩人。"

禾晏听得失笑，这伙计卖衣裳就卖衣裳，怎生夸人的话张口就来，让人听得怪不好意思的。禾晏看了看这件衣裳，觉得也还不错，就道："那就这件好了。"

话音刚落，颜大小姐身边的丫鬟便伸手将禾晏指着的这件衣裙给扯了过来，道："这件我们大小姐也要了。"

又来？禾晏微微蹙眉，一次若说是巧合，两次就有些故意了。可她从未见过这女子，为何频频针对她？

她转身，面对着对方，客客气气地问："请问这位小姐，我可有地方得罪你了？"

"没有啊。"颜大小姐看向她，扬眉道，"我不过是挑件衣裳而已，何来得罪一说？"

"一两件自然没什么，"禾晏微笑，"但该不会等下我挑什么，你就选什么吧？"

颜大小姐抿嘴，倨傲地道："看来你也不笨。"

"我不明白，姑娘为何如此？"

"凡事都要问为什么，很好，可本小姐又不是你的先生，凭什么为你解惑。我今日就算将这第三层所有的衣裳都买下来，那也是我的本事。你若不服气，也买就是了。这么多衣裳，总有一件我不要的。不过……"她上下打量了一下禾晏，语气不无轻蔑，"瞧你这样，也不像是能买得起多少的。"

禾晏穿的程鲤素的衣裳，本来料子不差，可连日赶路，到底风尘仆仆，她从客栈出来，衣裳都没来得及换，看在旁人眼中，自然灰头土脸，一脸穷酸相。

她这是什么运道，就连出来买件衣裳，都能遇到如此骄纵的大小姐。禾晏与男子打交道，自来简单粗暴，就算再不服气，至多打一架就是。可女子不同，她总不能当街殴打姑娘。

"绣罗坊并非姑娘家所开，"禾晏耐着性子道，"我不过是想买件衣裳而已，还请姑娘不要寻衅滋事。"

不说这话还好，一说此话，这女子就如被踩了尾巴的猫，全身毛都乍了起来，她美目一横，声音也比方才尖锐了一些，道："寻衅滋事？你竟说我寻衅滋事？哪里来的乡巴佬？不认识本小姐就罢了，还满口污言秽语！想买衣服？看你这寒酸样，买得起吗你！"

禾晏："我……"

"少夫人！"一个声音插了进来。

禾晏回头一看，不知什么时候，肖珏和林双鹤竟寻到了这里，赤乌和飞奴在后，还有两个梳着双髻的粉衣小姑娘，怯生生地站在一边。

肖珏走上前来，济阳女子美艳泼辣，男子阳刚威武，像他这样俊美优雅、风姿英气的青年，实在凤毛麟角。颜大小姐看得眼睛发直。

肖珏盯着她看了一会儿，忽然勾了勾唇，凑近禾晏耳边，声音很低，却能恰好让周围的人都听见："何事惊慌，夫人？"

年轻男子身姿颀长，如松挺拔，暗蓝衣袍穿在他身上，又贵气又优雅，他瞳如漆黑夜色，泛着深深浅浅的冷意，嘴角却勾着，带着点漫不经心的讥诮。

那一句"夫人"低醇如酒，听得在场的人都醉了。

禾晏亦是如此，只觉得被他呼吸拂过的地方瞬间僵硬，一时间无话可说。

颜大小姐咬唇看向肖珏，心中半是惊艳半是妒忌。这样冠绝四方的美男子，竟然已经娶妻，娶的还是他身边那个乡巴佬？凭什么！

见禾晏不语，肖珏挑眉，将声音放得更和缓了一些："她欺负你了？"

禾晏吓得一激灵回过神来，正要开口，颜大小姐先她一步说了话："这位公子,小女子可没有欺负人。不过是与这位……姑娘看中了同一件衣裳而已。"

颜大小姐与肖珏说话的时候,便不如方才那般咄咄逼人了,一双眼睛更是舍不得从肖珏身上挪开。

"可我刚才分明听到了,你在说我们少夫人没钱!"林双鹤唯恐天下不乱,摇了摇扇子,道,"连我这个管家都听不下去了。"

管家?一边不敢吱声的青衣伙计心中暗暗咂舌,他还以为是哪家公子,不承想是个管家。不得了不得了,这一行人容貌气度皆是不凡,该不会是哪个大人物到济阳了?也不知方才有没有得罪人家。

肖珏侧首问禾晏:"可有选中的?"禾晏摇了摇头。

颜大小姐便将方才禾晏瞧中的、被她攥在手中的那条水蓝色裙子递过来,微笑道:"姑娘若真心喜欢这条裙子,小女子愿意割爱。"

禾晏:"……"

肖珏的脸这么有用呢?这态度变的,前后根本就不是一个人。长得好看真占便宜,禾晏心里酸溜溜地想。

肖珏只淡淡看了颜大小姐一眼,没有伸手去接,对那站着的青衣伙计道:"楼上是什么?"

"回公子的话,"小伙计边擦汗边回道,"咱们绣罗坊一共五层,第三层到第五层都是女子成衣,第五层的衣裳是最贵重的,专为贵人所做,价钱……也更高一些。"

"拿你们秀坊的镇店之宝出来。"

颜大小姐的脸色僵住了。

禾晏也惊了一下,扯了扯肖珏的袖子,小声道:"不用,我随便穿穿就行了……"家里什么条件啊就敢选最贵的了,禾晏觉得十分不妥。

肖珏神情平静:"闭嘴。"

绣罗坊的伙计是个人精,只道了一声:"请稍等。"说完他马上上楼去了,不多时,抱着一个裹着软缎的小箱子下来,将箱子放到屋中的圆桌上。

他打开锁,从箱子里头小心翼翼地捧出了一件薄薄的淡白色绫绣裙,这裙子花样并不复杂,不如方才的花哨,但阳光从窗外透过来,照在衣料上,原本素白的颜色竟折射出彩虹般的色彩,若隐若现,如人鱼鳞片,泛着淡淡蓝紫金粉。薄而软,不似人间凡物。

"这是鲛绡纱织成的衣物,别说绣罗坊,我敢说,济阳乃至大魏仅有这么一件。这鲛绡纱是从一位海商手里花重金买来的,其他的料子都献给了王女殿下,剩下最后一点做成了这一件'泪绡',只因在阳光下,衣裙会发出如鲛人眼泪的色泽。客官，这就是咱们店里的镇店之宝了。"

肖珏目光扫过伙计手中的衣物，道："勉强。"

禾晏就觉得，整这么多花里胡哨的说辞做什么呢，还不就是件衣服。什么鲛绡纱，说得跟这世上真有鲛人似的，不过是寻个噱头，怎生还有人相信。

"多少钱？"林双鹤问。

小伙计伸出一根手指："一百金。"

"一百金？"禾晏惊讶，"你怎么不去抢？！"

一件衣服卖一百金，这也太奢侈了！

伙计笑道："夫人莫要小看这件衣裳，除了看起来好看之外，它还是件宝贝，可用作防身，刀枪不入、水火不侵。一件衣裳一百金是贵了些，可一件宝贝一百金，已经是很便宜的了。"

"没必要，"赤乌小声对一边的飞奴道，"能穿得起这件衣服的贵夫人，难道没事就上刀山下火海吗？真的没必要。"

"就这件。"肖珏淡淡道，"另外挑几件，第五层的就行，一并带走。"

"好嘞！"小伙计喜出望外，这么大方的客人可不是天天都能遇到的，干脆趁热打铁，继续道，"客官要不要一道看看咱们绣罗坊里的珠宝？这件'泪绡'最好搭一支钿珠牡丹珍珠钗、一对玲珑白玉坠，鞋子也要同色的，咱夫人这般百年难遇的美貌，才不算被辜负。"

禾晏："？"

肖珏："你看着挑。"

一边的颜大小姐都看呆了，禾晏觉得不妥，扯着肖珏的衣服，将他扯得往自己这边倒，道："太浪费了！"

肖珏语气很淡："松手。"禾晏立马松手。

那小伙计如肖珏所说，去挑了几件衣裳，又挑了几件首饰，拿了个小箱子过来给众人过目，一一盘点完，才将箱子合上，道："一共二百金。"

禾晏听得想昏厥。

肖珏对林双鹤道："付钱。"

林双鹤一惊："……我？"

"不然我付，管家？"

林双鹤有苦难言，只得从袖中摸出一张银票递过去，勉强笑着道："好，可以，小的付。"

银票刚要递过去，肖珏道："慢着。"

众人一顿，禾晏心中一喜，怎么，突然发现自己骄奢淫逸得过分，打算回头是岸了？

肖珏看向颜大小姐，微微勾唇，慢悠悠道："忘了问一句，这位是否也看中了同一箱衣物，喜欢的话，乔某愿意割爱。"

颜大小姐脸色难看极了，她家虽有钱，却也不是出门会随时带着二百金的，况且家中有裁缝来专门做衣裳，花二百金去成衣店买东西，账目上也难以过得去。这漂亮得过分的男子……分明是在为他夫人出气！

她咬牙道："承蒙公子关照，我……不喜欢。"

肖珏点了点头，令飞奴将箱子收起来，正要走，又看向对方："好心提醒你一句。"

众人一怔。

见那面如美玉的男子眉眼温和，语气却充满刻薄的嘲讽："肤色太黑，绣罗坊的衣物都不太适合你。换一家吧。"

一直到楼下，林双鹤还捂着肚子笑个不停。

"哈哈哈哈哈哈！怀……少爷，您说话可真太刻薄了，你没看见刚刚那姑娘的脸，我的天，我若是她，今夜都睡不着觉！人家一颗芳心落在你身上，你拒绝就算了，还要如此讽刺，我的天啊，哈哈哈哈哈。"

禾晏也觉得肖珏此举未免太幼稚了些，她三两步追上肖珏，问："她刚刚之所以要拿我选的衣服，是因为她肤色黑穿不了这些色？"

"你不是很会骗人吗，就这点能耐？"肖珏神情恢复漠然，鄙夷道，"看不出来她妒忌你？"

"我哪知道我还有令人妒忌的地方，"禾晏嘀咕，"尤其是被女子妒忌。"

被男子妒忌倒是经常，什么身手好、跑得快、酒量称奇之类的，原来被女子妒忌是这种感觉。她问肖珏："我是不是很白，所以她妒忌了？我很白吗？"

寻常见她做少年打扮，早已看习惯了，乍然间见她将长发散下，虽然还穿着少年衣衫，但眉眼间灵动娇俏，确实是个少女的模样。虽然看着有点憨傻，但是……

肖珏移开目光："像块黑炭。"

禾晏："……"这个人，说句好听的话会死吗？

身后，刚买来的两个粉衣丫鬟怯生生地跟着不敢说话，赤乌瞧着前边禾晏故意逗肖珏的画面，搓了搓胳膊，忍不住对飞奴开口："这个禾晏，融入角色未免也太快了些……你看他现在，根本就是把自己当女子。我鸡皮疙瘩都起来了，怪不自在的。"

飞奴："非礼勿视，非礼勿听。"

回到客栈，两个小丫鬟先看了一眼禾晏，其中一个怯怯地道："夫人，奴婢们先上去为您收拾屋子，您等片刻再上来。"

禾晏："……好的。"

待两个小姑娘上了楼，禾晏问："这就是你们买的丫鬟？年纪也太小了吧！"

这两个小姑娘看起来至多十二三岁，长得一模一样，是一对双胞胎。

林双鹤答："没办法，我们少爷生得太美，若找个年岁与你相仿的，万一半夜爬了少爷的床怎么办？只有找这样年纪小还不开窍的，安全可靠。"

禾晏一听，觉得林双鹤说的也不无道理，以刚才在绣罗坊那位颜大小姐的反应来看，肖珏这张脸、这副身子，确实足以招蜂引蝶，还是小心为上。

林双鹤又道："别看俩丫头小，花了我不少银子。我说……"他蓦地反应过来，看向肖珏："你非要带我到济阳，其实不是因为需要管家，是需要一个钱袋子吧！"

禾晏"扑哧"笑出声来。

林双鹤还在痛心疾首地斥责肖珏的行为："你知道你这样做很不仁义吗？你给你夫人买衣服，买丫鬟，住客栈，凭什么要我花钱？又不是我的！"

禾晏笑不出来了。

肖珏不咸不淡开口："你一路跟到济阳，安然无虞，是因为什么？"

"……因为有你。"林双鹤道。废话，有肖珏在，哪个不长眼的敢拦路抢劫。

肖珏理所当然道："那就行了，保护费。"

林双鹤："保、保护费？肖——"

肖珏轻轻"嘘"了一声，看向外头的箱子，挑眉道："搬东西去吧，林管家。"

与肖珏比说话，林双鹤从未赢过，他哼了一声，从袖中掏出几个圆圆的东西，一股脑塞到禾晏手中。

禾晏莫名其妙："这是什么？"

"给夫人买的胭脂水粉。"林双鹤道，"我们来找你的路上，已经和崔越之的人打过照面了。崔家提前打好了城门卫，看见乔涣青的通行令就回禀他们，今夜我们可能要住在崔府。想来想去，你都需要这些。"

禾晏盯着手里的脂粉盒皱眉，这对她来说，委实有些太难了。

"我搬东西去了。"林双鹤摆了摆手，凑近禾晏身边低声道，"禾妹妹，好好打扮，让那些不长眼的都看看你是如何美丽动人。为兄非常看好你，今夜你就是济阳城里最美的明珠。"

禾晏："……"真是谢谢他了。

走廊上，传来小丫鬟脆生生的声音："夫人、少爷，奴婢们将房间收拾好了，现在可以进来了。"

肖珏道："走吧。"

禾晏将脂粉揣好，与肖珏一同往楼上走，待走到房间门口，脚步一顿，迟疑地问："你也进去？"虽现在是名义上的夫妇，可……这就共处一室了？她还要换衣裳呢，不太好吧。

肖珏以一种看傻子的眼神看着她，半晌道："我去林双鹤房间，你换好了叫我。"

禾晏："……好的。"

她进了自己屋，两个丫鬟退到两边，小心翼翼地等她吩咐。禾晏坐下来，和气地问："你们叫什么名字？"

"奴婢翠娇。"

"奴婢红俏。"

禾晏点头："好名字。翠娇、红俏，我现在有些饿了，你们能不能去楼下的厨房里帮我做点点心，要刚出炉的，盯着它好，可以吗？"

小姑娘们忙不迭地点头，道："好，夫人，奴婢现在就去。"

翠娇和红俏走了，禾晏松了口气，她终是不太习惯旁人服侍，瞧着箱子里的衣服首饰，又是一阵头疼，想来想去，罢了，先去洗洗脸，把脸上刻意画粗的眉毛洗干净好了。

她与肖珏同行，为了省事，也就没有刻意把脸涂黑，在凉州卫捂了一个冬日，早已捂得白白的。屋子里有干净的热水，禾晏洗过脸，拿手帕擦干净，在桌前坐下来。

不知道是不是又长了一岁的关系，禾大小姐比起一年前，脸蛋娟秀了许多，五官也分明了起来，原本只是娇媚的小美人，如今眉眼间那点俗气涤去，多了一丝英气和疏朗，此刻看来，就真的有些惹人心动。

看自己男子装扮看多了，乍一看女子装扮，尚且有些不习惯，禾晏拿起桌上的木梳，先将长发梳理柔顺，目光落在林双鹤给她的那一堆脂粉上。

胭脂口脂……要怎么用？她已经记不大清了，作为禾大奶奶的时候用过几次，后来有丫鬟伺候，也用不着自己动手。眼下还真不知道从何下手。

她拿起桌上的螺子黛，先从自己手熟的开始吧。禾晏将脑袋往镜子前凑了凑，一笔一画，认认真真地为自己画起眉来。

才画好一条，外头有人敲门，禾晏一手拿着螺子黛，一手开门，甫一开门，看见的就是肖珏。

他将箱子往禾晏手里一塞，不耐烦地开口："你忘拿衣服了。"

禾晏一拍脑袋："对！差点忘了。"

这价值二百金的衣裳都没拿,她还妆容个什么劲,禾晏对肖珏道:"谢谢你啊。"

肖珏视线落在她脸上,不可思议地开口:"你画的是什么?"

禾晏:"眉毛啊!我手艺怎么样?"

肖珏嘴角抽了抽。

她惯来做男子打扮,将眉毛描得又浓又粗,如今长发披散着,脸是女子样貌,自然也要画女子的眉。而禾晏画眉的区别——就是将剑眉画成了弯眉。

一条弯弯的、又浓又粗的眉毛,仿佛眼睛上方趴着一条蚯蚓,还是长得很肥的那种。

肖珏看不下去了。

他拽着禾晏的胳膊,拖到水盆前,冷声道:"洗掉。"

"为什么?"禾晏仰头,"我觉得挺好的呀。"

肖珏垂着眼睛看她,微微冷笑:"你觉得挺好?"

"好吧,"禾晏小声道,"……也不是太好。"

但那又怎么样呢?术业有专攻,她对男子做的事情得心应手,反对女子做的事情笨手笨脚,也不是一朝一夕养成的。

"那两个丫头呢?"

"去厨房帮我弄吃的了。"禾晏三两下将方才画的眉洗净,拿帕子擦干,一阵泄气,索性破罐子破摔,"我就只会画这样的眉毛,要不……"她摊开手掌,掌心躺着那盒螺子黛,"你来?"

这本是随口说的玩笑话,没想到肖珏看了她一眼,竟伸手接了过来。这下,禾晏是真的悚然了。

靠窗的位置,肖珏走过去,见她不动,道:"过来。"禾晏下意识走过去。他又道:"坐下。"

禾晏在他面前的凳子上坐了下来,心中仍觉匪夷所思,就问:"你真要给我画?"

肖珏目光扫过她不安的脸,扯了一下嘴角,意味深长地开口:"怕了?"

"怕?"禾晏立马坐直身子,"我有什么可怕的?我怕你画不好,不过是夸下海口而已。"

肖珏嗤道:"多虑。坐好。"

这个时节的济阳,暖洋洋的,日光从窗口照进来,偷偷爬上年轻男子的脸。濯如春月的美男子,修长的手指握着眉黛,轻轻拂过她的眉梢。

禾晏有些不安。

她从未想过肖珏竟然会为她画眉,纵然是她的丈夫许之恒,新婚宴尔时,亦不会做出这般举动。男子为女子画眉，落在旁人眼中，大抵有些红颜祸水，耽于美色的贬义。但肖珏认真为她画眉的模样，竟让她有瞬间沉迷。

禾晏立刻意识到自己的沉迷，微微后仰一下身子。

肖珏蹙眉："别动。"

她一怔，对方的手已经扣着她的后脑勺，将她往自己身前拉，一瞬间，距离比方才缩得更短，也就能将他看得更清楚。

褪去了锐利与冰冷的肖珏，这一刹那，竟显得格外温柔。他睫毛浓而密，长长垂下，将黝黑的瞳眸半遮，亦将那点秋水似的凉意掩住，懒懒散散坐着，轮廓秀逸绝伦。薄唇嫣红，诱得人忍不住要一直盯着看。

她想起那个下雨的夜里，若她当时知道是他，若她看得见，接受对方的温柔善意时，冲着这张脸，是不是也会态度和缓些，不至于那么凶巴巴？

大概是她的目光太过炙热，纵是让人想忽略也忽略不了，肖珏手中动作一顿，目光与她对上。禾晏顿时有一种做坏事被人抓住的心虚。

肖珏微微蹙眉："你脸为什么这么红？"

"我？"禾晏一怔，下意识地双手覆住面颊，果真觉得发烫，一时间寻不出理由，支支吾吾说不出声。

肖珏盯着她看了一会儿，忽然逼近："你该不是……"他扬眉，眸中深意莫测，微笑道，"喜欢……"

"没有没有没有！"不等他后面的话说出来，禾晏立马否认，还双手举起，仿佛发誓般地叫道，"真的没有！您这样天人风姿，我等凡人岂敢肖想！我绝对不敢对您有非分之想！真的！"

肖珏靠了回去，手里还拿着螺子黛，见她慌忙反驳，嗤笑一声，懒道："我又没说什么，这么激动做什么。"他挑眉，"做贼心虚啊？"

"我真的没有！"禾晏急了。

这人怎么回事，怎么还揪着这件事不放了？捉弄人有意思吗？这什么恶劣的趣味？

门外，两个丫鬟手里捧着装点心的碟子，进也不是，不进也不是。

"到底进不进去？"红俏小声问。

"还、还是不了吧。"翠娇道，"我听过秀才读诗，夫人和少爷眼下正是浓情时分，不要打扰得好。"

"哦。"红俏似懂非懂地点点头。

翠娇想，那句诗怎么说来着？好像是，"妆罢低声问夫婿，画眉深浅入时无"？

正是如此。

第二十三章　红妆

吵吵闹闹的，总算是把眉画完了。

禾晏一把从他手里将螺子黛抢过来，道："好了好了，你可以走了！"

肖珏挑眉："不照镜子看看？"

"等下我换好后一起看就行了！"禾晏觉得这人坐在这里，她的脸就会一直这般烫，还是送出去为妙。推推搡搡地把他送出门，一打开门，翠娇和红俏站在外头，将她吓了一跳。禾晏问："你们怎么在此？"

翠娇有些慌乱："奴婢们拿了点心过来，见少爷正在为少夫人……画眉，便不敢进门打扰。"

禾晏："……"

肖珏倒是不见半分不自在，只道："你慢慢换，我去找林管家。"

两个丫鬟随禾晏进了屋，红俏跟在禾晏身后，羡慕地道："少爷对少夫人真好。"

禾晏："啥？"

"还亲自为少夫人画眉呢。"翠娇大着胆子道，"奴婢瞧见那些恩爱的夫妇，也不至于做到如此地步。"

好吧，这对神仙眷侣的假象，如今是歪打正着地坐实了。禾晏笑道："你们可会妆容梳头？"

"奴婢会妆容，红俏手巧，梳的头发最好看了。"翠娇道，"夫人今日想梳什么样的头？妆容是要清淡些还是明艳些？"

禾晏一脸茫然："我要赴宴去，只要在宴席上不至于失礼就行。"她指了指肖珏送来的箱子，"我今日要穿的衣裳都在里头，你瞧着替我挑一件就好。"

翠娇笑着应了。

禾晏叹了口气，希望不要太过丢脸吧。

隔壁屋里，林双鹤半靠在榻上喝茶。肖珏坐在桌前，擦拭晚香琴。林双鹤看着看着，就想起之前教禾晏弹琴时她蹩脚的琴艺来。

肖珏也是个风雅之人，琴棋书画样样不落，可禾晏一个姑娘家怎么可以把琴弹出那样难听的声音？要是今夜去崔家，作为"温玉燕"的禾晏被人请求指教，那可就好玩了。

不过……有肖珏在，应当会逢凶化吉。

"你频频看我，"肖都督敏锐得厉害，"有事？"

"没、没有。"林双鹤一展扇子，"你这人怎么这么多疑，我只是在想，我禾妹妹换上女装，是如何娇俏动人。"

肖珏擦拭琴的动作一顿，缓缓反问："你眼睛坏了？"

"难道你不这样认为？"

"并不会。"

林双鹤不乐意了："你可以质疑我的医术，但不能质疑我看姑娘的眼光。我见到禾妹妹第一眼就看出来了，绝对的美人坯子。她在凉州卫里，自然是打扮得灰头土脸不能教人发现身份。不过那五官，倘若扮作女装，绝了！再说了，你就是嘴硬，你不也挺喜欢她的吗？"

肖珏微微冷笑："你哪只眼睛看见我喜欢她？"

"我两只眼睛都看到了。肖怀瑾，你若真讨厌她，今日绣罗坊里，何必英雄救美？看不下去别人欺负禾妹妹了吧？"林双鹤叹了口气，道，"不过也不怪你，我觉得禾妹妹这个人，在同女子相处时，总有些少根筋。今夜咱们上崔家做客，你知道这些大户人家，人多嘴杂，若有人因此发难，你可要好好保护禾妹妹。"

"与我何干？"

"她如今可是你的夫人，乔公子。再说了，一旦崔家有人为难禾妹妹，十有八九都是冲着你搞出来的事端。你那张脸可以恃美行凶，我们禾妹妹就倒霉了。多关照，啊，多关照。"

他絮絮叨叨说个没完，也不知说了多久，天色都暗下来了。林双鹤一壶茶都喝光了，伸了个懒腰，从榻上坐起身来，望了望窗外："都这么久了？我禾妹妹换好了没有？"

肖珏早已擦好了琴，正靠着桌假寐，闻言睁开眼睛，淡淡道："直接去叫人吧。"

时候不早，等下崔越之的人该来了。

"行。"林双鹤站起身，门外赤乌和飞奴守着，几人看向禾晏的房间，林双鹤轻咳一声，在外头敲了敲门："少夫人，少夫人您好了吗？"

里头一阵手忙脚乱的声音，听得红俏急道："等等！夫人，您忘了插簪子了！"

接着又是翠娇的提醒："耳坠！耳坠也没戴！"

噼里啪啦什么东西倒了的声音，听得屋外人一阵无言。

肖珏微微挑眉，赤乌小声对飞奴道："你见过男子涂脂抹粉吗？想想就可怕。"

飞奴："……慎言。"

一阵鸡飞狗跳中，门"吱呀"一声开了。翠娇和红俏擦了擦额上的汗，道："好了。"

门后的人走了出来。

同一张脸，从少年到少女，竟然判若两人。

这是个十六七岁的姑娘，身量苗条纤细，青梨色月牙凤尾罗裙将她的腰束得极细，外罩同色的云丝小衫，头发梳了一个缕鹿髻，斜斜插着一支碧玉玲珑簪，垂下两缕碎发在耳前，衬得那耳朵更是秀气，点着两颗白玉坠，颤巍巍地晃动。

她皮肤很白，薄薄地施过一层脂粉，更是细润如脂，眼睛清亮得过分，总是盈着一点笑意，眉似新月，秀眸生辉，唇色朱樱一点，盈盈动人。

少女体态娇小，姣丽明媚，但眉眼间一丝淡淡英气又将那点妩媚给冲淡了些，实在大方飒爽，撩人心怀。作为妇人，稍显稚嫩，但作为少女，清新明快又特别，惹得人人都忍不住要多看她几眼。

门外的人都是一怔，久久不曾说话。

禾晏有些不安，手抵在唇边轻咳一声："那个……是不是不大适合我？我素日里也不怎么擦这些……"

"好看！"林双鹤率先鼓掌，"少夫人，您这微施粉泽便是盛颜仙姿，方才一开门，我还在想是哪位仙子下凡来了，一开口我才听出来，原来就是您！"

禾晏："……"

她看向肖珏，问道："我怎么样？"

肖珏目光清清淡淡地扫过她："还行。"

禾晏放下心来，道："崔……大伯家的人到了没？到了的话我们走吧！"

"已经在楼下候着了。"赤乌道，"行李都已经搬上马车，在济阳的日子，少爷与少夫人都住在崔府。"

乔涣青与妻子温玉燕本就是来认亲的，人都到了济阳，断没有住在客栈的道理。几人又将屋子里的东西收拾了一下，跟着一起下了楼。

楼下两辆马车候着，一辆给肖珏与禾晏坐，另一辆给管家和下人坐。崔越之对这个侄子看上去还不错，安排得非常周到。

禾晏与肖珏上了马车，相对而坐，肖珏倒没什么，禾晏却觉得有些不自在。她捏了捏衣角，不时又整整头发，肖珏忍无可忍，目光落在她身上，开口道："能不能别乱动？"

"哦。"禾晏应了一声，没有再动了，脑子里却有点乱。

"紧张？"他问。

"都……少爷，"禾晏凑过去，认真地道，"我问你一个问题。"

"说。"

"我看起来像个女的吗？等下在崔越之家中不会露馅吧？"

禾晏凑得很近，许是梳洗沐浴过，身上传来淡淡的、属于少女的馨香。那双清亮的瞳仁直勾勾地盯着他，这般疑惑的神情，放在少年打扮身上，许会有一点粗犷，落在这副打扮上，便只剩娇俏了。

肖珏抬了抬眼，平静道："你是男子扮多了，脑子都坏掉了？"顿了顿，"你本来就是个女的。"

"我知道我本来就是个女的。"禾晏解释，"但我在凉州卫里做男子做习惯了，若是有什么不对的地方，都督你一定要提醒我。"

"放心吧，"他扯了一下嘴角，"没人会把这张脸认成男人。"

禾晏道："那你之前在凉州不也没发现我是女子吗？"

肖珏没理会她。

过了一会儿，禾晏反应过来，看着他道："你刚才话里的意思，是不是说我一点都不像个男人，我看起来特别女子，特别漂亮？"

肖珏冷笑："女子才不会问这种大言不惭的问题。"

"那我到底是不是女子？"

"不是。"

马车行了约莫三炷香的工夫，停了下来，崔府的车夫在外道："乔公子、乔夫人，到了。"

翠娇和红俏先下马车，将禾晏扶下车来。既是做少奶奶，自然人前人后都要人伺候着。

禾晏站在崔府门前打量。

济阳的宅子修得和北地的朔京不同。朔京宅院多用朱色漆门，显得大气庄重。济阳因靠水，宅院多是黑白色，素雅灵动，门上雕着水神图，颇有异族生趣。这里的下人亦是穿着纱衣，凉爽轻薄。

一位头发花白、穿着赭色长袍的老仆迎了上来，笑道："这位就是乔公子了吧，这应当就是乔夫人了。老奴是崔府的管家钟福，今日大人进王府了，王女留宴，恐怕深夜才回。老奴奉大人之命，先将公子夫人安顿下来，公子夫人今夜就先好好休息，等明日大人设宴，好好款待诸位。"

竟然不在？禾晏有些惊讶，随即又松了口气，不在也好，先将这崔府门路摸熟，日后才好兵来将挡，水来土掩，当即便笑道："可以。"

063

老管家松了口气:"老奴先带公子夫人去房间。"钟福的目光落在林双鹤身上:"这位公子……"他以为是乔涣青的友人或是兄弟,寻思着给他安排个什么房间才好。

林双鹤微微一笑:"巧了,你我是同行,鄙姓林,是乔公子的管家。"

钟福:"……"

"不必泄气,"林双鹤宽慰道,"中原虽人杰地灵,但我属于长得特别不错的那种,并非所有人家的管家都能生得如我一般相貌。"

钟福尴尬地一笑。

房间统共两间,挨得不远,一间林双鹤、赤乌、飞奴住,一间禾晏、肖珏、两个丫鬟住。两间房在一个院子里,每个房间都很大,分里屋和外屋,丫鬟们睡外屋屏风后的侧榻上,里屋有书房、茶室和卧房。

钟福让下人带林双鹤他们去隔壁屋,自己带肖珏来主屋,恭声问道:"公子觉得屋子可还行?"

肖珏抬了抬眼:"还行。"

钟福心知自家大人希望这个侄子能归乡,日后都留在济阳,但又清楚乔涣青如今家财万贯,生怕看不上济阳,便将这屋子提前半月修缮,又搬了不少珍宝古董进来,为的就是让乔涣青眼前一亮,觉得崔家不比乔家差。

不过眼下看来,公子似乎没把这点儿东西看在眼里?

他不死心地继续道:"香炉里有龙涎香,公子若是喜欢……"

"你先下去吧。"肖珏淡淡道,"做点饭菜送来,我夫人可能饿了,需梳洗用饭,有什么再叫你。"

禾晏被这一句"夫人"震得不轻,但听他这么一说,倒真觉得饥肠辘辘,毕竟今日也没怎么吃东西。

钟福见状,忙应声退了下去,心中默默记下,乔公子傲气讲究,不易讨好,不过对夫人却极为体贴,若是想要他们留下,可从夫人处下手。

钟福离开了,禾晏让翠娇和红俏去打点水来,她今日在客栈换衣裳的时候就已经沐浴过,肖珏还没有。

"少爷,您先去沐浴,等饭菜上了咱们再一起用饭。"禾晏趴在榻上,揉了揉肩道,"坐了一天马车,累死我了。"

肖珏见她这模样,嘴角抽了抽:"乔夫人,坐有坐相。"

禾晏立马坐直身子。

他去里屋茶室的屏风后沐浴了。翠娇和红俏被赶了出来,两个小姑娘不知所措地看着禾晏:"少爷不让我们伺候。"

肖珏与禾晏一样,沐浴更衣什么的,不喜旁人在侧,禾晏便挥了挥手,道:"无事,我去就是了。你们也饿了吧,飞奴他们就在隔壁,你们去找他们用饭,等吃完饭就去外屋榻上休息一会儿。"

"可是……"红俏犹犹豫豫地开口,"夫人不需我们伺候吗？"

禾晏摆了摆手:"不需要,我们夫妻之间喜欢为对方做事,你们去玩吧。"

毕竟还是两个小姑娘,听禾晏如此说,都高兴起来,红着脸对禾晏道了一声谢,便乐呵呵地去找飞奴他们了。屋子里瞬间就只剩下两个人。

禾晏从榻上站起来,在屋里四处走动看看。方才只看了外屋,里屋匆匆一扫,如今细细看来,才发现这里头布置得蛮讲究。

柜子上摆着红鹦哥,花枝芬芳,桌上文房四宝都备着,小几前还有棋盘,架上堆着游记话本,靠窗口的树下有一泓小池,里头几尾彩鱼悠然游动。此刻夕阳落山,从窗户往外看,倒真的是清雅无比。济阳民风热烈奔放,装饰布置亦是如此,这般修缮,定然是为了乔涣青。

禾晏心中有些感叹,崔越之对这个侄子倒是一腔真心,她将窗户掩上,回头将油灯点上了。灯座做成了鸳鸯戏水的形状,小桌前还有一个美人灯笼,照得屋子影影绰绰地亮。

听闻乔涣青与温玉燕成亲还不到三个月,算是新婚宴尔,崔越之有心,连床榻都令人精心布置,红纱帐暖,丝绸的红被褥上绣着百子千孙图。连蜡烛都是红色,一边的果盘里放着桂圆干果。

禾晏瞧着瞧着,便觉得这卧房,布置得实在很像是新房。倘若她此刻去找面红盖头盖在脑袋上,再寻几个凑热闹的人来叫嚷几句,就是成亲无疑。

她与肖珏今夜就要睡这样的地方？原本还没想到这一层,此刻想到,便觉得浑身不自在起来。

灯火慢慢爬上墙壁,禾晏瞧见,床头的壁上似乎有什么图案。这里靠水,壁画常常有济阳百姓祭水神的画面,怪热闹有趣的,禾晏也以为画的是如此,便蹬掉鞋子,拿起那盏美人灯笼爬到床头,细细地看起来。

肖珏沐浴过后,穿上里衣,披上中衣,方一走出来,看见的就是禾晏举着灯笼,仔细地看着墙壁上的……壁画？活像是研究藏宝图,一脸认真严肃。

他盯着她看了一会儿,见禾晏看得入神,并未察觉到他的到来,默了一下,就走到禾晏身边,弯腰顺着她的目光看过去。

禾晏正看得出神,冷不防听见身后传来一个平静的声音:"在看什么？"

"喀喀喀——"她吓了一跳,差点被自己的口水呛死,与此同时,肖珏也看清楚了墙壁上画的是什么。

坦诚相待的小人儿……各种奇奇怪怪的姿势。

他脸色"唰"的一下冷下来,怒道:"禾……玉燕！"

"在在在!"禾晏吓得一抖。

"你在看什么!"

这本是质问的话,禾晏却听成了疑问,还以为肖珏不知道这是什么,诺诺地回答:"春、春图,你没看过吗?"

肖珏脸色难看,几欲冒火:"我不是在问你!"

禾晏与肖珏相处了这么久,不是没见过他生气,但他生气的时候也是冷冷淡淡的,如今日这般直接外放,还是头一次。

但他为什么这么生气?是因为看的时候没叫他吗?

"我……你在里面洗澡,我也是偶然看到的,你想先看,就先看吧……别生气……这画的也没什么好看的……笔调太浓,人物过丑,你若是喜欢,比这线条精美的多得很……"禾晏瑟瑟回答,"我替你寻来就是。"

肖珏被她气得几欲吐血,冷笑道:"是吗?你看过很多?"

"也、也没有很多吧。可能……比你多?"

做"禾如非"时,帐中不少兄弟偷偷藏了这种宝图,到了夜里无聊的时候,便拿出来与大家共赏,禾晏也曾被迫观赏了很多。从一开始的羞愤,到后来的麻木,再到最后可面不改色地与人点评,也不过数载而已。

这种不堪入目的话,她还挺得意?果真是不知死活,肖珏心内冷笑,猛地将她掼在墙上,一手撑在她身侧,男子的身子覆上来,带着熟悉的月麟香气。

他目光锐利如电,偏又在眼尾眉梢带了一点若有若无的轻佻,嗓音沙哑又低沉,黝黑瞳眸直勾勾地盯着她,淡声道:"那你想不想试试?"

距离近得有些过分了。

禾晏先是一惊,随即蒙然,待撞进那泓秋水里,便觉得脸颊迅速发烫,有心想撤退,偏被人禁锢着双肩,动弹不得,只得从他怀里仰着头,结结巴巴地拒绝:"……试什么?"

"看了这么多,不想试试吗?"他挑眉,俯首逼近,目光落在她唇上,惊得禾晏心跳如擂鼓。

男子的五官比起少年时的明丽俊秀,更精致英气了,带着一种冷酷的放纵。这种人,平日里清清淡淡如高岭之花,当他懒洋洋地勾唇,连目光都变得滚烫时,就觉得撩人心动,无可抵挡。

禾晏道:"不想。"

"哦?"他弯唇轻笑,语气越发危险,"不试试怎么知道画得如何?"

"这个……也不一定要试试,"禾晏笨拙地解释,"其实你看得多了就明白,就是那么一回事。无非细节的不同……且有些也不适合寻常人,都是画着来寻噱头找乐子的,真的没必要试,阅读就可。"

肖珏："找乐子？"

禾晏："……有些人可能也是求知若渴吧。"

肖珏眉眼一冷，笑得更玩味了，淡淡道："这么有经验，那就一定要试试了。"他越逼越近，逼得禾晏已经退到了床头，再无可退的地方，他微微侧头，靠拢来，薄唇眼看着就要落在禾晏的唇角。

禾晏惨叫一声："夫君！"

这声"夫君"喊得太大声，将肖珏震了一下，片刻后，他停下来，距离禾晏只有一点点距离，扬眉："干什么？"

"我还是个未出嫁的姑娘，"禾晏小声讨饶，"日后还要嫁人，我们这样，不好。"

"有什么不好，"肖珏平静道，"反正你我都已经一起看过图了。"

"看图是一回事，实际上又是另一回事。"禾晏央求道，"都督饶了我，我以后再也不敢叫都督一起看图了。"

她想，肖珏这人的心思真是难以捉摸，不就是看个图，他还要假戏真做？日后谁还敢跟他一起看图？要出事的。

肖珏似笑非笑地看着她："现在知道怕了？"

"怕了怕了，"禾晏很乖觉，"我保证日后再也不找都督看图。"

"你的意思是，"他不紧不慢道，"还会找别人？"

"别人我也不找了！"禾晏马上道，"我自己也不看，真的！"

她葡萄似的瞳仁盯着他，清清亮亮，仿佛是被先生抓包的学子，肖珏忽然觉得有些费解，禾晏爱看什么看什么，与他有何干系？难道就因为她叫了自己一声爹，就跟养女儿般事无巨细都要操心？

不过话说回来，她爹究竟是如何养闺女的，竟然能养出个这般不知羞耻为何物的奇葩。

他蓦地松开按着禾晏的手，扫了墙上的画一眼，难为崔越之这般处心积虑为侄儿，连夜里的趣事都想到了，不过实在用不上。他随手扯过小几上铺的缎布，覆住墙上的画，又"嗖嗖"两根银针没入墙，将缎布钉得牢牢实实。

至此，禾晏终于明白过来，原来肖珏是讨厌见这图，想想也是了，肖都督眼高于顶，这等污秽之图想必是会脏了他的眼睛。

还真是讲究。

他做好这一切后，就起身走到屋里的一边，从黄木矮柜里找出一床褥子，铺在窗前的软榻上。

禾晏见状，愣了一下，问他："都督，你今晚睡在这边吗？"

"不然？"

067

禾晏踌躇了一下："其实，你可以上榻来一起睡的。"

肖珏整理床褥的动作一顿，看向她，冷漠地开口："我看你胆子很大。"

"不是，我知道你顾忌什么，"禾晏道，"我们只要用两床褥子就可以了。我之前在凉州的时候，也是住大通铺，十几个人睡一张床也没什么。况且我相信都督的人品，不会玷污我的清誉。"

肖珏微微冷笑："可我不相信你的人品，我怕你玷污我的清誉。"

禾晏："……"这话她没法接。

她见肖珏将床褥整理好，躺了下去，想了想，便吹灭灯，跟着躺了下来。

屋子里只有窗外的一点月色透过缝隙照在桌前的地上，染上一层银霜。

禾晏平平躺着，身下的褥子柔软又温暖，问："你睡了吗？"

肖珏没回答。

禾晏便自顾自地继续道："应该还没睡，都……少爷，我们来说说话吧。"

肖珏仍没搭理她。

"我们来济阳，到底是干吗的？"

她只知道来济阳是陪着肖珏办事，但具体是做什么还不知道。

黑夜里，传来肖珏的声音："找人。"

禾晏愣了一下，倒是没想到肖珏会回答，就问："找谁啊？"

"柴安喜。"

"柴安喜是谁？"

屋子里沉默了一会儿，听得肖珏道："我父亲的手下。"

肖仲武的手下？禾晏怔住，当年鸣水一战，传闻肖仲武及其亲信皆战死，既说是手下，听肖珏这语气，也当是十分信任的人。这人莫非还活着？还在济阳？

济阳可是藩王地界，中原人来得极少，纵是有，也只是路过，待不了多长时间。柴安喜在济阳，看上去反而像是在躲什么人。难不成就是在躲肖珏？可他为何要躲肖珏，肖珏是肖仲武儿子，他应当效忠才是。

禾晏立刻想到，莫非当年肖仲武的战败身死有问题？

毕竟鸣水一战中，肖仲武的战败来得太过惨烈。世人都说他是刚愎自用，贻误战机，可观肖仲武过往战绩，并不是个刚愎自用的人。

也许……肖珏来此，就是为了当年之事。知情人都已经不在了，这个柴安喜却还活着，的确可疑。

禾晏想了想，道："一定能找到这个人的。"

夜色里，似乎听见他轻笑一声，他问："你为什么来济阳？"

"我？"禾晏莫名，"不是你让我来的吗？"

肖珏哼道："纵然我不让你来，你也会想办法跟上来，不是吗？"

禾晏心中一跳，这人的感觉未免也太敏锐了一些，她的确是醉翁之意不在酒，还希望能在济阳寻到柳不忘。但这话她才不会对肖珏说。

"你太多疑了，"禾晏胡诌道，"我这回，就是纯粹因你而来。只要你需要我，就算上刀山下火海，我也会在所不辞。"

那头静默了片刻，道："谄媚。"

"除了谄媚你还会说什么？"

"大言欺人。"

"还有呢？"

"口坠天花。"

"还有呢？"

"瞒天昧地。"

禾晏："……少爷，你知不知道你现在真的很幼稚？"

肖珏："睡觉。"

不再理会她了。

春夜尚有寒意，不知为何，大约今夜是有人在身边，禾晏竟不觉得冷，愉快地钻在被窝里，床褥暖暖的，不过片刻便睡着了。

第二日，禾晏醒来的时候，肖珏已经不在屋里。

她匆匆梳洗过，披了件外裳，一眼看到肖珏在院子里的石凳上坐着，石桌上趴着一只脏兮兮的野猫，正小口小口地吃他手里的东西。

禾晏走近了一点，就见他面前摆着一盘糕点，他正掰成小块喂面前的野猫。野猫见有人来，浑身毛都奓起来，不知从哪个水塘里滚过，毛沾了脏水，凝成一块一块的。

"这怎么有只猫？"禾晏问，想要去摸摸，那猫立刻龇牙，禾晏缩回手，"还挺凶。"

肖珏看了她一眼："捡的。"

青年手指修长，极有耐心，将糕饼一点点掰碎，那猫也是个看脸的，待肖珏就温柔得不得了，一边吃一边"咪咪"地轻声叫唤着。

别说，看着还挺美。

禾晏忍不住问："少爷，您不是最爱洁吗？"嚯，和她在一起的时候百般嫌弃，扯个袖子都要掸一掸灰尘，怎么，对着只脏兮兮的野猫就大方了起来。

"也要分情况。"肖珏不紧不慢道。

禾晏心想：什么叫分情况？意思是她还不如一只猫吗？

正想着，肖珏已经喂完了最后一块，拍了拍猫的头，那猫也聪明，弓起身子，跳上墙，一溜烟消失了。

禾晏看得发愣。

这时，翠娇的声音响起："少爷、少夫人，小厨房的早饭送过来了。"

禾晏觉出饿来："走吧，吃点东西去。"

肖珏净了手，跟着禾晏走到屋里去，林双鹤正将银针从饭菜里收回来，道："吃吧，试过了，没毒。"说罢，又小声愤慨道，"这人与人的差别也太大了，凭什么我们吃的没这样丰富！"

他如今是"林管家"，得跟着赤乌、飞奴一起吃，省得被人看出端倪。

肖珏："滚。"

林双鹤滚走了。

红俏站在禾晏身后，禾晏挥了挥手："你们也去跟着赤乌他们一道用饭吧，我和少爷不喜人伺候，布菜一类，我来就好了。"

翠娇和红俏一愣，又看了看肖珏，见肖珏没说话，翠娇便道："奴婢知道了。"拉着红俏一起走了。

走到门外，红俏迟疑地问："翠娇，咱们就这么走了，是不是不大好？少夫人和少爷怎么平日里都不要咱们伺候啊，是不是对咱们不满意？"

"倒也不是，"翠娇人机灵，只道，"许是湖州来的和咱们济阳的不同，何况听闻少夫人和少爷新婚不久，大约伺候少爷的事少夫人想亲自动手吧，这叫……这叫情趣。"

此时，所谓正在"亲自伺候"少爷用饭的少夫人拿着一个梅花包子吃得津津有味。

崔越之招待许久未见的侄子，格外用心。大早上的，瞧这桌上摆的，什锦火烧、西施乳、野鸡片汤、鱼肚煨火腿、燕窝鸡丝汤……

"这早上吃的也太油腻了些吧。"禾晏一边说，一边啃了一口八宝野鸭。

肖珏忍了忍，终是忍不住，道："我是没给你吃饱饭？"

禾晏嘴里鼓鼓囊囊的："啊？"

他嫌恶地移开目光："你至于吃得像饿死鬼投胎。"

"可是你不觉得很好吃吗？！"禾晏拼命将嘴里的食物咽下去。

肖珏嘲道："你就这点眼光？"

"你是公子、都督，养尊处优的，当然见过世面，觉得没所谓了。我们小兵，平日里能吃饱就不错了，还不说吃好。"禾晏嘟囔，"你是饱汉不知饿汉饥。"

他噎了一下，放弃了与禾晏讲理，道："随你。"

用过饭，翠娇和红俏过来给禾晏梳妆打扮。今日中午崔越之要在府中设宴，一同邀请的，还有济阳城里叫得出名的贵人，为的就是给肖珏长脸。是以不能马虎。

肖珏出去找林双鹤了，禾晏坐在梳妆镜前，红俏从箱子里拿出那件"鲛绡纱"，问禾晏："夫人，今日就穿这件吧？"

禾晏思忖了一下，今日来的人多，穿最贵的这件准没错，就点头道："好。"

两个丫头便忙碌了起来。

禾晏平日里是最不耐烦做这些事的。光是梳头上妆，选首饰鞋子，连头发丝都要披得可爱，实在不是一件容易的事。梳着梳着，就睡着了。

禾晏是被红俏叫醒的，红俏道："夫人？"

禾晏睁开眼，迷迷糊糊地问："好了？"

"好了。"翠娇在一边笑道，眼里满是惊叹，"夫人，您真好看。"

禾晏："多谢。"

她抬眼看向镜中的自己，一瞬间愣了一下。先前的女装还是偏清雅素净，而这一身鲛绡纱，则算得上娇媚华丽了，翠娇和红俏今日也是下了功夫，连妆容都很搭，禾晏望着镜中陌生的自己，微微失神。

这下子，连真正的禾大小姐也不像了。

翠娇笑着去推门，道："少爷在隔壁，奴婢这就叫少爷过来看看。"

禾晏："不……""必"字还没说完，翠娇就欢天喜地地出去了。

禾晏站起身，突然间有些踌躇。她尚在想该用怎样的态度面对肖珏才会比较自然，就听见身后有个漫不经心的声音传来："好了？"

禾晏回头望去。

少女不知道在想什么，清亮的瞳仁里带着点困惑，便将神情也显得朦胧了些。她本就生得秀美娇俏，原先眉眼间的英气被脂粉刻意掩过，更显得纯粹动人。脸蛋俏生生的，乌发简单地束起，乖巧地垂在肩头。她身子看起来也很单薄娇小，被淡白色绫绣裙勾勒得更加窈窕，裙子藏着极浅的暗花，阳光透过来，如人鱼鳞片，泛着蓝紫金粉，衬得她整个人笼在一层瑰丽的色彩中，仿佛刚爬上岸边的、初至红尘的传说中的鲛人。

肖珏目光微顿。

身后传来林双鹤的声音："我倒要看看价值一百金的衣裳穿出来是个什么样，给我看看，给我看看！"

他的吵闹在目光落到禾晏身上时顿时消失，只剩惊艳。

紧随其后的赤乌和飞奴也看见了，飞奴还好，赤乌似受了巨大打击，这人……女装竟然可以达到如此姿色？完全看不出来是男子，太可怕了！

禾晏被他们一行人看得手足无措,觉得自己仿佛成了摆在台上的猴子任人观赏,揪着衣角,可怜兮兮地道:"是不是……有点过了?"

她不做这表情还好,一做这动作,眉间似蹙非蹙,顿生楚楚可怜之态,肖珏难以言喻道:"……不要用这种表情说话。"

"不过不过!"林双鹤激动起来,"太好了,刚刚好!这一百金的衣裳就是一百金的衣裳,果真不同凡响,这钱花得值!"

翠娇高兴起来:"是吧夫人?奴婢就说了,真的很好看!"

禾晏做男子时,常被人夸赞"威武勇猛,俊气无边",倒不曾尝试过做女子被人夸容貌,有些害羞,一时间也不知道该如何回应,便拱手抱拳朗声道:"不敢当不敢当。"

肖珏:"……"

林双鹤:"……"

其余人:"……"

林双鹤道:"好看是好看,就是夫人,有时候也不必过于豪爽。"

肖珏冷笑:"你还是用刚才的表情说话吧,否则我可能会忘记,你原来是个女的。"

禾晏:"……"好吧,一时忘形了。

到了中午,崔府上下开始热闹起来。门口不断有马车停下,夫人小姐公子老爷的,纷纷进了门。

济阳是藩王属地,如今的王女穆红锦与崔越之一同长大,崔越之是穆红锦心腹,亦是济阳的大中骑,谁都要给他个面子,听闻崔越之找到了失散多年的侄子,特意为侄子归来设宴,众人都想要瞧一瞧。

崔府极大,临着府后有一片湖,济阳多水,水色温柔,湖中有长长一处湖心亭,今日设宴,就在湖心亭中。

长亭里,早早有下人备好长几矮桌,已经有些贵客入席。崔越之这个做主人的还未从王府里出来,他没有娶妻,只有四房小妾,因此招呼客人的,只有那位老管家钟福。

靠亭中右侧的一位妇人身边坐着一名粉衣少女,这少女生得娇美可人,肤色稍黑,便多涂抹了些脂粉,反倒少了几分野蛮的风情,多了一点沉郁的老气。她眉间隐有不耐,问道:"都这个时辰了,那个乔公子和他夫人怎么还未到?"

"急什么,"身侧的妇人笑着安慰,"这不还未开宴吗?再者崔大人都还未至,乔公子又怎可先露面?敏儿可是饿了?"

颜敏儿,也就是那位粉衣少女,蹙眉道:"不饿。我们等崔中骑,自是理所应当。可我听说,崔中骑的侄子流落济阳城外后,被商人收养,如今也不过是一介商贾。满身铜臭味的人，怎配得上我们这般苦等？还真当自己是个人物了不成？"

乔涣青是商人这件事，济阳里的贵人家里都知道。今日来赴宴，那也是看在崔越之的面子上，对于乔涣青，私下里都是看不上的。只是不会如颜敏儿这般直接说出来而已。

"嘘——"颜夫人忙捂住她的嘴，"别胡说，再如何，他也是崔大人的侄子。没见今日崔大人设宴，就是为了迎接这位乔公子。你说乔公子不好，崔大人心中岂会痛快？"

"那又如何，"颜敏儿不屑道，"崔大人和我爹是友人，又不会怪责于我。"

"你啊。"颜夫人有心想要阻止爱女的口无遮拦，又舍不得真正斥责她。

颜敏儿美目一转，想了想，不以为然道："我看，说不准是没见过什么大场面，此刻正躲在什么地方不敢出来，等着崔中骑来帮忙引路呢。"

她二人的谈话被一边一名绿衣女子听到了，这女子年纪比颜敏儿更小一点，也更加秀美纤细，她问："听闻乔公子的夫人是湖州有名的才女，不知生得好不好看？"

颜敏儿笑了一下，意味不明道："纵是有名的才女，也比不上咱们济阳的阿绣啊。"

凌绣是王府典簿厅凌典仪的爱女，五岁能作诗，七岁就名满济阳了，琴棋书画样样精通，生得还柔弱美丽，这在以女子多是美艳泼辣的济阳城里，实在是一枝独秀。乍闻从湖州来了一名才女，便生攀比之心。

另一边一名少女闻言，捂嘴嗤笑道："阿绣何必与商贾之妻相比，没得自降身份。说不准什么才女之名都是骗人的，不过是给自己身上添层金衣。"

凌绣也笑："若是乔公子真的在济阳留下来，日后便也不是商贾了。"

"商贾就是商贾，铜臭味浸在骨子里，不是换件衣裳就能遮得住的。"颜敏儿语气轻蔑，"终究是难登大雅之堂。"

少女们笑作一团，这时候，有人道："崔中骑到了！"

众人抬眼望去，见自湖边长亭尽头处走来一名中年男子，这男子生得圆墩墩的，样子有些憨厚，笑容亦是和气，仿佛弥勒佛，穿着件黑色武服，精神奕奕，行至亭口，便将手中的长枪递给手下，笑道："诸位都到了。"

众人忙起身给崔越之行礼。

崔越之在济阳可谓一人之下，万人之上，是以王府内外都要卖他这个面子。崔越之回头问钟福："涣青他们到了吗？"

"已经派人去请了。"钟福笑道，"应当很快就到。"

昨日崔越之在王府里与王女议事，不慎多喝了几杯，就留在王府。今日一早接着和那群老顽固吵架,到现在都还没见着这个侄子。他摸了摸下巴,问:"也不知道我那侄儿生得如何,像不像大哥?与我又有几分相似?"

钟福欲言又止,老实说,那位乔公子,全身上下,除了性别,真是没有一点和崔家人相似的地方。

"听说那孩子是由商贾之家养大的,"崔越之又有些担心,"我倒不介意这些,可城里这些贵族最是看重身份,只盼着他们不要妄自菲薄才好。"

钟福还要说话,长亭尽头,有崔家下人过来,道:"乔公子、乔夫人到了——"

众人下意识地抬眼看去。

但见长亭尽头,湖水边上,并肩行来二人。一男一女,都极年轻,男子个子很高,长身挺拔如玉,身着绣黑金蟒暗青锦袍,十分优雅,青丝以青玉簪束起,眉眼精致明丽,风华月貌,只是显得稍稍冷漠了些。站在他身边的女子,则是笑意盈盈,明媚可爱,穿的衣裳不知是用什么料子制成的,先看着不过是普通的素白,随着她走动,泛出些蓝紫金粉色,如梦似幻,十分动人。

他二人容貌风度都极出色,又异样地相合,站在一起,只觉得说不出的登对。一时间,竟叫亭中众人看得呆住。

这是出身商贾、满身铜臭味的商人?商人能有如此非凡风姿?

崔越之也愣住了,这是他大哥的儿子?

他大哥容貌生得与他七分相似,别说俊美,单是"苗条"二字都难以达到,这……未免也太好看了一些。

颜敏儿怔住,忽然间,脸色变得极为难看。她认识这二人,这女子,便是当日在绣罗坊里,让她丢脸吃亏的那个人;这男子……则是嗤笑她肤色太黑的那个人。她回府后,总是咽不下这口气,未曾料到,这二人就是崔越之找回来的那个侄子和侄媳妇。她气得几欲吐血。

一边的凌绣目光落在肖珏身上,喃喃道:"世上竟有这样好看的男子……"

济阳与朔京不同,女子美艳泼辣,男子阳刚勇武,大约物以稀为贵,正如凌绣这样的才女在济阳颇受追捧一般,如肖珏这般长相俊美、贵气优雅的男子,实在是凤毛麟角。当即席上所有未出阁的女眷,便如狼盯肉一般盯着他。

禾晏察觉到了这些虎视眈眈的目光,心中暗暗唾骂一声,肖珏这张脸,真是到哪里都招蜂引蝶。

他们二人身后,林双鹤也跟着,起先众人还以为他是肖珏的亲戚或友人,待知道他是管家后,亦是震惊。大约没料到在湖州,当管家的条件竟这般苛刻。

崔越之安排着肖珏与禾晏入席,就坐在他长几正席的右侧下方。

"涣青,"崔越之笑眯眯地看着他,"我真的没想到,你竟然能长得这么好看。"

实在很给崔家长脸,这济阳城里,没一个比眼前青年更出挑的。崔越之早年间被人背后嘲笑"圆球",粗鄙肥胖,乔涣青还没回来时,就听见济阳城里风言风语,等着看多一个"小肥球",谁知道……实在是太长脸了!

崔家一雪前耻,好啊!

肖珏平静颔首。

崔越之目光又落在禾晏身上,笑道:"侄媳妇瞧着也年幼,今年多大了?"

禾晏道:"快十七了。"

"十七好啊。"崔越之越看禾晏也越满意,漂亮啊,这侄子与侄媳妇都生得好看,日后想来生的孩子更好看,崔家这血脉,定然一代比一代强。思及此,他十分感怀欣慰,甚至想去祠堂给大哥上两炷香,果真是老天保佑。

"今日这湖心宴,就是特意为你们二人接风洗尘的。"崔越之笑着道,"觉得还好?"

肖珏道:"很好,多谢伯父。"

这一声"伯父",立刻取悦了崔越之,他脸都要笑烂了,对着众人道:"诸位可看见了,这就是我那死去大哥的独苗,我崔某的侄子!"

客人们立刻举杯,嘴里恭维着什么"品貌非凡""雅人深致"之类的,又恭喜崔越之一家团聚云云。

崔越之越发高兴,令下人布菜,宴席开始。

济阳没有男女不同桌的习惯,长几是按人家来分坐。崔越之又细细问了肖珏许多,说着说着,就说到了禾晏身上。

"我听闻侄子与侄媳妇也才成亲不久?"

"去年十月于湖州成亲。"肖珏淡淡道,"不及半年。"

崔越之"哦"了一声,有些遗憾地道:"可惜我没有亲眼看到。"他又问:"侄媳妇家中是做什么的?"

禾晏便依照之前交代的那般答道:"玉燕只是普通人家,承蒙公子看重。"

"普通人家?"座中人神情各异,那便是平民之家了。

少女们看禾晏的目光里,立刻就带了几丝艳羡与妒忌。

凌绣目光微微一转,落在肖珏脸上,青年本就生得丰姿俊秀,此刻慵懒地坐着,却又因那一点时有时无的冷漠越发勾人心痒,直将济阳满城男儿都比了下去。

她又看向禾晏,不过是个普通人家的女儿,论容貌,论身份,哪里及得上自己?一丝不甘心浮上心头,温玉燕根本配不上乔涣青,只有自己,才应该与乔涣青并肩而立。

她便站起身来,轻声开口道:"今日崔大人寻回家人,是值得庆贺的好事。阿绣不才,愿意为崔大人献曲一首,以表祝贺。"说罢,眸光从肖珏身上滑过,露出一个羞怯的笑容。

席中少年郎们闻言顿时大喜过望,目光灼灼地盯着凌绣。

济阳城姑娘素来胆大,自信明快,若有出色才艺,当着众人的面展示并不丢脸。只是凌绣却从不喜主动表现自己,纵然是宴席上,也要推三阻四,万般无奈之下才会同意。如今日这般主动,还是头一回,而且又是她最拿手的琴艺,这就教人十分期待。

崔越之十分高兴,大手一挥:"好!阿绣今日也让我们大开眼界,若是弹得出色,伯伯送你大礼!"

凌大人与凌夫人面带微笑,整个济阳城都知道,凌绣才貌无双。

下人很快取来一把琴。

这琴是翠色的,如春日草木,青翠欲滴,她又穿着浅绿纱衣,真如春日里的精魅。十指纤纤,焚香浴手,轻轻拨动琴弦。

她弹的是《暮春》。

  春风骄马五陵儿,暖日西湖三月时,管弦触水莺花市。不知音不到此,宜歌宜酒宜诗。山过雨颦眉黛,柳拖烟堆鬓丝……[1]

琴音悦耳,拂过人的耳边,听得人心沉醉,禾晏亦是如此,这姑娘手真巧,对比一下自己的琴技,只觉得对方实在是太厉害了。

她听得沉醉,一瞥眼,却见肖珏毫无所动,只低头饮茶,不由得碰了碰他,低声道:"你怎么不听?"

肖珏:"在听。"

"那你怎么没有表现出很好听的样子?"

"什么叫很好听的样子?"

禾晏朝另一头努努嘴:"就他们那样。"

在座的少年郎们,皆是看凌绣看得发呆,仿佛要溺死在这琴音里,眼里闪动的都是倾慕。肖珏收回目光,冷淡道:"无聊。"

"你真是难伺候。"禾晏小声嘟囔,"我觉得挺好听的,她长得也好看,我若能结识这样的姑娘,定然开心得不得了。"

"开心得不得了?"肖珏忽然笑了,看着她,饶有兴致道,"希望你接下来也能一样开心。"

[1] 引自马致远《湘妃怨·和卢疏斋西湖》。

禾晏不明白他的意思，只道："我接下来自然会开心。"

他们二人说话的工夫，凌绣已经一曲弹完，目光朝肖珏看过来，却见肖珏侧头与禾晏说话，唇角弯弯，似在打趣，凌绣见此情景，心中一沉，越发不甘心。

她起身，周围的人俱是称赞，崔越之也笑道："阿绣，你这一曲，可是余音绕梁，三，不，九日不绝！"

没人会否认她的琴声，凌绣再次看向肖珏，但见青年低头饮茶，都不曾往她这头看一眼。倒是他身边的"温玉燕"，笑盈盈地看着自己，仿佛嘲讽。

凌绣嘴角的笑有些僵硬，不过须臾，便谦逊道："阿绣岂敢班门弄斧，听闻湖州来的乔夫人是当地有名的才女，一手琴艺出神入化，今日既然有缘在此，能不能让阿绣也见识一番？"说罢，目光期盼地盯着禾晏，"也让大伙瞧瞧，夫人的琴艺如何精妙绝伦。"

禾晏正看得乐呵，闻言就愣住了，怎么好好地，突然提到她了？她求救般地看向林双鹤，这可是她的先生，林双鹤若无其事地别开头，假意与身边人说话，并未有要替她解围的意思。

"我觉得……倒也不必……"禾晏吭哧吭哧道，"阿绣姑娘的琴艺已经很好，我也不必再多此一举。"

"怎么能说多此一举呢？"凌绣十分诚恳地看向禾晏，"阿绣是真的很想洗耳恭听夫人的琴声。"

禾晏："……"

她的琴声？她的琴声能驱邪镇宅，可不是用来欣赏的！

凌绣见禾晏面露难色，心中不免得意，想着之前听闻的温玉燕才艺双绝，只怕是幌子，若是今日能让她当着众人的面出丑，那才是济阳城的笑话。

一向与凌绣针尖对麦芒的颜敏儿，见此情景，也不由得幸灾乐祸起来。

禾晏看向身侧的肖珏，肖珏正不紧不慢地喝茶，神情一派云淡风轻。

难怪刚刚他说"希望你接下来也能一样开心"，禾晏手伸到桌下，偷偷扯了一下他的袖子，低声道："帮我行不行？"

肖珏淡淡道："你不是学过吗？"

"没学会，"禾晏道，"之前林双鹤教过我，他还说我已经很不错了，可我刚才听这姑娘弹的，我觉得我弹得好像不太对。"

这话说得委婉，事实上，岂止不太对，简直是错得离谱。

"琴棋书画你都不会，"他道，"你除了坑蒙拐骗，还会什么？"

禾晏迟疑地开口："胸口碎大石？"

但她也不能就在这里给别人展示一下如何胸口碎大石吧！

肖珏:"……"

"我要是露了馅,咱们都得玩完,帮个忙,"禾晏恳求他,"夫君?"

这一声"夫君"显然将肖珏恶心到了,他道:"你好好说话。"

禾晏:"那我就当你答应了。"

他们二人说话的声音压得极低,落在众人眼中,便似禾晏对着肖珏撒娇,肖珏十分纵容的模样。

崔越之笑道:"怎么?玉燕是不想弹琴吗?"

"不瞒诸位,当初成亲后,我与内子有个约定,内子琴艺高超,只能弹给我一人听。"肖珏淡淡道,"所以今日,恐怕是不能如这位姑娘所愿了。"

众人怔住,禾晏也给唬得一愣一愣的,万万没想到肖珏竟然会拿这个理由出来。

凌绣神情僵硬,看着坐在青年身边的女子,终是咽不下一口气,笑道:"可今日是公子与崔大人重聚之日,这么多人,破一次例也没什么大不了吧?"

"我与夫人的约定,不可撼动。"肖珏淡淡地看了她一眼,"一定要听,我可以代劳。"话到尾音,语气变得冷漠,已然是不耐烦了。

凌绣也被他的寒意吓了一跳,一时间竟不敢说话,还是崔越之解了围,笑道:"涣青也会弹琴?"

"略懂而已。"

"那我今日可要听听涣青的琴声,"崔越之拊掌大笑,"我崔家世代行武,还未出过这样的风雅之人!钟福,将琴重新擦拭一遍。"

"不必。"肖珏道:"林管家,取晚香琴来。"

肖珏平日里用物本就讲究,禾晏是知道的,可落在不知情的人眼中,尤其是凌绣眼中,就好像肖珏是因为嫌弃她所以才不与她用同一张琴,不由得咬了咬唇,不情不愿地坐回了自己的位子。

林双鹤很快将肖珏的晚香琴拿过来。

男子坐在琴前,净手焚香,同凌绣刻意的摆弄不同,他显得要慵懒许多,带着几分漫不经心,做得很是自然。

禾晏在某一瞬间,似乎看到了当年贤昌馆里躺在枇杷树上假寐的风流少年。

但他终究是长大了。

琴弦被拨动。

他的手修长而骨节分明,生得很是好看,落在琴弦上,流出动听的声音。这曲声与凌绣方才弹的《暮春》又有不同,不同于《暮春》的欢快,宁静中带着一丝清淡的怅然,如被明月照亮的江水,滔滔流向远方。

他弹的是《江月》。

这曲子很难,极考验人的琴艺,禾晏曾听一个人弹过,就是她的师父柳不忘。不过柳不忘弹起来时,更多的是回忆,或是失落,肖珏弹的感觉,又与柳不忘不同。

俊美的男子做风雅之事,总是格外引人注目。无论是刚刚才被肖珏吓到的凌绣,还是之前被肖珏讽刺过的颜敏儿,抑或是更多的其他人,此刻也忍不住沉浸到他的琴声中去。

禾晏也不例外。

他弹琴的时候睫毛垂下,掩住眸中的冷漠清绝,只剩温柔,五官英俊得过分,薄唇微抿,显得克制而动人。

禾晏想,这世上,确实很难见到比他更出色、更好看的人了。

一曲终了,肖珏收回手。

众人盯着他,一时默然。

倘若没有他的这曲《江月》,凌绣的《暮春》应当是很优秀的。可是有了比较之后,凌绣的琴艺就显得平平,并没有那么惊艳了。

客人们盯着肖珏,此刻心中只有一个困惑,不是说湖州来的乔涣青是被商贾之家收养的?这样的人,可不像是商贾之家能养得出来的。

崔越之更长脸了,看肖珏真是越看越满意,大笑道:"涣青,你这曲子,可是将我们都听呆了!原先王女殿下总说,阿绣的琴艺是济阳城第一,下一次我带你一同进王府,王女殿下要是听了你的琴声,定然会称赞有加!"

众人听到此处,心思各异,崔越之既然提到王女,也就是说,有心想要将乔涣青带进王府了。这样的话,便不能以普通商户看待……

肖珏微微一笑,深幽的瞳眸扫了禾晏一眼,淡淡道:"献丑了,事实上,在下的琴艺不及夫人十分之一。"

"果真?"崔越之惊讶地看向禾晏,"那得有多好!"

禾晏的脸红了,真是怪不好意思的。

肖珏弹完琴,回到了自己的座席。至此,禾晏也没了大快朵颐的兴致,谁知道会不会有别的人想要看看她的其他才艺,万一要她写字作诗呢?她总不能又来一句"和夫君有个约定"搪塞。

好在之后再没出别的岔子。酒酣饭饱,众人散去。禾晏随着肖珏往外走,也只有在这时候,肖珏才能和崔越之单独说说话。

崔越之最年长的那位妾室走在禾晏身侧,稍稍落后于崔越之与肖珏,这妾室年纪长于禾晏,看起来温婉又老实,姓卫。卫姨娘道:"少爷对少夫人真好。"

禾晏笑眯眯地道:"是啊,我夫君十分疼爱我,平日里对我千依百顺,什么都向着我。我也觉得自己真是上辈子修来的福气，这辈子才能找到这样的如意郎君。"

卫姨娘"扑哧"一声笑了，道："都说济阳女子性情直爽，我看少夫人才是有话直说。"

禾晏心中暗笑，给肖珏安排一个"宠妻无度"的名头，这样一来，在济阳的这些日子，岂不是可以仗着这个名头胡作非为？肖珏大概也没想到，会自己挖个坑给自己跳吧。

说话的工夫，已经进了府里的正堂。也不知是崔越之的第几房姨娘早已备好了热茶，等着他们进去。

崔越之在椅子上坐下来，挥了挥手："你们都下去吧。"

几个妾室和仆人都下去了。

他又笑道："涣青、玉燕，坐。"

崔越之虽是中骑，却没什么架子，瞧上去和军中的武夫没什么两样。他看着敦厚和蔼，却长了一双明亮锐利的眼睛，如钝重的长刀，刀出鞘时，令人胆寒。

肖珏与禾晏在他身侧的椅子上坐下。

"昨日我本来要回来一道接你们的，可王女殿下留宴，一时回不来，今日才得以相见。"他端详了肖珏一会儿，叹道，"刚刚在席上我只觉得你长得好，眼下仔细看来，你和我那死去的大哥，还是有一些相像的。"

禾晏："……"

"和我看着也有些神似。"崔越之道，"不愧是我崔家人。"

禾晏："……"

肖珏颔首。

"你刚生下来的时候，我还抱过你，那时候你只有我两个拳头大？也许只有一个拳头。大哥都舍不得让我碰。后来你被人带走……"崔越之说到此处，眸光黯然，"大哥大嫂临死前都想着你，如果今日他们能看见你如此出色，想必会很高兴。"

肖珏沉默。

崔越之自己反倒笑起来："看我，说这些不高兴的事干什么，败兴！涣青、玉燕，你们这次来得好，过不了几日就是春分，咱们济阳的水神节，一定要凑凑热闹，保管你们来了就不想走。"

禾晏讶然："春分？"

"怎么？"崔越之道，"可是有什么不妥？"

"没、没有。"禾晏笑起来，"只是我的生辰也是春分……后几天，真是很巧。"

"果真？看来玉燕和咱们济阳颇有缘分！生辰正好遇上水神节。涣青，届时你可要好好为我们玉燕庆生。"

肖珏瞥她一眼，道："好。"

他们又说了一会儿话，崔越之站起身，道："涣青、玉燕，你们随我去祠堂给大哥大嫂上炷香。你们也多年未见，若他们在天有灵，得知涣青如今已经成家立业，定然很欣慰。"

禾晏与肖珏便跟去了祠堂，随着崔越之上完香后，天色已经不早，崔越之让下人带他们回屋去，早些休息，等明日再在济阳城里游玩走动。

待二人回到屋里，禾晏便迫不及待地在榻上先坐下来，道："累死我了！正襟危坐了一整日，扮女子可真不是人做的活。"

"'扮'女子？"肖珏轻笑一声，"看来你真的不把自己当女的。"

禾晏也很无奈，心想，肖珏找来的这两个身份也是，偏偏是个才女，若她要扮演的是"武将家的女儿"或是"码头船工帮着搬石头挑柴的姑娘"，定能天衣无缝。

肖珏脱下外裳，放在软榻旁侧的木几上，禾晏坐起身："今日真是谢谢你了，若不是你出手相助，就要出大事了。"

"我不是宠妻无度，对你千依百顺，事事为你着想吗？"肖二少爷声音带着刻薄的调侃，"应该的。"

禾晏："你听到了？"

虽说都是假的，不过被肖珏听到，还是令人怪不好意思的。她笑道："我这不是为了让咱们的夫妻关系显得更恩爱、更真实嘛，少爷勿要生气。"

正说着，外头有人敲门，禾晏道："进来。"

翠娇和红俏一人提着一个食篮进来，将里头的碟子一个一个拿出来摆在桌上，禾晏怔住："我没有让人做吃的送来。"

"我叫的。"肖珏道："放在这里，出去吧。"

翠娇和红俏便依言退出里屋。

禾晏奇道："你没吃饱吗，刚刚在宴席上？"

肖珏微微冷笑："不知道是谁因为凌绣坐立难安，如惊弓之鸟，连饭都不吃。出息！"

禾晏讷讷："你发现了啊。"

"是个人都发现了。"

"有这么明显？"禾晏很怀疑，但看见桌上的饭菜立刻又高兴起来，只道，"所以这些是特意给我的？谢谢少爷！少爷，您心肠太好了，天下没有比您更好的人。"

"别说了，"肖珏微微蹙眉，"听得人恶心。"

禾晏早已习惯他这人说话的样子，拉着他一道在桌前坐下："就当夜宵了，你也一起吃吧。"

"不吃。"

"吃吧吃吧，"禾晏分给他一双筷子，"你看这里有两双筷子，本就是为两人准备的，我一人吃不完。帮个忙，少爷。"

肖珏仿佛听到了什么笑话，道："禾大小姐可能低估了自己的好胃口。"

"我虽然好胃口，但也不是个饭桶。"禾晏道，"再说了，你没有听过一句话叫秀色可餐，我本来能吃三碗饭的，但看见少爷这般相貌风姿，我能吃五碗。"

肖珏噎了一刻："你是猪吗？"

"说话别这么难听。"禾晏说着，将虾子冬笋和三丝瓜卷推到他面前，"你不是喜欢吃这个吗？吃吧。"

肖珏一怔，片刻后，抬眼看向她："你怎么知道？"

禾晏往嘴里塞了一块千层蒸糕："我吃早饭的时候看到你夹了两筷子，中午宴席上的时候又夹过。不喜欢的东西你都不会碰，估摸着你应该喜欢吧。但你好奇怪，怎么喜欢吃素的，有钱人家都这般讲究吗？"

肖珏没有回答她的话，只低头慢慢用饭。

禾晏也没管他，肖珏如今与她朝夕相处，想要知道他喜欢吃什么讨厌吃什么，实在是太容易了。

"你生辰真是春分后？"禾晏正吃得开心，冷不防听到肖珏这样问。

她顿了一下，面上却不显，满不在乎道："怎么可能？我那是随口一说，万一崔大人要送我生辰礼物呢？岂不是还能借此机会好好赚一笔。"

肖珏哼了一声："骗子。"

"我哪里算骗子，"禾晏得寸进尺，大胆回嘴，"我看今日少爷在宴席上才是装得天衣无缝，骗过了所有人。什么'我与内子有个约定'……哈哈哈，少爷，老实说，我真没想到能从您嘴里听到这种话。"

肖珏好整以暇地看着禾晏取笑，待她笑够了，才问："很好笑？"

"是很好笑啊。"

他点点头："那你以后自己应付吧，乔夫人。"

禾晏笑不出来了。

她道："少爷，我只是随口一说，您千万不要放在心上。"

肖珏没理她，不紧不慢地喝汤。

"小气。真是小气得令人叹为观止。"

肖珏仍不为所动。

禾晏眼珠一转,放柔了声音:"夫君,妾身错了,请夫君饶恕妾身的无礼,妾身再也不敢了,夫君,夫君?"

肖珏忍无可忍:"……闭嘴!"

他道:"你给我好好说话。"

禾晏明了,原来冷漠无情的肖都督是个吃软不吃硬的角儿,她哈哈大笑起来。笑声传到了隔壁,正和林双鹤打叶子牌的飞奴、赤乌二人不约而同地抬起了头。

赤乌叹道:"做戏竟要做到这种地步,都督也实在太拼了,那禾晏也是,几乎是将自己看成了女子。他们都这般,我们还有什么理由不努力?"

飞奴无言以对,林双鹤闻言,也忍笑道:"嗯……确实,十分努力。"

夜里依旧是一人睡床,一人睡侧榻。

第二日一早,禾晏起得稍晚了些,醒来的时候,见肖珏正站在门口与飞奴、赤乌说话。

禾晏梳洗过后,翠娇和红俏送来早食,禾晏便对肖珏道:"少爷,吃饭了。"

"你自己吃吧。"肖珏道,"今日我有事外出,不在府中。你与林双鹤待在府上,不要乱跑。"

"你要出去吗?去干吗?"禾晏问,"带上我行不行?"

肖珏无言片刻,道:"不便。"

禾晏迟疑了一下,走过去,小声问:"你要去寻柴安喜的下落?"

此话一出,赤乌愣了一下,没想到肖珏竟将这件事都告诉了禾晏。

"不错。带上你惹人怀疑。"

禾晏便点头:"行吧,那你去。"

她这般爽快,倒让肖珏意外了一瞬,看着她若有所思。

禾晏转身往屋里走:"要去快去,等我改变主意了,你们都甩不掉我。"

肖珏没说什么,领着赤乌与飞奴离开了。

等他们走后,禾晏独自一人用完早饭。崔越之不在府上,一大早就去练兵了。禾晏去隔壁屋子找林双鹤,扑了个空,伺候林双鹤的婢子笑道:"林管家一大早出门去了,说要买些东西,晚些才回来。"

林双鹤此举,正中禾晏下怀。来济阳城也有几日了,她时时与肖珏待在一起,一点也没有多余的时间去打听柳不忘的下落。今日肖珏和林双鹤都不在,恰好可以让她独自行动。

当年柳不忘与她分别之时说过，倘若日后有机会路过济阳，济阳城外山脚下有一处茶肆，想要寻他，可去茶肆打听，许还能有机会再见。

禾晏便穿上外裳，收拾了一下东西，翠娇见状，问道："夫人这是要出门？"

"今日少爷和管家都不在，我一人在府上怪没意思的。我们也出去瞧瞧吧，这几日天气又很好，不如去济阳城外山上踏青如何？"

两个丫头面面相觑，好端端的，踏的哪门子青？

"就这么说定了。"禾晏说着，想了想，将那条可以伸缩成几段的九节鞭揣在怀里，转身往门外走，"走吧。"

没有了肖珏，禾晏自由得毫无管束。

她是崔家的客人，崔家自然没人敢拦她。钟福倒是不放心她独自出门，想要叫她带两个崔府的护卫，被禾晏严词拒绝。

"我不过是在这附近转一转，绝不走远，况且青天白日，应当也不会有人贼胆包天，钟管家尽可放心。我走一会儿就去找我夫君，我夫君身边的两个护卫武艺高强，足够用了。"

钟福这才勉强答应下来。

等出了崔家，禾晏叫翠娇在府外不远雇了一辆马车，往城外的方向走。

红俏小心翼翼地问："夫人，咱们真要出城啊？"

"就是去城外的栖云山上看一看，"禾晏道，"我来的时候路过栖云山，见山上风景绮丽，很是向往。今日恰好有空，择日不如撞日，现在去刚好。"她说得跟真的一样，两个小姑娘也不疑有他。

到了城门口，禾晏将崔越之给她的令牌给城门卫看，城门卫见是崔府上的人，便轻松放行，任禾晏出城。

栖云山就在城门外直走的方向，路并不难走，等到了山脚时，禾晏作势道："我有些口渴，不如在这附近找一找有没有茶肆，坐下来歇息片刻后再去。"

翠娇和红俏自然不会说不好，红俏就下马车道："夫人且先在车上歇一歇，奴婢下去看看。"

不多时，红俏回来了，笑道："这附近正好有一家茶肆，就在不远处，夫人，奴婢搀扶您下来，咱们直接走过去吧。"

禾晏欣然答应。

几人走了没多久，便见山脚一棵槐树下，有一间茅草搭建的茶肆，三三两两有茶客坐着喝茶闲谈。禾晏便上前去，问人要了几杯茶、一盘点心，让翠娇、红俏和车夫一起润润嗓子。

"夫人，奴婢不渴。"

"奴婢也不渴。"

"这么久的路，怎么会不渴。"禾晏道，"喝吧，我去问问掌柜的这附近可有什么好玩的。"

不等二人回答，禾晏便径直往前走。

茶肆的主人是一对夫妇，人到中年，头上包着青布巾，肤色黝黑，大约是因为热，脸上泛起些红。那大娘瞧见禾晏，便问："姑娘，可是茶水点心不合口味？"

禾晏笑道："不是，我是来向您打听个人。"

"打听人？"掌柜的将手中的帕子搭在肩上，"姑娘想打听谁？"

"名字叫柳不忘，"禾晏比画了一下，"个子比我高一个头，生得很不错，四十来岁，背着一把琴，佩着一把剑，喜欢穿白衣，像个剑客侠士。"顿了顿，又补充道，"也不一定是白衣。总之，是个极飘逸的男子。"

毕竟她与柳不忘多年未见，也许如今的柳不忘，不喜欢穿白衣了。

大娘思忖片刻，笑了，道："姑娘，您说的这人，是云林居士吧？"

"云林居士？"

"是啊，我们也不知道他叫什么，不过每年水神节前后几日，他都会出现在这茶肆，问我们讨杯茶喝。至于云林居士，那也是我们听旁人这般叫他，跟着叫的，我们也不知道他姓甚名谁，不过按照你说的，穿白衣，很飘逸，长得不错，又背着一把琴的，应当就是这个人。"

禾晏心中一喜，问："那您可知他现在在什么地方？"

"姑娘，这你可就为难我们了。"掌柜的道，"咱们这地方，不兴问人来路，自然不知道他现在在何处，不过你也别泄气，他每年水神节后会来此地，我想，如今应当在济阳城里，好赶上春分时候的水神节。"

禾晏面露难色，济阳城并不小，若是借用崔越之的人马，找一个柳不忘或许不难。可惜的是，此事不能为人知道。

见她神情有异，大娘问："姑娘，他是你什么人？你要找他啊？"

"是一位……许久未见的故人。"禾晏苦笑了一下，片刻后，又道，"倘若今年水神节，那位云林居士又来此地喝茶，烦请掌柜的帮忙替我带句话给他，就说阿禾如今在济阳，请他先不要走，就在这里，等着相见。"

"好嘞。"掌柜的笑眯眯道，"保管带到！"

禾晏这才放下心来。

她回到了茶肆间的座位坐了下来，翠娇和红俏道："夫人，茶水都凉了。"

"凉了不好喝了，我就不喝了。"禾晏道。

两个丫鬟面面相觑，半晌，红俏问："那夫人，可想好了去什么地方？"

"我刚刚问过了掌柜的，掌柜的说这几日山上有狼，最好不要上山。"禾晏面不改色地说谎，"我想了想，觉得我们几个弱女子，实在太危险了。所以今日就不上山踏青了，直接回府吧。"

车夫："……"

他欲言又止，最终还是什么都没说，哪有这样的，出来溜达一圈，什么都没做又回去，这不是要人玩儿嘛。湖州的夫人就是惹不起，分明是恃宠而骄！太过分了！

另一头，肖珏三人找到了翠微阁。

雷候说，与他联络的人就在济阳的翠微阁中，肖珏怀疑此人是柴安喜，可如今，面前的铺子已经成了一片漆黑焦木，仔细闻，还能闻到烧焦的味道。

"这翠微阁原本是一处卖珠宝的铺子，"回话的探子拱手道，"半个月前，有一天夜里起了火，将翠微阁烧了个干净，里面的伙计和掌柜的，还有新来的那位账房柴先生，都没跑出来。"

人没了，线索断了。

"可见着尸骨？"肖珏问。

"都烧成灰了，哪里有尸骨。官府说过段日子将这里重新修缮一下，不过周围的店铺嫌晦气，都关门了。"

赤乌将银锭抛给探子，探子收入怀中，对他们几人拱了拱手，消失在人群里。

肖珏望着他的背影，半晌道："逃了。"

早不烧晚不烧，偏偏半个月前起火，显然，雷候被俘的事暴露了，对方才金蝉脱壳。

"还要查吗？少爷，"飞奴问，"如今线索中断……"

"不必查了。"肖珏转过身。

两人一愣。

"既已知暴露，对方隐藏身份，必然潜在暗处，伺机而动。敌在暗，我亦在暗，所以什么都不用做。等就行了。"他道。

第二十四章

秘密

禾晏回去的时候，肖珏还未回来。她便对翠娇和红俏道："今日实属我任性，我怕夫君回来怪责我不带侍卫便乱跑，是以今日我们三人出门之事，不要对夫君提起。"

翠娇和红俏点头。

"你们下去吧。"她往榻上一倒，"我歇会儿。"

两个丫鬟退出了里屋，禾晏躺在榻上，心事重重。柳不忘可能在济阳城里，但要如何才能找到他？早知如此，当年分别之时，应当与柳不忘约定某个具体的位置才是。

可纵然找到了柳不忘，她又该说什么？如今的禾晏，早已不是当年的模样，死而复生，这种事说出来，连她自己都觉得荒唐。

可是，她还是很想见柳不忘，毕竟柳不忘是为数不多给过她切实温暖的人，亦师亦友，飞鸿将军之所以能成为飞鸿将军，也正是因为柳不忘将一身本领相授。

想到飞鸿将军，便不由得想到禾如非，禾晏心中莫名生出一股烦躁，抱着被子滚到了靠墙的里侧，脸对着墙，闷闷不乐。

身后响起人的声音："你在这儿面壁思过什么？"

禾晏回过头："少爷？"她一骨碌坐起身，"你回来了！"

肖珏看她一眼，将外衣脱下，道："你无聊疯了？"

"这里真的很无聊。"她坐在榻上，仰着头看肖珏，问，"怎么样，今日可有找到柴安喜的下落？"

"没有。"

"怎么会没找到？"禾晏奇道，"是情报有误？"

"死了。"

禾晏一愣。

"一把火，烧死了，连尸骨都没剩下。"

禾晏蹙眉："那不对呀，怎么偏偏在这个时候死了，还是烧死的，什么痕迹都没留下，骗人的吧？"

肖珏唇角微勾："你倒是很有经验。"

"我这是明察秋毫。"禾晏盘着腿,给他分析,"这人会不会是提前听到了什么风声?但少爷你办事向来隐秘,怎么也不会被外人知道咱们来济阳才对。何况济阳易出难进,若一个人真心想躲,济阳才是最好的选择,应当舍不得走吧。"

肖珏端起桌上的茶抿了一口,道:"继续。"

"那就是藏起来了呗,等待时机出现干点大事。"禾晏道,"浑水摸鱼的最好时机,就是水最浑的时候。济阳什么时候水最浑,那不就是水神节嘛。这几日人人都说水神节就是济阳最大的节日,如此盛景,作乱的话可是天时地利人和。"

肖珏笑了一声,语气称不上赞赏,也说不得刻薄:"禾大小姐真是神机妙算。"

"神机妙算也谈不上。"禾晏谦虚摆手,"比少爷还是差得远了。"

肖珏看了她一眼,不知为何,之前有些沉闷的心情倒也轻松了不少,摇头嗤道:"谄媚。"

"妾身谄媚夫君天经地义。"禾晏故意恶心他。

多恶心几次,这人也就习惯了,肖珏似笑非笑地看着她:"说妾身之前,麻烦先看看自己的坐姿。你这样的坐姿,丈夫也不及。"

禾晏低头,将盘着的双腿收回来,轻咳了两声:"忘了忘了。"

"我看你自己都很混乱,"他嗤笑一声,"到底是男是女。"

"我又不是不想当女子,"禾晏嘟哝了一句,"可也要有人先把我当女子才行。"

肖珏一怔,抬眼看向她,少女说完这句话,就又抱着被子滚到榻角去了,乐得没心没肺,似乎并未察觉到自己方才的话里,有一丝极淡的失落。

却被人捕捉到了。

仲春初四日,春色正中分。绿野徘徊月,晴天断续云。[①]

春分那一日,正是济阳城里举城欢庆的水神节。

一大早,禾晏甫一醒来,便觉得腹中有些疼痛,她伸手摸了摸,心中一惊,赶紧起身,也不给肖珏打招呼,偷偷从包袱里拿出月事带,往恭房走去。

这些日子事情接二连三,竟差点忘了,推算日子,也该来月事了。

若说禾晏在军营里最头疼的问题,就是月事这回事。之前还好,大约是她体质本就强健,便不觉得有何难受。可如今的禾大小姐本就是娇生惯养,月事也有些疼,原先在军营里时只得咬牙受着,眼下好久没日训,身子疲懒了些,

---

① 引自徐铉《春分日》。

立刻就觉出不适来。

禾晏换好月事带，从恭房里出来，心中不由得叹息一声，早不来晚不来，偏偏今日水神节的时候来，这不是添乱嘛。

她悻悻地回到屋里，翠娇捧了一碗冰酪鲜羊乳过来，崔家的饭菜美味，禾晏很喜欢这些小食，今日却是摸了摸肚子，摇头道："不吃了。"

肖珏意外地看了她一眼。

禾晏叹了口气，去里屋给自己倒茶喝，肖珏盯着她的背影，莫名其妙，问红俏："她怎么了？"

红俏摇头："不知道，夫人从恭房回来就这样了。"

"这都不知道，"林双鹤正好从外面走进来，闻言就凑近肖珏低声道，"月事来了呗。这姑娘家月事期间，你可得照顾着点，别让她累着，别动重物，也别吃冰的凉的，心情也容易不好，可能会对你发脾气。"

话音刚落，就听见屋子里的禾晏喊了一声："翠娇，算了，你还是把那碗羊乳拿过来吧，我想了想，还是想吃。"

肖珏："……"

他对翠娇道："拿出去吧。别给她。"

翠娇有些为难，但在和气的夫人和冷漠的少爷之间，还是选择了听少爷的话，端着那碗羊乳出去了。

禾晏在榻上坐了一会儿，没听着动静，走出来时，瞧见肖珏和林双鹤，桌上也没有点心了，就问："翠娇哪儿去了？"

"等下出府，你赶紧梳妆。"肖珏道，"别等得太久。"

禾晏问："现在吗？"

"是啊，"林双鹤笑眯眯地答，"崔大人一行都已经在堂厅了。"

禾晏便不好再拖了。

水神节是济阳的传统节日，每年春分，城中心的运河上，会有各种各样的节目，男子还好，女子则要梳济阳这边的发式。

红俏梳头梳得很好，不过须臾，便给禾晏梳了一个济阳少女的辫子。额头处绕了一圈细辫，辫子又编进了脑后的长发，十分精致，只在右鬓角插了一朵月季红瑰钗，衣裳也是明红色的长裙，将腰身束得极好，脚上是绣了小花的黑靴。整个人灵动可爱，明眸皓齿，果真像济阳城里的姑娘。

禾晏从屋里走出来，林双鹤眼前一亮，只道："我们夫人实在是太好看了，穿什么都好看。"

"过奖过奖。"禾晏谦逊道，随着肖珏几人一同往堂厅走去。待到了堂厅，果如林双鹤所说，崔越之和他的几房小妾都已经在等着了。

"涣青来了。"崔越之站起身，笑道，"今日玉燕这打扮，不知道的，还真以为就是咱们济阳长大的姑娘，你们说，是不是？"

几房小妾都乖巧应是。

"时候不早了，那咱们就出发吧。"崔越之招呼一声。

济阳今日不能乘坐马车，因为百姓都出了门，街上人流如织，摩肩接踵，若是乘坐马车，实在不便。一行人便步行去往运河。

运河位于城中心，穿城而过，又在外将济阳绕成一个圈。禾晏以为，济阳的水神节和中原的端午节有异曲同工之妙，城中大大小小的河流，凡有水处，皆有各种装饰华美的船舟，舟上亦有着红衣黑巾的船手，边歌唱边划桨，唱的是济阳的民歌。河边有姑娘与他们一同唱和，气氛热闹极了。

"咱们济阳的水神节，也是姑娘少年们定情的节日。"那位姓卫的姨娘给禾晏解释，"听闻少夫人与咱们少爷也是新婚不久，可以去热闹一下。"

禾晏："……倒也不必。"

他们说话的声音被崔越之听到了，这个大汉哈哈笑道："不错，不错，我记得咱们济阳有名的情人桥，你们当去走走。济阳的传说里称，水神节里走过情人桥的有情人，一生一世都不会分离。"

禾晏小声对肖珏道："听到没有，一生一世都不会分离。"

肖珏目光落在她脸上，微微冷笑："真可怕。"

禾晏："……"

他们毕竟不是真正的夫妻，这种"一生一世都不会分离"的话不像是祝福，反倒像是诅咒。可惜的是，崔越之这人，在侄子的家事上仿佛有用不完的关心，走到运河不远处，就道："你看，这就是情人桥。"

禾晏顺着他指的方向看去，便见运河斜上方七八丈高，有一座桥，桥的两端没入两边极高的石壁。

这是一座吊桥。晃晃悠悠的，桥极窄，勉强只能容一人半通过，若是两人，须得挨得很近才是。桥面是用木板做的，可木板与木板之间的间隙极大，一不小心就会摔下去。

这样一座吊桥，光是看着，便让人觉得胆寒，若是走上去，俯身便是滔滔河水，位置又高，胆小的人只怕会吓得尿裤子。

"这就是咱们济阳的'情人桥'。"崔越之语含得意，"只有胆气足，又互相深爱的人才敢去走这座桥。若是走过了，水神会给予有情人祝福，这对有情人，一生一世都不会分离。"说到此处，又拍了拍自己的胸，"我就走了四次！"

禾晏看了看他身后的四个小妾，没有说话，心中却很费解，这种东西，走多了水神真的会给予祝福，不会觉得被冒犯吗？况且与好几个人一起一生一世不分离，听着也太不尊重人了些。

若是她走，一生就只走一次，也只跟一个人走。思及此，又觉得自己想得太多，这与她有何干？今生，应当是没有这个机会了。

"这机会可是难得，涣青、玉燕，你们也去走一走吧。"

禾晏："？"

"玉燕是不是怕高？"崔越之笑道，"不必担心，纵然真是跌了下去，周围有专门的人会负责接住你。要知道，每年走情人桥的有情人数以千计，走过去的也寥寥无几。真有危险，早就不让过桥了。过桥，不过拼的是胆气和爱意。"他看着粗枝大叶，提起此事，却格外细腻，"爱意会给你胆气，因爱而生的胆气，会让你所向无敌。"

禾晏心道，但肖珏与她之间，并没有爱呀，从何而起胆气？

卫姨娘笑盈盈地附和道："是呀，少夫人，您不是说涣青公子对你千依百顺、宠爱有加吗？他如此疼爱你，定然会保护好你，安安生生地一同走过桥的。"

他们这头讨论得太热烈，周围人群中有听到的，禾晏和肖珏二人又生得出色，旁人便发出善意的起哄声："公子，就和姑娘走一个呗。"

"走完情人桥，长长久久，恩爱白头。"

"去呀！看你们郎才女貌，水神会保佑你们的！"

禾晏被人簇拥在中间，听着周围人的起哄，十分无奈。偏生林双鹤看热闹不嫌事大，也跟着笑道："就是，来都来了，走一个桥给他们看看，我们湖州的少爷胆子也很大！"

崔越之拍了拍肖珏的肩："再者，王女最喜爱情比金坚的有情人，若你们能走过情人桥，我带你们进王府见王女殿下时，也会有诸多便利。"

蒙樱王女穆红锦？禾晏一怔，就见肖珏微微蹙眉，道："好。"

禾晏："……少爷？"

不会真的要走这劳什子情人桥吧！

她并不怕高，也不怕水神，更不怕过桥，但这三样并在一起，再加上一个肖珏，听着怎么这么让人毛骨悚然呢？！

十分荒唐。

肖珏侧头看了她一眼，淡淡道："怕了？"

"怕的不是别的，"禾晏悄声道，"怕损你清誉。"

他目光淡然，语调平静："都损这么多回了，也不差这一回。"

禾晏："？"

阴错阳差，她就被人推着与肖珏到了情人桥的桥头。

走到桥头，才发现这桥比在底下看上去的还要窄，木板间隙尤其大，几乎是要跳着才能走完全程。一个人走上去倒还好，两个人的话，只怕要贴得极紧。这上头自然也不能用轻功，只能努力维持身体平衡，并凭靠身侧人与自己的默契，再加上一点点运气才能走完。

禾晏看完就在腹诽，这要是有武功的还好，想想，若是个文弱书生带着个闺秀小姐来走桥，不摔下去才怪。虽说有人在下头接着不至于出什么岔子，可人总会受到惊吓吧，而且兆头也不好，平白给自己找晦气。水神的条件，未免也太苛刻。

崔越之几人都没有上来，只在桥下的岸上远远地看着他们，林双鹤高声喊道："少爷、少夫人，水神一定会保佑你们的！"

赤乌无言，小声对飞奴道："少爷这回牺牲可真是太大了。"

若是假的便罢了，权当是白走了一遭，要是那水神是真的……太可怕了，两个男子一生一世不相离？他们家少爷又没有龙阳之好，老爷在地里，只怕都要被气活过来。思及此，他越发觉得此举不妥，只得在心中暗暗祈祷：权宜之计权宜之计，水神您老大人有大量，千万不要当真。

禾晏望着窄小的桥面犯了难，问肖珏："我们怎么走？一个一个地走？"

"你觉得，可以一个一个走？"肖珏反问。

禾晏低头看了一下岸边看热闹的民众，无奈开口："可能不行。"

肖珏就伸出手道："抓住我。"

从袖中露出的手，格外修长、骨节分明，禾晏踌躇了一下，没有去抓他的手，只握住了他的手腕，见肖珏并未有什么反应，心下稍稍安定，在心中给自己一遍遍鼓气：不过是个入乡随俗的节日而已，并非真的情人，不必想太多，只要赶紧过了桥就好。

"走吧。"肖珏往前走去。

二人一同走到了桥上。

甫一上桥，这吊桥便晃晃悠悠地颤动起来，几乎要将人甩出去。而木板的宽度，根本无法容纳两个人并肩行走。唯一的办法是面贴面，可肖珏与禾晏，是决不能做到如此地步的。因此，禾晏只能稍稍往前，肖珏在后，用手护着她的身侧，错开一些，但这样一来，反倒像是肖珏将她搂在怀中，二人一同往前走去。

这般近的距离，禾晏有些不自在了，只要稍微抬头，额头几乎就能碰到肖珏的下巴。她只得平视着前方，假装若无其事地道："都督，这桥晃得厉害，走一步都难，要不用轻功吧？或者假装走不了直接摔下去？反正有人接着。"

沉默了下，肖珏道："你踩着我靴子，抓紧。"

禾晏愣住："不、不好吧？"

"快点。"

他都如此说了，禾晏也不好一再拒绝，况且这种办法确实简单得多。

只是……要踩着他的靴子，手应当如何放？若放在腰上……未免显得有些暧昧，但若如方才一般抓着他的手腕，又实在是不稳当，想了想，禾晏便伸出手，扣住他的肩膀，勉强能维持平衡。

"抓稳了。"肖珏说话的同时，双手扶着吊桥的两条绳索，慢慢往前走去。

以往不是没有人想出过别的办法，比如男子背着心爱的姑娘，直接过桥，但踩着对方的靴子，由一个人走两人的路，还是头一回。这要说聪明，是聪明，瞧着也动人；若要说亲密，又显得有些克制。

桥下的众人只觉得有些不明白，但也并未往深处想，只当是湖州来的公子小姐不比济阳开放，不喜欢大庭广众之下做些过分亲密的举动，所以才如此。

但落在同行几人眼中，却大有不同。

赤乌登时倒吸一口凉气，看禾晏的目光仿佛是玷污了自家主子一般，只恨声道："哪有这样的，便宜都叫这小子一人占尽了！"

到底是谁占谁便宜啊，桥上的禾晏亦是欲哭无泪。吊桥极不稳当，肖珏每走一步，便晃得厉害，他步子已经很稳，神情亦是平静，未见波澜，禾晏却觉得心跳很快，行到中间时，肖珏脚下的那一块木板似乎有些不稳，一脚踩下，身子一偏，险些跌倒下去。

禾晏吓得一个激灵，下意识伸手搂住他的脖子，待回过神时，两人都愣了一下。

距离是很近的，他的唇只要再近一厘米，便会触到禾晏的嘴角。禾晏的目光往上，正撞上对方秋水般的长眸，此刻那双眼眸深幽，如看不到底的潭水，漾出层层涟漪，俊美青年薄唇紧抿，喉结微动，一瞬间似乎想说什么，不过片刻，便轻轻侧过头去。

禾晏尴尬极了。她小声道："抱歉。"

肖珏没有回答。

禾晏不敢去看他的脸，莫名觉得气氛尴尬起来，心中只盼着这桥能快些走完。桥的另一头，看热闹的人群正翘首以待。肖珏稳了稳步伐，继续往前走，禾晏眼看着快要走到吊桥尽头，心头一喜，顿时长舒一口气，暗暗道，这比在演武场日训还要教人觉得煎熬。

待肖珏走到桥的尽头时，禾晏便迫不及待道"到了到了！"，就想要后撤一步，拉开与肖珏的距离。谁知这吊桥年久失修，本就不稳，她这么往后一退，身后的木板一下子翻过去，一脚踩了个空。

肖珏低低斥道："小心！"顺手抓住她往自己身边扯，禾晏顺着力道往身前扑，只觉得自己扑到一个温暖的怀里，她下意识稳住身子，抬头欲看，不动还好，一动，对方似乎也正低头看来，于是一个温软的、轻如羽毛的东西擦过了她的额头，若即若离，只一瞬，便离开了。

她僵在原地。

额上那一点是什么，毋庸置疑。禾晏一时间不知如何是好，站着不敢动弹，只觉得被他嘴唇碰过的地方，灼热得烫人。

肖珏亦是僵住，一动不动地站在原地，漂亮的眼睛垂着，看不出是何神情。

倒是一边的大哥笑道："怎么站着不动？这位公子，已经到了。"

肖珏似是才回过神，被蜂蜇了般松手，冷冰冰地转过身，道："走了。"

禾晏"哦"了一声，掩住内心的惊涛骇浪，假装无事发生，跟在肖珏身后，心中却在大叫。

她居然……和肖珏亲上了？

虽然是额头，可这样亲密的接触……实在是令人很难忽略。纵然那只是个意外，可这意外来得也太不是时候了！

刚刚才走过情人桥，这要是水神看见了，说不准还真以为他俩是对有情人，万一就给乱点鸳鸯谱，禾晏打了个冷战。

肖珏不知是不是因方才之事有了想法，走得极快，禾晏也只得加快步子跟上。待回到崔越之身边，方才看热闹的人都鼓起掌来，崔越之也笑道："涣青，真不愧我崔家儿郎！第一次走就过了！我还想着若是这次不过，下次你会不会不敢，哈哈哈哈，没想到哇没想到，这情人桥，你竟过得如此顺利！"

禾晏心道，居然还盘算上了下次，这情人桥也真是没有底线。

"这下好了，"卫姨娘笑着拍了拍禾晏的手，"和涣青少爷走过情人桥，此生上穷碧落下黄泉，定不会分开！"

禾晏："……"真是可怕。

赤乌和飞奴也是一脸一言难尽的表情，唯有林双鹤乐不可支，摇着扇子，道："说得我都想去走走。"

"那你去。"禾晏没好气道，方才林双鹤可没少瞎起哄。

"那还是罢了，"林双鹤矜持道，"弱水三千，何必取一瓢饮？这桥不适合我。况且，我又去哪里寻一位能将我搂着过桥的姑娘呢？"

肖珏："闭嘴。"

禾晏不敢说话了，这玩笑开得令人尴尬。不幸中的万幸，大概是他们最后下桥的时候，因离得远，众人只看见了她差点跌倒，肖珏拉住她，并未看到额头上的那点意外。

"既走完了情人桥,就来看看咱们水神节的其他节目。"崔越之笑道,"你看,这就是水上坊市。"

河流上早已停靠了大大小小的船舶,船尾有人坐着划桨,船头则摆着各种小食瓜果,或是首饰脂粉,岸上若是有人看中了,招招手,船便靠岸停下,容客人细细挑选。倘若是其他船上的游人看中了,则两船都在中央停下,船上的小贩让人挑选。

禾晏就瞧见有一只小船上,摆着用绿色大叶包着的马蹄状糕点,上头嵌着山药和红枣,撒了一层细细的蜜糖,看起来很令人心动,崔越之见她喜欢,就叫身边仆人去叫那船停下,买了几包过来。

禾晏接过来,道过谢后便咬了一口,顿觉齿颊留香,甜甜的,令人口舌生津,心中暗叹,比起这来,之前她与禾云生在朔京里卖的大耐糕,就很是一般了。

她吃得认真,嘴巴鼓鼓的,跟个松鼠似的,肖珏似是看不下去,道:"嘴巴上有糕屑。"

"什么?"禾晏没听清。

下一刻,这人就没好气地把帕子甩到她脸上:"擦干净,丢死人了。"

禾晏:"……"

正说着,又听见另一头传来阵阵惊呼,回头一看,便见在一处跑马场内,外圈围着不少人,不知道在干什么。

不懂就问,她指了指那头:"那边是什么?"

"那个啊,"崔越之顺着她指的方向看过去,"叫夺风。"

"夺风是什么?"

"你看,马场里有很多马。"崔越之笑道,"马道是一个圆,中间则是一处高台,高台上有旗帜。人须骑着马,在路过高台的时候跃上去夺那面旗帜,拿到旗帜之后,从高台上跳下,最好落于马背上,若能在规定的时间里拿到这面旗,则为夺风成功,就有好彩头。旁边就是铜壶滴漏,时间用得越短,彩头就越大。"

禾晏听完,小声道:"这不就是争旗嘛。"

林双鹤摇着扇子,笑问:"听起来很有趣,不过都有哪些彩头?"

"这彩头五花八门的,若是男子为自己所求,多是兵器,有时候也有银子,若是男子为女子所求,大多是首饰、珠宝,或者布匹一类。"

崔越之一边说,一边带着几人往马场那头走。济阳的马场并不大,不及凉州白月山下的演武场,此刻人已经围了不少。只见好几个身穿劲装的男子正骑马从旁掠过，马匹带起阵阵疾风，路过高台时，几人一跃而起，争先跃向旗杆顶。

旗杆极高，周围又并无可以落脚的地方，全凭功夫站上去。有一人未至旗杆顶部，连旗帜都没拿到就掉了下去，落在了沙坑里。另一人倒是在还未到达杆顶的地方，勉强用手扯到了旗帜，便摔了下去，没有骑上马，只得了一串铜钱作为彩头。

另一边架着一张桌子，桌上摆着"夺风"的各种彩头，琳琅满目，应有尽有。禾晏一眼看到最上头摆着一根鞭子。

鞭子很长，看起来极坚韧，通体油紫色，一看就好用。禾晏如今更多的时候是用鞭子，不过演武场上的鞭子，称不上是宝物，而这一根鞭子，瞧着比之前用的那些好多了。

一瞬间，禾晏有些心动。

她问马场主："请问，这根鞭子是什么彩头？"

马场主笑呵呵地道："姑娘有眼光，这是咱们此次'夺风'的最大彩头，紫玉鞭，若能在最短的时间里扯到旗帜，就能得到这根鞭子。今日有好多小哥都是冲着这根鞭子来的，不过到现在都没人拿走，我看今日是难喽！"

她这一问，几人都朝她看来，崔越之笑道："玉燕喜欢这根鞭子？"

"觉得看起来很特别。"禾晏谦虚地开口。

"不如让涣青去替你争。我看过涣青的底子，应当从前练过武，不至于不敢上去。"

禾晏看向肖珏，肖珏冷冷道："你想都别想。"

"我已经开始想了。"禾晏凑近他，低声恳求道，"你帮我一回，替我拿到这根鞭子，我有了这根鞭子，日后替你卖命方便些。若非今日来这里的人都是男子，我肯定会自己上的。都督……夫君？"

肖珏："你给我闭嘴。"

禾晏只好闭嘴，目光一转，又落在紫玉鞭上，眼馋得不得了。遇到好的兵器并不是那么容易，就这么错过了岂不可惜？

只是今日……偏偏是今日来癸水，但应当还可以忍受？禾晏在心中斟酌了一会儿，若是能在最短的时间里拿到旗帜，其实也就只疼那么一会儿，也还好。思及此，便问马场主："请问，女子可以参与吗？"

马场主一愣，周围的人也愣了，马场主迟疑道："可以是可以……不过，以往都未曾有人如此过。"

肖珏侧头，不可思议地看向她："你疯了？"

"没办法，"禾晏无奈，"但我觉得，这根鞭子日后应当很难遇到了，放心，你知道我的本事，这种小场面，还难不倒我。"

"你不是……不是……"说到此处，他似乎难以启齿，没有继续往下说。

禾晏奇怪地看着他："不是什么？"说着，就要抬手将头发扎起来。她甫一抬手，就被肖珏抓住手肘。

"怎么了？"禾晏问。

肖珏忍了忍，盯着她的目光如刀子，一字一顿道："我去。"

"欸？"禾晏愣了一下，还没来得及说什么，就见肖珏往前走去，同马场主说了什么。

"涣青这是要夺凤？"崔越之有些意外，"为了玉燕喜欢的那根鞭子？"

禾晏说不出话来，她虽然恳求肖珏，但也没想过真要肖珏去干这种事。一个管着数万兵士的将领来做这个，况且肖珏向来骄傲，当看不上这种事。没料到他竟真去了。

马场主带着肖珏去里头牵马了，卫姨娘笑着开口，语气带着羡慕："涣青公子待玉燕姑娘真的很好。"

话是这么说没错，可是……一瞬间，禾晏也有些迷惑。

林双鹤看了看禾晏，又看了看肖珏远去的方向，摇扇子的动作渐渐停了下来，站在原地若有所思。

不多时，肖珏骑马出来了。

正是春日，一片新绿，暖意融融里，容颜俊美的贵公子将周围的春色也映亮，他今日为了迎合济阳的水神节，便没有穿长袍，但穿着皂青便服，越发显得风流昳丽，目光慵懒而冷淡，端坐在马背上，立刻就吸引了众人的目光。

禾晏就听见身后有女子惊呼："好俊俏的公子！"

"眉眼真俊，看起来也贵气！"

"济阳何时有这等人物，这是哪家的少爷？"

禾晏闻言，心中与有荣焉，脑海中浮现起一句诗文，"春草绿茸云色白，想君骑马好仪容"[①]，说的就是如此。

忽然就想起少时在贤昌馆，冬日狩猎场上猎得猎物最多的，可得赏赐。肖珏一人独占鳌头，那时候的禾晏，连拉弓射箭都很勉强，到最后一只猎物也没猎着，只能随着众人或惊艳或羡慕的目光，看着那少年自雪中走来，锦衣狐裘，满身风姿。

很多年过去了，他还是如此，只要站在人群中，便能成为最耀眼的那一个。

肖珏骑马绕着马场跑起来。

---

① 引自元稹《酬乐天得稹所寄纻丝布白轻庸制成衣服以诗报之》。

除了男子，许多姑娘也围了过来，都是为了看肖珏。林双鹤走到禾晏身边，低声道："妹妹，你真厉害，肖怀瑾居然愿意为了你出这种风头。"

禾晏赧然："我也没想到他会帮忙。"

"你是不是很感动，恨不得以身相许？"

禾晏吓了一跳，下意识想要大声反驳，又记起崔越之一行人还在身边，便低声回答："没有！我又不喜欢都督。"

"你不喜欢他你紧张什么？"林双鹤促狭道，"兄弟，你耳朵都红了。"

禾晏连忙双手捂住耳朵："没有的事，别胡说！"

正在此时，周围传来阵阵惊呼，两人顺着声音看去，就见肖珏已经驾马奔驰到了高台下，他没有做任何停留，直接飞身上去，滑不溜秋的长杆在他脚下如履平地。

这周围的人纵然是会轻功的，想要上去尚且不容易，又哪里见过如此阵仗，如此轻松夺风的人。

他掠得极快，如闪电般眨眼已至杆顶，再顺势踩在长杆尽头，随手扯下了那面红色的旗帜。

风吹动，旗帜在他手中飞扬，年轻男人的面容有一瞬间，和春日里的明丽少年重叠。他目光散漫，微微扬眉，对着台下众人，或者只是对着禾晏弯眸轻笑，勾唇道："拿到了。"

禾晏怔怔地看着他，一瞬间，听到自己心跳的声音，响亮得让人难以忽略。脑海里，忽然就忆起少时在贤昌馆里听先生讲过的课来。

《传灯录》上写，六祖惠能初寓法性寺，风扬幡动。有二僧争论，一云风动，一云幡动。六祖曰："风幡非动，动自心耳。"

她原先觉得这话晦涩难懂，不明白究竟说的是什么。如今没有解释，没有讲论，只要看一眼，此情此景，就全然明白。

不是风动，不是幡动，是心动。

一身皂青骑装的青年，拿到旗帜，飞身下马，落于地面，利落得令人惊叹。

马场主倒不是小气之人，将那根紫玉鞭交到肖珏手中，赞叹道："公子好身手，近几年的夺风里，您是最快拿到旗帜的人！"

崔越之也忍不住拊掌："涣青，原先就听闻你的养父曾给你寻过武师傅，如今看来，那位武师傅教你也是用了心的。如此身手，就算放在济阳城里，也不多见。"

肖珏颔首微笑："伯父过奖。"

禾晏心道，那崔越之还不知道，肖珏方才那一出，还是收着的。若要真的敞开了去争，只怕会惊掉众人大牙。

她正想着，肖珏已经走过来，将紫玉鞭往她怀里一扔。

禾晏受宠若惊："谢……谢谢。"

总觉得今日的肖珏很不一样。好似特别容易说话，心肠特别好。

"现在紫玉鞭也拿到了。"卫姨娘笑着开口，"要不去河边的祭礼上看看，很热闹的，还能得到水神赏赐的供品，吃了水神赏赐的供品，被神水沐浴，来年一年都会被福泽保佑。"

崔越之一拍脑袋："对对对，差点把这一茬忘了。涣青、玉燕，你们都去，求个好兆头！来水神节怎么可能不来水神祭礼。"

水神祭礼又是什么，禾晏一头雾水，只是盛情难却，便随着众人一同往运河那头走。走到附近的时候，见前方空出了很大一块平地，搭了一个圆圆的广台，上头有许多戴着面具的人在唱歌跳舞。大概是济阳的民歌，曲调很欢快，男女老少都有，十分热闹。

才站定，就听到一个女子的声音："崔大人。"

几人看过去，就见前几日来崔府做客，曾经弹琴给众人听的那位典仪府上的小姐，凌绣。她身边站着颜敏儿，正目光不善地看过来。

凌绣今日也是盛装打扮了，穿着济阳女子喜欢的粉色束身长裙和小靴，长发亦是扎了辫子，温柔中带着几分俏皮。她笑盈盈道："我同敏儿刚到此处，就遇到崔大人，实在是太巧了。真是缘分。"

崔越之也笑："阿绣、敏儿，你们爹娘呢？"

"父亲母亲都在船舫上，我和敏儿带着仆人侍卫在这边走走，想瞧瞧祭礼，顺便拿些供品回去。"她的目光落在肖珏身上，肖珏只看向礼台的方向，压根儿没朝她看一眼，凌绣心中掠过一丝阴鸷。

其实她与颜敏儿刚刚在马场上夺风的时候就瞧见肖珏了。年轻男子抓住旗帜轻笑的惊艳模样，教人想忘怀也难。然而这样的男子，当着众人的面如此出风头，不过是为了给那个女人赢得她喜欢的一根鞭子。

凌绣妒忌极了。

她生得好看，又有才学，亦是金枝玉叶，济阳城里多少青年才俊倾慕于她，可她一个也瞧不上，偏偏有一日来了这么一个人，将全城的人都比了下去，可惜是个有妇之夫，还对他看起来平平无奇的夫人这样好。

若是没有那个温玉燕，若是先遇到乔涣青的是自己……乔涣青真是被猪油蒙了心，才会错把鱼目当珍珠。

禾晏正兴致勃勃地看着台上那些跳舞歌唱的人，问卫姨娘："他们为何都要戴着面具？"

"一副面具代表着一个身份，这些都是和水神有关的传说故事。在祭礼上跳舞歌唱，其实是在传达水神的传说。"卫姨娘笑道，"若是少夫人喜欢，也可以上台一同跳舞，扮演其中一个角色，等快结束的时候，长老会用柳条沾点福水，洒在大家的身上。沐浴过福水，就会否极泰来。"

　　禾晏未曾听过这样的民俗，就道："怪有趣的。"

　　凌绣上前笑道："乔夫人也想要一起上台吗？"

　　禾晏摆手："我就是说说而已。"

　　"我和敏儿也想一起上台跳舞，倘若夫人愿意一同的话，一定会很热闹的。"她盯着禾晏，笑得温软而体贴。

　　禾晏还没来得及说话，就听崔越之开口道："你们年纪相仿，玉燕就跟着一起上去吧，咱们济阳的水神祭礼很简单，若是有不懂的地方，就让阿绣和敏儿一起教你。"

　　崔越之已经说了，禾晏再拒绝下去，倒显得很不尊重济阳的民俗似的，便道："那好吧，可我不会跳。"

　　"没关系。"凌绣甜甜道，"我们都会教你呢。"说罢，便拉着颜敏儿往广台走："我们先去拿面具。"

　　禾晏叹了口气，忽然听见身侧有人开口："为什么不拒绝？"

　　禾晏讶然，侧头去看，肖珏的视线落在她脸上，看不出是什么表情，轻嘲道："明明不喜欢，为什么不拒绝？"

　　"不好吧，"禾晏迟疑了一下，"如果拒绝的话，崔大人可能会不高兴。"

　　他似是对禾晏的做法不敢苟同，道："不喜欢就拒绝，你有拒绝的能力，禾大小姐。"他提醒，"你不可能让每一个人都高兴。"

　　话是如此，可是……

　　尽量让每一个人都高兴，得到圆满，似乎已经变成了一种习惯。

　　另一头，颜敏儿将凌绣往一边拉，低声道："你这是什么意思？谁要跟她一起跳舞？我烦她还来不及！我不去了！"

　　"等等，"凌绣一把拽住她，"你听我说完。"

　　"说什么？"

　　"之前在绣罗坊的事，我都听人说过了。"

　　颜敏儿闻言，脸色立刻涨得通红，噎了片刻，道："你怎么会知道！"

　　"现在这件事谁不知道，早就传开了。"凌绣笑着看向她，"你也别恼，我当然是站在你这一边的。再说了，我也不喜欢那个温玉燕，既如此，怎么可能让她好过？"

　　"你想作何？"颜敏儿没好气道。

"这不是跳舞嘛,偏不让她出风头,要她出丑才好。"凌绣笑着指了指一边的面具,"让她自讨苦吃,咱们济阳的姑娘,可没那么好欺负。"

"我还从没见过夫人跳舞的样子,"林双鹤摇摇扇子,意有所指道,"真是令人期待。"

禾晏心道,她可不会跳舞,顶多舞个剑,不过她是外乡人,就算在祭礼上跳得不好,旁人也不好太过苛责。

正想着,凌绣和颜敏儿已经过来,颜敏儿手里拿着几个面具,凌绣则捧着一个木盒。走到禾晏跟前,凌绣面露难色,道:"我方才去问司礼了,今日来祭礼的人很多,只剩了这几个面具。我也不知道怎么分配,不如抽签决定?"

不就是面具吗?禾晏也没太在意,就问:"其中有何分别?"

"不同的面具代表不同的角色,在济阳水神的传说里,也有一些奸角、丑角……"凌绣顿了顿,又展颜笑了,"不过夫人抽到丑角的可能不大,应当不会的。"

禾晏"嗯"了一声,道:"你们先抽吧。"

"夫人不是济阳人,还是夫人先抽吧。"凌绣笑道。

这种事,推辞来推辞去也没什么意思,禾晏就道:"好啊。"说着,将手伸进凌绣捧着的那个木盒子里,揪出一张叠着的字条来。

她打开字条,见上面写着"狸谎"。

"狸谎……是什么意思?"她迟疑地问。

崔越之一怔,卫姨娘也有些意外,倒是凌绣,掩嘴惊呼了一声,道:"竟是狸谎,夫人今日……可真是太不巧了。"

"这很不好吗?"禾晏莫名其妙。

"正如我方才所说,济阳水神的传说里,不乏奸角、丑角,狸谎就是其中一个。这是个满口谎言的骗子,在人间水边作恶多端,骗了许多人的家财,连老人和小孩都不放过。世上最无耻的事情都被他做过,天上的神仙看不下去,就派水神的手下——一位仙子来收服他。这骗子在旁人面前可以满口谎言,但对着仙人仙法,只能说出腹中真话。他说足了自己身上的十个秘密,最后被仙人关进海底水牢,永生不能上岸。"

禾晏听到"永生不能上岸"时,便忍不住道:"好惨。"

"是挺惨的。"颜敏儿皮笑肉不笑道,"不过你既然已经抽中纸签,就只能演狸谎,倘若中途反悔,是要遭到水神惩罚的。"

禾晏很想问问,水神如何惩罚她,但转念一想,她可不就是死在水里嘛,倒也不知道是不是巧合。

她道:"那丑角就丑角吧,这世上,总要有人扮演丑角不是吗?"

崔越之尚且有些犹豫："可是玉燕，那面具……"

"面具怎么了？"

凌绣从颜敏儿手中接过面具，递给禾晏："这就是狸谎的面具。"

禾晏这才明白崔越之方才为何是那种神情了。狸谎的面具看起来像是一只狸猫，还是一只特丑的狸猫，画得凶神恶煞，但在眼睛和鼻子中央，又涂白了很大一块，看起来既奸诈又丑陋，女孩子定然不愿意脸上戴着这么个东西。

禾晏掂了掂："还行。"

对于这些外貌上的东西，她向来不太在意。卫姨娘脸色却不大好看，旁人看不明白，她在后宅中长大，女子间的争风吃醋，一看就明了。这分明是凌绣故意给禾晏使绊子。

想一想，当着心上人的面扮丑角，还要演出各种滑稽可笑的动作，且不说别人如何想，光是女子自己，也会觉得羞耻难当、无地自容吧。世上哪个女子不希望自己在情人眼中，如西施、貂蝉般绝色动人呢？

卫姨娘就道："怎么能让少夫人扮丑角，就不能跟司礼说一声？"

"无事。"禾晏笑道，"没必要于细枝末节斤斤计较。"

崔越之没察觉到气氛不对，见禾晏如此说，便笑道："好！玉燕果真爽朗！"

林双鹤与肖珏却同时蹙了蹙眉。

林双鹤拿扇子遮了脸，对肖珏低声道："蓝颜祸水，你惹的祸，偏让我禾妹妹遭了殃。"

肖珏脸色微冷，瞥他一眼，沉默了下，突然开口："你刚才说，狸谎的秘密，要对仙人倾诉？"

凌绣见肖珏主动与自己搭话，心中一喜，笑盈盈道："是的。夫人上了礼台，就要与扮演仙人的那位说出自己的十个秘密，"顿了顿，凌绣才笑着继续道，"而且这十个秘密，都必须是真实的。夫人届时，也要说满十个秘密才可以。"

禾晏无言以对，怀疑这个仙子其实是个喜欢窥探他人隐秘的疯子。

"神仙亦有角色扮演，"肖珏目光掠过凌绣，"既然如此，我来。"

"什……么？"凌绣呆了一下。

禾晏也呆住了。

"不懂？"男人目光锐利如电，虽语气平静，表情却冷漠，"我要演倾听者。"

禾晏差点没被自己的唾沫呛死，肖珏这话里的意思，是要上祭礼台一同跳舞？究竟是肖珏疯了还是这世道疯了？

赤乌和飞奴也不敢相信自己的眼睛，怀疑自己耳朵出了问题，听错了。

肖珏主动提出此事，凌绣一时间不知如何是好，但男子的目光太冷，令她有些害怕，下意识道："为……为什么？"

"因为，"肖珏似笑非笑道，"我夫人的秘密，怎么可以为旁人知晓。"

只一句话，便让方才还有些惧意的凌绣登时气得脸色发青。

禾晏："……"

肖珏没管禾晏是何神情，只问凌绣："面具是哪个？"

凌绣指了指颜敏儿手中的一个，颜敏儿有些怕肖珏，立刻递过来。禾晏看了一眼，这仙人的面具就无甚特别的了，只是一块黑色的半铁而已，在额心点了个云纹花样。

"怎么做？"他问。

卫姨娘看出了门道，笑道："其实在祭礼台上跳舞呢，并没有那么多规矩。若是本地人，自然都明白；若是外地人，只要心诚，为水神祈祷，跳成什么样，都只是形式而已。水神娘娘很宽容，不会在小事上斤斤计较。"

肖珏："明白。"

他看了禾晏一眼，见禾晏还抓着面具，握住她的手腕："过来。"

往祭礼台那边走了两步，禾晏往回看去，见凌绣和颜敏儿的目光落在自己身上，那敌意，比刚刚只多不减。她问："你怎么回事？都督，你疯了？"

"是你疯了。"肖珏不悦道，"你为什么答应她？"

"我不是说了吗，来都来了，我怕崔大人不高兴。况且只是戴着面具跳个舞，又不用舞刀弄棍，不会少块肉，有什么大不了。"

他转头盯着禾晏，颇讽刺地笑了一声："对我的时候，怎么没见你这么千依百顺？"

禾晏："……我还不够千依百顺吗？"

"以后这种事，不想做可以拒绝。"肖珏漂亮的眸子微眯，"别让人觉得你委曲求全，难看死了。"

"我没有委曲求全。"

"你有。"他垂着眼睛看禾晏，嘴角微勾，带着嘲意，"你喜欢骗人，难道连自己也骗？"

禾晏说不出话来，她本能地想反驳，但又隐隐觉得，肖珏的话是对的。

可是在很多时候，牺牲自己的感情和喜好，已经成了习惯。还有更多、更重要的东西要考虑。也没人告诉她，你可以拒绝，可以任性，可以不高兴。所以渐渐地，这些也就没有了。

肖珏见禾晏无精打采的样子，顿了顿，敲了一下她的头，道："快戴上。"

说着，自己先拿起手中的面具往脸上戴。

那面具是用铁做成的，磨得非常光滑，但还是很沉重的，肖珏一手把面具往脸上戴，另一只手绕到脑后去扣机关，一时弄不对，禾晏见状，就将手里的"狸谎"面具放在一边，道："我来帮你。"

她走到肖珏身后，对肖珏道："你把面具戴到合适的位置，我从后面帮你扣。"

肖珏个子高，她只能踮起脚来扣上头的机关，边扣边道："你以前没戴过面具吗，怎么这么简单都不会。"

肖珏嘲道："你戴过很多？"

禾晏一怔，笑道："没吃过猪肉，总见过猪跑呗。"待帮肖珏戴好，她将那副"狸谎"面具也戴在自己脸上。

两个人，一人戴了面具，更显得神秘高贵；另一人则滑稽奸诈得要命，看起来，怎么都觉得可笑。

肖珏同她一起上了祭礼台。司礼对他们轻轻点头，将他们往礼台中央推。

四周都是戴着面具的民众载歌载舞，禾晏也看不明白，对肖珏道："都督，这怎么跳？"

肖珏："不知道。"

禾晏学着周围的人跳了一会儿，不过须臾，便觉得实在太难，放弃了。她拉着肖珏到了礼台的角落，不被人注意的地方，道："算了算了，不跳了，干点别的。"

肖珏戴着面具，看不到神情，但想也知道，面具下的脸上此刻定然写满了不耐烦。

"都督，咱们这样敷衍，不会被水神怪责吧？"

肖珏道："怕了？"

"宁可信其有，不可信其无。"

这人非常冷漠："那你继续跳。"

"我真跳不动。"

又过了一会儿，禾晏道："都督……刚刚那位凌姑娘说，狸谎需要对仙人说十个秘密，咱俩既然上来了，就演到底，我跟你说我的十个秘密，这就算完了，可能仙人看咱俩这么虔诚，就不计较我们不跳舞的事了。"

肖珏笑了，懒洋洋道："好啊，你说。"

十个秘密，还必须都是真实的。这可真难说。

她便掰着指头说。

"我以前酒量很好，现在变差了。

105

"我会背《吴子兵法》。

"我是凉州卫第一。

"我特别想进九旗营。

"程鲤素的衣裳扣子都是我揪的,可以卖钱。"

这都五个了,肖珏听了,也觉得颇无语,只道:"无聊。"

禾晏却受了鼓励,再接再厉。

"都督在我心中,是特别好的人,我很感谢都督。"

肖珏冷笑:"我不会让你进九旗营。"

"都督每次误会我的时候,我都很伤心!"

肖珏:"继续编。"

"我和都督上辈子就有缘分了!"

肖珏连眼神都懒得给她一个。

禾晏:"我前生是个女将军。"

这就更离谱了。

只剩下最后一个秘密了。

禾晏抬起头来看向面前人,他的脸被面具覆盖,直勾勾地盯着她,只露出漂亮的下颌,线条极美,唇薄而艳,慵懒地勾着,昭示着青年的无情和温柔。

她自己的脸亦被面具遮盖,藏在暗处,如在黑夜,有着无穷的安全感。

"最后一个秘密,"禾晏踮脚,凑近他的下巴,声音轻轻,"我喜欢月亮。

"月亮不知道。"

……

水神祭礼,整场结束要大半个时辰。

禾晏与肖珏下来时,天色已经不早了。凌绣和颜敏儿早已不知所终,卫姨娘就道:"逛了整日都不曾用饭,少爷和少夫人定然饿了吧?"

禾晏摸了摸肚子:"还好还好。"

"那咱们先去用饭。"崔越之道,"济阳有好几家不错的酒楼,玉燕想去哪一家?"

"我想……"禾晏指了指河里的乌篷船,"去那上面吃。"

她方才已经看到了,有好些人乘着小船,船头生了炉子,不知道里头煨煮的是什么,大约是汤羹一类。剩余的酒菜,则是船行至岸边或是河上的小贩处递钱去买。人便可以乘着船,一边吃东西,一边瞧着两岸的热闹盛景。观沿河风情,很是特别。

禾晏也很想尝试一下。

"那是萤火舟。"卫姨娘笑着解释,"船家到了傍晚的时候,会将船摇到落萤泉，咱们济阳天气暖和，不必到夏日也有萤虫。落萤泉边的树林，夜里摇船过去，全是萤火虫，很漂亮！妾身有一年有幸与老爷去过一回，如今想起来，都觉得美不胜收。"

禾晏被她说得更想去了，就看向崔越之："伯父，要不我们就去坐这个萤火舟？"

"姑娘家都喜欢这些，"崔越之笑着摆手，"我这样的便不去了，这萤火舟只为夫妻或情人准备，两人一舟，咱们这么多人，也不能乘一船。"

禾晏嘴里的话就卡住了，心道这济阳的水神节，莫非就是中原的七夕节？这对没有情人的人来说，未免太不友好。没有情人，难道就没有资格去瞧一瞧传说中的落萤泉吗？岂有此理！

"少夫人既然想去，就和涣青少爷一道去吧。"卫姨娘笑着开口，"周围还有许多同去的船舟，今夜应当有水上戏台，很热闹。"

禾晏很挣扎，她的确很想去见识一番，但肖珏……未必愿意。

她转头看向肖珏，试探地问道："少爷？"

"休想。"

"少爷，我想去的意愿是真的。"

肖珏扯了一下嘴角："我看你得寸进尺是真的。"

"我又没见过一大片萤火虫长什么样，"禾晏低声道，"来都来了，难道你不想看看吗？咱们路过此地，欣赏一下本地的风土人情。"

"少爷，夫君？"禾晏又讨好地叫他。

肖珏嘴角抽了抽："好好说话。"

"你不答应我，妾身就一直这么说话。"

卫姨娘掩嘴一笑，似是看不下去这对小儿女打闹，低声对崔越之说了几句话，崔越之点头，卫姨娘就叫人去河边招手，寻了一只船，对禾晏与肖珏道："方才老爷已经付过银子了，今夜这船上的师傅会带着你们游遍济阳河，遇到好吃的好玩的，只管买就是。等时辰到了，他也会送你们去落萤泉。"顿了顿，又道，"本想叫你们带几个侍卫同行，不过落萤泉边本有城守备军巡视，应当不会有事。但若你们不放心，也可……"

"谢谢卫姨娘！侍卫就不必了……"禾晏高兴道，忽然又想起什么，问肖珏："林管家和赤乌他们，万一也想去看呢？"

肖珏回头一看，赤乌几人已经齐齐后退几步，冲他摇了摇头，示意并不想看。

也是，萤火虫这种东西，粗糙的汉子大抵是不喜欢的，纵然是喜欢，也不敢在这里表现出来。

"那我们先上去吧。"禾晏很高兴，自己先上了乌篷船。

这船不如朔京城里春来江上的船舫华丽，甚至从外观上来看，称得上朴素，但里头还算宽敞，有地榻，也有煮东西的小炉，若是坐在此地，吃点东西，吹着河风，瞧瞧两岸沿途的灯火夜市，实在是人间美事。

禾晏弯腰进去，坐在地榻上，往河上看。

济阳运河极长，穿城而过，今日又是节日，两岸点了许多灯笼，人人都吆喝笑闹，热闹非凡。船家是个戴着斗笠的中年汉子，生得十分结实，两臂有力，卖力地划着桨。

禾晏趴在船头，她原本是有些怕水的，但如今周围实在热闹，可能又有肖珏在身边的原因，从前的恐惧便淡忘了不少，只剩新鲜了。

她正看得高兴，一只小舟从旁擦过，舟上的人亦是一对男女，女子突然掬了一捧水朝她泼过来，禾晏冷不防被泼了一脸，整个人都蒙住了。

船家哈哈大笑："姑娘是外地人吧，不懂咱们济阳的规矩。这在运河上呢，若是两船相遇，大家会互打水仗，人都说，运河水养活了济阳一城人，被泼的不是水，是福泽和运气喽！"

那姑娘也看着她笑，善意的，带着一点狡黠，让人有火也难以发出来。禾晏心道，这是个什么规矩，就不怕衣裳全淋湿了没法出行吗？

大概是见她特别好泼，周围又有几只船围过来，不管男子女子，都弯腰掬一捧运河里的水朝禾晏砸来。

禾晏："？"

她大声道："船家，麻烦你将船摇得远一些！"

话音未落，一大捧水就朝她脸上砸来，禾晏惊了一跳，下一刻，有人挡在她身前，将她的头往自己怀中一按，挡住了迎面而来的水。

肖珏看了一眼对面，朝禾晏砸水的是个男子，且是个没有丝毫怜香惜玉意识的汉子，正冲着禾晏傻乐。肖珏勾了勾唇角，下一刻，船舫中的茶盏在水里打出一大片浮漂的痕迹，一大股水流"哗啦"一声，将那男子从头到脚淋了个透。

男子旁边不知是他的夫人还是情人，焦急地道："你怎么能这样？"

肖珏似笑非笑地看着对方，慢悠悠道："多送你们一些福泽，不必感谢。"

禾晏："……"

她从肖珏的怀中抬起头来，道："其实也没必要计较。"再看一眼周围，无言片刻，"看把人吓的。"

周围本还有几只船围过来，见到那男子的前车之鉴，纷纷让船家赶紧把船划远，仿佛避瘟神一般。

肖珏笑了一声:"你还有心情关心别人?"

禾晏低头看了自己一眼,半个身子都被水泼湿了,肖珏站起身,走到船尾,替她拿了一块帕子扔过来,又坐在那煮着茶的小炉边:"过来。"

禾晏依言过去,肖珏道:"把你的头发烤干。"

禾晏乖乖应了一声,边借着热气烤头发边道:"都督,你饿了吗?"

"你饿了?"

禾晏摸了摸肚子:"非常。"

她饭量向来惊人,肖珏叹了口气,去前头跟船家说了些什么,不多时,船家便摇着船,到了一处水市。

说是水市,其实就是好几十只船并在一起,船上有卖热茶的、卖点心等各种小食的,甚至还有卖烤鸡烧鹅的,闻着气味极美味。船在水市边停下,肖珏让禾晏上船头来:"自己挑。"

船上的食物都带着济阳特色,与朔京很不一样,禾晏眼馋这个,又舍不得那个,每样都挑了一点,于是便抱了好大一堆油纸包。肖珏默了片刻,问:"你是饭桶吗?"

"吃不完的话可以带回去给林双鹤他们。"禾晏笑眯眯道,"我已经很克制了。"

肖珏无言片刻,自己也挑了几样,付过银子,帮着她将油纸包抱进船上。

有了这些吃的喝的,禾晏就坐在地榻上,望着船外,开开心心地拆纸包吃喝。她本来就胃口好,饿了一天,吃得便毫无形象,肖珏忍了忍:"注意仪态。"

禾晏满不在乎地"嗯"了一声,依旧我行我素。提醒了两次未见结果,肖珏也放弃了。

她双手撑在船上的小窗上,忽然想起少年时,也曾乘船和贤昌馆的同窗们一同去往金陵,那时候也有肖珏。她第一次坐船,晕船晕得厉害,吐了好几次,险些没死在船上。

如今倒是不晕船了,可当年的少年们各奔东西,到最后,竟还是肖珏陪在身边。

世事难测。

"那边好像有水上戏台。"禾晏惊喜道,"船家,能不能把船往那头摇一下?"

船家就道:"好嘞。"划着桨,将小舟划到了水上戏台边。

这戏台底下,不知是用什么撑起的,只余一些木头桩子在水面上,又在木头桩子上搭起了戏台。周围的看客坐在船上往上看,唱戏的人脸上涂着油彩,正唱得起劲。武生舞得极好看,咿咿呀呀的,虽也听得不大明白,但还是很热闹的。

那还有一只船在卖好喝的蜜水,禾晏跑到船头去看,有许多姑娘正在买。见禾晏看得入神,小贩便笑着解释:"姑娘,都是新鲜的,看戏看累了来一口?咱这儿什么都有,荔枝膏水、杨梅水、杏酥饮、梅花酒、甘蔗汁、鹿梨浆、甘豆汤……"

禾晏瞧见那摆着的小盅里,有一杯看起来雪白雪白的,冰冰凉凉,上头淋着红色的圆子,便问:"那是什么?"

"这是砂糖冰雪冷圆子。甜甜凉凉的,吃一口,绝对不亏,姑娘,来一盅?"

禾晏有些嘴馋,正要说话,肖珏开口问:"这是凉的?"

"是凉的,"小贩热络地回答,"冰都未化,很凉爽的!"

"不要这个,换热的。"他道。

禾晏一愣,那小贩却很热情地道:"那就甘豆汤?咱刚刚才煮好,焐在手里暖和得很。哟,姑娘刚是不是被泼湿了呀?"小贩笑着从小桶里舀了一勺甘豆汤装进碗里递给禾晏,"那得多喝点热的暖暖身子,还是公子贴心!"

禾晏一头雾水,此刻也没计较这人说的话,只问肖珏:"你不喝点吗?"

"我不喝甜的。"他转身往船里走。

禾晏就问小贩:"有什么不甜的?"

"紫苏饮不甜。"

禾晏就从袖中摸出几个铜板:"再要一杯紫苏饮。"

她一手端着甘豆汤,一手拿着紫苏饮,跟着肖珏进了船里,把紫苏饮递给肖珏:"这个不甜,我问过了。喝吧,我请你!"

肖珏无言:"你的钱是我给的。"

"重在心意,你怎么能这么斤斤计较呢?"禾晏自己舀了一勺甘豆汤,糖水清甜,暖融融的,她眯起眼睛,"真的很好喝!"

肖珏哂道:"真好养活。"

"你不知道,我以前很少吃甜的,但其实我很喜欢吃甜的。"她说,"济阳真好啊,我也想做济阳人。"

"你可以留在此地。"

"那怎么能行,"禾晏叹气,"总有许多别的事要做。"

说话的时候,旁边又行来一小舟,有人惊呼赞叹,禾晏爬过去一看,就见船头坐着一个手艺人,正在捏面人。台上唱戏的唱的是什么,他就捏什么,草扎成的垛子上,已经插满了面人,跟唱戏的花旦小生一模一样,实在手艺出众。

禾晏趴在船头,一眨不眨地看着面团在这人手中飞快变化,捏面人的老者笑着问道:"姑娘喜欢的话,可以买一个?我可以为你捏一个跟你一样的面人。"

"果真?"

"当然。"

禾晏有些心动,不过犹豫了一下:"还是算了吧。"

肖珏正在小炉上煮着什么,闻言抬头看了她一眼,问:"为什么不要?"

禾晏转过身,低声道:"我现在是女子,是可以买。可若回到卫所,便要做男子打扮,这面人带在身边,总不方便,万一被人当作证据发现了就不妥了。既总要丢,何必拥有?"

肖珏直勾勾地盯着她,忽然扬唇笑了,淡淡道:"你这个人,个子不高,心眼挺多。"他叩指,一串铜钱飞到了那手艺人桌上:"给她做一个。"

老者笑眯眯地收起铜钱:"好嘞。"

禾晏急急回头,走到肖珏身边:"你怎么买了!这买回去,离开济阳的时候我也不能带走,何必浪费钱?"

"你不是喜欢?"他勾唇哂道,"喜欢就买,这世上,如果因为害怕失去就不去争取,未免也太无趣。"

见禾晏还是一动不动,他眸光讥诮,语气却十分平静:"禾大小姐,这是在济阳,今日你可以做一切你想做的事,不必有后顾之忧。你原本是什么样子,就是什么样子。喜欢什么,讨厌什么,可以直接说出来。不用委屈自己,也不用人人都骗。"

禾晏一时无言,竟不知道说什么。

半晌,她道:"我真的想做什么都可以?"

肖珏耸了耸肩:"为所欲为。"

禾晏坐了下来。

那捏面人的老者不过片刻,就捏好了一个,在另一头招呼禾晏:"姑娘的面人捏好了!"

禾晏道过谢,从他手中接过了面人。面人做得极精细,连裙角的花边都和她身上的一模一样,模样亦是俏丽,她看得出了神,半晌举着面人问肖珏:"都督,你看她像不像我?"

肖珏冷淡回答:"胜你多矣。"

禾晏被他挤对惯了,也不恼,只美滋滋道:"我原来看起来还真挺像个女的。"

肖珏从小炉上头的罐子里捞出点东西,盛在碗里,禾晏过去一看,是一碗清汤面,面条雪白,加了点点酱油,没有葱,只有一个蛋卧在里面,一点碧绿的青菜,发出扑鼻香气。

111

禾晏怔了怔，她一直忙着看外头的景色和吃吃吃，不知道肖珏什么时候煮了一碗面，就问："都督，你饿了吗？"

肖珏没说话，只将碗推到她面前，递了双筷子给她："吃吧。"

"给我的？"禾晏接过筷子，受宠若惊，"为什么？我买了很多吃的，也不……""饿"字还没出来，就听见眼前的男子淡淡道："今日不是你生辰吗？"

禾晏愣住了。

半响，她问："你怎么知道？"纵然在崔越之面前，她说的也是……春分后的几日。

"禾大小姐，"肖珏慢悠悠道，"你知不知道，你骗人的本事飘忽不定，有时候漏洞百出。"

禾晏没有说话，过了一会儿，她轻声开口："所以今日，你对我这样好，其实是因为，你知道今日是我的生辰，对吗？"

"好？"肖珏扬眉，"这就叫对你好吗？"

是的。禾晏心道，除了柳不忘，她没有再遇到像肖珏这样对她好的人了。从没有人记得她的生辰，过去的生辰上，他们叫她"禾如非"。那是禾如非的生辰，不是她的。

可今日这一碗寿面，是肖珏做给"禾晏"的。

她仰起头，对着肖珏，笑盈盈道："都督，你对我真好，谢谢你。"

少女的眼角弯弯，分明是在笑，但被热气蒸腾过的眼眶竟有点发红，肖珏微微怔住，正要说话，禾晏已经埋头吃面了，他便没说什么。

天色全然暗下，长空如墨，洒下万点星光，水中亦成星河，压着一船旧梦如许。

船家慢慢划桨，不知什么时候，已经离开了最繁华的河中段，周围的船只少了许多，有凉风吹来。吹得人怡然。

一点暗绿色的流光从水面上掠过，停在了船头。

船家停下了划桨，小舟静静漂浮在水上。

禾晏拉着肖珏一同走出去看，便见泉水边上，密林深处，无数点或明亮或微弱的流光飘摇，明明暗暗，绕着水面，绕着树林飞舞。如会发光的微雨，千点飞光，映入人的眼睛。

"真美。"禾晏感叹道。

这样的夜，她一辈子都不会忘记。禾晏转头，看见肖珏在船头躺下，两手枕在脑后，瞧着眼前的萤火。她想了想，也在肖珏身边躺下，学着肖珏的样子双手枕在脑后，看着夜风也吹不灭的光辉，仿佛星光就在手边。

"今日是我过的最开心的一个生辰，都督，谢谢你。"她道。

肖珏不置可否，道："生辰时，不是都要许愿？说吧，有始有终。"

"许愿？"禾晏道，"我没什么愿望了。"

祈求上天恩赐，大抵是一种自欺欺人的行为，想要什么，也得自己去争取。

"这么淡泊？"

"如果真的要说的话，我希望世上有那么一个人，是为我而来。"

不是为了禾如非，不是为了飞鸿将军，就仅仅是她，为她而来。

"这算什么愿望。"肖珏嗤笑，"我以为你要说加官晋爵建功立业，再不济，也是进九旗营。"

熠熠迎宵上，林间点点光。许是今夜风太舒服，景太妙，她也想要多说几句。

她就道："都督，你有没有发现，我自从和你在一起，老是在做别人的替身。一会儿是程鲤素，一会儿是温玉燕，下一次，不知道又是什么身份了。"

肖珏道："委屈？"

"也不是，只是……"她有些怅然地看着远处，"有时候做一个人的替身久了，难免会忘记自己是谁。

"都督，你一定要记住我的名字。

"我叫……

"禾晏。"

少女面朝着长空，微微笑起来，肖珏侧头看去，见她目光清亮，于快乐中，似乎也含了一层晦暗的悲哀，过去的明亮皆不见，仿佛有无数难以诉于言表的苦楚，最后，又被一一咽下。

他回过头，亦是看向长空，原野里，荧荧野光飘舞，星流如瀑，凉风吹过人的面颊，水面沉沉无定。

今夜不知又会落入多少人的美梦，又有多少人看过深夜里的微光。

青年勾起嘴角，慢慢道："这样难听的名字，听一次就记住了。

"不用担心我忘记，禾大小姐。

"禾晏。"

船在水上漂浮，萤虫渐渐于密林深处隐匿。

少女靠着青年的肩膀，不知不觉睡着了。船家从船头站起，正要说话，肖珏对他微不可见地摇头，船家了然，便也没有吵醒她，亦没有划桨，任由船漂着。

肖珏只坐着，看向水面，水面平静，偶被风掠过，荡起层层涟漪。他又侧首，看向靠着他肩头酣睡的少女，她并不似普通姑娘爱美，睡得毫无形象，唇边似有晶莹濡湿的痕迹，竟还会流口水。

他有些嫌恶地别过头，又看向远处的水面，不多时，又低头无奈地笑了一下。

到底没有将她推开。

第二十五章　师徒

禾晏睡了一个好觉，睁开眼时，发现自己躺在船上的软榻上，还盖着一层薄薄的褥子，她坐起身，见肖珏坐在船头，便叫了一声："少爷！"

他回头看了禾晏一眼，只道："梳洗一下，该回去了。"

禾晏讶然一刻，才发现他们竟在落萤泉待了整整一夜，周围的萤火舟早已全部散去，只余他们这一只。禾晏一边打呵欠，一边用船上的清水洗漱，末了，胡乱扎了个男子发髻。

她走到船头，正听见船家对肖珏说话："公子直接上泉水边，往前行几十步，有一座驿站。驿站旁可以雇马车，公子和夫人乘马车回去就是。白日里运河不让萤火舟过了。"

肖珏付过银子，往岸上走，对禾晏道："走了。"

禾晏跟船家道过谢，赶紧上岸。

正是清晨，草木宽大的叶片上滚落晶莹露珠，带出些寒气。禾晏再次打了个呵欠，问肖珏："都督，昨夜我睡着了，你怎么不叫醒我？"

肖珏冷笑道："不知道是谁昨夜睡得鼾声震天，叫也叫不醒。"

"不是吧？"禾晏有些怀疑，"你莫不是在骗我？"

"我又不是你。"

两人没走多远，果如船家所说，见到了一处驿站。驿站旁还有一家面馆，老板娘正在大铁锅里煮面，香气扑鼻。

禾晏觉出饿来，就道："我们先吃点东西再坐马车吧。"说罢，也不等肖珏回答，便率先向老板娘招手道："两碗面，一屉包子。"

她倒是胃口好，拉着肖珏在草棚外头一张桌前坐了下来，刚出炉的包子冒着热气，有些烫手，禾晏拿在手里，鼓着腮给吹凉。

肖珏看禾晏吃得满嘴流油，也只是觉得好笑。

"你别看着我笑，"禾晏道，"好似我很丢人似的。"

这人不紧不慢回答："本来就丢人，你看看周围，吃得如你一般丑的，有几个？"

禾晏鬼鬼祟祟地往周围看去，眼下时间还早，来这儿吃饭的，大抵都是要赶路的，或者是赶路途中在此歇憩的人。

坐在她身侧的，是一对祖孙，老妇人头发花白，身边的小姑娘十一二岁，穿着一件脏兮兮的斗篷，半个脸埋在斗篷里，默不作声地低头吃东西。

这二人的衣着都很朴素，见禾晏的目光看过来，老妇人怔了一下，笑着问道："姑娘？"

"没事。"禾晏笑笑。

肖珏扬眉："连小鬼的吃相都比你斯文。"

这话倒是不假，小姑娘看起来脏兮兮的，吃东西的模样却十分优雅，并不像是普通人家，不过老妇人就没有这般感觉了。

她对那老妇人笑道："大娘，这是您孙女吗？长得真俊。"

"是啊。"老妇人先是诧然，随即笑了。

禾晏又看向那小姑娘，小姑娘对她并无任何反应，只低头吃东西，老妇人就解释道："妮妮认生，姑娘别计较。"

禾晏笑道："怎会计较？实在是长得太可爱了。你们是要进城吗？"

"不是，家中有丧，带妮妮回去奔丧的。"

禾晏便点了点头，说了句"节哀顺变"，转过身回头吃饭。吃着吃着，她又觉得哪里不对。再看肖珏，也已经停了筷子，望着禾晏身边的那对祖孙，若有所思。

禾晏稍稍往他身前凑近，低声道："都督，我怎么觉得有些不对。"

肖珏看了她一眼，突然起身，走到那对祖孙身边。

方才禾晏一番问话，已然让那老妇人神色不大好，匆匆吃完，便要拉着小姑娘离开，甫一站起，便被人挡住去路。

年轻的俊美男人挡在身前，神情平静，看着斗篷下的小姑娘，淡淡道："说话，小鬼。"

老妇人将小姑娘往怀中一带，护道："这位公子是要做什么？"

"我竟不知，济阳的拐子什么时候这样胆大了，"肖珏挑眉，"光天化日之下也敢掳人。"

拐子？禾晏一怔。

是了，她就说总觉得有什么不对，从头到尾，这姑娘吃东西时，老妇人没有半分询问，倘若真是普通的祖孙，做祖母的大抵要问问孙女，烫不烫、合不合口味一类。

"你……你胡说什么？"老妇人盯着肖珏，道，"这是我孙女！你莫要含血喷人！"

"是不是孙女，一问便知。"肖珏道："说话，小鬼。"

小姑娘一动不动。

"你！"

老妇就要带小姑娘离开，下一刻，禾晏手中的鞭子应声而动，卷向对方的斗篷，不过瞬间，斗篷便被鞭子带起落到地上，露出小女孩被遮挡的半个脸。

禾晏掂了掂手中的紫玉鞭，不错，挺好用。

斗篷下的女孩子容颜干净娇美，满眼泪痕，无法开口，竟是被点了哑穴。

"你待你这个孙女，似乎不太好。"肖珏微微冷笑。

老妇见势不好，高喝一声："多管闲事！"嘴里发出一阵尖锐高亢的哨声，但见驿站里喂马的、吃早点的、洗脸的、休憩的人群中，猛地拔出几个人影，抽出剑来，就朝禾晏和肖珏二人刺来！

"有刺客！"禾晏道。心中难掩讶然，这么多人，定然不算是拐子了。拐子行动，只怕被人发现，须得低调行事，若是被人发现，第一反应就是赶紧逃走，这老妇不仅没逃走，还有这么多同伙，分明是有恃无恐，或者……她看一眼被点了哑穴的小姑娘……这小姑娘究竟是什么来头，须得用如此阵仗？

肖珏出来时并未佩剑，见这群人已经攻近，便将桌上的茶碗当作暗器，一一朝前打落刺向面门的长剑。

禾晏将手中鞭子抛给他："用这个！"自己从地上捡了一根铁棍。

驿站面馆的老板娘早已吓得躲到了桌子下。一时间，乒乒乓乓的声音不绝于耳。禾晏与他们一交手，便知这群人绝对不是普通的拐子，下手的狠辣程度，分明是要杀人灭口。小姑娘还站在原地，那老妇见禾晏与肖珏正被其他人缠着，眼珠子一转，直接抓起小姑娘，翻身上了驿站门口的一匹马，身子灵活得不像是上了年纪的人，一挥马鞭，马儿直直往前疾驰。

"不好！"禾晏道，"她想跑！"

她转头去看肖珏，见肖珏被人围在中央——他是男子，身手出色，一时间，所有人反倒将禾晏给忽略了。禾晏便道："少爷，你拖住他们，我去追！"

驿站最不缺的就是马，禾晏翻身上了一匹马，朝着那老妇逃走的方向追去。

出城的路是大路，这老妇却没有走大路，反是挑了一条坎坷的小路。禾晏一边追，一边心中暗自思索，刚才打斗十分激烈，小姑娘却一动不动，不是被下了药，就是被点了穴道。他们纵然是拖住肖珏也要带走小姑娘，看来那小姑娘对这群人来说很重要。

老妇怎么也甩不掉禾晏，一时间急了，骂道："臭丫头，别找死！"

"把人放下，我还能饶你一命，"禾晏毫无畏惧，"倒是你，不要敬酒不吃吃罚酒！"

老妇哼了一声，用力一挥马鞭，马匹疾驰，禾晏见状，一脚踏在马背上，亦是用力拍打马屁股，马儿往前一跃，几乎要与那老妇的坐骑并驾齐驱，禾晏手疾眼快，用手中的马鞭卷住老妇的马首，二马距离已经极近，马匹受惊，禾晏趁机从马上跃起，从那老妇手中夺过姑娘，两人一同在地上滚了一番。

甫一落定，禾晏便察觉，这姑娘果真是被人喂了药点了穴道，难怪方才在面馆的时候，无论怎么说话，她都毫无反应。

禾晏还没来得及解开她的哑穴，问这姑娘叫什么名字、是从哪里来的，那妇人冷冷一笑，从腰间抽出一把软剑，冷然道："多管闲事！"劈手朝禾晏刺来。

禾晏将小姑娘猛地推开，自己迎了上去，她赤手空拳，方才那根铁棍在混乱中已然遗失，只得凭借灵活的身法躲开对方的长剑。

"你们究竟是什么人？"禾晏暗自惊心这妇人的身手，"抓走这小姑娘又是为何？"

妇人皮笑肉不笑，挥剑过来："废话这么多，你下地狱去问阎王爷吧！"

禾晏扬眉："这点功夫就想让我下地狱，未免托大了点。"她矮身躲过头上的长剑，脚步挪转中，已然到了妇人的身后，一拳打中妇人的背部，从她手里将剑夺了过来。

"可恶！"那妇人怒道。

剑已在手，虽比不过青琅，却也勉强可用，此刻又无旁人，禾晏最擅长的除了排兵布阵外，本就是剑法，不过须臾，便让这妇人节节败退，眼看着是不行了。

禾晏道："你若此刻束手就擒，还有一线生机。"

"碍眼！"妇人大喝一声，突然从脑后的发髻里拔出一支银簪来，那银簪里头不知什么机关，见风则长，立刻长了三寸，是一把匕首。她并未用这匕首去对付禾晏，而是迎上禾晏的长剑，却将那把匕首准确无误地朝地上的丫头投去。

小姑娘本就被下了药，无法动弹，眼睁睁看着那匕首就要插进胸口，禾晏此刻再收剑去救，已然来不及！

"砰"的一声。

只差一点点，匕首就将没入少女的心口。有什么东西撞在匕首上，将其打得一偏，瞬间失去了凶悍的力道，慢慢滚落到一边的地上。

同一时间，禾晏手中的长剑捅穿了老妇的胸膛，那老妇瞪大眼睛，似是不敢置信有人竟将她的匕首打偏，嘴里吐出一口浊血，咽了气。

密林深处，有人走了出来。是一名清瘦男子，四十多岁，却生得极其飘逸出彩。一身白衣，长发以白帛束好，似剑客，又如琴师。眉目轩朗，长须不显

119

邋遢，反增了几分江湖人的落拓潇洒。

禾晏一见到这人，就呆住了。白衣人走近，将地上瑟瑟发抖的小丫头扶起，这才看向禾晏。

禾晏喃喃开口："……师父。"

他脸上并未有惊讶的神情，只是有些意外："阿禾？"

禾晏待在原地，一时间不知道该先震惊什么，是震惊在这里遇到柳不忘，还是震惊柳不忘居然一眼就能认出如今的自己。

柳不忘将小丫头的穴道解开，小姑娘咳了几声，看向他们，没有说话。

禾晏却忍不住了，问柳不忘道："师父……你怎么……认得我？"

他微笑道："你那剑术特别，又有我的剑法杂糅，一眼就能看出来。怎么，你这是易容了？"

禾晏一时半会儿也说不清，只含糊道："说来话长，这事得以后再说。可是师父，你怎么会在这里？"

"济阳城里有可疑的人，我怀疑是乌托人，一路追查他们到此地，"他看向地上老妇的尸体，"听见这边有打斗声，过来看一眼。发生了何事？这小姑娘你认识？"

禾晏摇头："不认识，我与……友人路过此地，正在面馆吃东西，见这妇人带着小姑娘形迹可疑，本以为是拐子，不承想周围竟有刺客，怀疑并非简单的歹人。"

正说着，身后传来马蹄的声音，两人回头一看，肖珏驾马驰来，在距离他们稍近的地方勒马停住，翻身下马，走到禾晏身侧，蹙眉问道："什么人？"

"自己人自己人。"禾晏忙解释，"这位是我的……师父。"

"师父？"肖珏道，"什么师父？"

"我不是跟你说过，我有一位高人师父，已经多年未见，没想到今日竟在此地相遇，我也很意外。刚才要不是他帮忙，这小姑娘就没命了。"

柳不忘看向肖珏，微微一笑："在下柳不忘，阁下是……"

"乔涣青。"肖珏道。

"少爷，刚才那些人呢？"禾晏问。

"打不过就逃了。倒是你，怎么跑到这里叙旧？"

"这些事情以后再提也不迟。"禾晏转开话头，"这些人大张旗鼓就为了掳走一个小姑娘，不对劲吧？小姑娘，你叫什么名字？住在哪里？是谁家的孩子？"她弯腰看向这女孩。

小女孩虽年纪尚小，却能看出是个美人坯子。她似是受了些惊吓，目光警惕地盯着众人，抿着唇不说话。禾晏问了几次，她也没有回答，到最后，干脆将脸扭到一边。

"不会真是个哑巴吧？"禾晏纳闷。

"你才是哑巴！"小丫头气鼓鼓地回道。

"原来会说话呀，那刚才问你的问题你怎么不回答？"

小丫头又不理人了。

"可能是刚刚遭遇了歹人，不信任他人，无事，过些时候就好了。"柳不忘笑道。

禾晏叹了口气，一时间也束手无策，便看向肖珏："少爷，要不先把这孩子带回去，让崔大人定夺？她若真是哪个大户人家的姑娘，崔大人定认识。"

肖珏点头。

小姑娘听到"崔大人"三个字时，目光微微一动，不过转瞬，又低下头，掩住眸中异色。

柳不忘笑笑："既如此，那就在此分别吧。"

禾晏一怔，柳不忘这人，总是如此。禾晏自打认识他以来，就觉得此人似乎无牵无挂，凡事顺心。她从未见过柳不忘有交好的人，亦不见他和别人有何往来。他好像从不觉得孤独，对每一次分别也没有太多的伤感。禾晏当年与他告别之时，尚且有所不舍，但柳不忘却很豁达，只道："天下无不散之筵席，阿禾，有缘自会相逢。"

乍逢故人，还未来得及叙旧，便要分别，禾晏心里一酸，一把扯住柳不忘的袖子："师父！我……我如今住在友人家中，他家里很大，你要不跟我们一道回去？我还有很多事想问你！"

肖珏目光落在她扯住柳不忘袖子的手指上，不露声色地挑了挑眉。

柳不忘笑了，无奈道："阿禾，你怎么还跟个孩子似的。"

"我已经很久没见到师父了……我还以为再也看不到你了……"禾晏死也不松手，"再者，你刚才不是说乌托人吗？既然与乌托人有关，定然要告诉济阳城蒙稷王女殿下才行，你跟我回去，我认识的那位官员，与王女殿下一同长大，关系极好，也好将此事禀告。"

柳不忘微微一怔："王女？"

禾晏见他态度有异，连连点头："不错，师父，你想，乌托人突然出现在济阳，本就不寻常。济阳通行向来不易，别说是乌托人，就是大魏中原人来此都要多番周折，可乌托人能藏匿在济阳城里，说明了什么？总之，此事有很多疑点，我们应当同行。"

柳不忘还有些犹疑。

肖珏抱肩看着他们二人，勾了勾唇，道："是啊，柳先生，不如跟我们一道回去，也好与你的徒儿仔细探讨。"

静了半晌，柳不忘笑道："好吧，那我就随你们一道回去，只希望不要给你们添乱才好。"

禾晏松了口气，好不容易遇到师长，实在不愿意没说几句话就分道扬镳。

"那我们先回驿站，雇辆马车回崔府。"禾晏对肖珏道，"昨晚一夜没回去，崔大人他们该着急了。"

柳不忘的目光在肖珏与禾晏身上打了个转，若有所思。

小姑娘被喂了药，身子软绵绵的，连路都走不动。禾晏想了想，在她身前蹲下，道："小姑娘，上来吧。"

肖珏问："你干什么？"

"她走不动路，我背她去驿站。"禾晏答。

她还真是不知道自己月事来了，肖珏默了片刻，道："我来背。"

"欸？"禾晏一怔。

小姑娘倒是不满意了，开口指责："我是女子，你是男子，你怎么能背我？我要她背！"

"小鬼，"肖珏漠然道，"你再多说一句话，我就把你扔在这儿不管了。"

蛮横的小鬼遇到不近人情的都督，到底是棋差一着，不敢再多说，生怕肖珏丢下她不管，禾晏便看着肖珏将小姑娘背起来，一路走回了驿站。

到了驿站，众人也没了继续吃早点的心情，雇了一辆马车回崔府。

马车晃晃悠悠地往前驶去，禾晏与肖珏坐在一边，小姑娘与柳不忘坐在一边。几人都沉默着，肖珏突然道："柳先生是内子的师父？"

柳不忘笑道："不错。"

"那柳先生的身手，一定很出色了。"

"当不起'出色'二字。"

肖珏轻轻一笑："怎么会想到收内子为徒？毕竟这位……"他顿了一下，语气微带嘲意，"除了矮和笨，似乎也无别的天资。"

禾晏此时也顾不得肖珏说自己矮笨了，只怕柳不忘说漏嘴，便自己先开口胡说一气："谁说的！当年我不过是出游，刚好遇到师父收徒，说来也是缘分，千万人中，师父一眼就看出来我天资聪颖，日后必有所为，于是就收我为徒，授我一身技艺。只是我师父这人，闲云野鹤，早已处在红尘之外，教了我三年，便分别云游四海。这还是我与他分别后，第一次相见。"

肖珏望向柳不忘，问："是吗？"

柳不忘看了禾晏一眼，道："是。"

"这样。"青年颔首，没有再说别的。

禾晏心里一块石头落了地，正在此时，又听得柳不忘疑惑地问道："阿禾，你与乔公子，又是何关系？"

嚯，这个问题就很难回答了，如今她是"温玉燕"，肖珏是"乔涣青"，若论关系，自然就是夫妻。可……柳不忘又是知道她的真实身份的，这会儿还有个身份不明的小姑娘，若这小姑娘与崔越之认识，保不准说漏了嘴。

再看一边的肖珏，正靠着马车座，似笑非笑地看着她，等着听她的回答。

"乔公子……是我的夫君。"禾晏万般无奈，只好硬着头皮，艰难地从嘴里吐出一句话。

柳不忘有些惊讶："阿禾，几年不见，你竟已成亲了？"

"是、是啊。"禾晏勉强挂着笑容。

"也好，"柳不忘微一点头，"有人陪着你，为师也就可以放心了。"

禾晏："……"

说了这么多次谎，禾晏头一次明白，什么叫搬起石头砸自己的脚。

就是眼下。

回到崔府，只有几位姨娘在，卫姨娘见他们几人安然回来，松了口气，抚着心口道："昨儿晚上涣青少爷托人传信说今早回，小厨房做了早点，还未见到人，妾身还有些担心是不是出事了。眼下总算是可以放心了。"她目光又落在小姑娘和柳不忘身上，疑惑地问，"这两位是……"

"这是我的故人，没料到竟也到济阳来了。"禾晏笑道，"伯父呢？"

"大人一早就进王府去了，王女殿下有召，不知什么时候才回来。"

禾晏与肖珏对视一眼，崔越之竟不在，这下，便只得先将这小女孩安顿下来。

"少夫人和涣青少爷可用过早点了？妾身让小厨房再去热一热？"

"我和夫君已经吃过了，"禾晏笑道，"不过这位小妹妹与先生还没吃，烦请做好了送到我屋里来，另外，再打些热水，小妹妹要沐浴梳妆。"

卫姨娘忙答应了下来。

禾晏便带着这小姑娘回到了自己屋里，将她交给翠娇和红俏，嘱咐她们帮小姑娘沐浴。

才吩咐完，那头就传来林双鹤的声音："都一夜了，一夜未归，总算是回来了！怎么样，萤火虫好不好看？我昨夜该与你们一道去的，想想也有些后悔，这么好的景色没瞧见，实在遗憾。"他一脚跨进里屋，就看见站在屋中的柳不忘，愣了愣，疑惑地问道，"这位……"

"是我师父。"禾晏道，"姓柳，名不忘。"

"柳师父好。"林双鹤忙行礼，罢了又奇道，"柳师父怎么会在此地？莫非妹妹你来济阳之前,提前告诉了这位先生?"

这话说得诛心,不知道的还以为她跟外头人串通一气,禾晏忙道:"没有没有,绝对没有!"

"公子误会了,"柳不忘笑道,"我本就是济阳人,从前与小徒在中原相遇罢了,多年未见,不承想这一次小徒来济阳,恰好遇着。"

"原来如此。"林双鹤也笑,"先生一看就不是普通人,才能教得出这样出类拔萃的好徒弟。"

柳不忘但笑不语。

禾晏莫名有些害臊,便道:"少爷、林兄,能不能先去隔壁屋回避一下,我与师父也多年未见,有许多话想说。"

"有什么话我们也一起听听呗,"林双鹤笑道,"我还想知道,禾妹妹过去是个什么模样。"

肖珏瞥他一眼,径自往外走,道:"走。"

"不听听吗?"林双鹤尚且有些不甘心。

"要听自己听。"

眼看着肖珏已经出去了,林双鹤也就只得十分遗憾地收起扇子,对禾晏道:"那妹妹,我就先出去了。你与柳师父好生叙旧。"说罢,也跟着出去,将门掩上。

屋子里只剩下禾晏与柳不忘两人。

禾晏忙上前,帮柳不忘把背上的琴卸下,放到一边的桌上,又搬来椅子,道:"师父,先坐。"再给柳不忘倒了杯茶。

柳不忘只微笑着看着她做这一切,末了,才在桌前坐下,制止了禾晏还要张罗的动作,道:"够了,阿禾,坐下吧。"

一句熟悉的"阿禾",险些让禾晏眼眶发红。

她便跟着在桌前坐下,道了一声:"师父。"一瞬间,竟很像回到很多年前。

当年漠县一战中,禾晏被埋在死人堆里,沙漠里极干涸,她本来也要死的,谁知夜里下了一场雨,硬生生地让她扛过了那个晚上。第二日,一个路过的人见着这满地尸体,便在旁掘了长坑,将战死士兵的尸体一一掩埋,也发现了藏在死人堆里,只剩一口气的禾晏。

路人将禾晏带回去,给她疗伤。禾晏醒来后,发现脸上的面具不见了,她从榻上起来,发现自己住在一间茅草屋里,待走出屋门,见有人正在院子里扫地。

那是个气质不俗的中年男子,穿白衣,束白带,身姿清瘦,衣袂飘飘,仿佛世外高人。

少年禾晏有些警惕，问："你是谁？"

白衣人停下手中的动作，回过头看见她，笑了笑，没有回答她的话，反而问："丫头，你既是女儿身，怎会参了军？"

禾晏一惊，突然意识到，自己的身份被揭穿了。

后来她才知道，这个救了她的白衣人叫柳不忘，是个云游四方的居士，每隔一段时间就会换一个地方，如今住在漠县附近的一座荒山上，靠着种些药材换钱生活。

禾晏当时问他："先生救我的时候，路上没有遇到西羌人吗？"西羌人时有散兵在漠县附近四处游荡，若是发现有人救走大魏的兵士，这人定然也会跟着遭殃。

柳不忘指了指腰间的剑："我有剑。"

她一开始以为柳不忘在胡说八道，直到后来，亲眼看见一个西羌人死在柳不忘剑下时，才知道柳不忘说得不假。

柳不忘是真正的世外高人。禾晏从未见过这样无所不能的人，他用剑、刀、长鞭、枪戟，亦会奇门遁甲，扶乩卜卦。

她那蠢笨的人生里，也总算做了一件机灵的事情，就是顺势请求拜柳不忘为师。

柳不忘拒绝了。

但柳不忘也没料到，禾晏是这样一个执着的人。但凡她嘴巴有空，除了吃饭外，绝大部分的时间，都用来求柳不忘收她为徒。

许是柳不忘仙风道骨，从未遇到过这样厚颜无耻之徒，到最后，竟也毫无办法，只问她："你拜我为师，学了这些，又有何用？"

"我学了这些，再入军营时，倘若如之前一般，又遇到西羌人，便不会全军覆没。就算是多一个人，我也能保护他，就如先生保护我一般。"

"你还要入军营？"柳不忘微微惊讶。

禾晏不解："当然。"

"你可知，你是女子，身份本就特殊。如今你那一支队伍全军覆没，你可以趁此回家，无人发现你的身份。原先的禾如非，已经死了。"

禾晏沉默了一会儿，抬起头来："我从未想过当逃兵。"

大概是这句话打动了柳不忘。后来，他就喝了禾晏的拜师茶，手把手开始教她。但禾晏毕竟是姑娘，有些东西并不适合她，柳不忘便尽量教她一些适合她的。纵然只是跟着柳不忘学点皮毛，禾晏也获益匪浅。

柳不忘教禾晏最多的，是奇门遁甲。奇门遁甲和兵法相结合，足以成就一位用兵如神、布阵精妙的女将。西羌人力大无穷、凶残悍勇又如何，打仗，从来不仅仅是靠力气。

"我没想到，如今已非原貌，师父还能一眼认出我。"禾晏低头笑笑。

"你那剑法，"柳不忘失笑，"天下独一无二。"

禾晏刚拜柳不忘为师时，要将自己原先的底子坦诚给柳不忘看。柳不忘看过后，沉默了很久。大抵是以为禾晏既然能有入军营的信心，定然身手不凡。但看过禾晏的刀剑弓马，柳不忘开始怀疑自己的决定是否有错。

实在不知道，禾晏的自信从何而来。

但茶已经喝了，自己收的弟子，硬着头皮也要教完。柳不忘也很无奈，从不收徒，一收徒，就收了个资质最差的，真是上天眷顾。

好在禾晏也不是全无可取之处，这姑娘什么都不行，唯有剑术一行，底子打得极好，好到让人有些诧异。

柳不忘当时就问禾晏："你这剑术是谁教的？还算不错。"

禾晏闻言，有些得意道："有高人在暗中助我。我不知道他是谁，我猜是我们学馆的先生，觉得我资质尚佳，便课后习授。"

这话着实不假，禾晏少年进学时，武科一塌糊涂，纵然每夜都在院子后练剑，仍然无甚进步。她自己都快放弃时，有一日，忽然在自己住的屋子桌上，发现了一张纸。纸上画着一个小人儿，是她平日课上课下练剑时，剑术的弱点和错误的地方。上头还写了如何克服这些问题，指点得非常精细。

禾晏尝试着练了几日，果真有所成就，惊喜不已。然后她就发现，隔个十日，自己屋中的桌上都会多这么一张纸，随着她的进步而调整指点。

她并不知道对方是谁，猜测应当是学馆里哪位好心的先生，剑术水平在她之上，又能一眼看出她的不足，给予指点，只是究竟是哪一位先生，禾晏也不得而知。她曾试图藏在屋中，等着那人送信纸时，抓个正着，对方当日却没有出现，于是禾晏便知晓，高人是不愿意露面了。

只是到底好奇，又心存感激，于是便在学堂休憩，回府之前写了一张字条放在桌上，上言：三日后回馆，子时后院竹林见，当面致谢恩人，请一定赴约。

"然后呢？"柳不忘问，"可见着那人是谁？"

禾晏沉默片刻，轻轻摇了摇头。

她刚回府，就与禾元盛两兄弟大吵一架，被罚跪祠堂，不到三日，就夜里离府，独自从军，走上了一条截然不同的路。

"我失约了。"

她没有见到那个人。

屋子里沉寂片刻，柳不忘的声音打断了禾晏的回忆。

"你呢，"他问，"阿禾，你如今怎么成了这个样子，是易容？乔公子应当并非你的夫君。"

这事说来话长，禾晏低头一笑，道："师父，我如今不叫禾如非了，叫禾晏。那个人……是我的上司，我们来济阳是为了找人，所以假扮夫妻。至于易容，我并没有易容，我如今就长这个样子。原先那个模样的我，已经回不来了。"

柳不忘稍一思忖，便点了点头，道："我知道了。"

他总是如此，极有分寸，若是旁人不愿意说，他也不会刻意多加打听。

又过了一会儿，里屋的翠娇敲了敲门，走了出来，手里还牵着方才的小姑娘。

这小姑娘大约药性过了，走路有力气了些，脸被洗得干干净净，只有十岁出头的模样，生得秀美灵动，一双眼睛如黑玉般动人，亭亭玉立。红俏给她梳了济阳姑娘最爱梳的长辫，辫子绕到前方，垂到胸前，还缀了一圈小铃铛，衣裳是红色的骑装，走过来时，叮叮当当，娇俏可爱，又比寻常姑娘多了几分飒爽英姿。

柳不忘瞧着她，微微失神。

禾晏笑着问道："吃过东西了吗？"

翠娇面露难色："夫人，小小姐不肯吃。"

禾晏便问："你怎么不吃东西？不饿吗？"

小姑娘将头撇到一边，没有理会她的话，还挺傲。

"可能是因为之前吃错过东西，不肯再相信别人。"柳不忘轻笑一声，看向小丫头："小姑娘，我们既然已经将你从贼人手中救下，便不会再伤害你。否则也不会带你回府了。你大可放心，若你不信，我们可以一起吃，这样，你无须饿肚子，也不必担心其中有问题。"

柳不忘此人，温和中总是带着淡淡的疏离，加之举止潇洒飘逸，很容易让人对他心生好感，这小姑娘也不例外。她盯着他的眼睛看了一会儿，道："好吧。"

禾晏心里松了口气，忙叫翠娇去准备些小孩子喜欢吃的食物来。翠娇依言退下，柳不忘又笑道："你叫什么名字？"

"小楼。"小姑娘在柳不忘面前少了几分傲气，增了几分乖巧。

"好名字。你是哪家的孩子，怎么会被人掳走？"

一说到这个，小楼便闭上嘴巴，不肯再说了。

禾晏与柳不忘对视一眼，这孩子，防备心倒是挺重。

正思索间，小楼的目光落在桌上那把长琴上，她看了一会儿，问柳不忘：

"这是你的琴吗？"

"是。"

"你会弹琴？"

柳不忘答："会。"

"你弹一首给我听吧。"小楼道。

这孩子，怎么这么会指使人。禾晏不置可否，柳不忘虽然随身背着一把琴，其实弹的时候极少，禾晏也曾请求他弹过，可柳不忘每次都拒绝了。

但这一次柳不忘的回答却出乎禾晏的意料，他只是很温和地看着小楼，笑了："好。"

禾晏："……师父？"这究竟是谁的师父？

"你想听什么？"他甚至还很温柔地问小楼。

小楼摇头道："我不知道，你什么弹得最好便弹什么吧。"

他低头，很认真地征询小楼的意见："《韶光慢》可以吗？"

"没听过。"小楼点头，"你弹吧！"

禾晏无言以对。

若不是年纪对不上，禾晏几乎要怀疑，小楼是不是柳不忘失散多年的女儿。

小姑娘坐在高凳上，两只脚一翘一翘的。柳不忘擦了擦手，就拨动了琴弦。

禾晏很少听到柳不忘弹琴，偶有几次，也是在深夜，半夜起来上茅房，听见院中有幽幽琴声，还以为撞了鬼，吓得瑟瑟发抖。后来壮着胆子去看，才发现是柳不忘。

年少的她并不明白柳不忘为何要在深夜里弹琴，只觉得那琴声透着说不出的悲伤。等后来经过许多事，逐渐长大才明白，她的师父也是有故事的人，在柳不忘的生命里，或许出现过那么一个人，镌刻下深深一笔，以至于他只能在夜里，借着琴声思念。

多年未见，如今他琴声中的悲伤和失落，更加深重了。

  西城杨柳弄春柔，动离忧，泪难收。犹记多情，曾为系归舟。
碧野朱桥当日事，人不见，水空流。
  韶华不为少年留，恨悠悠，几时休？飞絮落花时候，一登楼。
便做春江都是泪，流不尽，许多愁。[①]

小楼年幼，并不知琴声悲伤，听得一派烂漫，禾晏却觉得，柳不忘的琴声

[①] 引自秦观《江城子·西城杨柳弄春柔》。

里，似乎在告别什么，有什么即将从他的生命里抽离，再也不会回来了。

林双鹤与肖珏不知什么时候进了屋，林双鹤走到禾晏身边，低声道："妹妹，你这师父，一手琴弹得可真好，和怀瑾不相上下啊。就是过于悲伤了些。"

连林双鹤都能听出来，禾晏微微叹息，可纵然是与柳不忘做师徒多年，禾晏也觉得，自己从未真正走进过柳不忘的心里。他就像是一个将过去抛弃的人，但对于未来，也并不认真，随意得像是随时可以离去，什么痕迹都不会留下。

一曲《韶光慢》弹毕，余音绕梁，小楼看着他，突然啪啪地鼓起掌来，笑道："这首曲子我曾听祖母弹过，不过她弹得不及你好，你弹得实在好很多。你叫什么名字？"

柳不忘拍了拍她的头："你可以叫我，云林居士。"

"这名字太长了。"小楼不太满意他这个回答，"你不是姓柳吗？"

林双鹤对小楼的话深以为然，道："弹得确实很好，就算在朔京，也是能排得上名号的。只是……"他看向禾晏，低声问道："禾妹妹，不是为兄说你，你的师父琴艺无双，你的'丈夫'风雅超绝，怎生你自己的琴弹成如此模样？"

禾晏面无表情道："我师父只教我拳脚功夫。至于我丈夫……"

肖珏站在她身侧，微微扬眉，等着她继续说下去。

禾晏清了清嗓子："弹给我听就可以了，我何必多此一举学这些？"

林双鹤："……"

半响，他点头："真是无可辩驳的理由。"

翠娇端着饭菜上来，禾晏与肖珏先前已经吃过，因此，就只有柳不忘与小楼坐在一起吃。小楼似乎不太喜欢与人一同用饭，好几次表现出不适应，大抵是为了确认饭没毒，才让柳不忘跟着一起吃。柳不忘也很了解小女孩的心思，每样只用筷子夹一点点，便不再动了。

小楼吃得很挑剔，但到底是用了些饭。

禾晏松了口气，对肖珏道："现在就等着崔大人回府，问一下这究竟是谁家的孩子，把她给送回去。"

说曹操曹操到，外头传来钟福的声音："大人，少爷和少夫人先前已经回府了，还带回来两位客人，眼下正在屋里用饭。少爷似乎有事要找老爷。"

接着，就是崔越之粗声粗气的声音："知道了。"

门帘被一把掀起，崔越之的声音从门后传来："涣青、玉燕，你们回来了？找我可有急事？今日一早王女殿下急召，我不能在府里久待，等下还要出府……"

他说话的声音在看到小楼的脸时戛然而止，愣了片刻，声音惊得有些变调："小殿下——你怎么会在这里？"

小楼，那个被禾晏带回来就一直傲气十足的小姑娘，此刻放下筷子，看向崔越之，扬起下巴，倨傲地道："崔中骑，你总算是来了。"

小殿下？

屋中众人都十分意外。

崔越之上前一步，半跪在小楼身前，语气十分焦急："王女殿下一早就召在下去府上，说昨夜小殿下不见了，王女殿下心急如焚，小殿下怎么会在此处？"他扭头看向禾晏："玉燕……这是怎么回事？"

禾晏也很想知道，这是怎么回事，她猜到这小姑娘的身份不会普通，但也万万没想到竟然是"小殿下"？

"昨夜我与玉燕在萤火舟上睡着了，一早在驿站附近打算雇马车回府，途遇小殿下为人所掳，从歹人手中救下小殿下。"肖珏代替禾晏回答了崔越之的话，"掳走小殿下的人，一人已死，其余人逃走。我与玉燕救小殿下回来时，亦不知道对方身份。"

闻言，崔越之大惊，问小楼："竟是被人掳走？小殿下可知道他们是什么人？"

小楼不耐烦道："我怎么会知道？我一出王府，就在运河附近遇到他们，我瞧他们不像是坏人，谁知道……"说到此处，愤恨道，"可恶！"

崔越之又问小楼："小殿下没受伤吧？"

"没有。"小楼嘀咕了一声，看向柳不忘，伸手指了指他，"本来差一点我就要被人害死了，是这个人，这个……云林居士救了我。"

崔越之这才看见屋子里还多了个陌生人，又见柳不忘气度不凡，便长长作揖行了一礼，道："多谢这位高人相救，敢问高人尊姓大名？"

"这位是玉燕的师父，"肖珏淡淡道，"已经多年未见，不承想在济阳偶遇。伯父可以叫他'云林'。"

"原来是云林先生，"崔越之一怔，对柳不忘越发有了好感，"稍下我要送小殿下回王府，云林先生不妨与在下一道，王女殿下定然会厚谢先生。"

柳不忘微微一笑，对着崔越之还了一礼："云林早已是方外之人，大人厚爱，云林心领，至于进府领赏还是罢了，我出手相救之时，也不知小楼是小殿下。"

这种有本事的人，大抵是有几分脾气的，崔越之也不是不能理解，日后有的是机会交好，不急于一时。当务之急是赶紧将穆小楼送回王府，穆红锦如今都快急疯了。

崔越之便对柳不忘道："如此，我也不勉强先生了。"

柳不忘微笑颔首。

"小殿下可还要用饭？"崔越之看向穆小楼，"若是用好了，就随在下回府。殿下看见您平安无事，一定会很高兴的。"

穆小楼从凳子上跳下来，道："知道了，你备软轿吧。"说着，就要跟崔越之一道出去，路过柳不忘时，又停下脚步，有些不甘心地问："你真的不跟我一道回府？我祖母会赏赐你许多金子，你想要什么都可以。"

柳不忘弯下腰，轻轻揉了揉她的头发："小殿下平安就好。"

崔越之有些惊讶，穆小楼自小被穆红锦娇宠着长大，对旁人都诸多挑剔，可偏偏对柳不忘颇为亲近。他转头看向禾晏二人："玉燕、涣青，你们收拾一下，立刻随我一道去王府。你们救了小殿下，王女殿下定有许多问题要问你们。"

禾晏与肖珏对视一眼，禾晏道："好的，伯父。"

崔越之带着穆小楼出去了，禾晏对柳不忘道："师父，你就先留在府里，有什么事等我们回来再说。"她生怕柳不忘不辞而别，又嘱咐林双鹤："林兄，麻烦你先照顾一下我师父，千万莫让我师父独自行动。"

柳不忘看着她，无奈地笑了。

林双鹤立刻明白了禾晏的意思，道："没问题，保管你回来的时候，柳师父还是这个样，一根头发都不少。"

禾晏这才放心，叫红俏为她重新梳了头，换了干净的衣裳梳洗后，才随着肖珏往崔府门外走去。走了几步，忽然听见肖珏道："你这个师父，身份很不简单，似乎和王女是旧识。"

禾晏悚然："怎会？"

"他看穆小楼的目光，像是透过穆小楼在看别的人，没猜错的话，应当就是那位王女殿下。"肖珏不紧不慢道，"你这个做徒弟的，怎么什么都不知道？"

"他本就什么都没跟我说啊！"禾晏难掩心中震惊。柳不忘与穆红锦是旧识？这真是今日听到的最震撼她的消息了！

可他二人究竟是什么关系呢？

这个问题没有得到回答，崔越之已经催着他们出发。

穆小楼坐软轿，禾晏一行人则坐马车。崔越之亲自护送，侍卫皆是甲袍佩剑。王府在济阳城中心往北一条线上，占地极广，刚到府门口，就有兵士上来盘问。进了王府，崔越之先带着穆小楼进去，让禾晏与肖珏在外殿等着，等会儿再叫他们进来。

禾晏与肖珏便坐在外殿，百无聊赖下，禾晏问肖珏："都督，你知道蒙稷王女吗？"

"不太了解。只知道蒙稷王膝下一子一女，长子未满十八夭折，当时的蒙稷王的位子，坐得不是很稳。"

131

坐得不稳，就需要联合势力来巩固，陛下仁政，但总有心腹看不惯藩王分据势力，恨不得大魏所有的藩王都消失殆尽。

最后蒙稷王女嫁给了朝中一位重臣的儿子，王夫为朝廷中人，就可以随时监视着济阳这一块有无反心。也正是因为如此，蒙稷王才保住了自己的藩王地位。

不过王夫在王女诞下一子后不久就生病去世，而他们的儿子有和父亲同样的毛病，先天不足，在其女幼时就撒手人寰。是以如今的蒙稷王府，其实只有王女穆红锦和她的孙女穆小楼。

他们二人坐了没一会儿，一个梳着满头辫子的纱衣婢子笑着上前道："两位请随奴婢来，殿下要见你们。"

禾晏与肖珏起身，随着这婢子往里走去。

王府里头竟比外头看着更大更宽敞，气势恢宏。颜色以赤霞色为主，府中的栏杆柱子上头，都雕着有关水神的神话传说。在王府的后院，甚至还有一尊用青铜做的雕像，雕成了一位赤着上身的神女驾着鲲在海上遨游的模样。

济阳天热，不比凉州苦寒。才是春日，早晨日头晒起来的时候，也有些炎意。院落四角都放置了装了冰块的铜盆，因此也不觉得热，凉爽宜人。至于那些花草树木，则如济阳城给人的感觉一般，繁盛热闹，张扬傲然。

穿过院落，走过长廊，侍女在殿前停下脚步，笑道："两位请进。"

禾晏与肖珏抬脚迈入，只觉得眼前豁然开朗。

大殿很宽，四角都有雕着水神图案的圆柱，头顶则是云纹吉祥图案的彩绘，地上铺着薄薄的毯子，清透如纱，缀着些金色，熠熠生光。有一瞬间，禾晏觉得传说中的龙宫，大抵就是如此。带着一种野蛮生长的神秘美。

殿中有正座，旁侧有侧座，不过此刻上头都无人。王女不在此处？

禾晏正疑惑间，听得殿后有脚步声传来，紧接着，有人从高座旁走了出来。

这是一个很美的女人。个子很高，身材很瘦，年纪已经有些大了，却丝毫不见美人迟暮姿态。她穿着红色的袍服，袍角用金线绣着海浪波纹的形状，头发乌油油的梳成长辫，只在头顶盘着，戴了一顶金色的小冠。肤色极白，眼眸却极黑，眼尾勾了一点红色，五官艳丽而深重，只是神情带着一点冷，纵然唇角噙着一点笑意，那笑意也是高高在上的，如悬崖处，开得灿烂而冷重的一朵霜花，只能远远观看，不可近前。

很难看到一个女人竟有这般逼人的气势，她已经很美貌了，可她的高傲，令她的美貌都成了一种累赘。

穆红锦慢慢走出来，在中间的高座上坐了下来，居高临下地俯视着禾晏二人。

禾晏小小地扯了一下肖珏的衣角，低下头去，恭声道："玉燕见过殿下。"

半晌无人回答。

就在禾晏以为穆红锦还要继续沉默下去的时候，穆红锦开口了，她的声音也很冷，艳丽而恣意，一点点沁过人的心头。

"本殿竟不知，右军都督如何有空，不惜假扮他人，也要来我济阳？"

禾晏心中咯噔一下，被发现了？

再看肖珏，闻言并无半分意外，只笑着淡淡道："殿下就是这么对待小殿下的救命恩人？"

"他们有罪，"穆红锦冷道，"你也不清白，来我济阳，总不可能是为了看本殿过得好不好。"

"看样子殿下过得还不错，"肖珏扬眉，"只是济阳城里其他人，就不一定了。"

穆红锦盯着肖珏看了一会儿，突然笑了，这一笑，方才那种不可逼视之态顿时消融不少，她身子后仰，靠着软垫，随手指了指旁侧的客椅："坐吧，莫说本殿怠慢了远道而来的客人。"

禾晏道过谢，与肖珏坐了下来。

这便是蒙稷王女穆红锦，禾晏的目光落在她身上，总觉得和自己想象中的不太一样。

"殿下……"禾晏迟疑了一下，才问，"是什么时候发现的？"

"你们当我济阳城这般好进，还是认为本殿是个摆设，连这也看不出来。"穆红锦抚过指间一颗剔透的红宝石戒指，淡淡道，"自打你们入城第一日起，本殿就知道了。崔越之那个蠢货看不出来，不代表所有人都跟他一般傻。本来等着看你们究竟想做什么，不过，既然你们救了小楼，本殿也懒得跟你们兜圈子。"

她看向肖珏："说吧，肖都督，来济阳城有何贵干？"

"此次前来，是为了找一个人。"肖珏道，"叫柴安喜，曾为我父亲部下，鸣水一战后失踪，我查到他的行踪，在济阳。不过到现在并没有找到人，至于他藏身的翠微阁，半月前已被烧毁。"他嘴角微勾，"既然殿下已经知道我们一行人身份，就请殿下帮忙，想来有了殿下相助，在济阳城里查个人，算不得什么难事。"

穆红锦的笑容微收："肖都督不会早就料到这一日，算好了借本殿的手来替你做事吧？"

肖珏淡笑。

"你好大的胆子!"

青年漫不经心地开口:"济阳城里混进乌托人,殿下这些日子一定很苦恼。柴安喜或许有乌托人的线索,殿下帮我,就是帮自己。"

穆红锦盯着他:"本殿凭什么相信你?"

"相信我没有损失。"肖珏声音平静,"也要看殿下当务之急最忧心的是什么。"

殿中寂静片刻,慢慢地,响起鼓掌的声音,穆红锦有一下没一下地拍着手,盯着肖珏的目光说不出是忌惮还是欣赏,道:"封云将军果真名不虚传,纵然不做武将,去做谋士,也当能做得很好。"

"殿下谬赞。"

穆红锦站起身来,道:"你说得不错,济阳城里混进了乌托人,本殿的确忧心此事已久。不过你怎么证明,你要找的那个人,知道乌托人的线索?"

"济阳城向来易出难进,柴安喜混进济阳多年,乌托人入济阳如入无人之境,必然有所关联。殿下的王府里,济阳的臣子中,有人与外贼勾结,使济阳城通行有漏洞可钻,当是一人所为。柴安喜也好,乌托人也罢,都是借着内贼进城。"肖珏平静开口,"殿下要做的,是清内贼,但以殿下如今的能力,已经勉强了。"

穆红锦笑了:"哦?我为何勉强?"

"因为小楼。"

穆红锦的笑容淡下来。

禾晏明白肖珏话里的意思。蒙稷王女的王夫去世后,好歹留下了个儿子,藩王之位尚且能坐得稳。可儿子离世后,只剩下了一个孙女,孙女如今还年幼。虽说女子可以继承藩王王位,成为王女,可若真的那般简单,当年的穆红锦也不会被老蒙稷王嫁给朝廷重臣之子来稳固势力了。

偌大的王府,只有两个女子,一对祖孙在支撑。又有多少人虎视眈眈?内忧外患,穆红锦恐怕不如看起来那般轻松。

"肖都督明察秋毫,"穆红锦叹息,"济阳城里,自从我儿离世后,早已人心不稳。小楼如今年幼,还当不起大任。世家大族早已各自为派,分崩离析,这样如散沙一盘,被人钻空子,再容易不过。只是,"她顿了顿,又看向肖珏,"乌托人混进济阳,只怕大魏中原局势,亦不平稳。"

"殿下高见。"

"所以,"穆红锦微微扬高下巴,"你要与本殿联手吗?"

"如果殿下愿意的话,"肖珏勾唇,"乐意之至。"

穆红锦点头:"本殿会让人在城中搜寻柴安喜的下落,如果此人眼下还活着，任他如何躲藏，本殿向你保证，一定能将此人找出来。不过，你也要答应本殿，"她眼中闪过一抹狡黠，"都言封云将军用兵如神，神机妙算，济阳城中的乌托人，你我也要联手解决。"

这一回，用的是"我"而非"本殿"，也就是说，她将自己与肖珏放在同等的地位上来谋求合作。

肖珏颔首："一定。"

话已经说开，穆红锦的脸上便露出些友善的笑意："崔越之叫你们一路进宫，又在外殿等候多时，想来也没有用饭。既然来了，就用过饭再走。小楼换好衣服，也好向你们亲自致谢。"她又看向禾晏，目光闪过一丝兴趣，"只是我没想到肖都督来济阳，竟会选择一个有妇之夫的身份。这一位……是你的情人吗？"

禾晏差点被自己的唾沫呛了一口，早知道济阳人说话爽朗直接，但就连王女也这般直接，还是有些意外。

肖珏瞥她一眼，淡淡道："不是，她是我下属。"

"下属？"穆红锦笑道，"可我听越之说，昨日你们一同去了水神节，还走过情人桥，替她夺风，乘了萤火舟。以肖都督的性子，一位下属，不至于如此迁就。而作为一名下属，提出的要求，未免也太大胆了一些。"

禾晏心中沉思，这话是什么意思，是要她日后收敛一些？想了想，她行礼恭声道："禾晏谨听殿下教诲，日后必然谨言慎行，不给都督添麻烦。"

穆红锦愕然一刻，看向肖珏："还真是下属啊。"

肖珏无言一刻，平静道："手下驽钝，让殿下见笑。"

"无事，那总是你的事情。"穆红锦伸手抚过自己鬓发，"本殿先去找崔越之，吩咐替你寻人的事。你们二人在此稍等片刻。"说罢，从高座上起身，消失在殿后。

禾晏等她走了后，才松了口气。

"都督，你方才怎么一下就承认了？"她碰了碰肖珏的手肘，"也不狡辩一下。"

肖珏冷笑："也不是人人都如你一般会骗人。"

禾晏耸了耸肩，换了个话头："不过这蒙稷王女真厉害，竟在我们进城的第一时间就发现了。"

"本就没打算瞒过她。"肖珏漫不经心道，"崔越之尚且还能敷衍，凭一己之力稳住济阳城的女人，哪有那么好骗。"

"嗯，"禾晏对他这句话深以为然，"女人在不感情用事的时候，都不太好骗。"

可若是喜欢上一个人，相信了一个人，就太容易被骗了。

肖珏看了她一眼，慢悠悠道："不过有的女人不仅不容易被骗，还喜欢骗人。"

禾晏："……你这么说就没意思了，谁骗你了？"

正说着，一名王府侍女走了进来，道："两位请随奴婢来，殿下请二位在宴厅用饭。"

禾晏这才和肖珏往宴厅走。

王府的宴厅也很大，虽然墙上、顶上都涂满了彩绘，地上铺了亮色的毯子，但因为摆着的长桌边人很少，还是显出些冷冷清清的空旷。华丽的空旷，更让人觉得寂寥。

穆红锦坐在长桌旁的小榻上，道："坐。"

禾晏与肖珏依言在桌前坐了下来。

"不知道你们爱吃什么，随意些。"穆红锦似有些倦意，斜斜靠着软垫，"本殿让崔越之先回去了，他在，说话也不方便。"

崔越之如今还不知道肖珏二人的身份，的确有诸多不便的地方。

王府的吃食和崔府的其实差不离。禾晏拿起筷子，斯斯文文地吃了起来。

穆红锦看向肖珏："肖都督，如果乌托人潜入济阳，目的是什么？"

"大魏。"

一句话，让禾晏喝汤的动作顿住，瞬间觉得美食佳肴也食之无味了。

"一旦乌托人得势，攻占济阳，要做的第一件事就是掐断运河水运。届时沿河上下城池皆会受灾，无粮无钱，商人罢市，中原大乱。乌托人再一举北上，入京城，直捣皇宫。"他淡淡道，"没有比这更理所当然的事。"

穆红锦沉默一刻，才道："这种事，肖都督说得倒是很轻松。"

"因为快要发生了。"肖珏道，"早在父亲与南蛮的鸣水一战中，就已初显端倪。"

"南蛮？"穆红锦还是第一次听说这件事，疑惑道，"和南蛮有何干？"

"朝中有内奸，从前与南蛮勾结，可惜南蛮之乱被平，乌托国远，这些年平安无事，但早已暗中蓄力，所以，'他'换了合作对象，从南蛮变成乌托。济阳，就是第一座用来邀功的城池。"

穆红锦的手抚上心口，蹙眉道："济阳已经多年未战。"

"容我多嘴一句，"肖珏问，"如今济阳城军共多少？"

"不到两万。"

禾晏听得蹙眉，不到两万，实在算不上一个令人安心的数字。要知道如今凉州卫的人都不止两万。

"肖都督手下不是有南府兵，"穆红锦问，"可否将南府兵调往济阳？"

"太迟了。"肖珏道。

禾晏和穆红锦同时一怔，穆红锦冷道："肖都督莫不是在危言耸听？"

"真相如何，殿下心中已有数。倘若真不急于一时，"肖珏神情仍然平静，"小殿下也不会在水神节被人掳走。"

穆小楼就是他们计划中的一环，只是恰好遇到了禾晏他们，计划被打乱了。可以想象，如果当日禾晏他们没有出现，穆小楼被成功掳走，只会有两种结果。第一种，小殿下失踪一事传开，整个济阳城人心惶惶，王女再无继承人，民心一乱，世家大族闹事，藏在暗处的人趁机搅乱浑水，直接上位。第二种则更简单了，他们会直接拿穆小楼作为和穆红锦谈判的筹码，穆红锦若是疼爱这个孙女，会直接将王位拱手相让，那么对方便能不费一兵一卒，占了整个济阳城。

无论哪一种结果，都不是如今的济阳城能承担得起的。

"你的意思是？"穆红锦问。

"提前做好恶战的准备吧。"肖珏回答。

这个话题未免太过沉重，宴厅中的众人一时无话，正在这时，一个脆生生的声音响起："祖母！"

是穆小楼。

穆小楼已经重新换过衣服，她的衣裳也是大红色的袍服，上面绣着金色的莲花，华丽又精细。她没有戴金冠，两条辫子垂在胸前，额上垂着一点额饰，看起来像是幼年时候的穆红锦，活脱脱一个异族少女，只是比起穆红锦的霸气美艳来，穆小楼更多的是娇俏高傲。

回到了熟悉的王府，穆小楼便不如在崔府时那般沉默，她如小鸟一般蹦跳过来，跳上了穆红锦的软榻，依偎在穆红锦身侧，道："祖母，崔中骑怎么不在？"

"崔中骑有事。"穆红锦微笑着摸了摸她的头，对她道，"你的救命恩人在这里，还不快跟他们道谢。"

穆小楼转过头，看向禾晏与肖珏，半响，小声道："谢谢你们救了我。"

禾晏问穆红锦："小殿下那一日究竟是怎么落到歹人手中的？莫非歹人潜进了王府？"

若真是如此，那些贼子也太胆大包天了些。

穆红锦看向穆小楼："你自己说。"

"也没什么，"穆小楼看了一眼祖母的脸色，小声道，"我想去水神节看看，又不想侍卫跟着，就自己出了府。路上遇到那几个人，说可以帮我坐萤火舟，我上了船后，喝了茶就动弹不得，再然后就遇到了你们。"

这个年纪的孩子，贪玩也是很正常的。只是运气实在不太好，早被人盯上了。

"实在很谢谢你们，"穆红锦叹了口气，"如果小楼真有个三长两短，本殿也不知如何活下去了。"

"殿下千万别这么说，小殿下吉人自有天相，就算不遇到我们，也会遇到别人，一定会平安无事的。"

穆小楼闻言，嘟囔了一句："本来也不是你们救的我，救我的是位叔叔。"说罢，她又看向禾晏："那位叔叔今日不来吗？他什么时候能来？你回去告诉他，我想见他，能不能进府陪我玩？"

穆红锦还是第一次听到有这么个人，疑惑地问："什么叔叔？"

"就是一位像神仙一样的大叔，"穆小楼高兴起来，给穆红锦比画，"个子很高，穿着件白衣裳，他好厉害，我当时被人抓着，他一出现就将那把刀给打掉了！他有一把剑，还背着一把琴。"

穆红锦的神情渐渐僵硬起来。

禾晏心中叫苦不迭，只希望这位小祖宗就此住嘴，可别再继续说了。穆小楼却好像对柳不忘颇有好感，眉飞色舞，恨不得将自己知道的全都告诉穆红锦。

"他还弹了琴给我听，就是祖母你常常弹的那首曲子。可是他弹得比你好多了，他说那首曲子好像叫、叫《韶光慢》。祖母，为什么我从未听你说起这首曲子的名字，它真的叫这个名字吗？"

穆红锦看向穆小楼，慢慢开口，声音干涩："你既然见过他，可知道他的名字？"

"我问过他了，"穆小楼回答，"他说他叫云林居士，不过我听他们都叫那个人柳师父。你应该问她，"穆小楼指了指禾晏，"云林居士好像是她的师父，我听见崔中骑问了。"

穆红锦看向禾晏："是吗？"

禾晏紧张得手心出汗，听得肖珏替她答道："是。"

宴厅里莫名地沉闷了起来，穆红锦没有说话，只是倚在榻上，但穆小楼没有注意到，她目光渐渐悠远，仿佛想起了遥远的回忆，眼中再也容不下他人。

禾晏心道，看这样子，穆红锦与柳不忘不仅是旧识，只怕渊源还不浅。

不知过了多久，穆红锦才回过神，淡淡道："我知道了。"

没有说要再见一面，也没有询问柳不忘的消息，仿佛只是一个路人，听过名字就忘了。她若是追问还好些，就这么放下，反倒叫禾晏生疑，忍不住问道："殿下和云林居士是旧识吗？"

肖珏瞥了她一眼，目露警告。

穆红锦看向禾晏，禾晏大方地与她对视，半晌，穆红锦笑了，道："肖都督，你这属下，胆子是真的很大。"

肖珏目光淡淡："殿下海涵。"

"本殿还没说什么，你也不必着急忙慌地护短。"穆红锦微微一笑，"只是这问题，许多年没人敢这么问了。"

禾晏心中一紧，难道是仇家？

"其实告诉你们也没什么。"穆红锦淡淡道，"很多年前，本殿还未出嫁的时候，曾有一次，从王府里偷跑出去。"她看了穆小楼一眼，温和道，"就如昨日的小楼。不过本殿运气很好，遇到了一个刚从山上下来的少年。"

她一双美目盯着远处墙上的彩绘，画得好似少女坐在花树下编织花环，大块桃粉色鲜艳妍丽，一如当年的春日。

"本殿心中倾慕这少年，便缠着他，借着身无分文无处可去的理由跟在他身边。"

穆小楼第一次听闻祖母当年之事，有些讶然地瞪大眼睛。

"本殿是第一次喜欢上一个人，自然抱着十分真心。不过那少年已经有了心上人，并不喜欢本殿，待本殿也十分冷淡。父王告诉本殿，亲事已定，不日后成婚。本殿便求那少年带着本殿离开。"

禾晏惊讶得说不出话来，蒙稷王女果真是个胆大的，竟然敢婚前私奔。

"约定的当日，他没有来。"穆红锦淡淡道，"后来本殿被父王的人找到，回到济阳成了亲。"

穆红锦说完了，神情未见波澜，仿佛说的是别人的事。

禾晏却听得不是滋味，想了想，她道："也许……云林居士当日是有事所以没有来。我也曾与人约定见面，却因急事耽误，故而失约。"

"没有急事，没有误会，"穆红锦笑道，"这是他亲口告诉我的。"

禾晏不好再说什么，却觉得穆红锦所言，并非全部事实。柳不忘若心中真另有她人，这么多年，怎会从未听他提起过别人的名字。说起来，穆小楼便是他态度最有异的一个，而穆小楼是穆红锦的孙女。

"年轻人，总认为自己是独特的那一个。"穆红锦笑笑，"本殿年少时亦是如此，殊不知，独特与不独特，也要看在谁眼中。在那人眼中，本殿也只是人群中不入他眼的那一个。

"只是本殿没想到，他竟然还会来济阳……"

禾晏心道，那蒙稷王女可就猜错了。按照那茶肆老板娘所说，柳不忘不但今年来了济阳，往年也次次不落……不会是为了穆红锦吧？

139

这算什么，相见不如不见？

穆小楼撇嘴："那人真没有眼光，祖母是世上最漂亮、最厉害、最好的人，他竟然舍得相负？瞎子不成？我看也别叫什么云林居士了，叫没眼光居士！"

"你呀，"穆红锦点了一下穆小楼的脑袋，笑骂道，"小小年纪，知道什么叫相负？"

"他得了祖母的青睐，非但不感激涕零，还不当回事，这不是相负是什么？活该他没能娶了祖母，我可不愿意自己的祖父是这样一个人。"穆小楼气鼓鼓道。

"行啊，"穆红锦笑着搂住穆小楼，"那我们小楼日后找的夫婿，一定要珍爱小楼，永不相负。"

"那是当然！"

祖孙二人其乐融融的模样，看在禾晏眼中不是滋味。世人千种，有缘无分的人如恒河沙砾，数不胜数，可若是被人误会却无法说出，那或许是最遗憾的一种。

珍贵的佳肴也无法令她开心起来，禾晏终于还是忍不住，看向穆红锦，问道："殿下既然已知故人如今住在崔府，不说见面，为何不问问他如今近况，这些年的经历呢？"

从开始到现在，自从知道柳不忘就是救了穆小楼之人后，穆红锦轻描淡写地一笔将往事带过，就好像柳不忘与她毫不相干。

穆红锦微微一怔，随即看向禾晏，淡淡道："那都是过去的事了。至于现在，他与本殿，本就是不相关之人。"

心事重重地用过饭后，禾晏和肖珏起身向穆红锦辞行。

出了王府，禾晏忍不住回头看了一眼王府朱色的大门，迟疑地开口："王女殿下，果真如今只当我师父是个陌生人吗？"

肖珏："爱之深，恨之切，真正放下之人，是不会刻意忘记某件事的。"

"什么意思？"

"意思就是，"他微微勾起嘴角，"禾大小姐于情事上，实在不懂得察言观色。"

这还带打击人的？禾晏心道，女子心思本就细腻，一个女子真要掩饰自己的心意，那是决计不会让人看出来的。

"说得都督好像很了解似的。"她顶嘴道。

"比你好一点。"

他悠悠地往前走了，禾晏赶紧跟上。

第二十六章

独宠

空旷的大殿中，红袍金冠的女子慢慢地走上台阶，在高座上坐了下来。

穆小楼用过饭，被婢子带回寝殿休息了。昨日她也受了不小的惊吓，穆红锦教人送了点安神汤给她服下，不幸中的万幸，穆小楼只是受惊，而没有受伤。

济阳内忧外患，乌托人混迹其中，城池内数十万百姓的命都握在她手里，如今的局势实在算不得好。这本是一团乱麻，可穆红锦心中想起的，却是另一个名字。

柳不忘。

她确实没料到，这么多年了，还能从旁人嘴里听到柳不忘这个人。更没有想到，柳不忘竟然敢再入济阳城。

若是年轻时候的穆红锦，定会站在他面前，居高临下地俯视他，让他滚出自己的地盘。可如今，她并无这样的冲动，甚至连见一面对方的想法都没有。

高座旁的小几上，放着一面雕花铜镜。是崔越之从货商手里为她寻来的，镜面极薄，雕花极美，下端的木柄上还镶嵌着一颗翠绿色的猫眼石。她向来喜欢繁复华丽的东西，便日日放在身边，穆小楼总说这铜镜瞧着老气，穆红锦却不以为然。她将铜镜拿在手上，看向镜子里的人。

镜子里的女人，容貌极美，不知什么时候起，连妆容都要同样的威严与精致。眼尾飞了一抹浅淡的红，唇也是红的，微微抿着，显得克制而冷漠。

她伸手抚上鬓发，婢子们都羡慕她有一头乌黑的长发，纵然是到了这个年纪，也不见苍老，却不知，每一日清晨，她都要令自己的贴身侍女就着日光，仔细找出发间的白色，将它们一一拔除。

只要还坐着蒙稷王女这个位子，她就要永远年轻貌美，高贵强势，将所有的蠢蠢欲动和不安分踩在脚下，接受众人恭敬又诚服的目光。

但是……

终归是老了。

穆红锦看向镜中的自己，曾几何时，她脸上干干净净，从不描摹妆容，亦没有如今这样霸道凶悍的眼神，那姑娘总是眼角弯弯，笑起来的时候，露出洁白的牙齿，张扬的，爽朗的，无忧无虑的。

她的思绪飞到很多年前，长久到究竟是哪一年，都已经记不太清了。那时候的穆红锦，还不是如今红袍金冠的"王女殿下"，她是蒙稷王唯一的女儿，掌上明珠，是一个十七岁的姑娘。

十七岁的姑娘，对爱情、对未来充满想象，陡然得知自己亲事已定，要被安排着嫁给朝廷重臣的儿子，第一个反应，就是激烈地抗拒。

老蒙稷王，她的父亲有些愧疚地看着她，语气却是毋庸置疑："你必须嫁给他，才能坐稳王女的位子。"

"我根本不想做王女，"穆红锦嗤之以鼻，"我宁愿做个普通人！"

她的抗拒并没有被放在心上，或许只当是小孩子任性的打闹，又或许，蒙稷王心中很清楚，纵然抗拒，也没有结果。藩王的地位本就不稳，一个不小心，谁也跑不了。

穆红锦在一个深夜里，溜出了王府。

她性情古灵精怪，带着一条马鞭，改头换面，当夜就出了济阳城。

当年的穆红锦，比如今的穆小楼年纪大一些，也更聪慧泼辣一些，一路上愣是一点儿亏都没吃。一路到了栖云山下。

栖云山山路陡峭，旁人都说，上头是一片荒山。偏偏在山下，有一片茂密桃林。正是春日，桃花烂漫。穆红锦就在桃林不远处，遇到了歹人。

大抵每个落单的姑娘，倘若不乔装改扮一番，就特别容易遇到居心不良的贼子，如果还是个美貌的姑娘，就更躲不过了。戏文话本里多少英雄救美的故事，都是如此。

穆红锦一路逃，跑到一棵桃花树下时，不小心崴了脚，再无处可避。

歹人们狞笑着上前，如瓮中捉鳖，倘若在戏文里，这时候，那位救美的英雄就该出场了。

救美的英雄的确出场了。

"住手。"

千钧一发的时候，有人的声音传来，是个清朗的男声。穆红锦回头一看，一身白衣的少年缓步而行，长发以白帛束起成髻，背上背着一把琴，眉清目秀，清姿出尘，仿佛不理世俗红尘的道人，挡在了她的面前。

歹人们先是一愣，随即哈哈大笑，这少年看起来弱不禁风，只当他是强出头，让他赶紧滚。少年却只是平静站着，并不动弹。

歹人们恼羞成怒，要让少年吃点苦头，直到少年拔出腰间长剑，穆红锦这才看清楚，他竟然还有一把剑。

白衣少年果真是个英雄，他的剑法极好，将那些人打得落荒而逃。

桃花树下，只余他们二人。片片绯色里，穆红锦看向对方，少年眸光平静淡漠，衣袍纤尘不染，可她知道，他不是琴师，他是侠客——从那些惊心动魄的戏本子里跃然而出，神兵天降般出现在她面前，救了她的少年侠客。

方才的惊恐尽数退去，她笑得眉眼弯弯："谢谢你救了我，我叫穆红锦，你叫什么名字？"

似是对她突如其来的热情有些愕然，少年侠客顿了顿，道："柳不忘。"

济阳少女开朗泼辣，热情豪爽，穆红锦看着他，露出一个苦恼的神情，眼中却闪过一丝狡黠："柳少侠，我脚崴了，走不动路了，救人救到底，送佛送到西，你背我吧！"

铜镜里的人，目光渐渐悠远，忆起那年的桃花，便会不自觉地微笑起来。

手里的铜镜没有抓牢，一个不慎，落在地上。

响声惊动了高座上的女人，她弯腰将铜镜拾起，微微一怔。光滑的镜面上，因着刚才那一摔，露出了一条裂缝。很细微，倘若不仔细看，不会发现。

她唇角的笑容淡去，片刻后，将镜子放到一边。

到底是……破镜难重圆。

回到崔府，已经是傍晚时分，崔越之还没有回来。禾晏生怕柳不忘不辞而别，第一件事就是去找柳不忘，找到时，柳不忘正在与林双鹤下棋。他们二人都喜爱穿白衣，林双鹤穿起来就是浊世佳公子，柳不忘穿起来，就是清高出尘的剑客侠士。

瞧见禾晏回来，林双鹤就道："少爷、夫人，你们回来了！柳先生棋也下得太好了，我这么高的棋艺，在他手下连十着都走不过。这都第几盘了，要不，少爷你与柳先生也下下棋，替我扳回一局？"

禾晏在心中无声地翻了个白眼，不是她吹嘘自家师父，柳不忘这人，就没有不擅长的。林双鹤那等三脚猫功夫，在秦楼楚馆骗骗姑娘还行，跟柳不忘比，简直是侮辱柳不忘。

她走到柳不忘身边，对林双鹤道："既然都输了这么多回，林兄也该回去好好练练。我还有事要找师父，回头说吧！"说罢，就拉着柳不忘起身，走到屋里去了。

林双鹤看着禾晏的背影，凑近肖珏，奇道："急急忙忙的，我禾妹妹这是怎么了？"

肖珏："听故事去了。"

"听什么故事？"林双鹤莫名其妙，"你们在王府里见到王女了？怎么样，没有为难你吧？"

肖珏轻笑，没有回答。为难倒是没有为难，只是……他的目光落在被禾晏关上的门上，这一趟，对穆红锦，对柳不忘，甚至对禾晏来说，大概都是意外中的意外。

翠娇捧着茶要进去，被肖珏拦住，他目光落在茶盘上的茶壶边，道："换碗红糖水来，要热的。"

翠娇点头应是。肖珏一回头，见林双鹤盯着自己，目光诡异，蹙眉："看什么？"

"肖怀瑾，"林双鹤严肃地看着他，摇了摇扇子，说出了三个字，"你完了。"

"你有病。"他漠然回道。

屋子里，禾晏把柳不忘按在桌前坐下，自己也跟着坐了下来。

她有很多想问的，可一张口却是："师父，我刚从王府回来，见过了王女殿下。"

柳不忘看向她。

"蒙稷王女似乎与师父是旧识。"禾晏犹豫了一下，才说道。

柳不忘道："不错。"

这么快就承认了？

"蒙稷王女说，曾经倾慕过师父，不过师父心中另有所爱。"禾晏干脆一口气说出来，"当年蒙稷王女曾想要逃婚，与师父约好，可是师父没有来，所以她还是回到济阳成了亲。"

柳不忘听到此处，仍然无甚表情，看不出来心中在想什么。

禾晏就道："师父，这是真的吗？"

她总觉得，以柳不忘侠肝义胆，路过死人堆都要将尸体掩埋的性子，若是穆红锦真心央求，他一定会带她走的。如果不打算带她走，一开始根本就不会和穆红锦立下约定。何必多此一举。

"是真的。"柳不忘淡淡回答。

禾晏意外："为什么？"

"这是对她最好的选择。"柳不忘道，"身为蒙稷王女，就应当承担应有的责任，济阳就是她的责任。"

"可是……"禾晏犹自不甘心，"师父是因为这样才没有带她走，还是因为别的？师父心中，真的另有所爱吗？"

这么多年，她可从未见柳不忘提起过什么女子，爱过什么人。说句不好听的，假如那位"爱人"已经不在人世，至少每年清明、中元也要拜祭，可是没有，什么都没有。

柳不忘没有回答她的话，只是微笑着看向禾晏："她……过得好吗？"

145

过得好吗？这个问题，禾晏无法回答。济阳城如今情势实在算不得好，可从某一方面来说，穆红锦有孙女承欢膝下，至少不比柳不忘孤独。

她只好道："小楼是她的孙女。"

柳不忘笑了笑，没说什么。

屋子里的气氛忽然变得沉默凝滞起来。

外头翠娇在敲门，道："夫人，红糖丸子甜汤来了。"

"怎么还是喜欢吃甜？"柳不忘回神，失笑，"你出去喝甜汤吧，为师想自己待一会儿。"

禾晏踌躇一刻，站起身道："那师父，我先出去了。"

她退出了屋子，门在背后被关上了。

济阳的夜也是暖融融的，不比北方寒冷。风从窗外吹进来，吹得树影微微晃动，如栖云山上的雾。

柳不忘无父无母，是栖云山云机道人最小的弟子。云机道人绝世出尘，遁迹方外，收养了一帮孤儿做徒弟。柳不忘排行第七，被称为小七。

少年们在山上练武学艺，待到了十八岁，都要下山历练。柳不忘下山时，师兄们都来送他，他性子骄傲质朴，天性淳厚，大伙儿都怕他在山下被人欺骗，临走时，诸多嘱咐，听得他耳朵起茧，一度不耐烦。

谁知道刚下山，就在山脚的桃花林中，见到歹人欺凌弱女子。柳不忘挺身而出，驱走了歹人，就要离去，却被那女子如狗皮膏药粘住，甩都甩不掉。

他还记得第一次见到穆红锦，少女生得美艳娇俏，多看一眼都会令人脸红，两条辫子垂在胸前，眨着眼睛看着他，声音一派无邪："柳少侠，我脚崴了，走不动路了，救人救到底，送佛送到西，你背我吧！"

他被这理直气壮的言论给惊了，后退一步道："不行。"

"为什么不行？"穆红锦道，"你不是少侠吗？少侠都要这么做的。"

少侠都要这么做吗？少年时候的柳不忘并不懂，他一直生活在山上，没有与山下的人打过交道，一时也不知道她说的是真是假。但看她言之凿凿的模样，柳不忘想，或许……山下的人都是如此，是自己太大惊小怪？

他想着想着，就见穆红锦苦着脸"哎哟哎哟"地叫起来："好疼啊，我动一动都疼。"

这么娇气，他内心不悦，云机道人的女儿，他的师妹都没有这般娇气，只得无奈俯下身："上来吧。"

穆红锦高高兴兴地爬了上去。

少女的手攀着自己的脖颈，搂得很紧，暖热的身子贴上来，可以闻到她发间的清香。柳不忘不自在极了，认命道："姑娘，你家住哪里？我送你回去。"

"我没有家。"少女的声音可怜兮兮的,"我是被人拐来的,我家在很远很远的地方,我以后就跟着你啦。你去哪里我去哪里。"

柳不忘惊得差点把她从背上摔下来:"什么叫你去哪里我去哪里?为何要跟着我?"

"你既然救了我,当然要对我负责负到底啦。"穆红锦说得理直气壮,"不然你把我送回我家去,我家在朔京,离这里好远好远,你能送到吗?"

柳不忘:"……"

他实在没想到,自己救人竟救了这样大一个麻烦。山下的人都是如此,还是山下的女人都是如此?难怪走之前大师兄要跟他说:"山下的女人是老虎。"老虎尚且放个炮仗就被吓跑了,这女子,怎还甩都甩不掉?

似是看出了他的心思,姑娘贴着他的耳朵,道:"你别怕,我吃得不多,也花不了你多少钱,你带着我,不会是个麻烦的。拜托啦,少侠。"

柳不忘过去十八年的人生里,除了小师妹外,没有和女子打过交道。纵然是小师妹,也是温柔守礼的,哪里见过这等生猛的奇葩。师兄们说他生性淳厚,确实不假,他架子摆得极高,却屡屡对穆红锦束手无策。

他没办法,甩不掉穆红锦,便想着只等山下事情办完,再将她带到栖云山上,如何处理,由云机道长定夺。

陡然之间,身边多了个年轻姑娘,柳不忘十分不自在。但很快,这点不自在就被愤怒冲淡了。穆红锦并不像她嘴里说的"我吃得不多,也花不了你多少钱,你带着我,不会是个麻烦"。

穆红锦确实吃得不多,但花的钱却不少,实在是她太过挑剔,吃食要拣最好的酒楼,穿的也要漂漂亮亮,住客栈绝不可委屈。不过好在她自己有银子,还大方地与他分享:"少侠,这吴芳楼的烤鸭真很好吃,你尝一点呗!"

柳不忘皱眉看向她:"你不是说你是被拐子拐来的,身上为何有这样多的银钱?拐子总不会好心到没有搜你的身吧?!"

穆红锦一愣,有些抱歉地道:"被你发现了啊,好吧,其实我不是被拐子拐到这里来的,我是……"她凑近柳不忘,在他耳边低声道,"我是逃婚出来的。"

柳不忘惊讶地看着她。

"真的!我没骗你,我爹要将我嫁给一个糟老头子,你瞧瞧我,这般年轻美貌,怎么可以羊入虎口。听说那人还是个变态,前头娶了三房妻子,都被他折磨死了。我也是没办法,"她作势要哭,拿袖子掩面,"我只是不想死得那样惨。"

柳不忘将信将疑:"胡说。你既身上带着这么多银子,可见家世不错,你爹为何要将你嫁给这样的人？"

"那人比我们家家世更好呀！"穆红锦委委屈屈地道，"你不知道，官大一级压死人。他瞧中了我，就要我去做他的夫人，我爹也没办法。可我不愿意，连夜逃出来的，要是被他们抓到，我就死定了。所以，少侠，你可千万别抛下我一个人。"

柳不忘没好气道："我又不是你夫君。"这话说得，好像他始乱终弃似的，本就是萍水相逢的陌生人，若真被她家人找到，他们要带走穆红锦，他又有什么理由阻拦？

"那可不行，"穆红锦抓住他的手，"你救了我，当对我负责到底。若是你中途将我抛下，那我迟早是个'死'字。还不如现在就死，来，"她将柳不忘腰间的长剑一把夺过去，放在桌上，看着柳不忘，气势汹汹道，"死在你剑下，总好过死于被那种混账折磨。少侠，你杀了我吧！"

周围人来人往，有人瞧见他们如此，俱是指指点点，柳不忘顿时脸红，怒道："你在胡说什么！"

"你如果不答应要一直护着我，我就一直这样。"

少年顿感焦头烂额，世上怎会有这样不讲道理的女子？偏生话都被她说尽了，连反驳都无力。

片刻后，他败下阵来，咬牙道："我答应你。"

罢了，这山下历练也不过月余，月余过后，带她回栖云山，云机道长自有办法。

穆红锦闻言，登时展颜，忽而又凑近他，看着他的脸道："其实，还有一个办法。只要我现在成了亲，那糟老头子便也不能将我如何，我看少侠你生得风姿英俊，又剑术超群，比那人有过之而无不及，不如你娶了我，咱们皆大欢喜？"

少女浅笑盈盈，一双眼睛如山涧清泉，清晰地映照出他的身影。白衣少年吓了一跳，如被蛇咬了一般跳起来，斥道："谁要跟你皆大欢喜！"

"哦，"穆红锦遗憾地摊了摊手，"那真是太遗憾了。"

那真是太遗憾了。

手边突然发出"铮"的一声，他回过神，不知何时，指尖不小心触到桌上的琴，将他的回忆片片打碎。

他怔然片刻，脑海中似乎浮现起当年姑娘清亮狡黠的声音，一口一个"少侠"，叫得他满心不耐，意乱心烦。

片刻后，柳不忘低头淡笑起来。

俱往矣，不可追。不过是，徒增伤感罢了。

因着白日里在王府里拜见穆红锦一事，禾晏也有了心事，这天夜里睡得不是太好，辗转反侧了大半夜才睡着。

因夜里睡得晚，第二日也就醒得晚了些。醒来后，没瞧见肖珏。红俏笑道："公子一大早就出去了，叫奴婢不要吵醒夫人。"

禾晏"哦"了一声，问红俏："他有没有说自己去哪儿？"

红俏摇了摇头。

禾晏便起来梳洗，用过饭，走到院子里，看见柳不忘正在煮茶，林双鹤坐在一边赞叹不已。

"师父。"禾晏过去叫了一声。

"阿禾，"柳不忘微笑道，"要喝茶吗？"

"不了。"禾晏摆手，"我出去走走，你们继续，继续。"

到了济阳，若非有事的话，日子其实无聊得很。如果是从前，这样好的天气，就该练会儿功夫强身健体，可惜如今她穿着女子的衣裳，不方便做这些，想了想，只得作罢。

正遗憾着，翠娇匆匆跑来，道："夫人，有客人来了！"

"有客人来就来了，"禾晏莫名其妙，"与我何干？"

她又不是崔府的主人，纵然有客前来，也轮不到她去相迎。

"不是，"翠娇小心打量着她的脸色，"这客人您认识，就是之前典簿厅凌典仪家的小姐，今日来府上，说是特意来找您闲玩的。"

禾晏感到费解，凌绣？她与凌绣很熟吗？话都未说过几句，这关系还没有亲密到可以互相串门的地步吧？

"夫人，您要不要去看看？"

禾晏叹了口气，人都跑到家里来了，还能闭门不见不成？罢了，就去会一会，看看她葫芦里究竟卖的什么药。

小花园里，几名少女围坐在一起，俱是盛装打扮，俏丽多姿，直将园子里的春色都比了下去，叽叽喳喳地笑闹着，声若出谷黄莺，光是瞧着，的确令人赏心悦目。

卫姨娘站在走廊下，恨恨地绞着帕子，道："这群人真是过分，欺负我们玉燕都欺负到头上来了！"

二姨娘正翘着手指涂蔻丹，蔻丹的颜色红艳艳的，衬得她手指格外纤细洁白："那也没办法，谁叫乔公子生得俊呢，咱们济阳多少年没出一个这样的人物了。若是我再年轻个十岁，我也要去试一试的。"

"你试个屁！"卫姨娘急得粗话都出来了，"小心我告诉老爷！"

"好姐姐，我就说一说，怎么还当真了？"二姨娘笑了一声，将涂好了蔻丹的手指对着日光仔细瞧了瞧，"这么多狼追一块肉，我还嫌事儿多呢。"

"乔夫人真可怜，"三姨娘喜欢伤春悲秋，拿帕子掩着心口，蹙眉叹息了一声，有些感同身受地道，"刚到济阳就被这么多人盯上了，日后要是一直待在济阳，日子岂会好过？虽说如今年轻貌美，可旁的女子真要日日在乔公子眼前晃，乔公子又坚持得了几日？男子的真心太容易变化，抵不过狐狸精三言两语。"

"你这是骂谁呢？"二姨娘斜睨了她一眼，"老爷面前你敢这么说吗？"

三姨娘假装没听到她的话，兀自擦拭眼角的泪水。

四姨娘年纪最小，原是街头卖艺的，总是笑得没心没肺，一边嗑瓜子儿一边说："那就得看乔公子究竟喜不喜欢他的夫人了。我倒是挺喜欢乔夫人的，没什么大小姐的娇气，上回还帮我的丫鬟提水桶了。我还是头一次瞧见帮下人干活的主子，多好啊！"

"那可就糟了，"三姨娘大惊小怪，"男子都喜欢柔柔怯怯的姑娘，提水桶……没得让人看轻了自己。"

四姨娘不满，"呸"的一声吐出嘴里的瓜子皮："什么看轻了自己，我原来在街头卖艺，一次顶五个水缸，老爷还不是喜欢我喜欢得紧，什么柔柔怯怯，像你这样隔三岔五就头疼脑热的，老爷才不耐烦应付！"

"行了，都别吵了。"卫姨娘被她们吵得脑袋疼，斥道，"现在说的是乔夫人！"

"反正她挺惨的，"三姨娘嘀咕了一声，"你看吧，凌家小姐可不是善茬，其他姑娘也没那么好打发。乔公子生得标致，可待人冷漠得很，对乔夫人，我瞧着也不是很上心，迟早要出事。"

"三妹妹，"二姨娘看了一眼三姨娘，"你知道我们四个人里，为何你最不得宠？实在是因为你太没有眼光。"

三姨娘怒视着她，眼泪在眼眶里打转，眼看着又要哭了。

"那乔公子，性情的确冷漠，瞧着对乔夫人也不太上心的样子，不知道是什么原因，或许成亲前并无感情？不过，以他这几日的举止行为来看，分明就是有些喜欢乔夫人。寻常人的喜欢，没什么了不起，这种人的喜欢，可是了不得。有那么一种人，不动心则已，一动心，眼里就只有一个人。"二姨娘翘着手指，"旁的女子再美，在他眼中，都是枉然。

"乔涣青啊，就是这种人。"

此话一出，几人都静了一刻。

半晌，卫姨娘才开口，问道："你的意思是，我们不必去解围？"

"解什么围。"二姨娘不甚在意地一笑，"那位乔涣青，可是护短得紧。我们打个赌如何,只怕温玉燕还没被刁难,她的夫君就要站出来为她出头了。"

禾晏来到小花园的时候,扑面而来的就是一阵香风,险些将她熏昏。

济阳女子喜欢佩戴香包,还是味道极浓烈的那种,一人还好,许多人挤在一起,仿佛就是一团脂粉云。

一时间,禾晏非常怀念肖珏身上的月麟香,隐隐约约,清清淡淡,真是恰到好处。

"乔夫人来了。"凌绣站起身来,对着她笑道。

这几位姑娘,除了凌绣与颜敏儿,其他人禾晏都不认识。想了想,她便道:"听闻凌小姐是特意来找我的?"

"也不必说得这般郑重,"凌绣笑道,"就是今日天气好,闲来无事,几个姐妹在一起坐坐闲谈,想着如今既然乔夫人也在此,不如就一起。乔夫人不会嫌我们叨扰吧?"

"不会。"禾晏笑笑,心里哼了一声,这群人是醉翁之意不在酒,哪里是要来看她,分明是来看肖珏的。

果然,凌绣的下一句就是:"怎么没见着乔公子?"

"夫君一大早就出门去了。"禾晏笑得非常和气,"可能要深夜才回来。"

凭什么她们想看就看,好歹也是大魏的右军都督,当然不是随随便便就任人观赏的,不给看就是不给看。

凌绣,以及她身后的几个姑娘闻言,脸上顿时露出失望之色。

禾晏笑道:"凌姑娘不是特意来找我的吗?难道是说笑的?"

"怎么会?"凌绣回过神来,亲热地拉着禾晏的手在石桌前坐下,"快请坐。我爹和崔大人关系极好,过去我也常来崔府上玩,只是从来没有个姐妹,未免寂寞。乔夫人来了就好了,日后阿绣再来崔府,不愁找不着人说话。"

禾晏心道,这哪里是来找姐妹,分明就是来看美男子的,肖珏应该过来看看,什么叫比她还能一本正经地骗人。

禾晏在石桌前坐了下来,她根本就不大认识这些人,也不知道能说什么,就随意拣些果子吃,打算坐在这里当一个摆设,听她们说就好了。

可惜的是,对方是冲着肖珏而来,肖珏不在,这个"夫人"便不可能幸免于难。说着说着,话头就落到禾晏身上来了。

"听闻乔夫人是湖州远近闻名的才女,之前阿绣是真心想听乔夫人的琴声,可惜最后却被乔公子拦住了,现在想起来都觉得遗憾。"凌绣笑着开口。

禾晏笑道:"这有何遗憾,我夫君不是也弹奏了一曲。"

"可乔公子说,他的琴艺不及夫人十分之一。"凌绣盯着禾晏的眼睛,"真教人难以想象。"

是啊，真教人难以想象，禾晏心道，肖珏这个谎话，说得也太夸张了一些，现在从别人嘴里听到，自己都觉得脸红。

"我夫君是过誉了一些，"禾晏给自己倒了杯茶，捧起来喝了一口，"我的琴艺，也就和他差不多吧。你们听了他的，也就相当于听过我的了。"

"那怎么行？"凌绣显然不打算这样放过她，"咱们济阳最崇拜才华横溢之人，夫人既有吞凤之才，便不该藏着掖着。今日天气好，不如咱们就在这里接诗会友如何？一来有趣，二来，也好让我们瞧瞧夫人的才情。"

来了来了，禾晏心中烦不胜烦，为何凌绣不是让自己弹琴，就是让自己作诗，是不是只要她说不会作诗，就要下棋写字？禾晏寻思着，纵然是这位姑娘为肖珏的皮相所惑，心中倾慕，那也当奔着肖珏而去，比如在肖珏面前展示一番自己的凤采鸾章，过来为难她做什么？难不成谁为难到了她，肖珏就会喜欢谁吗？

一次还好，次次都如此，禾晏也不想再耐着性子陪她们玩这种把戏，只笑道："我今日不想作诗，也不想下棋，更不想写字，当然，绝对不会弹琴。"

凌绣没料到禾晏会这么说，片刻后，一边的颜敏儿哼了一声，嘲笑道："都说中原女子婉约有礼，我瞧着乔夫人说话做派，倒像是我们济阳姑娘，爽直得很。"

"入乡随俗而已。"

"乔夫人，可是瞧不上我们？"凌绣低下头，有些不安地问。

"不是瞧不上，"禾晏疑惑地开口，"只是今日不想。不是说凌姑娘是才女，怎么连一句简单的话都听不懂。我说的话很难懂吗？"

若今日在这儿找碴的是男子，禾晏早就让他们出来打架了。可是女子，便不好做那等事。想来想去，不如就得一个恶女罗刹的威名，好教这些姑娘明白，她不是好惹的，以后便不会再登门出什么要她搞"琴棋书画"的歪招。

凌绣愣愣地看着她，没说话。一边的其他几个姑娘见状，皆是对禾晏面露不满。

有个嗓门略大的姑娘就道："乔夫人这也不肯，那也不肯，该不会是不会吧？所谓的才女其实名不副实，才会次次都这样推托。"

"怎么可能？"另一名女子讶然开口，"那乔公子可不是普通人，琴弹得那样好，可见是个风雅之人。从前便已家财万贯，如今又认祖归宗，在济阳迟早是有身份之人。听闻乔夫人是寻常人家，若是再无什么特长，乔公子看上了她哪一点？"

颜敏儿皮笑肉不笑道："美貌呗，说起来，乔夫人生得肤白如玉，花容月貌呢。"她重重地咬了"肤白如玉"几个字。

禾晏："……"好像说她黑的是肖珏吧，这也能算在她头上？什么道理？

"花容月貌，咱们济阳貌美的姑娘多了去，阿绣生得不貌美吗？家世又好，性情温柔，才华横溢，这么说，阿绣才是和乔公子般配之人。"

"别胡说。"凌绣眼睛红红地道。

济阳姑娘究竟有多大胆，说话有多直接，禾晏这回可算是领教过了。但她们这是何意？凌绣好歹也是个清清白白的闺女，肖珏如今是"有妇之夫"，难道要给肖珏做妾不成？或是要她下堂给凌绣腾位置？脑子没毛病吧？

"我们又没有说错，乔夫人如此，迟早都不得夫君喜爱。"那个嗓门最大的姑娘笑道，"乔夫人可别怪我们说话不好听，这都是将你当作自己人才这般说的。别见外。"

喔，明的不行，就来她这儿挑拨离间了？

禾晏毫不在意地摇头，笑得格外甜蜜："不见外，不见外，我知道各位妹妹是一片好心。不过，你们实在多虑了。"

"我夫君待我好得很，别说我会琴棋书画，纵然我不会，他也不会对我有半分埋怨。我这个人，脾气不好，动辄就生气不理人，我夫君啊，每次都会耐着性子哄我。他会给我煮面，带我去买面人，我说的每一句话他都会记在心上，就连月事这种事，都比我记得还牢。"禾晏看了一眼凌绣，见凌绣脸色已经不好看，心中得意，越发卖力地大放厥词，"学会琴棋书画有何难？我不开心的时候，我夫君便将他会的技艺用来讨我欢心，你们窥见的，不过冰山一角，没瞧见的多的是呢。"

院子外，肖珏还没走到花园，才到了拐角处，就听见禾晏装模作样地长叹了口气，用一种恶心得让人腻歪的语气说话："哎，这样出类拔萃、矫矫不群的男子，偏偏就独宠我一人，眼里容不下别人，我又有什么办法呢？"

身后的飞奴："……"

肖珏只觉得自己眉心隐隐跳动。他刚回到崔府，还没来得及换衣裳，听翠娇说禾晏被凌绣拉去小花园了。凌绣这样的女子，打什么主意他看一眼就明白，偏偏禾晏对女子后宅事情一窍不通，想了想，还是怕她吃亏，才先过来救火。

谁知道，一过来就瞧见她这般扬扬自得地卖瓜，看上去没吃什么亏，倒把那几个女子气得脸色发青。

也不算太傻，肖珏又好气又好笑，没有上前，干脆就站在花园拐角处，冷眼瞧着她，听听这人还能说出什么惊世骇俗的疯话。

另一头，二姨娘露出一个了然的笑容，朝花园拐角处的身影努了努嘴："瞧，护短的来了。"

"真的耶。"四姨娘双手握拳,"二姐,还是你瞧人瞧得准,小妹佩服!"

"帮谁还说不定呢,"三姨娘不甘心自己判断失误,只道,"万一乔公子瞧见那凌绣生得貌美,临时倒戈怎么办?"

卫姨娘眉头一皱:"不会说话就不要说话!"

二姨娘幸灾乐祸地笑起来。

那一头,禾晏还在侃侃而谈:"所以我说诸位妹妹,琴棋书画自然是要学的,但学来是为了让自己高兴,倘若只是为了让男子喜欢,不如学些驭夫之术。我在成亲前,也很喜欢风花雪月,可成亲之后,就觉得一切不过是山谷浮云。唯有这驭夫的诀窍,才是实打实的厉害。"

"果真?"有个姑娘就问,"那你说说,你的驭夫诀窍是什么?"

禾晏清咳两声,正色回答:"说来惭愧,我也不知我的驭夫之术是什么。我与夫君当年不过是在花灯节上见了一面,第二日他就上门提亲,非我不娶。我本不想这么早嫁人,可他痴心得厉害,说倘若我不答应嫁给他,就要跳河自尽。我想着好歹也是一条人命,权当做好事了。况且你们也知一句话,烈女怕缠郎,他这般死缠烂打,所以我就嫁了。"

"我想了想,这驭夫的诀窍,也不过就是,首先,你要长一张能让人一见痴心、非你不娶的脸。"她有些不好意思道,"当然,这个不是人人都能做到的。"

"其次,你喜欢他,须得少于他喜欢你。男女之间,大体势均力敌,小事上,总有人占上风,有人占下风。这就跟打仗一样,你们时时刻刻将情人看得过于重要,并不是件好事。对自己好些,自然有人来爱你。"禾晏胡编乱造,说得差点连自己都相信了,"我就从来不讨好婉媚夫君,夫君却疼爱我如珠如宝,这就是结果。"

"最后,"禾晏心道,这最后我编不出来了,她微微一笑,"良人稀少,诸位得擦亮眼睛仔细看着点才是。与其盯着别人手里的,不如自己养个新的。"

飞奴偷偷地看了一眼自家主子,肖二少爷靠墙站着,笑意微冷,眸光讥诮,飞奴心道,这禾大小姐说什么烈女怕缠郎,他们家少爷是缠郎?还对她死缠烂打?真是好会给自己脸上贴金!

二姨娘停下嗑瓜子儿的动作,盯着禾晏,惊讶道:"原是我看走了眼?还以为是个不通后宅之事的,没想到是个高手。妙啊!"

"虽然她说的我不太明白,"四姨娘挠挠头,"但听起来很厉害的样子。"

禾晏心中稍安,觉得自打跟着肖珏见了不少世面,连见人说人话、见鬼说鬼话这一套也学了不少,眼下这一通胡诌,就将这些小姑娘唬得一愣一愣的。

不过一群人里头,总有那么一两个不大好骗的。颜敏儿看向她,讥讽道:

"你说的这些话，真以为有人会信？乔公子宠爱人，还痴缠你，他看起来像是这种人？"

这么一说，刚才还听得云里雾里的几个姑娘，想到乔涣青那副冷清如月的样子，登时又清醒了几分，怎么看，乔涣青都不像是对温玉燕死缠烂打的人吧？

"你肯定在骗人！"大嗓门姑娘道。

"我没有啊，"禾晏十分诚恳，"我们夫妻关系好得很，就前几日的水神节，我们还去走了情人桥。我怕高，本来不想去的，结果夫君听说一起过桥的人一生一世不分离，硬生生地将我抱过去了。要不是我严词拒绝，他可能要走三次，缘定三生。"

肖珏："……"

他有些听不下去了，只觉得匪夷所思，世上怎么会有这种人，说这种谎话都脸不红气不喘，一本正经到令人发指。

"这有什么？"一边的姑娘不服，"那么多人都会走情人桥……"

"我们还一起看图。"禾晏道。

凌绣不解："什么图？"

"春……"

话音未落，一声轻咳响起，众人回头一看，年轻男子缓步而来，走到禾晏身边，目光露出一丝警告。

禾晏一时间也忘了自己方才说到哪里了，正要开口，就听见肖珏淡淡道："燕燕，在这里做什么？"

燕燕？

凌绣怔住，夫妻之间，唤小字也不是没有，可都是在私下里，这般当着众人的面，除非是情浓到没有任何避讳。

禾晏一口气哽在胸口，竟不知作何表情。虽然知道肖珏叫的是温玉燕的"燕燕"，可那么巧，她也有个"晏"字，这么一想，便觉得他好像叫的是"晏晏"。

她蒙然回答："就……喝茶闲聊。"

肖珏点了点头，一双潋滟黑眸盯着她，微微一笑，语气温和得令人心颤："能不能陪我回屋坐坐？"

"坐什么？"禾晏只觉得周围的目光如刀，嗖嗖嗖地朝她飞来。

"陪我练练琴。"青年面如美玉，目若朗星，玉冠束起的青丝柔顺垂在肩上。他伸手，在禾晏发顶轻轻揉了揉，端的是宠溺无边。看得一旁的人都恨不得将禾晏一把推开，将自己的脑袋塞在这青年手下。

"好……好啊。"禾晏定了定神，站起身来，再抬头时，亦是一副娇羞的表情："诸位妹妹，对不住了，我夫君要我回去陪他练琴。"她又叹息一声，很烦恼地道，"烈女怕缠郎，这句话是真的。"

禾晏转身，款款地挽着肖珏远去了。身后一干人面面相觑，半晌，凌绣一甩帕子，咬了咬贝齿，拿手抹了一下脸，颜敏儿一怔："你怎么了？"

凌绣居然被气哭了。

一盘瓜子儿见了底，四姨娘拍了拍手，很意犹未尽地道："这就没了？"

"想看自己去寻话本子。"卫姨娘嗔怪，"乔公子岂是给你看戏的？"

"别说，这比相思班的戏好看多了。"二姨娘一手托着腮，"远远瞧着，方才乔公子护妻的那一刻，还怪让人心动的。看得我都想……"

"你都想什么？"卫姨娘道，"别给我惹事。"

"好姐姐，我就说说而已，"二姨娘风情万种地一笑，"咱们这把年纪了，纵是想和人花前月下，也没人捧着啊。"

三姨娘一反往常地没有说些酸话，只嘟囔道："乔夫人运气还挺好，找到这么一个夫君。"

"你这脑子，怎么就只看到乔公子不差呢，"四姨娘白了她一眼，"我看那乔夫人也是个有趣的人。若是你方才被人这么围着，早就哭哭啼啼跳河去了，看看人家，什么叫四两拨千斤。驭夫诀窍不简单呢，你多学着点，三姐。"

此刻，拥有令人羡慕的"驭夫诀窍"的禾晏，正和肖珏在回院子的路上。

禾晏一路上大气也不敢出，也不抬头看肖珏。她那些抹黑肖珏形象的话，大概都被肖珏听到了。

都怪那群姑娘太能说了，吵吵嚷嚷的，竟教她没听出来肖珏的脚步声。她也不知肖珏这会儿是怎么想的，一定很生气了。等下回去应该怎么做才能让他消气呢？等他发怒前先道歉？

正想着，院子已经近在眼前。林双鹤正站在院子里和丫鬟说话，也不知和新认的丫鬟妹妹说了什么，直把那小丫鬟逗得满脸通红，笑得花枝乱颤。

一抬眼，看见禾晏与肖珏回来，林双鹤跟他们打招呼："少爷、少夫人回来了。这是去哪儿了？"

禾晏尴尬地回道："喝了点茶，回头再说。"

她随着肖珏回了屋，刚一进屋，迎面就撞上肖珏，差点扑进了对方怀里，肖珏面无表情地看了她一眼，伸手越过她的身体，将她身后的门掩上了。

禾晏："……"

"坐。"他转身在桌前坐下来，平静的语气，却让禾晏嗅到了一丝兴师问罪的味道。

禾晏赶紧在他对面坐下。

"怎么不说话？"肖珏似笑非笑地看着她，"刚才不是挺能说的，烈女？"

禾晏一惊，果然听到了！

她道："都督，你也知道，她们隔三岔五来找碴，我亦烦不胜烦，权宜之计。我能不能问问，你是何时来的？我的话，你又听到了多少？"

肖珏冷笑："有什么区别？"

"区别在于我跟你道歉的内容。"

肖珏侧头盯着她，看了好一会儿，才道："禾大小姐，你是不将自己的清誉当回事，还是不将我的清誉当回事？"

"对不起。"禾晏道歉得很诚恳，"但我想，现在我们是乔公子和温姑娘，将你我的关系说得亲密些，应当也无事。毕竟夫妻之间，亲昵些无可厚非。"

肖珏忍无可忍："你说的是亲昵吗？"

"不是吗？"

"刚才如果不是我过来，你打算说什么，你和我看了什么？"他到底是骨子里教养良好，说不出那两个字。

但禾晏显然没有他那么讲究，闻言很爽快地道："你说的是春图啊！"

肖珏捏了捏额心："不必说得如此大声。"

禾晏将声音放低了一些，疑惑地问："我们一起看春图，说明我们关系极好，这有什么不对吗？"

当年在军营里，汉子们表示交情，大抵就是将自己珍藏的宝图和兄弟共享。夫妻间就更是了，两个人在一起看图，这是何等的如胶似漆，琴瑟和谐。

肖珏的脸色阴得要滴出水来，缓缓反问："谁跟你说，一起看图就是关系好了？"这是个什么人？说这种话说得理所当然，禾绥教女儿是如此教的，连什么话该说什么话不该说都不明白？她究竟知不知道，如果今日不是自己出现阻拦了她接下来要说的话，她说的这些话，足以让济阳一城的人都感到惊世骇俗。

"我……"禾晏猝然住嘴，"我自己是这般觉得的。而且当时你看了之后，我们关系也不错，并没有因此生出隔阂啊！"

"我什么时候看过？"肖珏脸色铁青。

"你当时就是看了呀，"禾晏一口咬定，"看一眼也是看。我们已经一起看过了。"

他微恼："我没有看。"

"你看了。"

"我没有。"

157

"算了，"禾晏道，"你要说没有就没有吧。"

肖珏顿感头疼，明明是她胡说八道，怎么还像是自己在无理取闹一般。

"你这样胡说八道，不将你我的清誉当回事就罢了，连乔涣青和温玉燕的清誉也会被你一并毁掉。"他微微冷笑。

禾晏思忖片刻，道："我知道了，我以后不会在外人面前说你我一同看图的事。"

"我并未和你一起看。"肖珏再次强调。

"那我自己看，可以吗？"禾晏费解，肖珏何以在这件事上一直耿耿于怀。

"自己也不许看，"他冷声警告，"你知不知道你刚才说的是什么虎狼之词，烈女？"

禾晏"喀喀喀"的，被自己呛住了。她小声央求："都督，别叫我烈女了，听着好像在骂人。"

"哦？"肖珏瞥她一眼，开口，"但我看你说得挺高兴的，我非你不娶，娶不到就去跳河。看不出来，禾大小姐个子不高，脑子里戏还挺多。"

"那不是为了证明你对我心如磐石嘛。"禾晏无奈，"我只是想让她们死心而已，不然隔三岔五来找我碴，谁受得了这个？你自然是可以恃美行凶，倒霉的是我，都督，你得有点同情心。"

"我没有同情心？"肖珏气笑了。刚刚要不是为了帮她解围，他也不必当着他人的面做那些格外腻歪的动作了。

"我为何要有同情心？"他漠然道，"你不是驭夫有术吗？只要勾勾手指就能让夫君独宠你一人。听上去，是你夫君比较令人同情。"

禾晏："……"

"长了一张让人看了一眼就非你不娶的脸，"肖珏唇角微勾，笑容玩味，盯着她的眼睛慢条斯理道，"喜爱你如珠如宝，你却喜爱他不及他喜爱你，缠郎还痴心不改，非要跟你缘定三生。烈女，你是不是有点太无情了？"

这一口一个"烈女"，听得禾晏鸡皮疙瘩都起来了。她忙抓住肖珏的手臂，义正词严地讨好道："就是！我们都督这么貌美的人，怎么可能是死缠烂打的那一个呢？除了都督，谁都没有资格称作烈女。若是都督想跟人缘定三生，别说是过桥了，刀山都过！没有人能对都督无情，没有人！"

"你刚才可不是这么说的。"他悠悠道。

"我刚才是假话，现在才是真心话。"禾晏道，"你一定要相信我！"

肖珏眼中极快地掠过一丝笑意，不过须臾就消失，淡淡道："以后少看些乱七八糟的东西，"顿了顿，又道，"此事就算了。"

禾晏心中大大舒了口气，这人还真是不好骗，不就是把他说得稍微……不那么冷艳了一点，就这么生气。看来肖二少爷当真在意自己在他人眼中的形象。

思及此，禾晏便挨着他道："都督，你也不要光看这些，在此之前，我也说了你不少好话。比如……我说你琴棋书画样样精通，无所不能。你下次一定要在她们面前诸多表现，证明我说的不假。"

肖珏冷笑："我是街上卖艺的？"

"……那倒也不是。"禾晏想了一会儿，对肖珏道，"不过下次如果有这种事，都督，你一定要与我配合，表现得咱们鹣鲽情深，夫妻恩爱，可能这样，她们就知难而退，不再没事找事。"

肖珏扬眉："配合？"

禾晏点头。

他瞥了禾晏一眼："你求我的话，我可以考虑一下。"

禾晏："求求都督了。"

肖珏："……"

居然就这么轻易地说出来了？他微微蹙眉，嘴角浮起一丝嘲讽的笑："这么没有骨气，还叫什么烈女。"

"都说了不要叫我烈女，"禾晏气结，"都督，你这样真的很幼稚。"

"哦。"他扬眉，一字一顿道，"烈女。"

"幼稚！"

自从花园一事后，一连两日，崔府上下都安静得不得了，没济阳城里的小姐们想要来与乔夫人喝茶闲谈了。

红俏从箱子里将"泪绡"捧出来，道："今日夫人进王府，就穿这个吧。"

禾晏颔首："好。"

蒙稷王女今日在王府设宴，叫禾晏与肖珏二人参加，说是有客人前来，也不知道是谁。崔越之还有些疑惑："怎生殿下叫你们二人却不叫我？"

禾晏也不知道原因。待梳妆好后，禾晏出了门，肖珏已经在外等候，正与柳不忘说话。这几日，柳不忘白日里都不在，只有夜里才回来，他回来得太晚，禾晏已经睡下，都没时间和柳不忘说话。眼下看到柳不忘，自己却又要出门了。

"师父。"她道。

柳不忘对她笑着点头："阿禾，小心为上。"

禾晏点了点头。如今济阳城里可能混有乌托人，万事小心总不是坏事。

飞奴和赤乌作为车夫一同跟着，林双鹤待在崔府上，不必一道前去。禾晏与肖珏上了马车，禾晏问："都督，你说今日，蒙稷王女特意让你我二人前去王府赴宴，却不叫崔中骑，那就是顾及我们的身份。可又有贵客前来，莫非……

贵客知道我们的身份？到底是什么人？"

肖珏垂下眼睛，眸中情绪不明，声音极平淡："朔京来的人。"

到了蒙稷王府，禾晏与肖珏下了马车，王府里的婢子将禾晏和肖珏引到宴厅门口，恭声道："殿下与贵客都在里面，乔公子与夫人直接进去即可。"

禾晏与肖珏进了宴厅。

穆红锦倚在软榻上，红袍铺了一面，唇角含着浅淡笑意，正侧头听一旁的琴师拨琴。矮几长桌前，还坐着一人，背对着禾晏，穿着青竹色的长袍，头戴玉簪，背影瞧上去有几分熟悉。

穆红锦目光掠过他们，微笑道："肖都督来了。"

禾晏与肖珏同穆红锦行礼，与此同时，那位背对二人坐着的男子也站起身来，回头望来。

眉眼间一如既往地温雅如兰，清如谪仙，禾晏怎么也没想到，竟会在济阳的蒙稷王府看见楚昭。

震惊只有一刻，禾晏随即就在心中暗道不好，她如今扮作女子，楚昭看见了不知会怎么想，这人身份尚且不明，若是回头告诉了徐敬甫，徐敬甫拿此事做文章，给肖珏找麻烦就不好了。

她脚步顿住，下意识地往肖珏身后撤了一步，试图挡住楚昭的目光，但心中也明白，除非她马上掉头就走，否则今日迟早都会被楚昭发现身份。

肖珏似有所觉，微微侧头，瞥了她一眼，嗤道："怕什么。"

禾晏正要说话，楚昭已经对肖珏行礼，微笑道："肖都督，禾姑娘。"

得了，他一定是看见了，都不用看镜子，禾晏也知道自己此刻的脸色一定很难看。

肖珏道："楚四公子。"

"看来你们是旧识，"穆红锦笑笑，"坐吧，楚四公子是自朔京来的贵客。"

肖珏与禾晏在旁边的矮几前坐下。

身侧的婢子过来倒茶。穆红锦扬了扬手，让琴师退下。宴厅中安静下来，禾晏低头看着杯中的茶叶，这个时候，少说话为妙。

肖珏看向楚昭，道："楚四公子来济阳，有何贵干？"

开门见山。楚昭闻言，低头笑了一下，才答："在下此次来济阳，是为了乌托人一事。"

乌托人？禾晏竖着耳朵听，听得楚昭又道："如今济阳城里有乌托人混迹其中，恐不日会有动乱，我此番前来，就是为了助殿下一臂之力，不让更多的济阳百姓遭此灾祸。"他看向蒙稷王女。

肖珏唇角微勾："不知楚四公子从何得知，有乌托人混入济阳？"

"朔京城里抓到密谋起兵的乌托人，顺藤摸瓜，与他接应之人如今正在济阳。我与父亲通过对方传递的密信得知，乌托人打算在济阳发动战争，一旦截断运河，对整个大魏都是麻烦。是以父亲令我立刻赶来，将此事告知殿下，未雨绸缪。"

肖珏声音含着淡淡嘲讽："据我所知，石晋伯早已不管府中事，恐怕命令不了四公子。"

这话林双鹤也对禾晏说过，石晋伯每日除了到处拈花惹草，就是吃喝玩乐。

"不过是外人以讹传讹罢了，"楚昭好脾气地回道，"父亲的话，在下不敢不听。"

穆红锦并不急着说话，只懒懒地喝茶，不动声色地观察。

"想要告诉殿下，一封密信就行了，"肖珏嗤道，"楚四公子何必亲自跑一趟？"

"因为还有更重要的东西，要亲手交到殿下手上。"

穆红锦轻笑一声："楚四公子带来了乌托人的兵防图。"

肖珏与禾晏同时抬眸看向穆红锦。

有了对方的兵防图，战争中就赢得了一半胜利。可这样重要的东西，楚昭又是如何拿到的？

禾晏忍不住问："楚四公子从何得来这图？这图上所画，如何确定是真是假？"

"得来全凭侥幸。"楚昭笑得温柔，"至于是真是假，我也不能确定。所以只能拿给王女殿下。"顿了顿，又看向肖珏："不过看到肖都督，在下就放心了。有肖都督在，不管兵防图是真是假，济阳城必然能保住。毕竟同是水攻，大魏将领奇才，唯有肖都督功标青史。"

此话一出，禾晏心中跳了跳，忍不住看向肖珏。虢城长谷一战的水攻，是肖珏心中难以迈过的一个坎，楚子兰这话，无异于在他伤口上插刀。

肖珏神情平静，勾了勾唇，回视楚昭："楚四公子千里迢迢来到济阳，就带了一张不知是真是假的兵防图，会不会有点小题大做？抑或是……"他顿了顿，眸中意味深长，"有别的要事在身？"

"事关大魏社稷，怎能说小题大做，"楚昭摇头，"我留在济阳，也能与诸位共进退。若乌托人真有异心，我与肖都督抗敌；若消息有假，不过是虚惊一场，皆大欢喜。"

"共同抗敌？"肖珏懒洋洋开口，"楚四公子自身难保之时，可没人赶得及救你。"

楚昭微笑不语。

肖二少爷嘲笑人的功夫，本就无人能及。况且楚子兰的确文弱，真要出事，怕是还会拖后腿。

"肖都督，"穆红锦看戏看得差不多了，对这二人之间的关系也心中大致有数，她看向肖珏，"本殿会将楚四公子带来的兵防图临摹一份给你，济阳城里城外所有兵士加起来，堪堪两万，也会由你指挥。观楚四公子带来的密信，十日内，乌托人必作乱，这十日内，我们……"她沉吟了一下，"务必护济阳百姓平安。"

肖珏挑眉："殿下考虑周全。"

穆红锦目光又扫过一边微笑的楚昭："楚四公子远道而来，你们又是旧识，这些日子，楚四公子也住在崔府，你们若有重要事情，方便相商。"

楚昭还礼："殿下有心了。"

禾晏："……"

穆红锦真是好样的，一来就将两个死对头安排在一起，莫说有重要事情相商，即便想要安安稳稳度过这十日，也不是件简单事。

又说了些客套话，穆红锦起身让人送禾晏一行人回崔府。等宴厅再无旁人时，身侧年长的侍女问道："殿下为何要让楚四公子住在中骑大人府上？肖都督看起来不喜楚四公子。"

"这二人不和，"穆红锦幽幽道，"不和就能互相制衡。肖怀瑾是用兵如神，但济阳城也不能全凭他一人摆布，毕竟，谁也不知他说的是真是假。"

"这二人说话，五分真五分假，对照着听，总能听出一点端倪。何况，"她叹息一声，站起身望向殿外的长空，"时间不多了。"

倘若乌托人真要动济阳，从明日起，就要安排济阳百姓撤离城内，父王将济阳城交到她手中，这么多年，她一直将济阳保护得很好，临到头了，不可功亏一篑。

还有穆小楼。

她转过身，眼尾的描红艳丽得深沉，冷冷道："去把小楼叫来。"

禾晏与肖珏出了王府，楚昭就站在他们二人身侧，三人出府时，并未说什么话，禾晏却在心中暗自盘算着，要怎么将这个谎圆得天衣无缝。

不如一口咬定自己本就是男子，此次扮作女子与肖珏到济阳是无奈之举，至于为何扮演得这般像，就说是男生女相好了。赤乌跟着他们这么久了，不也没发现吗？思及此，心中稍稍轻松了一些。

"禾姑娘。"正想着，身侧有人唤自己的名字，禾晏回头看去，楚昭停下脚步，正含笑看向她。

肖珏亦是站定，没有走远。

禾晏笑道："四公子也不必这样叫我，其实我……"

"没想到自从上次见过禾姑娘红妆后，还能在今日再次见到禾姑娘做女子的模样。"楚昭笑得很柔和，就连夸赞都是诚挚的，"这衣裳很衬你，很适合禾姑娘。"

禾晏心中想好的说辞戛然而止，什么叫"上次见过"，她自打入了军营，这还是第一次做姑娘打扮，楚昭又是从哪儿看到的？禾晏下意识地看了肖珏一眼，肖珏微微扬眉，似也在等她一个说法。等等，肖珏该不会以为她和楚昭早就是一伙儿的了吧？

饭可以乱吃，话不可以乱说，禾晏道："楚兄这话里的意思，我不太明白，我何时……红妆出现在楚兄面前了？"

"朔京跑马场时，"楚昭微微一笑，"禾姑娘为了保护父亲与幼弟，亲自上阵，教训赵公子，英姿飒爽，令人过目难忘。当时风吹起姑娘面上白纱，在下不小心看见了姑娘的脸。那时候，就已经知道姑娘的女子身份了。"

朔京跑马场？这是什么陈芝麻烂谷子的事，楚昭居然还记得，这话里的意思岂不是，楚昭一早就知道她是个女的？禾晏惊讶："所以楚兄上次在凉州的时候，就已经认出我来？"

"当时看禾姑娘似乎不愿被人发现身份，便没有说穿。不过今日既然在此遇到，也就不必再隐瞒。"楚昭看向禾晏，温声开口，"在下说这些话的意思，不是为了其他，只希望禾姑娘放宽心。之前在凉州我没有说出姑娘的身份，如今在济阳，我也不会告诉他人。济阳一事后，楚昭会当没有见过禾姑娘，禾姑娘仍可回凉州建功立业，不必担心在下多舌。"

他大概是看出了刚刚在宴厅时禾晏的顾忌，此刻特意说这些话，让禾晏放心。

禾晏笑道："那我就先谢过楚兄了。"

"你我之间，不必言谢。"楚昭摇头，"在下不希望因为自己的出现，让禾姑娘提心吊胆。至于告密一事，楚昭也不是那样的人。"

肖珏一直站在禾晏身侧，冷眼听着他说话，闻言唇角浮起一丝讥诮的笑意："楚四公子说得好听，千里迢迢来济阳，不就是为了告密？"

"告密一事，也得分清敌友。"

"南府兵的人，就不劳楚四公子费心了。"肖珏扬眉，"纵然有一日她身份被揭穿，本帅也保得住人。"

楚昭一愣，看向禾晏："禾姑娘入南府兵了？"

禾晏："……是吧。"

肖珏已经答应过，若是与他假扮夫妻解决济阳一事，就让她进南府兵。虽然眼下事情还未完全解决，不过进不进，也就是主子一句话的事，他既然说进，那就是进了。

楚昭眸光微微一动，片刻后，笑起来："那我就先恭喜禾姑娘……不，是禾兄了。"

禾晏颔首。

肖珏平静地看着他："没别的事，就请楚四公子自己去寻辆马车。夫妻二人，不适合与外人共乘，楚四公子，请便。"

他丝毫不掩饰对楚昭的厌恶，楚昭也不恼，只笑道："肖都督，咱们崔府见。"又冲禾晏笑笑。

禾晏尴尬地回之一笑。

赤乌赶着马车过来，禾晏与肖珏上了马车，才坐下来，就听得肖珏冷淡的声音响起："朔京马场上和姓赵的比骑马的人，是你？"

"……是。"禾晏不等他开口，先下嘴为强，"都督送给舍弟的那匹马，舍弟喜欢得不得了，每天都割草喂它！一直都没来得及跟都督道谢，当时若不是都督出现解围，不知我们家会被姓赵的如何为难。都督的大恩大德，禾晏无以为报。"

肖珏眼神微凉："所以你一早就认出了我，是吗？"

禾晏无话可说。

岂止一早啊……可这要怎么说。

"您是右军都督，封云将军，大魏谁能比您风姿英武啊，我的确是认出你了。可那时候你是高高在上的云朵，我是您靴子边一只小小的蚂蚁，纵然我认识您，您也不认识我啊。后来进了军营，我猜都督早就将此事忘记了，毕竟贵人多事，哪里记得住一只小小的蚂蚁。"禾晏凑近他，"我怎么知道，都督还记得此事？"

明知道这家伙谎话张口就来，但看她坐在身边卖力表演时，纵是有些不悦，也变成好笑了。楚昭竟然比自己更早知道这人的女子身份，听上去，好似他落了下乘似的。

肖珏移开目光，淡淡道："你和他可还有见过？"

"没有没有。"禾晏连忙回答，"我在朔京里，就和他见过两次。"说罢又抱怨道，"我怎么知道那么巧，他当时也在马场，还看到了我的脸。我若是知道，定将脸遮得严严实实，戴一副铁面具，任他如何火眼金睛，也不知道我是谁。"

"你不希望他看到你的脸？"

"当然不希望了，"禾晏莫名其妙，"留给别人一个空子钻，谁知道会不会出事。"

肖珏轻笑一声："也不算太蠢。"

"都督，"禾晏问，"你觉得楚四公子究竟会不会将我的身份告知于旁人？"虽然楚昭话是这般说了，但禾晏还真不敢轻易相信他，尤其此人身份微妙，如今是敌是友都不明。

"现在知道怕了？"

"也不算怕，倘若他要说，我便提前收拾包袱跑路就行了。"禾晏说着，叹息一声，"只是我在凉州卫也待了这么久，实在舍不得都督，真要和都督分别，定然很难受。"

"你舍不得的，是进南府兵的机会吧。"肖珏不为所动。

"你怎么能如此想我？"禾晏正色，"我这般身手，在哪个将领手下都会得到重用，之所以对南府兵念念不忘，还不是因为南府兵是都督领的兵。"大抵是被肖珏时常说谄媚，不知不觉，禾晏说起谄媚的话来，已经可以脸不红气不喘了。

"都督，你刚刚说的话还算数吧？"

"什么话？"

"就是纵然我的身份暴露，大家都知道我是个女的，你也可以保得住我？"

肖珏嗤道："不用担心，楚家的手再长，也伸不到我南府兵里来。不过，"他漂亮的眸子凝着禾晏，不咸不淡道，"禾大小姐如此麻烦，我为何要费心费力，替你担诸多风险？"

"因为我们是一起看过图的关系，非一般的交情。"禾晏答得泰然自若。

肖珏平静的脸色陡然裂开："……你说什么？"

"放心，"禾晏竖起食指在嘴前，"我是绝对不会告诉旁人，都督来济阳的第一天，就和我一起看了图这件事的。"

……

马车在崔府门口停下，禾晏与肖珏刚进去，还没走到院子，就见林双鹤急急忙忙走来。看见他们二人，林双鹤一合扇子："可算回来了，你们知不知道……"

"楚四公子来济阳了。"不等他说完，禾晏便道。

"你们已经知道了？"林双鹤一愣，"这是怎么回事？"他看了下四处无人，凑近小声道，"不会有什么阴谋吧？还有禾妹妹你，"林双鹤有些头疼，"不能让楚子兰看见你这副样子，你的身份万一败露了怎么办？"

"我们方才已经在王府里见过面了。"禾晏宽慰，"楚四公子也答应了我们，

165

暂且不会将此事告诉旁人。林兄可以先放心。"

"见过面了？"林双鹤看了看肖珏，又看了看禾晏，稍稍明白过来了，只问，"蒙稷王女叫你们进王府，见的人不会就是楚子兰吧？"

禾晏点头。

"楚子兰来济阳干什么？"林双鹤奇道，"咱们前脚刚到济阳，他后脚就到，这么巧？"

他还不知道乌托人一事，禾晏就道："此事说来话长，我师父呢？"

"柳先生也才刚回来，"林双鹤问，"怎么？"

禾晏看向肖珏："之前救下小殿下时，我师父曾提起，他来济阳城是为了追查一群乌托人。楚四公子带来的消息既然和乌托人有关，不如将我师父也一起叫来，咱们几方消息一经对比，许会有别的发现。"顿了顿，她生怕肖珏不信任柳不忘，道，"我师父绝对不是坏人，都督可以放心。"

肖珏微一点头："叫上柳先生，一起到屋里说吧。"

院子里，小厮将马车上卸下的东西一一搬进屋中，从衣物到吃食，甚至褥子和熏香，应有尽有。这些东西全是楚昭来济阳之前，徐大小姐令人为他准备的。这等体贴关怀，若是旁人，早已感动得不得了，楚昭坐在屋中，瞧着桌上小几渐渐填满的空白，神情却未见波澜。

应香捧着茶盘走到楚昭身边，将茶壶放下，给楚昭倒了一杯茶，轻声道："公子，屋子已经收拾好了。"

楚昭点了点头，看向院外。

崔越之安排的屋子，与肖珏的屋子倒是相隔不远。

"肖都督刚刚已经回府，"应香道，"此刻与那位白衣剑客、林公子进了屋。当是在一起说话。"

至于说什么话，毫无疑问，定然是与他有关。

不过，他也不会将这点事放在心上。

楚昭抿了一口茶，问："可有柴安喜的下落？"

应香摇了摇头："奴婢打听到，蒙稷王女如今正派人四处搜寻柴安喜的下落。"

楚昭不甚在意地一笑："肖怀瑾来济阳，也无非为了找人。"顿了顿，又问，"柳不忘又是什么人？"

"此前未听说过此人的名字，说是禾姑娘的师父。"

"师父？"

应香点头："不过他们对那位柳先生，看起来极为信任。"

楚昭放下手中的茶盏："这些都不重要，最重要的是，赶在肖怀瑾之前找到柴安喜。"

"奴婢知道了。"

片刻后，应香迟疑地开口："只是公子打算如何对待禾姑娘呢？"虽然之前已经从楚昭嘴里得知禾晏是个姑娘，可直到真正透过窗户看到女儿身的禾晏时，似乎才有了真实之感。

"不觉得肖怀瑾身边带着个女人，很奇妙吗？"楚昭微微一笑，"这个女子，究竟能让他信任到什么地步，我很想知道。"

应香垂着眼，不说话了，唯有茶盏里的茶水飘出袅袅热气，极快地遁入空中，无迹可寻。

另一头，屋子里的人各自坐着。

"这就是乌托人的兵防图。"禾晏将卷轴递给柳不忘看。

"石晋伯府的四公子带来消息，乌托人不日会攻打济阳，不知道是真是假。师父看看这兵防图，可有什么问题？"

柳不忘看了片刻，将手中卷轴放下："我不知道这图是真是假，不过，乌托人倘若真要攻打济阳，的确如图上所画，会从运河入手。"

毕竟济阳城里最重要的就是这条运河，掐断了运河，就是掐断了一城的命脉。

"之前柳先生说，是追查乌托人到了济阳。"肖珏看向柳不忘，"能不能说说其中缘由？"

柳不忘想了想，才道："每年的水神节前后，我都会回济阳看看。今年还没到济阳，在济阳城外，遇到了一桩灭门惨案。有人趁夜杀光了一庄百姓，换上庄子里人的衣裳，伪作身份进入城内。其中有一个侥幸逃脱的孩童告诉我此事，我本以为是仇家寻仇，或是杀人劫财，追查途中却发现几人并非大魏人。这些乌托人扮作平民混入城内，并非一朝一夕之事，我能查到的是少数，恐怕在此之前，已经有不少城外百姓遭了毒手，济阳城里，也多的是伪装过后的乌托人。"

"师父是说，已经有很多乌托人进来了？"禾晏问。

柳不忘道："不错，他们筹谋已久。就等着水神节的时候作乱，才会掳走小殿下，只是计划阴错阳差地被你们打乱，是以应该很快会第二次动手。"

"柳师父的意思，济阳城里很快就会打仗了？"林双鹤紧张道，"这里岂不是很不安全？"

"不必担心。"禾晏宽慰他，"蒙稷王女曾与我们提过，会在这几日让百姓撤离到稍微安全些的地方。林兄届时跟着济阳城里的百姓一道，不会有什么事。"

林双鹤这才心下稍安，不过立刻就道："什么跟着城里的百姓？我岂是那等贪生怕死之人，自然是要跟兄弟们共同进退，同生共死，你们都别劝我了，我一定要和你们在一起，决不独活。"

禾晏无言片刻，才对柳不忘道："师父，蒙稷王女将城门军交给了都督，您要不要也一道瞧瞧？"

"阿禾，你是不是忘了，"柳不忘有些无奈，"我只会布阵，并不会打仗。"

这倒也是，柳不忘会奇门遁甲，会弓马刀枪，可都是一个人的功夫，当年教会她奇门遁甲，也是禾晏自己钻研，用到了排兵布阵里，才渐渐磨出了一套自己的章法。

"不会打仗啊，"林双鹤很惊奇，"我禾妹妹兵书背得这样好，我还以为是名师出高徒，怎么，我禾妹妹是自学成才？"

禾晏尴尬地笑："天赋卓绝，也可能我天生就是个女将军，所以一点即通吧！"

肖珏嗤笑一声，没有说话。

"这几日我还是会继续追查那群乌托人的下落。"柳不忘道，"找到了他们的头，许能解决不少事情。至于济阳的城门军，就交给肖都督。"柳不忘看向肖珏，"城门军人数并不占优势，肖都督多费心，济阳的百姓，就托您照顾了。"

他似对济阳有很深的感情，肖珏颔首。

众人又就着乌托人一事说了些话，说完后各自散去，刚一将门推开，便见院内树下站着一个美貌婢子，正是楚昭的贴身侍女应香。也不知道她在此地站了多久，看见众人出来，应香上前，对着禾晏行了一礼："禾姑娘。"

禾晏还礼。

"公子有话想对禾姑娘说。"应香笑道，"正在前厅等待，禾姑娘可有时间？"

禾晏回头一看，林双鹤对她微微摆手，示意她不要去，肖珏倒是神情平静，看不出来什么心思。应香见状，笑道："公子说，之前与禾姑娘有些误会，想亲自同禾姑娘澄清。上回在凉州卫时，没来得及和姑娘道别便离开，很是失礼，还望姑娘不要计较，今日权当赔罪。"

不辞而别这件小事，禾晏本就没放在心上。不过……禾晏的确也想知道，如今的楚昭究竟是以什么身份、什么立场来到凉州卫的，所谓的对付乌托人，究竟是他的说辞还是有别的目的。思及此，她便欣然回答："好啊。"

林双鹤脸色大变："禾妹妹！"

"多谢禾姑娘宽容。"应香喜出望外。

"都督，我先去瞧瞧，"禾晏对肖珏道，"晚上也不必等我用饭了。"说罢，又对柳不忘告辞："师父，我先走了。"

林双鹤还想再劝阻几句，禾晏已经跟着应香走了。柳不忘还有事在身，对肖珏二人稍一行礼，也离开了。

待他们走后，林双鹤问肖珏："你就这么让她走了？"

"不然？"

"那可是楚子兰啊！禾妹妹之前不是喜欢他喜欢到失魂落魄，被人失约还一个人去看月亮，这等负心人，居然又回头来找我禾妹妹，你看着吧，他定又要故技重施，用温柔攻势打动我禾妹妹的女儿心！"

"那不是很好？"肖珏转身，嘲道，"她可以得偿所愿。"

"你就不担心吗？"林双鹤摇着扇子紧跟在他身边，"倘若楚子兰见到我禾妹妹红妆如此惊艳，一时兽性大发，对禾妹妹做出什么畜生不如的坏事怎么办？"

肖珏进了屋，给自己倒了杯茶，漫不经心道："你是对楚子兰的眼光有什么误解，她的红妆，当得起'惊艳'二字？"

"怎么不惊艳了？"林双鹤愤愤，"肖怀瑾，你不能拿自己的脸去对比天下人。"

肖珏懒得理他，只道："再说了，楚子兰对她做坏事？"他眼底掠过一丝嘲讽，"那家伙徒手就能拧掉楚子兰的脑袋，与其担心她的清白，不如担心担心楚子兰。"

林双鹤："……"

第二十七章 子兰

前厅。

楚子兰见禾晏来了，微笑着起身，道："禾姑娘。"

"楚四公子。"禾晏亦还礼。

天色已经暗了下来，济阳城里的夜，亦是热闹繁华。楚昭看了看外头，道："出去走走？"

禾晏不知他葫芦里卖的什么药，只是崔府里人多口杂，这样说话也不方便，便道："好。"

二人朝府外走去。

济阳的春夜，本就暖意融融，河流两岸，小贩提着灯笼沿街叫卖，楼阁错落分布，风光绮丽。真可谓"村落闾巷之间，弦管歌声，合筵社会，昼夜相接"。

只是看起来这样柔和繁华的夜里，不知暗藏了多少杀机，在人来人往、笑容满面的小贩中，不知又有多少包藏祸心的乌托人。这般一想，便觉得再如何热闹有趣的景致都变得索然无味，禾晏的眉头忍不住皱了起来。

"禾姑娘可是在生在下的气？"身侧的楚昭轻声开口。

"怎么会？"她有些讶然。

"那为何姑娘一同在下出门，便皱着眉头，心事重重的模样？"

禾晏失笑："不是，我只是想到乌托人的事，有些担心而已。"

沉默片刻，楚昭才道："禾姑娘不用担心，王女殿下会安排好一切，更何况，还有肖都督不是吗？"

他倒是对肖珏不吝赞美，禾晏有心试探，就问："我还以为楚四公子和我们都督不太对盘？"

"肖都督对在下有些误会。"楚昭微笑，"他与在下的立场，本有稍许不同。各为其主罢了。"

竟然就这般承认了？禾晏有些意外。

"不过在乌托人一事上，我与肖都督的立场是一致的。禾姑娘不必担心，"楚昭道，"我是大魏人，自然不愿意看见大魏的河山被异族侵略。"

禾晏点头："那是自然，覆巢之下，焉有完卵。本就该一致对外。"

"我这般说，禾姑娘可放心了？"他问。

禾晏："为何说放心？"

"我不会伤害肖都督，禾姑娘也不必为肖都督的事，对我诸多提防。"

禾晏干笑了两声："楚四公子多虑了，我并没有提防你。"

"是吗？"楚昭笑得有些伤心，"可自打这一次见面，你便不再叫我'楚兄'了，而是叫楚四公子。"

这也行？禾晏就道："没有的事，如果你觉得不好，我可以再叫回你楚兄。"

"那我可以叫你阿禾吗？"

禾晏愣了一下。

年轻男子笑得格外温和，如一朵在夜里绽放，幽韵的、无害的兰花，在济阳的春里，衣袍带香，容颜清俊，来往的路人都要忍不住看他一眼。禾晏犹豫了一下，道："你想这样叫，就这样叫吧。"

楚昭眼底划过一丝笑意，与禾晏继续顺着河岸往前走，道："之前的事，还没有与阿禾赔罪。当日明明约好了与你一同去白月山喝酒，却临时有事，没能赴约，第二日出发得又早，连告别的话都没来得及与阿禾说。后来在朔京想起此事，总觉得十分后悔。"

"这等小事，楚兄不必放在心上。"禾晏道，"我并未因此生气。"若不是楚昭，她那天晚上不会去白月山脚，也不会等来肖珏，更不会知道当年在玉华寺后的山顶上遇到的人就是肖珏。这或许就是因祸得福？

"阿禾不计较，是阿禾心胸宽广。"楚昭微微一笑，"我却不能将此事当作没有发生过，一定要与阿禾赔罪。"他看向前方，"我送给阿禾一样东西吧。"

禾晏一怔："什么？"

楚昭伸出手来，掌心躺着一束小小的穗子，穗子上缀着一朵极精巧的石榴花，以红玉雕刻成，下头散着红色的流苏穗子。

"今日在王府门口时，看见阿禾腰间佩着一条长鞭。"楚昭温和地看着她，"我曾侥幸得到一束花穗，但我并不会武，亦无兵器在身，放在我那里，也是可惜了。这花穗和阿禾的长鞭极为相配，阿禾试一试，看看会不会更好？"

禾晏下意识就要拒绝："无功不受禄，楚兄，还是算了，况且这东西看起来也不便宜。"

"阿禾叫我一声'楚兄'，就是把我当作朋友，朋友之间，赠礼是很寻常的事。况且阿禾多虑，这花穗并不昂贵，这玉也是假的，阿禾不必有负担。这东西留在我这里也是无用，阿禾不要，可是嫌弃在下，抑或是在内心深处，仍将在下视为敌人？"

纵然是略带指责的话，由他说来，也是温和从容的，禾晏迟疑了一下："这石榴花果真是假玉？"

楚昭笑了："阿禾想要真玉的话，在下可能还要筹些银子。"

既是假玉，接受起来也要爽快些。禾晏笑道："那就多谢楚兄了。"她伸手取下腰间的紫玉鞭，将花穗系在紫玉鞭的木柄上，乌油油的鞭子霎时多了几丝灵动。

"和阿禾的鞭子果然相配。"楚昭笑道。

"礼尚往来，既然楚兄送了我花穗，我也该回送楚兄一样东西。"禾晏到底是觉得拿人手短，若是不回送，总觉得自己占了楚昭便宜一般，"今日楚兄在这夜市上看中了什么，我都可以送给楚兄。"说罢，手伸进袖中，摸了摸自己可怜的一串铜板，又很没底气地补充，"不过我出门匆忙，并未带太多银两，楚兄就……看着挑吧。"

毕竟今日出门没带林双鹤，不能说买就买。

楚昭忍不住笑了，看向她："好。"

夜市里卖东西的，从吃喝点心到胭脂水粉，旧书古籍到生锈的兵器，应有尽有。他们二人姿容出色，每走过一处，便收到热络的招呼。

走到前方的路尽头处，见一群人围着一个商贩，禾晏随楚昭上前去看，是个做糖画的。小贩是个年轻人，穿着干净的青布衣，坐在小摊前，面前摆着一块擦得干干净净的石板，一旁的大锅里，熬煮着晶莹红亮的糖浆。他以大铁勺在锅里舀了一勺糖浆，淋在石板上，动作很快，铁勺在他手中起伏，仿佛画笔，落下的糖丝勾勒出或复杂或精美的图案，很快成形，再用小铲刀将石板上的糖画铲起，粘上竹扦。

"这是倒糖饼儿。"禾晏高兴起来，"没想到济阳也有。"

以前在朔京时，她因身份微妙，怕被人揭穿，人多的地方能不去就不去，一次也没去过庙会。只能等家里的姊妹们从庙会回来，听她们说起庙会热闹的场景，新鲜的玩意儿。"倒糖饼儿"就是其中一样，朔京有一位做"倒糖饼儿"的师傅，做得极好，禾晏每次听她们说，都很是向往。有一次实在忍不住，偷偷央求禾大夫人给她也带一个，许是瞧她可怜，禾大夫人也动了几分恻隐之心，果真从庙会上给她带了一个。禾晏还记得是一只百灵鸟，她舍不得吃，将糖鸟插在笔筒里，可天气炎热，不过两日就化了，糖浆黏黏腻腻化了一桌子，被禾大夫人训斥了一顿。

她当时倒也没觉得脏，只是很遗憾地想，要是这糖画能坚持得再久一点就好了。

幼时没能见着的新鲜玩意儿，没料到竟在济阳见着了。禾晏拉着楚昭挤上前去，见一边的草垛子上已经插了不少做好的糖画，都是些很吉祥的花草树木、飞禽走兽，栩栩如生。

楚昭看了一眼禾晏，忽然笑了，就道："我很喜欢这个，阿禾要送我东西的话，不如送我一个糖画如何？"

"你喜欢这个？这有何难？"禾晏十分豪气，一挥手："小哥，你这里最贵的糖画是什么？"那旁边有幅字，明码标价，两文一个，她带了一大把铜钱，怎么也够了。

小贩笑道："最贵的当属花篮儿了，一共八文钱。姑娘是想要一个吗？"

禾晏就问楚昭："楚兄觉得可还行？"

楚昭忍住笑意："这样就好。"

"小哥，"禾晏排出八文铜钱，"麻烦做一个花篮，做得漂亮些。"

小贩道："没问题！"

他从锅里舀了一勺糖浆，先做了个薄薄的圆饼，在圆饼上浇了一圈糖线，慢慢地竖着勾画，禾晏看得目不转睛，眼看着这花篮从一开始一个扁扁的底，变得丰富生动起来。有了篮筐，又有了提手，小贩很是实诚，往提篮里加了不少的花。禾晏数着，月季花、水仙花、菊花、桃花、荷花……不是一个季节的花，都被堆凑到一个篮子里，热闹又艳丽。

眼见着篮子一点点被填满，禾晏突发奇想，问小贩："小哥，我这花篮是送给朋友的，能不能在花篮上写上我朋友的名字？"

"当然可以！"

楚昭一顿，笑意微散："阿禾，这就不必了……"

"怎么了？"禾晏不解，"你名字那么好听，不放在花篮上可惜了。"

"好……听？"

"是啊，"禾晏点头，"昭，是光明的意思，子兰呢，是香草的意思。为你取这个名字的人，一定很爱你，希望你品行高洁，未来光明，才会取如此雅字。"

楚昭一怔，那姑娘已经转过身去，对小贩道："小哥，麻烦就写'子兰'二字好了。"

……

买过糖画后，顺着河岸往回走，禾晏一直看着楚昭手里的花篮。

这花篮看起来很漂亮，小贩将"子兰"两个字写得格外用心，与那花篮里的各种芬芳放在一处，真是相得益彰。

"楚兄回去后，一定要早些吃掉。否则以济阳的天气，应该很快会化掉。"她自己也买了一个麒麟模样的，早已吃完，"我尝过了，味道挺好，也不太甜。"

楚昭笑意温柔："多谢阿禾，我回去后会很小心的。"

禾晏这才放下心来。

没什么话说的时候，禾晏还问了一下许之恒。

"楚兄上次回去参加朋友的喜宴，怎么样，是否很热闹？"

楚昭微怔，随即笑着回答："嗯，很热闹。毕竟是飞鸿将军的妹妹，太子殿下还亲自到场祝贺。"

这话说得令禾晏有些生疑，太子殿下？太子来看许之恒娶妻，是为了许之恒，还是为了禾如非，抑或是两者皆有？禾家与许家之间的阴谋，难道太子也在其中掺了一脚？更甚者，太子也知道她的身份？

"不过……"楚昭又叹道，"许大爷许是对亡妻深情，喜宴之时，还流泪了。"

禾晏："啊？"

许是她脸上表情写满了不相信，楚昭也有些啼笑皆非："怎么了？是不相信世上有深情的男子吗？"

禾晏心道，她当然相信世上有深情男子，但绝不会是许之恒。

"不是不相信，"禾晏掩住眸中讥嘲，道，"只是他如此这般，新娶的那位夫人难道不生气吗？"

"如今的这位许大奶奶，心地很是良善纯真，见许大爷难过，自己也红了眼眶。"楚昭道，"惹得飞鸿将军和其他禾家人都很是感怀。所以说，热闹是热闹，就是这喜宴，未免办得伤感了一些。"

禾晏觉得，今年听到的笑话里，就数眼下楚昭讲的这个最好笑。坏事做就做了，偏偏做完后，还要装作世上难得的有情人，真是令人作呕。

"阿禾似乎对在下的话不怎么赞同？"楚昭留意着她的神色。

禾晏笑道："没什么，只是觉得这许大爷挺有意思。"

"此话何解？"

"若真是情深，念念不忘发妻，纵然是陛下亲自赐婚，他想要拒绝还是能够拒绝。他毕竟是个男子，"禾晏轻嘲道，"若是女子，无法决定自己的姻缘是常事。楚兄听过强取豪夺的公子，听过逼良为娼的恶霸，听过卖女求荣的禽兽父亲，可曾听过这样做的女子？

"我听刚刚楚兄所言，那许大爷倒像是个被人逼着成亲的弱女，那新娶的许大奶奶像是逼着他娶了自己的恶人。这是何意？他不想成亲，没人能拉着他去喜堂。他不想洞房，莫非许大奶奶还能强取豪夺？亲已经结了，他日后仍旧沉迷'亡妻'，又让新的许大奶奶如何自处？我觉得，未免对那一位不太公平，楚兄的这位友人，也有些虚伪。"

禾家毁了一个不够，还要再送进去一个牺牲品。何其冷血，简直荒谬。

楚昭愣了一会儿，忽然笑了，停下脚步，对禾晏拱手道："是在下狭隘，还是禾兄身为女子，能站在女子的立场感同身受。"

"是根本就没人想过要站在她们的立场上而已。"

"阿禾与寻常女子很不一样。"

禾晏看向他："哪里不一样？"

楚昭继续朝前走去，声音仍旧很柔和："大多女子，纵然是面对这样的困境，却早已麻木，无动于衷，并不如阿禾这般想得许多。阿禾眼下为她们思虑，可极有可能，她们却乐在其中，且还会怨你多管闲事。"

禾晏笑了："楚兄这话，听着有些高高在上。"

楚昭笑意微顿："何出此言？"

"朝廷是男子的朝廷，天下大事是男子的天下大事，就连读书上战场，也是男子独得风采，世人对男子的称赞是英雄，对女子的称赞却至多是美人。真是好没有道理，男子占尽了世间的便宜，却反过来怪女子思想麻木，不思进取，这不是高高在上是什么？

"楚兄觉得我与寻常女子很不一样，是因为我读过书，走出过宅门，甚至还离经叛道进了军营，天下间如我这般的女子并不多。可你若让那些女子也如我一般，见过凉州卫的雪，见过济阳城的水，见过大漠长月，见过江海山川，你说，她们还会不会甘心困在争风吃醋的宅院？还会不会沾沾自喜，麻木愚昧？"

禾晏笑了笑，这一刻，她的笑容带了几分讥嘲，竟和肖珏有几分相似："我看天下间的男子们正是担心这一点，便列了诸多荒谬的规矩来束缚女子，用三纲五常来折断她们的羽翼，又用那些莫须有的'贤妻美人'来评断她们，她们越是愚昧，男子们越是放心，明明是他们一手造成的，他们却还要说'看啊，妇人浅薄'！

"因为他们也知道，一旦女子们有了'选择'的机会，是决计不肯成为后宅里一个伸手等着夫君喂养的花瓶的。那些优秀的女子，会成为将领，成为侠客，成为文士，成为幕僚，与他们争夺天下间的风采，而他们，未必能赢。"

女孩子的眼眸，清凌凌如济阳城春日的水，通透而澄澈，仿佛能映出最灿然的日光。

楚昭一时愣住，向来能说会道、不会将气氛弄到尴尬地步的他，此刻竟不知道说什么。分明是可笑的、不自量力的、天真的、令人觉得讨厌的正义凛然，但竟照得出人的影子，阴暗无所遁形。

禾晏心中亦是不平。

扮作"禾如非",虽然为她的人生带来诸多痛苦,但与此同时,也教她见过了许多女子一生都见不到的风景。若不是扮作"禾如非",她不会知道,比起女子来,男子们可以做的事情这样多。倘若你有文才,便能做满腹经纶的学士;倘若你身手卓绝,就能成为战功不俗的将领。纵然什么都平平,还可以做街头最普通的平凡人。说句不好听的,就连乐通庄,女子在其中是赌妓,男子在其中就是赌客。

正因为她后来又成为"许大奶奶",同时做过男子和女子,才知道世道对男女有着如此区别的对待,男子们不是不吃苦,可他们的吃苦,可以成为评判自己的基石。而女子的吃苦,一生都在等着男子们的肯定。

明明都是投生做人,谁又比谁高贵?可笑的是有些男子还打心底里看不起姑娘,教人无语。

她一口气说完,发现楚昭一时没有说话,心中暗暗思忖,莫不是这段话将楚昭得罪了?但转念一想,得罪就得罪了吧。反正他手无缚鸡之力,纵然是打架也不可能打得过自己。

"楚兄,刚刚我所言,太急躁了些。"禾晏笑道,"希望楚兄不要计较我的失礼。"

"不会,"楚昭看向她的目光里,多了一抹奇异的色彩,"阿禾之心,令人敬佩,楚昭自愧弗如。今后绝不会再如今日一般说此妄言,阿禾的话,我会一直放在心上。"

楚昭这人,真是有风度,刚才她噼里啪啦说了一堆,他还是温柔得很。

禾晏笑了笑:"那我们快走吧。"

楚昭点头笑着应答。

二人继续往回走,禾晏低下头,心中暗暗叹息一声。

楚昭与肖珏,终究是不一样的。对待女子,他们同样是认为女子柔弱,不可保护自己。可前者的评判里,带了一丝否定和居高临下;而后者,从对待凉州城里孙家后院的女尸就能看出,更多的,则是怜惜。

为将者,当坦荡正直,沉着英勇,但更重要的品格是,怜弱之心。

……

回到崔府,已经很晚了。到了门口,楚昭道:"阿禾今日也早些休息吧。"

"楚兄记得趁早吃掉。"禾晏还惦记着他的花篮糖画,嘱咐道。

他看一看手中的花篮,摇头笑了:"一定。"

禾晏看着他离开,转身想回屋里,一回头,却见到长廊下,小亭中站着一人,看着她失笑,白衣飘逸,正是柳不忘。

"师父还没有休息吗?"禾晏走过去问。

"出来透气。去买糖画儿了？"

禾晏点头："楚四公子替我隐瞒身份，想了想，还是送他点东西。拿人手短，他也不好到处说我的秘密。济阳城糖画儿挺便宜的，我送了他一个最贵的，在朔京起码十文钱往上，这边只要八文钱。价廉物美啊。"

柳不忘笑了，看着她道："阿禾，你如今比起过去，活泼了不少。"

禾晏一怔。

她遇到柳不忘的时候，恰是最艰难的时候。在残酷铁血的军营，又藏着诸多秘密，因此，行事总带了几分谨慎。现在想一想，好像自打她变成"禾大小姐"以来，不知不觉中，竟放开了许多。就如今日和楚昭上街买糖画儿，这在从前是绝无可能的事。

是因为她如今是女子，还是因为没有了禾家的束缚，可以想做什么就做什么，也不必担心面具下的秘密被人窥见？

"现在这样不好吗？"禾晏笑嘻嘻道，"也不一定非要稳重有加吧？"

柳不忘道："这样很好。"

他说这话的时候，神情有些怅然，不知道在想什么。禾晏有心想问，瞧见柳不忘淡然的目光，又将到嘴的话咽了回去。

柳不忘似乎有些难过。

春日的月亮，不如秋日的明亮，朦朦胧胧，溶溶可爱。柳不忘的目光落在小徒弟翘起的嘴角上，脑中浮起的却是另一个身影。

穆红锦。

当年的穆红锦，亦是如此，眼神干净清亮，偶尔掠过一丝慧黠。她的裙角总是绣着一些花鸟，精致又骄丽，辫子下缀着银色的铃铛，走动的时候，发出叮叮当当的悦耳铃声。

他那时候每日身边跟着这么个尾巴，实在烦不胜烦，说过许多次希望他们二人分道扬镳，每次穆红锦都是嘴巴一瘪，立刻要哭，柳不忘纵是再心硬如铁，也不擅长应付姑娘的眼泪。于是每次都被她轻易化解，到最后，已然默认这人是甩不掉的牛皮糖，任她跟在身边给自己添麻烦。

穆红锦很会享受，明明带了丰厚的银两，不到半月，便挥霍一空，只能跟着柳不忘一起吃糠咽菜。

客栈，住的是最简单的那种，饭菜，吃的也很普通，没有钱买街边的小玩意儿。穆红锦坚持了半日，对柳不忘抗议："少侠，我们能不能吃顿好的？"

"不能。"

柳不忘没什么钱。云机道长的弟子说是下山历练，其实不过是体会一番红尘俗世。至于平日里做什么，则是师兄们之前接到的活分给了他一点，说得明白些，拿人钱财替人消灾。只是他们师门不可作恶，不可钻营，以至于最后真正做的，就是"帮庄子的租户找走失的羊""替出嫁的姑娘送封密信回娘家"这种细枝末节的小事。有时候甚至还要帮人写家信。来者不拒，什么都接。

一个清冷出尘的白衣少年牵着一只羊走在庄子的小道上，画面未免有些滑稽，穆红锦就笑话他："你们这是什么师门，怎生什么事情都要你做？不如跟了我，我……"

"你什么？"柳不忘没好气地问她。

"我……"穆红锦美目一转，"我比他付给你的多！"

柳不忘气得不想说话。

正因为做的都是这些小事，钱都很少，他若是一个人还好，如今变成两个人，客栈、吃饭……日子过得捉襟见肘，恨不得将一文钱掰成两半儿花。

看得出来，穆红锦也在极力适应这种粗糙的生活。她闹腾过几日，见柳不忘真的有些生气时，便也不敢再说什么，老老实实跟柳不忘一起过粗茶淡饭的生活。

但她骨子里看见什么都想买的习惯还是没变。

柳不忘还记得，有一日他们在济阳城外的茶肆边遇到一位卖花的老妇人。老妇人面前放着两个竹筐、一根扁担，竹筐里装得满满的都是野菊花，芬芳可爱，淡粉的、白的，也很便宜，应当是直接从栖云山脚下摘的。

穆红锦凑过去看，老妇人见状，笑道："小公子，给姑娘买朵花戴吧。"

"不必。"

"好呀好呀！"

二人同时出声，柳不忘警告地看了穆红锦一眼，穆红锦委屈地撇撇嘴。老妇人反倒笑了，从竹筐里挑了一朵送给穆红锦："姑娘长得俊，这朵花送给你。戴在头上，漂亮得很！"

穆红锦欢欢喜喜地接下，她嘴甜，笑盈盈地唤了一声："谢谢婆婆！"

已然如此，柳不忘便不好直接走人，就从袖中摸出一文钱递给老妇人。

"不要不要。"老妇人笑眯眯地看着他，"小姑娘可爱，老婆子喜欢。公子日后待她好些就行了。"

柳不忘转过头，穆红锦得了花，美滋滋地戴在耳边，问柳不忘："好不好看？"

柳不忘不自在道："与我无关。"

穆红锦瞪了他一眼，自顾自地蹲下，看向竹筐里的首饰脂粉，片刻后从里捡出一只银色的镯子，惊呼道："这个好好看！"

很简单的银镯子，似乎是由人工粗糙打磨的，连边缘也不甚光滑，胜在镯子边上雕刻了一圈栩栩如生的野菊花，于是便显得清新可爱起来。

"这个真好看！"穆红锦称赞。

"这个叫悦心镯，是老婆子和夫君一起雕刻的。"老妇人笑道，"送一个给心上人戴在手上，一生都不会分离。小哥不如买一只送给姑娘？一辈子长长久久。"

"听到没有，柳少侠，"穆红锦央求，"快送我一个！"

柳不忘冷眼瞧着她，从她手里夺过那只银镯，重新放回竹筐里，才对老妇人冷道："她不是我心上人。"

穆红锦眼中闪过一丝失落，到底没有再去拿那只银镯子，嘟囔道："你怎么知道我不是你心上人。"

你怎么知道。

是啊，他怎么知道。

少年骄傲，并不懂年少的欢喜来得悄无声息，等明白的时候，已经汹涌成劫，避无可避。

后来很多年过去了，柳不忘常常在想，如果那一日，他当着穆红锦的面将那只银镯买下来，戴在她手上，是不是他们也不至于走到后来那一步，就如老妇人所说的一般，一生一世不分离。

可笑他也会相信怪力乱神，命中注定。

月光洒在地上，落了一层白霜，记忆里的铃铛声渐渐远去，落在耳边的，只有济阳城隔了多年的风声，孤独而寂寞，一点点冷透人的心。

"你喜欢肖珏？"

冷不防的声音，打断了禾晏的沉思。禾晏惊讶地侧头去看，柳不忘看向她，目光带着了然的微笑，重复了一遍："阿禾，你是不是喜欢肖珏？"

"……没有。"禾晏下意识地反驳，片刻后，又问，"师父为何这样说？"

"你难道没有发现，"柳不忘淡淡道，"你在他身边的时候，很放松。你信任他，多过信任我。"

禾晏怔住，她有吗？

"使你如今这样轻松的，不是时间，也不是经历，是他。"柳不忘声音温和，"阿禾，你还要否认吗？"

禾晏没有说话。

过了一会儿，她抬起头，看向悬挂在房顶上的月亮，月亮大而白，银光遍洒了整个院子，温柔地注视着夜里的人。

"师父，你看天上的月亮，"她慢慢开口，"富贵人家的后院到荒坟野地的沟渠，都能照到光。可你不能抓住它吧？

"我既不能抓住月亮,也不能让月亮为我而来,所以站在这里,远远地望着就行了。"

……

禾晏回到屋的时候,灯还亮着。两个丫头躺在外屋的侧榻上玩翻花绳,看见禾晏,忙站起来道:"夫人。"

禾晏小声道:"没事,你们睡吧,我进屋休息了。少爷睡了吗?"

翠娇摇头:"少爷一直在看书。"

禾晏点头:"我知道了,你们也早些休息。"

她推门进了里屋,见肖珏坐在桌前,正在翻看手中的长卷。雪白的中衣松松地搭在他肩上,露出如玉的肌肤,锁骨清瘦,如月皎洁。

禾晏将门关上,往他身边走,道:"都督?"

肖珏只抬眸看了她一眼,没说话。

"我还以为你睡了。"禾晏将腰间的鞭子解下,随手挂在墙上。鞭子手柄处挂着的彩穗随着她的动作飘摇如霞光,十分引人注目。肖珏目光落在那串彩穗上。

禾晏见他在看,就解释道:"怎么样?都督,好看不?这是楚四公子送我的。"

"楚子兰真是大方,"肖珏敛眸,语气平静,"这么贵重的东西,送你也不嫌浪费。"

"贵重?"禾晏奇道,"楚四公子说,这石榴花是假玉,值不了几个钱。"

"哦,"他眉眼一扬,嘲道,"那他还很贴心。"

"真这么贵重啊?"禾晏有些不安,"那我明日还是还给他好了。"拿人手短,为免以后扯不清楚,钱财的事,还是分清楚些好。

肖珏:"收下吧,你不是很喜欢他吗?"

禾晏震惊:"我喜欢他吗?"

"我本来不想管你的事,但还是要提醒你,"青年的眉眼在灯光下俊得不像话,瞳眸莫名带了几分冷意,"楚子兰是徐敬甫看好的乘龙快婿,不想死的话,就离他远点。"

徐娉婷是徐敬甫的掌上明珠,喜欢楚子兰,这事林双鹤也跟她说过,但这和自己有什么关系?且不说她喜不喜欢楚昭,楚昭那样斯文有礼的,当也看不上会盘腿坐在床上打拳的女子。

肖珏真是瞎操心。

"都督,我看你是对楚四公子太紧张了,连对我都带了成见。"她挤到肖珏身边,弯腰去看肖珏手中的长卷,"这么晚了,你在看什么?"

肖珏没理她，禾晏就站在他身后看，片刻后道："是兵防图啊！怎么样，看出了什么问题吗？"

"你说话的语气，"肖珏平静开口，"似乎你才是都督。"

禾晏立马将搭在他肩头的手收回来，又去搬了张凳子坐在他身边，道："我就是太关心了。蒙稷王女这几日转移济阳城里百姓的事，应当很快就会被那些乌托人知道。那些乌托人得了消息，也会很快起兵。"禾晏头疼，"可是济阳城里的兵实在太少了，乌托人既然敢来攻城，带的兵根本不会少于十万。"

两万对十万，这两万还是多年从未打过仗的城门军，怎么看，情况都不容乐观。

"你不是女将军吗，"肖珏身子后仰靠在椅背上，扯了一下嘴角，"说说怎么办。"

"兵防图里，他们是从水上而来。"禾晏想了想，"既然如此，就只有……水攻了。"说到这里，她抬眼去看肖珏的神情，却见青年神情一如既往地平淡。

说来也奇怪，她与肖珏，一个曾死在水里，另一个第一场仗就是水仗，禾晏都怀疑她与肖珏上辈子是不是什么火精了，与水这般孽缘。

"明日一早我要去武场练兵，"肖珏道，"你也去。"

"我？"禾晏踌躇了一下，"我是很想去，但是蒙稷王女会不会不太高兴？"

名义上，肖珏是大魏的右军都督，但禾晏只是肖珏的手下。

"不必管她。你跟我一起去。"

夜深了。

男子坐在屋里的长几前，静静看着桌上的花篮。

糖画儿在油灯暖融融的灯火下显得红亮而晶莹，花篮里的花开得茂密繁盛，花篮正前方写着两个字——子兰。端正而美好。

耳边似乎响起某个含笑的声音。

"昭，是光明的意思，子兰呢，是香草的意思。为你取这个名字的人，一定很爱你，希望你品行高洁，未来光明，才会取如此雅字。"

为他取这个名字的人，一定很爱他？楚昭从来不这么认为。

他的母亲叫叶润梅，是沁县一户小官家的女儿，生得绝色貌美，可比天仙。他记忆里也是如此，那是一个又美又媚又可怜的女人，楚楚姿态里，还带了几分天真不知事的清高。

这样的美人，沁县多少男儿希望能娶之为妻，但叶润梅偏偏看上了那位来沁县办事的、同样俊美出挑的石晋伯——楚临风。

楚临风纵然在朔京,也是难得的美男子,加之出手大方,在脂粉堆里摸爬滚打了那么多年,很知道如何能讨人欢心。不久,叶润梅就对这位风流多情、体贴入微的楚公子芳心暗投了。

不仅芳心暗投,还共度良宵。

但只有三个月,楚临风就要离开沁县回朔京。临走之前,楚临风告诉叶润梅,会回来娶她,叶润梅一心沉浸在等心上人来娶自己的美梦中,丝毫没有意识到,除了知道楚临风的名字、家住在朔京,她对楚临风一无所知。

楚临风这一走,就再也没了消息。

而在他离开不久后,叶润梅发现自己有了身孕。

她心中焦灼害怕,不敢对任何人说。但肚子一天比一天大起来,终究是瞒不住。叶老爷大怒,逼问叶润梅孩子父亲究竟是谁,叶润梅自己都不知道对方真实身份,如何能说得清楚,只是哭个不停。

最后,叶老爷没办法,只得请了大夫,打算将叶润梅肚子里的孩子堕掉,过个一年半载,送叶润梅出嫁,此事就一辈子烂在肚子里,谁也不说。

叶润梅知道了父亲的打算,连夜逃走了。

她不愿意堕下这个孩子,不知是出于对楚临风的留恋,还是因为别的什么。总之,她逃走了。

叶润梅决定去朔京找楚临风。

她一个大着肚子的女子,如何能走这么远的路,但因为她生得美,遇上一位货商,主动相帮,答应带她一起去朔京。

还没到朔京,叶润梅就生产了。楚昭出生后,叶润梅悲惨的日子才刚刚开始。

货商并不是什么好心人,看中了叶润梅的美貌,将叶润梅以百两银子的价格卖进了青楼。

楚昭也一并被卖进去了,因为青楼的妈妈觉得,叶润梅生得如此出挑,她的儿子应当也不会差,日后出落得好看,说不准能赚另一笔银子。若是生得不好看,做个奴仆也不亏。

娇生惯养、不知人间险恶的大小姐,在青楼里见到了各种各样丑陋恶毒的人,长期的折磨令她的性情大变,她开始变得易怒而暴躁。看见楚昭与楚临风相似的眉眼,怨恨令她对楚昭动辄打骂。

楚昭并不明白叶润梅对自己的感情是什么。若说不爱,她为了保护腹中骨肉,独自离家,流落他乡,吃尽苦头,也没放弃他。若说爱,她为何屡屡拿那些刺痛人心的话说他,眼角眉梢都是恨意。

她总是用竹竿打他,边打边道:"我恨你!如果不是你,如果不是你,我的人生不应该是这样！你为什么要出现，你怎么不去死！"

恶毒的诅咒过后，她看着楚昭身上的伤痕，又会抱住他后悔地哭泣："对不起，娘对不起你，阿昭，子兰，不要怪娘，娘是心疼你的……"

幼小的他很茫然，爱或是不爱，他不明白。只是看着那个哀哀哭泣的女人，内心极轻地掠过一丝厌恶。

他希望这样的日子早些结束，他希望自己能快点长大，逃离这个肮脏令人绝望的地方。

这样想的人不止一个，叶润梅也在寻找机会。

她从未放弃过找到楚临风，她一边咒骂楚临风的无情，一边又对他充满希冀。她总是看着楚昭，仿佛看着所有的希望，或许当年她留下楚昭，为的就是有一日再见到楚临风时，能光明正大地站在他面前，告诉他：这是你儿子。再将这多年来的艰辛苦楚一一道来。楚临风会心疼她，会如当年对她所说的那般，将她迎娶过门，补足这些年对他们母子的亏欠。

叶润梅是这样想的，所以每一个朔京来的客人，她总是主动招待。有一日，竟真的叫她等到了一个认识楚临风的人。

那人是楚临风的友人，一开始听叶润梅诉说当年辛酸往事时，只当听个乐子，间或安慰几句，满足自己的善心。可待听到那人叫楚临风，生得风流俊美，又是朔京人时，脸色就渐渐变了。

"我那苦命的孩子……也不知道今生有没有机会见到他的父亲。"叶润梅掩面而泣。

"还有孩子？"友人一惊，问道，"可否让我见见？"

叶润梅就让楚昭出来。

楚昭的鼻子和嘴巴生得像叶润梅，眉眼间却和楚临风一个模子印出来的，温柔多情，看人的时候，似乎总是带了几分柔和笑意。单凭这张脸，若说是楚临风的儿子，没有人会怀疑。

友人起身，敷衍了几句，匆匆出了门。

叶润梅失望极了。

友人回到朔京，第一件事就是去石晋伯府上找楚临风，问他多年前是否在沁县与一位美人有过露水情缘。楚临风想了许久，总算有了一点印象，依稀记得是个生得格外楚楚的女子，就是蠢了些。

"那女子如今流落青楼，"好友道，"还为你生了一个儿子，我见过那孩子，与你生得十分相似，漂亮极了！"

这就出乎楚临风的意料了。

楚夫人貌丑无盐，从来不关心他的风流韵事，是以他也乐得自在，往府里抬了十九房小妾，个个国色天香。可惜的是，楚夫人只有一个条件，纳妾可以，孩子，只能从她的肚子里爬出来。

楚夫人生了三个孩子，楚临风对多子多福这种事并无太大兴趣，便也觉得足够了。唯一遗憾的是，他的三个儿子，一个也没有继承到他的相貌，容貌平平。他知道同僚友人们都在背后笑话他，一生贪恋好颜色，子嗣却平庸乏味，不够动人。

如今却有人来告诉他，他竟然还有一个遗落在外的儿子，且生得非常出挑，眉眼间与他十分相似？这对他来说，是天上掉馅饼的好事。一时间便极想让这个孩子认祖归宗。

但这么多年，楚夫人看似端庄大气，却并不是好惹的。否则楚府里的小妾不会一个儿子都没有。楚临风没办法，只得去求老夫人，他的母亲。

楚老夫人虽然对庶子并不怎么看重，但总归是楚家的血脉，流落在外也是不好的，何况还是青楼那样的地方，于是亲自去找了楚夫人。楚夫人与老夫人在屋里说了一个时辰的话，再出府时，楚夫人亲自吩咐人，去筀州青楼，将那位庶子接回来。

只是那位庶子，没有提叶润梅。

石晋伯在京城里虽称不上一手遮天，但也是达官显贵，于筀州的人来说，更是高不可攀。信件从朔京飞到筀州时，叶润梅几乎不敢相信自己的眼睛。

她知道楚临风应当不是普通人，可怎么也没想到，他居然是当今的石晋伯，是她一辈子想都不敢想的人。

仿佛多年的隐忍到了这一刻，终于收获了甜美的果实，她抱着楚昭喜极而泣："子兰，你爹来接我们了，咱们可以回家了……"

楚昭静静地任由女子激动的眼泪落在自己脖颈，幼小的脸上是不符合年纪的淡漠。

回家？谁能确定，这是不是从一个火坑跳到另一个火坑？

毕竟这些年，他在青楼里见到的男子皆贪婪恶毒，女子全愚蠢软弱。没有任何不同。

但叶润梅却不这么想，她花光了自己的积蓄，买了许多漂亮的衣服和首饰，将楚昭打扮得如富贵人家的小公子，将自己打扮得娇媚如花。她看着镜子里的女子，仍然貌美，只是皮肤已经不如年少时候细润如脂。眼里销尽天真，再无当年展颜娇态。

她落下泪来，春色如故，美人却迟暮。

而答应要娶她的郎君，还没有来。

叶润梅想着，楚临风既是石晋伯，定不可能娶她，可将她抬做妾也好。这些年她过得太苦了。做官家妾,也比在这里做妓来得高贵。

她要将自己打扮得格外动人,见到楚临风,楚楚可怜地告诉他这些年为他吃的苦,要告诉他自己爱得坚决。叶润梅想,天下间的男子,听到一个美人痴心恋慕自己,心中一定会生出得意,而这点得意,会让他对那位美人更加怜惜宠爱,以昭示自己的英雄情义。

她不会放过这个机会,她要重新夺得楚临风的宠爱,纵然是小妾,也是他小妾里,最吸引他的那一个。

但叶润梅没想到,楚临风竟然没有来。

来的是两个婆子,还有一干婢子,他们居高临下地看着叶润梅,为首的婆子问:"楚公子呢?"

叶润梅觉得屈辱,但最后,却是堆起了谦卑的笑容。"在……在隔壁屋里换衣裳。"她提前嘱咐好了楚昭,让他去插上支玉簪,显得清雅可爱。

"正好。"婆子垂着眼睛,皮笑肉不笑道。

叶润梅心中闪过一丝不安,她问:"你们想干什么?"

一个婆子过来抓住她的手,另一个婢子用帕子捂住她的嘴,叶润梅瞪大眼睛,意识到了什么,她拼命挣扎,惊怒道:"你们怎么敢……你们怎么敢!你们这么做不怕楚郎知道吗?楚郎会杀了你们的!"

那婆子冷眼瞧着她,笑容带着刻骨的寒意:"这么大的事,没经过老爷的允许,奴婢们怎么敢决定。梅姑娘——"她叫叶润梅在青楼里的名字,"难道我们石晋伯府,会收容一个青楼的妓女吗?你是要人笑话老爷,还是要人笑话你的儿子?"

叶润梅拼命挣扎,可她如此柔弱,渐渐地没了力气。

"去母留子,已经是给你的恩赐了。"

叶润梅的腿渐渐蹬不动了,直挺挺地倒在地上,眼睛瞪得很大。

她等夫君等了一辈子,满心欢喜以为熬出了头,却等来了自己的死亡。

楚昭插好头上的簪子,在镜子面前左右端详了许久,才走到母亲房前,本想敲门,伸出手时,犹豫了一下,先轻轻地推了一小条缝,想瞧瞧那位"父亲"是何模样。

然后他看到,两个婆子拎着叶润梅,如拎着一只死猪,她们往房梁上挂了一条白绸,把叶润梅的脑袋往里套。叶润梅的脸正朝着门的方向,目光与他对视。

珠围翠绕,丽雪红妆,抱恨黄泉,死不闭目。

他脚步踉跄了一下,捂住了自己的嘴,不让自己惊叫出来。

屋子里的人还在说话。

"漂亮是漂亮，怎么蠢成这样，还指望着进府？也不想想，哪个大户人家府上能收青楼里的人当妾。"

"毕竟是小户出身，若是当年好好待在沁县，也不至于连命都保不住。"

"啧，还不是贪。"

楚昭慢慢后退，慢慢后退，待离那扇门足够远时，猛地拔腿狂奔，他跑到不知哪个屋里，将门紧紧关上，死死咬着牙，无声地流出眼泪。

似乎有个女子的声音落在他耳边，带着难得的温柔。

"华采衣兮若英，烂昭昭兮未央。①你以后就叫阿昭好了，总有一日，咱们阿昭也能跟云神一样，穿华美的衣服，外表亮丽，灿烂无边。

"字呢，就叫子兰吧。兰之猗猗，扬扬其香。②娘啊，过去最喜欢兰花了。"

他懵懂地、讨好地道："以后阿昭给娘买很多很多兰花。"

女子的笑声渐渐远去，他的目光落在眼前的花篮上。

炉火发出微微的热意，楚昭顿了片刻，将桌上的那个花篮扔了进去。火苗舔舐着篮子，不过片刻，糖浆流得到处都是，泛出一种烧焦的甜腻。

他面无表情地走开了。

第二日一早，禾晏和肖珏早早用过饭，去演武场看济阳城军。林双鹤没有跟来，在崔府里休息。柳不忘则是继续追查那些乌托人的下落，与禾晏他们同一时间出了门。

济阳城内河流众多，城池依着水而建，水流又将平地给切割成大大小小的几块，因此，大片空地并不好找。演武场修缮在离王府比较近的地方，原因无他，唯有这里才有大片空地。

禾晏与肖珏过去的时候，遇到了崔越之。崔越之看见他们二人，笑呵呵地拱了拱手："肖都督。"

似是看出了禾晏的惊讶，崔越之笑着拍了拍肖珏的肩："其实你们来济阳的第二日，我就开始怀疑了。连我的小妾都看出来，你生得实在没有和我崔家人一点相似的地方，怎么可能是我大哥的儿子？只是后来带你们进王府，殿下时时召你们入府，想来是早就知道了你们的身份，殿下有打算，崔某也只好装傻，不好说明。"

这个崔越之，倒也挺聪明的。

他"嘿嘿"笑了两声，憨厚的脸上，一双眼睛却带了点精明："殿下觉得我傻，那我就傻呗，傻又没什么不好的。"

---

① 引自屈原《九歌·云中君》。
② 引自韩愈《琴操十首·猗兰操》。

禾晏了然，崔越之能成为穆红锦的心腹，不仅仅是因为他身手骁勇，也不是因为他与穆红锦青梅竹马的情谊，而是因为他这恰到好处的"犯傻"。

有这么一位憨厚忠勇的手下，当然要信任重用了。

是个挺有处世智慧的人。

"所有的济阳城军从今日起，全听肖都督指挥。"崔越之的神情严肃了一些，"乌托人之事，殿下已经告诉崔某了。崔某会全力配合肖都督的。"

"殿下已经开始转移城中百姓了吗？"禾晏问。

"今日开始，只是……"崔越之叹道，"也不是件容易的事。"

一城百姓，习惯安居于此，乍然得知济阳有难，后撤离城，心中自然恐慌。年轻一点的还好说，那些生病的、老迈的、无人照料的，根本离不开。城里有家业的、有铺子的，又如何能放心地将一切都抛下。

"不过，"崔越之打起精神，"一直耳闻封云将军纵横沙场，战无不胜，崔某早就想见上一面了。没料到肖都督比想象中的还要年轻，还生得这样英俊，"他半是羡慕半是感叹道，"世上怎么会有这般被上天偏爱之人呢？"

禾晏："……"

说着说着，他们已经走到了演武场边上。济阳城因着靠水，又多年没有打过仗了，士兵们没有铠甲，只穿了布甲，布甲是青色的，个个手握长枪。大概寻常力气活做得比较多，看起来人人威武有力。只是禾晏一眼就看出，他们的兵阵实在太没有杀伤力，就如一个花架子，还是有些陈旧的花架子。

这些年，只怕穆红锦根本就没有花过心思在城军练兵这一块儿，毕竟济阳从蒙稷王那一代开始就和乐安平，别说是打仗，就连城里偷抢拐骗的事情都不多。

"居安思危，思则有备，有备无患。"禾晏摇了摇头，"济阳的城军，已经懈怠太久了。"

崔越之看向禾晏，他已经从穆红锦嘴里"知道"禾晏是肖珏的手下，但他以为的"手下"，是肖珏的婢子一类，虽然他也曾疑惑过，这个婢子和肖珏的关系未免太随意了一些，眼下听到禾晏此话，他有些好奇："玉燕可看出了什么？"

"崔中骑，我姓禾，名晏，河清海晏的晏。我看不出来别的，只是觉得济阳城军的这个兵阵，有些老套。在我们朔京，早几年就不这么打了。"

"晏姑娘，"崔越之不以为然道，"布阵并非越新越好，也要看适不适用。这兵阵，是我当年与军中各位同僚一同商议钻研而出，很适合济阳的地形。又哪里称得上陈旧呢？"

他不敢自夸比得过肖珏，但肖珏的手下，还是比得过的。一个好的兵阵，要数年才能研磨出来，又不是新菜式，图个新鲜，隔三岔五换一换，谁换得出来？

禾晏看这兵阵处处是漏洞，也不好打击他，想了想，就委婉道："不提兵阵吧，单看城军们的身法，更像是演练。上战场，只怕还差了点什么。"

"差了点什么？"崔越之问。

"悍勇。"禾晏道，"这些城军，只能对付不及他们的兵士，或者与他们旗鼓相当的兵士，若是有比他们更凶悍残暴的……"禾晏摇了摇头，"恐怕不能取胜。"

他们说话的时候，已经走到了演武场前面，禾晏说的话，也就落在最前面一排兵士的耳中。站在最前首位置的年轻人手里正拿着长枪往前横刺，闻言忍不住看了禾晏一眼。

崔越之听见禾晏如此说他的兵，有些不服气："晏姑娘这话说的，好似我们济阳军是豆腐做的一般。"

禾晏没有说谎，安逸日子过久了，老虎的爪子都会没了力气。何况乌托人有备而来，绝不会软绵绵如羔羊。

"我只是有些担心而已。"禾晏道。

"这位姑娘，"禾晏转头去看，说话的是那位拿着长枪、站在首位的年轻小哥，他肤色被日光晒成麦色，模样生得很俊朗，他看着禾晏冷冷道，"将我们城军说得一文不值，这是何意？济阳城虽平安多年，但城军日日认真苦练，一日都不敢懈怠。姑娘未至其中，有些事还是不要轻易下结论为好。"

禾晏道："我并非轻易下结论。"

那小哥并不认识禾晏，也不知道肖珏的身份，还以为是崔越之带着自己的侄儿与侄儿媳妇过来看兵，有些义愤，对禾晏道："军中男儿之事，妇人又怎会明白？"

禾晏："……"

禾晏心道，妇人真要发起火来，十个军中男儿只怕也不够打。

倘若济阳城军都以这样自大的面貌去应付乌托人，此战绝无胜算。她正想着如何委婉地灭一灭这人的气势才好，冷不防听见肖珏的声音："既然如此，你跟她比试一下。"

禾晏看向肖珏。说话的士兵也有些惊讶，似乎没料到他竟会说出这么个破烂提议来。

"这……不好吧？"禾晏迟疑道。

士兵心中稍感安慰，想着这女子倒是识趣，还没来得及顺坡下，就听见禾晏剩下的话传来："好歹也是崔中骑的兵，万一折了他的士气，日后一蹶不振怎么办?"

崔越之:"……"

禾晏看向肖珏,演武场的晨光下,青年身姿如玉,暗蓝衣袍上的黑蟒张牙舞爪,则为他添了数分英气凌厉。箭袖方便拿用兵器,在这里,他不再是肖二少爷,而是右军都督、封云将军。

木夷——那个兵士还没说话,禾晏已经看向他,笑了:"怎么样,小哥,要不要和我打一场?"

她穿着济阳女子穿的红色骑服,黑色小靴,垂在胸前的辫子娇俏可爱,看起来活泼无害。年轻的男子,大多总是存了几分好胜之心。木夷也是如此,心中只道已经给过这姑娘一次机会,但她自己偏要不依不饶,也只有让她尝尝济阳城军的厉害了。

思及此,木夷便拱手道:"得罪了。"

禾晏微微一笑,翻身掠起,一脚踏上旁边的木桩,旁人只瞧见一只红色的燕子,转眼间落到演武场中心的空地上,她缓缓抽出腰间的紫玉鞭,做了一个"请"的姿势。

外行看热闹,内行看门道。一出场便不同寻常。木夷心中微讶,随即不甘示弱,跟着掠到了禾晏对面。

一人一枪,一人一鞭,眨眼间便缠斗在了一起。

周围的济阳城军早已放下手中的长枪,目不转睛地盯着这头。一方军队有一方军队的特点,如南府兵规整严肃,凉州卫洒脱豪爽,济阳城军则活泼热闹如看戏的一般,场子登时就沸腾了起来。

"好!打得好!"

"木夷你怎么不行啊!别怜香惜玉啊!"

"姑娘好样的,揍死这小子!"

一时间,呐喊助威的声音不绝于耳。

崔越之盯着场中的红色身影,心中惊讶极了。木夷是济阳城军里极优秀的一个,单拎出来也算得上头几名。可在面对禾晏的时候,却落于下风。

旁人只道木夷许是怜香惜玉,崔越之却一眼就能看出来,木夷是根本没机会。那姑娘的鞭子太快了,步法也太快了,一套一套,木夷没有出手的机会。

崔越之忍不住问肖珏:"肖都督,禾姑娘真的是您手下?"

这样的手下,他济阳城军里根本挑不出来一个,可真是太令人妒忌了!

"输给凉州卫第一,你的手下也不冤。"肖珏淡淡道。

台上,木夷形容狼狈,额上渐渐有汗珠渗出。

这姑娘看似清丽柔弱,动作却迅猛无敌,对他的每一步动作都预判得毒辣。最重要的是，一个女子，怎么会有这样大的力气？

"啪"的一声，鞭子甩到他身侧的石桩上，石桩被打碎了一个角，溅起的碎石划过木夷的脸，木夷简直不敢相信自己的眼睛。

那可是石桩，平日里用剑砍都不一定能砍得碎，她用的还是鞭子，鞭子不仅没断，禾晏看起来还挺轻松？这是个什么道理？

木夷自然不知道，禾晏之前在凉州卫时，掷石锁的日子，是以"月"来计算的。倒不是禾晏针对谁，论力气，在场的各位都不是她的对手。

木夷正想着，一根长鞭已经甩到了他的面前，惊得他立刻用手中长枪去挡，"啪"的一声，长枪应声而碎，断为两截。

周围的济阳军都安静下来，只听得女孩子含笑的声音回荡在场上。

"最后三鞭，第一鞭，叫你不要小看女子。"

木夷手忙脚乱，抓住那根较长的断枪继续抵挡。

"啪"，又是一声。他手中的断枪再次被一击而碎。

那位女力士歪着头，叹道："第二鞭，狂妄自大，对战中乃是大忌。"

掌心里只有一截不及巴掌长的枪头，木夷一时间手无寸铁，那第三鞭已经挟卷着劲风飞至眼前，让他避无可避。

"第三鞭，别怕，我又不会伤害你。"

长鞭冲至他面前，调皮地打了个卷儿，将他手里的枪头卷走。待木夷回过神来时，红裙黑发的姑娘已经上下抛着他那个铁枪头把玩，走过来拍了拍他的肩，将枪头还给他，笑道："人外有人，天外有天，少年人，还要继续努力呀。"

她越过木夷，笑着走了。

同伴们簇拥过来，纷纷问道："不是吧？木兄，你输得也太快了，是故意手下留情吗？怎能这般没有志气！"

"别胡说，"木夷又气又怒，"我没有手下留情！"

伙伴们面面相觑，有人道："没有留情？难道她真的这么厉害？"

"不可能吧？"

又有人指着他的脸说："木夷，你脸怎么红了？"

远处吵吵嚷嚷的声音落进耳朵，崔越之此刻也没有心思去教训，只是感叹时间有多快，半炷香都不到。

"肖都督有个好手下。"崔越之衷心地道，想到他方才的话，又有些忧心，"济阳军不及凉州卫，可……"

"凉州卫已经和乌托人交手一次了，"禾晏刚巧走过来，闻言就道，"乌托人的凶残与狡诈，是崔中骑想象不到的，断不会如我方才那般仁慈。济阳城军若是不能胜，对满城的百姓来说，都会是一场灭顶之灾。"

崔越之打了个冷战。

"最重要的问题不是城守军。"肖珏道。

"那是什么？"

"济阳多水，乌托人只会水攻，这场仗，注定会在水上进行。你们的兵阵之所以落伍，正是因为，并非为水攻而用。"

崔越之皱了皱眉："都督可否说得更明白一些？"

禾晏看向肖珏，心里有些激动，没想到，肖珏和她想到一块儿去了。

青年垂下眼眸："船。"

最重要的，是船。

阁楼里，男子收回目光，低头笑了笑。

应香轻声道："没想到禾姑娘的身手这样出色。"

虽然早已知道禾晏在凉州卫里身手数一数二，但毕竟没有亲眼见过，很难想象在演武场与人交手的姑娘，竟比她做女子娇态安静站着的时候更亮眼。同样是美人，应香心中却觉得，禾晏的美，于天下女子间来说，是尤为特别的。正因为这份特别，使得能欣赏她的人，不会如欣赏俗世之美的人多。

"四公子，"应香开口，"今日蒙稷王女已经开始撤离城中百姓了，您要不要跟着一起？"

"老师将我送来济阳，就是为了盯住肖怀瑾，肖怀瑾都在这里，我又怎可独自撤离？"楚昭的目光落在远处正与肖珏说话的禾晏身上，淡淡一笑。

"纵然乌托人前来，肖都督也可自保，可公子并不会武功，留在城里，难免危险。"应香还要再劝。

"越是危险，越能证明我对老师的忠心。"楚昭不甚在意地一笑，"应香，你还不明白吗？老师将此事交给我，就是给了我两条路。一条路，死在这里；另一条路，活着，将事情办妥回京。倘若事情未成，我活着回去，也是死了。"

应香默了片刻，道："明白。"

"你也无须担心，"楚昭负手看向远处，"何况如今，我还有一位会武功的好友。既然她如此正义天真，想来……应当也会护着我吧。"

应香顺着他的目光，看向远处的禾晏，想了想，还是提醒道："公子，禾姑娘是肖都督的手下。"

"你也说了是手下。"楚昭微笑道，"世上没有一成不变的关系，忠心的伙伴，下一刻就是可怕的宿敌。"

这种事，他见过不少。

人心善变。

王府里，穆小楼抱着盒子"噔噔噔"地从石梯上跳下来，嘴里喊着："祖母！"

穆红锦坐在殿厅中，闻言看向她，眸光微带倦意："怎么了，小楼？"

"童姑姑让我只拿重要的东西，可我每一样都很喜欢。"穆小楼道，"童姑姑说马车放不下了，这些祖母先替我收起来好不好？等我回济阳时，再来问祖母讨要。"

穆红锦微笑着打开，盒子里都是些小玩意儿，用木头做的蛐蛐，一个陀螺，用纸做的小犬，吹一下就会唱歌的哨子……大多数是崔越之从街上买来讨好穆小楼的玩意儿，也是她的宝贝。

穆红锦将木盒的盖子合起来，交给一旁的侍女，道："好，祖母替小楼收起来，小楼回济阳的时候，再来问我讨要。"

穆小楼点头："祖母一定要小心保管。"

穆红锦失笑，点着她的额头："知道了，财迷。"

"祖母，"穆小楼跳到软榻上，抱着她的腰撒娇，"我为什么要离开济阳啊？我不想离开祖母，可以不去参加王叔的寿宴吗？"

"胡说，"穆红锦道，"怎么可以不去，你是未来的王女殿下，只有你才能代表济阳。"

"人家不想去嘛……"小姑娘耍赖，"我怎么知道那个王叔长成什么样子，好不好相处，万一他很凶怎么办？"

"不会的，他们都会对你很好。"穆红锦摸了摸她的头，语气温和中带着几分严厉，"小楼，你已经不是小孩子了，祖母不能陪着你一辈子，总有一日，你要独当一面，独自承担起许多事情。只有看着你长大了，祖母才能放心。"

"长大也要慢慢长大呀，"穆小楼不解，"又不是山口的竹笋，一夜就破土了。"

穆红锦被她的话逗笑了，笑过之后，眼神中又染上一层忧色。

没有时间了。

乌托人潜在暗处，这几日已经有了动作，她必须将穆小楼送出去，穆小楼是济阳城最后的希望。她也做了最坏的打算，只是不能看着小姑娘长大，成为她成年以前坚不可摧的庇佑，真是一件遗憾的事情。

人世间，怎么就这么多遗憾呢？

穆小楼又依偎着穆红锦说了会儿话，被童姑姑叫走了。身侧的侍女扶着穆红锦站起身，往前走了几步，走到了画着壁画的彩墙前。

殿厅宽大而冷清，唯一热闹的，只有这画墙。市集、运河上人流往来，将济阳城的所有热闹都绘于其中。人人脸上都是喜气和快活,那点生动的鲜活,她已经许多年没有看到了。

毕竟自从坐上了王女的位子,她待得最多的,就是这座空荡荡的王府。

穆小楼今日就会被送出城,所谓的王叔寿宴,不过是个幌子。藩王与藩王之间,已经多年不曾往来,免得引起陛下猜忌,众人各安其所,天下太平。如今乌托人藏在暗处,济阳风雨欲来。她这个王女不可逃跑,需留在城池,与走不掉的百姓共存亡,这是穆家的风骨。可穆小楼不能留下,她是济阳唯一的希望,倘若……倘若走到最坏的那一步,只有穆小楼活着,一切就都还有希望。

"几位大人已经下令疏散百姓了。"侍女轻声道,"殿下是在担心小殿下?"

穆红锦笑着摇了摇头:"我担心的是济阳城。"

窗外的柳树,长长的枝条沾了春日的新绿,伸到了池塘边上,荡起一点细小的涟漪,池中鲤鱼争先轻啄,一片生机。

年年春日如此,变了的,不过是人而已。

穆红锦年轻的时候,很喜欢王府外的生活,身为蒙稷王的小女儿,在兄长还活着的时候,被人娇宠着,活得热烈而可爱。可自从十六岁兄长去世后,日子就改变了。

蒙稷王开始要她学很多东西,那时候穆红锦才真正明白,原先兄长过得有多辛苦。可蒙稷王没有别的子嗣,作为日后要担起整个王府的人,为之吃苦,是无可厚非的事。

但如果连姻缘也要被他人控制,穆红锦就有些接受不了。

现在想来,她被娇宠惯了,年轻气盛,竟敢一走了之,丝毫没有意识到将父亲一人留在王府,要如何应对被悔婚的朝廷重臣。倘若是如今的穆红锦,就没有这样的勇气了。

承担得越多,越没有身为"自我"的自由。豁出一切的勇气一生只此一回,过了那个年纪,过了那个时间,就再也没有了。连同年少的自己,一同消失在岁月的长河中。

穆红锦原先,是真的很喜欢柳不忘。

白衣少年冷冷清清,端正自持,又有些不通世故的天真。明明身怀奇技,身手超群,却能认认真真地替农人找一只羊,决不抱怨。但穆红锦想,她喜欢柳不忘,从一开始柳不忘在桃花树下,提剑挡在她面前,替她赶走那些歹人时就开始了。

英雄救美,传奇话本里成就了多少美满姻缘。她决心要跟着柳不忘,耍赖流泪连哄带骗,什么招法都往对方身上使。可惜柳不忘待她一直清冷有礼,未见任何偏爱。

穆红锦有些气馁，但转念一想，比起旁人来，柳不忘对她已经不错了。本来赚的银子就少，却会在吃饭的时候，多替她点一盘杏花酥。住客栈的时候，多花点钱替她加床厚些的褥子。他把钱放在显眼的地方，对她偷偷拿点去买胭脂的行径睁一只眼闭一只眼，若非无好感，定也不会容忍到如此地步。是以穆红锦总觉得，再多一步，再多点时间，柳不忘就会爱上自己。

直到柳不忘的小师妹下山来寻他。

小师妹叫玉书，和济阳女子泼辣的性子不同，看起来羸弱得仿佛一阵风就能吹跑，皮肤白得像个瓷娃娃，仙气飘飘的，说话也是轻声细语，很能让人心生怜爱。但穆红锦却能从这姑娘的眼中，看到一丝淡淡的敌意。

穆红锦那时粗枝大叶，并没有意识到什么。听说玉书是云机道长的女儿，特意下山来，就是怕柳不忘应付不了山下的人情世故，便对她也存了几分好感，拿她当妹妹看。

二人行变成三人行，穆红锦也没觉得有差。玉书总是乖乖的，与她不同，从来不给柳不忘添麻烦，一晃月余就过去了。

到了柳不忘该回栖云山的那一日，本来打算带着穆红锦一道上山的，谁知济阳城内外都在盘查失踪的小殿下，官兵戒严，挨个排查，就连栖云山脚下也有。

穆红锦没法上栖云山。

她将柳不忘拉到房间里，认真地看着他道："我不能跟你回去。"

少年以为她又在闹什么鬼，就问："为何？"

"告诉你吧，"穆红锦踟蹰了一下，将真相和盘托出，"我就是蒙稷王的女儿，城里城外官兵们盘查要找的人，就是我。"

柳不忘怔住。

"我父亲要将我嫁给朝廷臣子的儿子，用来稳固藩王的地位，我不愿意，所以逃了出来，没想到遇到了你。这一个月来，我过得很开心，柳不忘，"她没有叫"少侠"，而是直呼柳不忘的名字，"我不想嫁给他，但也不能跟你上山，我该怎么办？"

女孩子看着他，眼神里是全然的信赖，或许，还有几分不自知的依赖。

柳不忘也不知道该说什么。他早就觉察出穆红锦的身份不同寻常，可住在蒙稷王府里金枝玉叶的小殿下，和济阳城里普通人家的姑娘，到底是有些不同。

柳不忘思考良久，对她道："既然如此，你就在这间客栈等我。等我上山将此事告知师父，过两日再下山接你，想办法解决此事。"

穆红锦有些不舍："你这就要走了吗？"

"我会回来的。"少年不自在地开口。

走的那一日，穆红锦在客栈后面的空地送他，眼里有些不安，似是已经预见到了什么，忍不住抓住柳不忘的袖子，对他道："柳不忘，记着你的话，你一定要回来。"

"放心。"他第一次，也是最后一次安抚地拍了拍她的头。

柳不忘和玉书走了，穆红锦在客栈里乖乖等着他。她相信柳不忘一定会回来，他是个言出必行的人。

两日后，柳不忘没有回来。穆红锦依旧在客栈里等着，她想，或许柳不忘是路上有什么事耽误了。连着下了几日雨，山路不好走，可能他没法立刻下山，或者云机道长有什么事交代他，他得完成了才能过来。

又过了五日，柳不忘仍旧没有出现。穆红锦心中开始有些着急，世道如此不太平，莫不是被过路的山匪给劫了？他虽剑法厉害，但心地纯善，连自己都能将他骗得团团转，岂能斗过那些阴险龌龊的小人？

第十日，客栈里终于来人了，不过来的不是柳不忘，而是官兵。官兵头子站在她面前，语气恭谨而冷酷："殿下，该回家了。"

穆红锦被带回了蒙稷王府。她被关在屋里，将窗户拍得砰砰作响，大喊道："放我出去！"

没有人应答。

她开始绝食抗议，他的父亲，蒙稷王令人将门打开。穆红锦扑到蒙稷王面前，委屈地哭诉："父王，您怎么能让他们把我关起来！"

"红锦，"蒙稷王让侍女将托盘上的饭菜一碟碟端到她面前，"这都是你爱吃的点心。"

"我不想吃。"穆红锦别过头去，"我想出府。"

蒙稷王没有发怒，沉默了一会儿，才问："你在等那个姓柳的少年吗？"

穆红锦猛地抬头，目光难掩讶然："您怎么知道？"

"他不会回来了。"

"不，他会回来！"穆红锦忍不住道，"他答应过我，不会食言。"

"是吗，"蒙稷王淡淡道，"你以为，我是怎么找到你的？"

穆红锦呆住。

残酷的话从她的父亲嘴里说出，她一直自欺欺人的美梦瞬间破碎："就是他告诉了我，你所在的位置。"

"他亲手将你送了回来。"

柳不忘为何会将自己送回王府？这个问题，到后来穆红锦也没能弄明白。她不愿意相信蒙稷王的话，但柳不忘这个人，真的如从她生命里消失了一般，再也没有出现过。

穆红锦后来便也渐渐相信了。

那样的人，真想要打听，如何会找不到办法。她已经坚持了大半年，实在坚持不下去了。

半年后，穆红锦嫁给了当朝重臣的儿子，虽是出嫁，却称的是她的"王夫"。藩王的位子坐稳了，生下的世子，还是随"穆"姓。

王夫与穆红锦过着相敬如宾的生活，丈夫纳妾，她欣然受之，不妒忌，也不吃醋，王夫也很有分寸，待她算是尊重。在外人看来，这是盲婚哑嫁里，最美满的一桩姻缘。穆红锦却觉得，她的鲜活与生机，早在那个春日里，如昙花一般飞快地开放，又飞快地衰败，消失殆尽了。

一条红鲤跃出水面，搅乱一池春水，片刻后，红尾在水面一点，飞快地不见了。

穆红锦看着水面发呆。

那之后，她和柳不忘，其实见过一面，只是那见面实在算不上愉悦。

那是她生下孩子的第二年，带着幼子与王夫去济阳城里的宝寺上香祈福。佛香袅袅，梵音远荡，她祈求幼子平安康健长大，祈求济阳城风调雨顺，百姓和乐。祈福完毕，要离开时，看见寺门外似乎有人偷窥，穆红锦令人前去，侍卫抓了一个年轻女子过来。

一别经年，那女子还如初见时候一般柔弱乖巧，看着穆红锦的目光里，带着几分畏惧和慌张。

穆红锦一怔，竟是玉书。

她下意识地要去找柳不忘的身影，玉书却像是了解她心中所想，脱口而出："他不在这里！"

"哦？"穆红锦看着她，意味深长地笑起来。

时间会让一个女子飞速成长，穆红锦已经不是当年那个粗枝大叶的、连情敌都分不出来的傻姑娘了。她当然明白过去那些时候，眼前这姑娘眼中的敌意从何而来，不过穆红锦从来没将她当作对手罢了。

她蹲下身，饶有兴致地盯着玉书的脸："不在这里也没关系，我抓了你，他自然会出现。"

玉书脸色大变。

穆红锦站起身，神情冷漠："就说寺里出现女刺客，意图行刺本殿，已经由侍卫捉拿。"

她的眼尾描出一道红影，精致而华丽，她早已不是那个目光清亮、天真不知事的姑娘。

穆红锦没有回王府，就住在寺里，遣走所有的侍卫和下人，叫王夫带着幼子离开,独自等着那人出现。

夜半时分,那个人果真出现了。

一别经年,他看起来褪去了少年时候的青稚,变得更加清冷而陌生。看见穆红锦的第一句话,不是问她这些年过得如何,而是:"玉书在哪儿?"

仿佛他们两个只是不相干的陌生人。

穆红锦低头,有些想笑,她几乎要怀疑,那些日子,是否只是她一个人的臆想。

"在牢中。"她的声音亦是冷淡。

柳不忘看向她。

他变了不少,她又何其陌生。记忆里的少女,和眼前这个红袍金冠、神情冷傲的女子,没有半分相似。

"玉书不可能行刺你。"

"为何不可能?"穆红锦讽刺地笑了一声,"知人知面不知心,何况我与她并不相知。"

"你放了她。"柳不忘道,"抓我。"

他看她的眼神,再无当年无奈的宠溺,只有如看陌生人的平静,或许,还有一点对"权贵"的厌恶。

多可笑啊。

"为什么,"穆红锦上前一步,直视着他的眼睛,"不过是师妹而已,这般维护,你喜欢她?"

不过是试探的一句话,连她都不知道自己在期待什么。或许,她期待的是对方飞快地否认,然后说一句"心中唯有你一人"。多么恶俗的桥段,穆红锦往日看到了,都要啐一口恶心,可如今,心中却万分期待能从他嘴里听到。

可惜,话本就是话本,传奇本就是虚构杜撰的故事。天下间恩爱痴缠,到最后不过徒增怨气。多少爱侣反目成仇,多少夫妻江湖不见。

柳不忘道:"是。"

她说:"你说什么?"

"我喜欢她。"

青年的回答坦然,一瞬间,穆红锦觉得自己的手指都在发抖。曾几何时,她也很想从柳不忘嘴里听到这句话,为了这句话,她坑蒙拐骗什么招都使过,柳不忘嘴巴严得厉害,她屡次气急,只觉得这人是石头做的,怎么都不开窍。

眼下这么轻易就说出来了。

原来不是不开窍,只是对着说话的人,不是她而已。

她内心越发觉得自己可笑,当年种种,从脑海里一一闪过。原来,人家是

199

两情相悦，她才是不自量力。

蒙稷王女，金枝玉叶又有什么用呢？在感情中，她输得一败涂地，连和对方打擂台的机会都没有。还心心念念了这么多年。

"当年是不是你，将我在客栈的事告密于父王？"她问。

柳不忘道："是。"

"当年你走的时候，是不是就没想过回来？"

"是。"

穆红锦深吸一口气，似乎是要让自己看得更清楚些，痛得更彻底些，她问："柳不忘，你是不是从来没对我动过心？"

柳不忘漂亮的眼睛凝视着她，神情淡漠如路人，只道了一个字："是。"

"原来如此。"她喃喃道，眼眶有些发热，偏还要扬起嘴角，"你既一心只爱你师妹，那就是愿意为你师妹做任何事了？"

柳不忘看着她："你想做什么？"

穆红锦的手指一点点滑过他的肩膀，语气暧昧而轻佻："你做我的情人，我就放了她。"

柳不忘自始至终都很平静，唯有此刻，仿佛被什么东西蜇到，飞快地退了一步，避开了穆红锦的接触。

穆红锦身子一僵，嘲讽地勾起嘴角，语气是刻意的轻蔑："怎么，不愿意？做王女的情人，可不是人人都有的福气。"

柳不忘定定地看着她。他的白衣纤尘不染，腰间佩着的宝剑闪闪发光，他如初遇一般光风霁月。这样飘逸不惹尘埃的人，不可能接受得了这样的折辱。

她偏偏要折辱他。凭什么这么多年，她为此耿耿于怀，他却可以当作此事全然没有发生？柳不忘不能为她做到的事，也绝不可能为玉书做到。

否则，她穆红锦成了什么？证明他们真爱的试金石？

然后，她看见，在昏暗的佛堂，柳不忘慢慢地跪下身去，平静地回答："好。"

穆红锦的心中蓦然一痛，险些喘不过气来。

还要证明什么呢？

够了，这样就够了。问得明明白白，那些困扰自己多年的疑惑，求而不得的结果，不管是好是坏，是开心是难过，都已经得到了答案。济阳女子敢爱敢恨，拿得起放得下，王女亦有自己的骄傲，她有整个济阳城，难道还要为一个男人寻死觅活？

不过是一段孽缘罢了。

她扬起下巴，冷冷地道："可是本殿不愿意。"

"你这样的人，如何能站在本殿身边？"她每说一句话，如拿刀在心口割肉，连穆红锦自己都很惊讶，不过短短一月，何以对柳不忘拥有这般深厚的感情，亲手剪断这段孽缘时，竟会生出诸多不舍。

　　"带着你的心上人，滚出济阳城。"她道。

　　"多谢殿下。"

　　他的声音一如既往地听不出起伏，穆红锦的眼泪落在黑暗里。

　　"你我各走各道。柳不忘，从今以后，你和你的小师妹，永远不能进入济阳城，否则，本殿见一次，杀一次。"

　　红色的袍角在黑夜里划出一道灿烂的霞光。如清晰的界限，昭示着两人从此再无瓜葛。又如初见时候桃花树下的花瓣，铺了整整一地，晃得人目眩神迷，就此沉迷春梦，再不愿醒来。

　　但梦总有醒的时候。

　　她放走了玉书，回到了王府，就当此事没有发生过。她与王夫依旧琴瑟和鸣，岁月静好，只是，纵使举案齐眉，到底意难平。

　　几年后，蒙稷王过世了。穆红锦开始变得忙碌起来。又过了几年，王夫也去世了，她便将所有的精力都花在小儿子身上。再后来，儿子也过世了，只剩下一个穆小楼与她相依为命。

　　穆小楼生得很像少年的她，所以她总是对穆小楼诸多宠溺，就如当年兄长还在时，父亲宠着她一般。穆红锦非常明白，一旦坐上王女这个位子，终有一日，那个灿烂的、溜出府偷玩的小姑娘会消失的，在消失前，她想更多地，呵护着她多鲜活一段日子。

　　她希望穆小楼能拥有自己的故事，而不是像她一样，在一段别人的故事里，白白辜负了许多年。

　　杏花在枝头开得热闹而繁密，游园的姑娘误入丛花深处，做了一个漫长的美梦。这个美梦有喜有悲，不过转瞬，却仿佛过了一生。

　　她的春日，很早之前就死去了。

　　或许，从来就没有来过。

第二十八章

敌来

济阳城里的百姓撤离与肖珏接管济阳城军，几乎是同时进行的。

王女亲自下达的命令，百姓不会不听从。只有实在走不了远路的老弱病残，他们出于种种原因无法迁移，亦不愿路上颠沛流离，宁愿死在故乡。

最难办的，大概是济阳城里的一些世家大族，这些年本对穆红锦多有不满，暗生异心。此次济阳城危机来势汹汹，穆红锦分身乏术，这些世家大族便蠢蠢欲动，打算趁此机会动些手脚。

穆红锦无法离开济阳城，一旦她离开，不仅给了那些暗中反对她的人机会，也意味着她放弃了这座城池，放弃了这座城池中的百姓。她作为济阳城的王女，既享受了百姓们的爱戴和尊敬，这种时候，理应担起责任。

一辆伪装得不起眼的马车从王府门口偷偷离开了。

打扮成侍女的穆红锦站在王府门口，大半个身子藏在柱子后，看向穆小楼离开的方向。穆小楼尚且不知济阳城的危机，天真地以为此次离开，不过是为了代替祖母参加藩王的生辰。

一直到再也望不到马车的背影，穆红锦才收回目光，正要回头迈进府里，一瞥眼，似乎看到有个白衣人站在对面，不由得停下脚步看过去。

那是个穿着白衣的男子，藏在对面街道的院子里，阳光从屋顶照下来，投出一大块阴影，他就站在阴影里，看不清楚样貌，只能看到腰间佩着一把长剑，背上背着一张琴。

宽大的街道，人流汹涌，来来往往的人群中，他微微抬头，似乎隔着人群在看她，又像是没有看。

一辆拉着货的马车慢慢地驶过去。

穆红锦再看过去时，只余晃得人眼花的日头，街道那边，再无人的影子，仿佛刚才只是她的幻觉。

她静静地站了片刻，走开了。

夜里，崔府书房里的油灯仍旧亮着。四角都放了大灯笼，照得屋子明晃晃的。崔越之的书房，与其说是书房，倒不如说更像是兵器库。冷冷清清，方方正正，除了桌上胡乱堆着的几封卷轴和放着书的黑木架，实在没有一点风雅清正的地方。不过他本也不是个爱读书之人。

墙上挂了一张地图，地图很大，将墙占了一半。中间画着一道河流，河流附近的漩涡和礁石堆都画得很清楚。

屋子里坐着十余人，皆是如崔越之一般的武夫。这些都是崔越之的同僚和手下，若是乌托人进城，这些人都要作为济阳城军的副兵头，配合肖珏行事。

禾晏与肖珏坐在一侧，飞奴和赤乌则抱臂站在后头。崔越之拿着炭笔，在地图上显眼的地方画了一个圈。

"运河只有这个地方最适合上岸，"崔越之点着他画的地方，"若是两军在此处交手，此地平整，适合用济阳城军的兵阵，不过……"他看了眼肖珏，有些心虚，"我们的人马不够。"

济阳城根本不会有太多兵马，文宣帝不会允许这样的事发生。当年为了自保，多少藩王将兵马解散，穆红锦亦是如此，留下这不到两万的济阳城军，已经是文宣帝格外开恩了。

以两万兵马来说，造反不够，掀不起什么大波浪，但同样的，用来抵挡数万乌托人，更是底气不足。崔越之也明白这一点，巧妇难为无米之炊，纵然有用兵奇勇的封云将军，但你连兵都没有，让他用什么跟人打，用那张脸吗？

"不是人马不够，"肖珏目光落在地图上，淡声道，"是船不够。"

"船？"崔越之的一名手下看向他。

勿怪他们，济阳城太平了这么些年，除了崔越之这些年长的，只怕稍微年轻一点的，连真正的战场都没上过。

肖珏手指轻轻叩了下面前的茶杯，道："你来说。"

禾晏："我？"

崔越之和其余的手下一同看向禾晏。

禾晏已经换回了女装，今日她在演武场打败木夷的事，在座的人也有所耳闻。但一位身手出众的女下属，能做的，也就是保护主子的安危，再多一点，在战场上杀几个人。

排兵布阵，分析战报，这种事不是普通人能做到的。而且男子们自觉在军事上天生优越于女子，因此对于肖珏此举便带了几分促狭之心，想着传言并不尽实，世人都说封云将军冷漠无情，不近女色，原来都是假的，如今已经色令智昏，由着这位与他"关系匪浅"的女下属胡闹。

一时间，众人看肖珏的目光，仿佛看被狐狸精迷惑的亡国昏君。

禾晏这些年，对于男子轻视女子的目光，早已看过不知多少回。她想了想，就没有推辞，站起身来，笑眯眯地走到地图前。

崔越之退回了自己的位置，其余人都看向禾晏，一副"等着看她胡说八道些什么"的看戏神情。

禾晏看也不看地图,只面向众人,道:"这些都不重要。"

众人不明白。

"水上之战无他术,大船胜小船,大铳胜小铳,多船胜寡船,多铳胜寡铳而已。①你们小船寡船。怎么看,在哪里上岸,兵阵如何排布,都不是最重要的。大魏除了皇家禁军外,禁止火铳,便只谈船,只要乌托人有足够的船,他们就能胜。

"要打以少胜多的仗,没有船可不行。

"在水上,他们船多,在岸上,他们人多,这幅地图,不是这么用的。"

在座的人虽然这些年不打仗,但也不是傻子,一时间,众人轻视之心收了不少。

"禾姑娘,"崔越之道,"可是你也知这些年,陛下禁止私养军队,何况是兵船。运河上的船本就是用来运送货物,要不就是载人远行,济阳城里根本不敢自建水师,更勿提用火铳。"

禾晏心中叹息,她自然知道这些。毕竟前朝曾有过藩王之乱,自先帝继位后,尤其注意削减藩王势力。如今的几大藩王,其实跟朔京城里无实权的贵族一般。

"敢问肖都督,"一名崔越之的手下看向肖珏,小心翼翼地询问,"保守估计,乌托人的兵马,大概几何?"

肖珏:"十万,只多不少。"

众人倒吸一口凉气。

"城中百姓如今已被殿下安排撤离。"一名副兵声音干涩,"我们……就尽力多拖延一些时间吧。"

话里的意思,大家都已经做好了牺牲的准备。城中撤离的百姓,以及小殿下,都是保存的火种。他们能做的,只是为百姓们多争取一些时间,城池被攻陷是迟早的事。

肖珏目光扫过众人,微微坐直身,正要说话,突然间,女子清脆的声音响起:"士气低落成这样,可不是什么好事。要知道我们这里,还有名将呢。知道什么叫名将吗?"

众人一愣。

"不该输的战争不会输,不能赢的战争有机会赢,这就叫名将。"禾晏扬眉,"看起来必输无疑,名将都能找出其中的突破口,转败为胜。这里有名将,以一人之力扭转乾坤,你们这样,叫人家如何自处?"

她心想,这里还不止一个名将,是一双,大魏的两大名将都在此,这要能

---

① 引自俞大猷《正气堂集》。引用时有改动,原文为"海上之战无他术"。

输,说出去也别做人了。

众人不知她的底细,只看向肖珏,心道,肖珏的手下真是不遗余力地吹捧他,连这种烂到极点的棋局都坚信肖珏能转败为胜,平日里这得多崇拜他?

崔越之沉默片刻,问肖珏:"那么肖都督,我们应当如何转败为胜呢?"

世人并不知当年肖珏水攻一战是以少胜多,毕竟对外人而言,肖珏是带着十万南府兵获虢城大捷。可那时候是往城中灌水,是攻城非守城。且济阳与虢城本就环境不同,济阳是水城,虽同是水攻,其实天差地别。

肖珏身子靠在椅背上,左手骨节微微凸起,抚过茶盖,看向禾晏,漂亮的眸子里是道不明的幽深情绪,道:"你来说。"

禾晏微微蹙眉。

他道:"你与乌托人交过手,比其他人更了解乌托人的手段。"

乌托人的手段粗暴而直接,这与他们本身的行事作风有关。这么多年藏在暗处,不时试探骚扰,既自大又自卑。此番筹谋许久,又选择了济阳城作为取得首战军功的地点,必然会将此战行得轰轰烈烈,声势浩大。

禾晏道:"水克火,水火不容,不如用火攻。"

"麻烦禾姑娘,说得更清楚些。"崔越之道。

"乌托人用的船,可能会很大。至少绝不像是济阳城里那些托运货物或是载人的小船。乌托国在陆地,四周无海,想来并不如济阳人通水性。我认为,最大的可能,他们会乘坐大船到济阳城边,由方才崔中骑所指的地方上岸。"她指着崔越之方才标记的地方,"如果……如果他们的船彼此离得很近,可以用火攻。火势一旦蔓延,济阳的小船可以迅速驶离,乌托人的大船却不可以。我们能趁机消灭乌托人的主力。"

在水上用火攻,这个办法过去无人试过,一时间众人都没有说话。

"乌托人兵力胜我们多矣,也知济阳多年太平,不是他们的对手,心中定然骄傲,骄兵短视,这是他们的缺点,正是我们的长处。"

她说话的时候,声音柔和坚定,一字一句仿佛能给人无穷的信心,方才还认为此仗必败的众人,光是听她几句话,便又觉得,或许他们能打出一场史书上以少胜多的战役,供世人敬仰。

只是……崔越之疑惑地看向禾晏,在这样短的时间里想出应付的办法,虽然不算毫无漏洞,但独辟蹊径,且一针见血地指出胜败关键,才十七岁的女孩子,已经如此厉害了?

肖珏的手下都如此厉害,九旗营里岂不是卧虎藏龙?崔越之心中生出淡淡寒意。

"我只是提出这个设想,具体能不能实施,如何实施,我也难以把握。"禾晏有意识地将话递给肖珏,"此计可不可行,还要看都督的决定。"

她本来可以不说这些,但认真对待每一场战役是每一个将领的责任。何况济阳城很好,百姓亦很热情纯朴,她不愿意让这美好得如世外桃源一般的地方毁在乌托人手中。要知道,乌托人若占领济阳,只会一路北上,遭殃的是整个大魏百姓。

她会一直战斗到底。

众人看向肖珏,肖珏的目光掠过禾晏,站起身,走到禾晏的身边。

禾晏低头,避开他若有所思的目光,回到了自己的位置。

他捡起方才被崔越之放到一边的炭笔,在崔越之刚刚做好的标记前方,圈了一个全新的标记。也就是济阳城靠岸的前方,有一处狭窄的出口。这是运河与济阳城里的河流接口的地方,如一个葫芦嘴,尖尖细细。只有通过这处葫芦嘴,才能到达真正的运河。

"火攻可行,可在此设伏。此道狭窄,大船不可进,小船可在其中穿行。"

崔越之眼睛一亮,这地方确实很适合埋伏兵力。

"至于火攻如何,"肖珏道,"需看风向和地形。"

"城里有司天台专门负责看天象风向!"一名济阳兵士道,"平日里好用来为农庄水田播种安排。"

又有一人迟疑地问:"可若是当日风向相反怎么办?"

"那就不能火攻。"肖珏道,"毕竟战争,讲的就是天时地利人和。"

禾晏心道,这倒是真的,缺一不可。当然肖珏没有将话说完,倘若风向相反,自然有别的办法。

不过战争这种事,本就讲一点运气,若是老天爷不让你赢,史书上多的是功败垂成的例子。而他们要做的,就是将这些不确定性降到最低。

一直讨论到了半夜众人才散去。从一开始的无精打采、悲观失望到后来的精神奕奕、神采飞扬,也不过是因为禾晏提出的一个"荒谬"设想而已。

林双鹤见这一行人出来的时候神情与开始十分不同,惊讶地问他们:"怎么回事?你们在里面干了什么,他们怎么如此高兴?"

禾晏打了个呵欠:"当然是晓之以理,动之以情了。"

"那也不至于吧。"林双鹤嘀咕了一句,"不知道的以为你们在里面喝了一场花酒。"

禾晏:"……"

她道:"时间不早了,我先去休息,有什么事明日再说吧。"

林双鹤点头:"好。"

禾晏回到屋里,白日里在演武场纠正济阳城军的兵阵,夜里又讨论那幅地图，已然觉得十分困倦。她梳洗过后走出来时，看见肖珏还坐在里屋桌前，提笔在写什么。

禾晏凑过去一看，他不知从哪里拿到了一份崔越之书房墙上的地图的摹印，只不过是小一号的。将之前楚昭给穆红锦的乌托人兵防图的临摹放在一处，对比着什么。

他写的是禾晏方才提出的，有关火攻可能需要注意的各方面。譬如葫芦嘴应该设兵多少，当日风向，城门和城中守卫安排。因为济阳城军实在太少，哪怕是安排一个兵，也要极为谨慎。

简直像是节衣缩食操持家用的小媳妇。

禾晏道："都督，还不睡？"

"你睡吧。"肖珏头也不抬。

禾晏心里叹息一声，心道少年时候的第一只需要天赋异禀，在课上睡大觉也能拔得头筹。可要多年时时维持第一，还真不是只需要天赋就能做到的，想当年她在抚越军中也是如此，夜半子时丑时寅时的月亮，她都看过。

禾晏思及此，就道："都督，我来帮你吧。"

正说着，外头响起敲门的声音，是柳不忘："阿禾，可歇下了？"

这么晚了，柳不忘还来找她？禾晏与肖珏对视一眼，道："没有，师父，稍等。"

她披了件外裳，将门打开，柳不忘大概是刚刚从府外回来，衣裳还带了夜里的寒露，禾晏看了看门外，道："进来说吧。"

柳不忘进了门，对肖珏微微颔首，算是见礼。他的目光落在肖珏面前的卷轴上，微微一顿，随即道："济阳一战，都督可有了应对之法？"

"一点点。"禾晏道。

"胜算几何？"

禾晏："至多五成。"

最好也不过是一半一半。

柳不忘沉默片刻，道："乌托人可能很快会动手了。"

肖珏看向他："柳师父查到了什么？"

"我追查的乌托人，有一部分去了城外，还有一部分消失了。他们察觉到了我的行踪，王女殿下疏散百姓一事，亦瞒不住风声。乌托人的船还未到，现在就是争时间。"

"在最短的时间里，济阳百姓撤离得越远越好，但城中有无法离开的平民。"柳不忘的声音沉了下去。他并不愿意平民成为乌托人屠戮的羔羊。

"师父，"禾晏道，"您不是会扶乩卜卦，可曾算到这一战是输是赢？"

"无解。"

"无解？"

其实早在很多年前，柳不忘还是少年时，就曾在山上卜卦济阳城未来数十年的机缘。卦象显示，数十年后，城中有大难，堆尸贮积，鸡犬无余。连大魏，亦是如此，王朝气数渐尽。他还想再看，被偶然看到的云机道人一掌将龟甲打碎，斥道："天道无常，天机岂是你能窥见？"

不了了之。

后来发生了许多事，他也知世事无常，人力比起天道，过于渺小。柳不忘已经多年未曾卜卦，可自从此次见到禾晏，知晓济阳城恐有战争，乌托人来者不善时，到底不能置身事外，于是他又暗中卜了一卦。

卦象这东西，从来都看不到起因和经过，只看得到结局。他还记得多年前卜出的结果，可隔了数十年，卦象却全然不同。

这本是一场死局，生机已绝，他仍然看到了与当年一般无二的画面，但在画面中，多了一双模糊的影子。影子金光灿灿，似有无穷功德，如两道明亮的金光，照亮了死沉沉的卦象。

一场死局，就因为这一双模糊的影子，变成了"未知"。

他看不到结局。

看不到结局的卦象，就说明并非全无生机。至于使得结局发生改变的人，柳不忘也并不知道是谁。师门有训，卜卦只能问事，不能问人。盖因一句话"人定胜天"。没有全然被天道掌控的人。

"地利我们是有的，济阳城的那处葫芦嘴是我们天然的优势，且济阳城军从小在水边长大，善泅善水。人力的话，如今我们在此，也会努力避免差错。唯一的难处，其实是天象。"禾晏看着柳不忘道，"倘若那一日刮东南风，便为我们胜；倘若那一日刮西北风，就是老天也要站在乌托人那头。"

风向决定究竟能不能用火攻之计，而火攻，是胜算最大的。

"肖都督，"柳不忘看向肖珏，"如果城守不住，城池内的百姓性命不保，那些撤离的百姓也会被追上。"

肖珏："所以乌托人越晚动手越好，如果乌托人很快行动，那么将城守得越久越好。"

"你的意思是，"柳不忘似有所觉，"如今，也只能守城。"

"不是只能守城，"禾晏道，"如要主动进攻，只得用火。但是……"

这一战，拼的不只是将领和兵士，还有老天爷的眷顾和运气。

"我明白了。"柳不忘道，"我会想想别的办法。都督也提早做好准备吧，"他目光担忧，"最迟三日，乌托人就会动手。"

其实众人都明白，所谓的三日，已经是他们估计的最好的状况。为了避免城中百姓撤离得太多,乌托人一定会在很短的时间里发兵。

这本就是双方争抢时间而已。

禾晏一行人是这般想的,但乌托人比他们想的还要急不可耐,第二天夜里,运河以北的地方吹起嘹亮号角声,数千只大船出现在运河上,带来了凶残的乌托人和长刀。

兵临城下。

穆红锦坐在殿厅中,周围的下人俱是低头站着,气氛沉闷而凝滞,唯有那女子仍如从前一般,淡淡对身边的下人吩咐:"让王府门口的兵士都去城门吧。"

"殿下!"

"城门失守,本殿也不会独活。与其守着王府,不如守着百姓。"穆红锦沉静道,"本殿是他们的王女,理应如此。"

她态度坚决,下人踟蹰片刻,终究还是照着她说的去办了。穆红锦抬眼,看向墙上画着的济阳春日图,熙熙攘攘的花市水市,热热闹闹的人群,鲜活得仿佛下一刻就要从画上走下来。

父亲,红袍女子在心里喃喃道,女儿已经守了这座城二十多年,今后也会一直这般守下去。

这座城的百姓如此纯善,水神会庇佑他们,他们……一定会渡过这个难关的。

济阳城里多年未有战事,战事一起,城中那些来不及离开的老弱病残,皆从梦中惊醒。或安静地坐在屋里等着结局来临,或匍匐在地,心中默默祈求菩萨保佑。

崔越之换上铠甲,将长刀佩在腰间,出了府门。崔府上下并无半分慌乱,纵是下人,做事也从容不迫。几个小妾一反常态地没有打闹嬉笑,乖巧地站在屋中,听候吩咐。卫姨娘道:"都做自己的事,老爷没回来,谁也不许胡乱说话。"

作为崔越之的家眷,她们本来也可以撤离的,不过还是选择留了下来,与崔越之共进退。

倘若城破,她们这些手无缚鸡之力的女子,在乌托人手中,决计讨不了好处。是以每个人,包括最爱哭哭啼啼愁眉苦脸的三姨娘,手边都备了一条白绫。她们的命是属于自己的,一旦城破,势必不能落在乌托人手中。

崔越之骑马去了演武场的营地。他刚到营地,翻身下马,就见帐中走出来一人,正是肖珏。

脱去了平日里穿的精致长袍,这年轻人看起来便不像京城中矜贵的少爷公子。他身披黑色甲袍,足蹬云靴,铠甲泛着冷峻的光,尽添威严。姿容俊秀,气势却锐如长刀,如他腰间佩着的晶莹宝剑,教人无法忽略锋芒。

"肖都督,"崔越之看向远处,过不了多久,晨光将要照亮济阳城的天,乌托人的船也将到了,已经到了刻不容缓的时候,"城里的济阳军都在这里了,崔某会带着一部分人前去葫芦嘴设伏,都督带着其他人乘船与乌托人正面相抗。火攻一事……"他神情凝重起来。

司天台的人连夜观天象,今日可能无风,也可能有东南风,但纵然起风,也是下午时分。可真到了下午,可能乌托人已经上岸了。

他们能做的,是要在这里等一场"可能"的东南风,而为了这个可能,必须将战局延长,尽量多拖延一些乌托人在水上的时间。

肖珏带领济阳军,要去完成这个很难完成的任务,但更难的不仅于此,还有那个放火的人。

要在乌托人的船上神不知鬼不觉地放一把火,且放火的时间恰到好处,那么多只船,不可能一一点燃,需要观察船的位置,找到其中最重要的几只,借着那几只船将火势迅速扩大至所有乌托人的大船上。这需要很好的全局观,也需要不俗的判断力。纵观整个济阳城,能做到如此地步的,实在凤毛麟角。

崔越之也很为难,但他别无选择,只对身后招了招手,一行人走了过来,为首的正是之前在演武场里与禾晏交过手的木夷。

"我找了一支兵,听从木夷的指挥,寻得时机,上乌托人的船。等东南风至,趁机放火。我们难以确定哪几只船的火势可以控制,所以只能让木夷多烧一些。"

烧得越多,被人发现的可能也就越大,甚至很可能将自己也一道困在船上。这一支放火的兵,从某种方面来说,相当于前锋营,而且是已经做好牺牲准备的前锋营。

用他们的牺牲为后来的兄弟开路。

木夷对肖珏道:"木夷但尽全力。"

"崔中骑,带人放火这件事,让我来吧。"一个声音插了进来,帐子被掀开,有人从里面走了出来,是禾晏。

她也穿了济阳城军的袍甲,长发高高束起。与先前红妆截然不同。她神情从容,看向肖珏道:"都督,放火这种事,让我去。"

"禾姑娘……"木夷有心劝阻,"这很危险。"

"乌托人的船太多了,等那场说不准的东南风,可能要等到下午。"禾晏摇头,"要藏匿其中,不被人发现,不仅需要身手,还需要体力,更要懂得与都督带领的济阳城军配合时间。木夷兄弟,你从前并未和都督一起并肩作战过,不是片刻就能磨合好的。我是都督的手下，与都督早有默契，由我来带着你们，再好不过。况且，"她微微一笑，"先前在演武场的时候，你不是已经与我交过手了吗，怎么还对我这般没有信心？"

木夷脸微红，一时无话可说。他既输给禾晏，就是技不如人，又怎么好反驳？

崔越之有些犹豫，他已经知道禾晏不简单，但禾晏毕竟与他不算熟悉，究竟能做到何种地步，尚未可知。而且禾晏也不是他的手下，纵然他同意了，肖珏不同意也没办法。因此，他也跟着看向肖珏道："禾姑娘的本事，崔某当然相信，由禾姑娘去做这件事，崔某也放心得很，只是不知道肖都督意下如何？"

肖珏看向禾晏，禾晏回视他。她的目光清亮，铠甲穿在她身上，英气逼人，将她的整个面庞都照亮，如在凉州卫演武场上大放异彩的少年，行动间矫捷如风。

自由的风不应该被困在方寸之地，他微微扯了下嘴角："去吧。"

禾晏道："多谢都督！"

"注意安全。"肖珏道，"不必死冲，情势不对就撤走，我自有别的办法。"

禾晏："明白！"

禾晏带着木夷一行人出发。除去她自己，统共五十人。

这五十人，是济阳城军里身手最好的。因要潜伏在暗处，伏杀、隐藏、放火、撤离，可能与一部分乌托人交手，是以，身手稍微弱一点都不可以。禾晏看着他们，想到当年曾待过的前锋营，前锋营里，有那么十几人，每一次战役都冲在最前面。

然而这十几人，每一次都会是不同的十几人，因为大多数时候，他们有去无回。但也正是他们，为之后的战役创造出胜利的可能。

葫芦嘴那头由崔越之带兵守住，肖珏带着主力乘船，在济阳城运河上与即将到来的乌托人交手。临走时，肖珏没有吩咐她任何具体的行动，也就是说，从此刻起，他们这场暗中放火的行动，主动权全部握在禾晏手中。

"禾姑娘，"木夷看向她，"我们到底该怎么做？"

时间渐渐过去，天也快亮了。没有太多的时间让他们在这里踟蹰，木夷虽然心知禾晏身手出色，但对于禾晏能否指挥一场奇袭，其实并无信心。

"我们现在去准备膏油吗？"木夷提醒，"我们将膏油藏在岸边，想办法运上乌托人的船，怎么样？"

"不必。"禾晏抬手，道，"准备十只小船。"

"十只小船？"木夷皱了皱眉，"如今船都给肖都督了，眼下船只本就不多，要这么多船干什么？"

禾晏道："我想了想，要一只只去烧他们的船，比烧我们自己的船难多了。

不如烧我们的船。"

木夷一怔，他身后的数十人不太明白，有人就问："这是何意？"

"我需要十只小船，把你们准备的膏油分别放在十只小船上。再堆满干草，装作和其他战船一般无二的样子。届时两方交手，乌托人会以为这十只小船与济阳城军的船是一样的，我们可以在东南风刮起来的时候，假意与他们交手，靠近乌托人的大船。在那个时候，点燃我们自己的船，就可以了。"

"只有用这个办法，胜算最大，你们可以跳入河中，尽可能地保全自己。"她道。

这五十人，一开始接受崔越之吩咐的任务时，就没想过要活着回来。此刻听到禾晏所言，一时都愣在原地。

半晌，有人问："这样……可行吗？"

"我会在前面吸引乌托人的注意，"禾晏道，"不过，你们的船也需要按照我的安排来布置。"水上布阵，她其实没有做过，眼下也顾不得那么多。只是，禾晏看向远处，长空尽头，出现了一线亮光，天快要亮了，今日究竟有没有风呢？

老天爷又会不会站在他们这一边？

但无论怎么样，战斗，就是他们的宿命。

"提起你们手中的刀，跟我来。"她道。

……

天终于破晓，最后一丝黑暗散去，从运河的前方，一轮红日升了起来，伴随着云雾，金光遍洒了整个河面，济阳城笼在一片灿烂的霞光中。

城楼的士兵吹响了号角，堤岸边，济阳军整装待发，船只靠岸，如密集的黑铁。

但见远处出现一点暗色，慢慢地，暗色越来越大，先是扁扁的一条线，随即那条线越来越宽，越来越长，直到将运河的大片都覆盖，众人这才看清楚，那都是乌托人的船。

乌托人的船极高极大，船头站着乌托兵士，皆穿着皮袍甲，头上戴着一顶用黑羔皮做的小圆帽，帽子后缀着两条赤色绦带。他们个个高大健壮，还没靠近，便发出哈哈大笑，恐吓着这头的济阳军。

"都督，"肖珏身后一名副兵声音微微颤抖，"他们的人马……"

"至少十五万。"肖珏道。

两万对十五万，这已经不是以少胜多了，悬殊得吓人，教人感到绝望。

"随我上船。"肖珏率先跨上岸边的小船。

济阳城军的船与乌托人的船相比，实在是矮小得过分，乌托兵士是从运河以北来，路途遥远，船只建造得又大又结实。这些年大魏忙着平定西羌和南蛮之乱，倒给了乌托人可乘之机，不知不觉中，乌托国的财富不可小觑。其国库比起大魏国库，未必有差。

济阳城军随着肖珏上了船，船只朝着乌托军的方向行去。

此次带兵前来济阳的首领，是乌托大将玛喀。玛喀生得其实不算高大，甚至比起周围的亲兵来，显得过分矮小。他刚刚而立，却已经在乌托国中赫赫有名，只因他用兵极擅偷袭。又因是乌托国国主的表弟，此次国主便将十五万大军放心交到他手中，叫他打响在大魏的第一战。

对济阳，玛喀势在必得。

潜伏在城中的探子，早已将济阳城的现状打听得一清二楚。一个藩王的属地，并无多少兵马，这些年来安平和乐，占领这样的城池，其实是一件易如反掌的事。唯一难办的一点是济阳王女穆红锦，这女人狡猾得很，不过，也只是个女人而已。但这些日子济阳城里似乎多了一些人，听说有个穿白衣的剑客在追杀乌托国的密探，不知是不是风声走漏，济阳城的平民已经开始撤离，为了避免夜长梦多，他们才决定提前动手。

"此次带兵的是不是崔越之？"玛喀道，"听说年轻时也是一员悍将，不过如今年纪大了，不知道还提不提得动刀啊？"

周围的亲信哄笑起来，道："比不上将军的刀！"

玛喀的手抚过腰间的刀鞘："真要死在我的刀下，也算他的荣耀了！"

笑声飘到河面上，远远落到了济阳城军中。

肖珏站在船头，看着远处越来越多的乌托兵船，片刻后，弯了弯唇："蠢货。"

"什么？"副兵不解。

"所有的乌托兵船首尾相连，看来是怕死得不够快了。"肖珏起身往里走，抓住赤乌手中的披风系上，哂道，"尽量在水上多待一阵，有人赶着送死，何必阻拦。"

与此同时，禾晏也登上了装满膏油的小船。

膏油和干柴用厚实的麻布遮蔽得严严实实，看上去和济阳城军的普通兵船一般无二，上头插着兵旗。五十人分成十组，五人一组。

禾晏和木夷在同一只船上。她对其他人道："你们远远地跟着我，不要靠近。"她从怀中掏出一张纸，随手在地上捡了支炭笔画了张图，"看这个。"

图上画着几只船，中间的那一只被禾晏圈了起来："这只船我用来引起乌托人注意，你们其余人的船，就照我画的方位布置。等着听我指示，我发信号时，务必烧船跳水。"

"你能行吗，禾姑娘？"一人有些担心，"不如换我们来。"

"不用担心，我自有安排。"禾晏将腰间的鞭子紧了紧，"都督已经上船了，我们也出发吧！"

两方船只在城门前的运河相遇。

济阳城军在无数乌托兵船的衬托下，显得渺小如蝼蚁。然而站在船头最前面的青年却一身黑色铠甲，身姿笔挺如剑，他生得出彩，手持长剑，气势冷冽如锋。清晨的朝霞落在他身上，生出万千光华，凛凛不可逼视。

这是个陌生的男子，玛喀微微一愣，问身边人："这不是崔越之，这人是谁？"

崔越之是个胖子，而不是个美男子。莫非近年来济阳城里的新秀？可乌托密探送回的密信里，从未提起过这一号人物。既不是什么出色的人，穆红锦又怎会将本就不多的城军交到他手上？

"没见过此人。"身侧手下迟疑地道，"也许崔越之不行了，济阳城中无人，穆红锦随意找了个人来顶上。这人如此年轻，一看就不是将军的对手！"

玛喀没有说话，同为将领，对方究竟是绣花枕头还是有真才实学，他自然有所直觉。此人看着并不寻常，他心中疑惑，却也没有时间多想，慢慢抽出腰间长刀，对准前方，喝道："勇士们，跟我上！"

一时间，喊叫声震天。

乌托人也知，一旦上了岸，便再无可以阻挡他们之物。济阳城脆弱得如同纸糊的一般，两万人远远不敌他们士兵的数量。为了保护平民，济阳城军只能更多地在水上作战。

在水上作战也没什么，他们的船又大又坚固，在船上杀人，也只是稍微摇晃了一些而已。

大船与小船相遇，如大鱼与小鱼相遇，残酷而激烈。大船几乎要将小船给撞碎，然而小船到底灵活，又知道水路藏着的礁石，巧妙避开。两军在船上交手。

擒贼先擒王，玛喀的目标，就是那个穿黑色铠甲、手持宝剑的年轻男人。两船靠近，他站在船头，望着对面船头的人。

"都督！"身侧有人喊道。

玛喀眼睛一眯："都督？阁下何人？"

"肖怀瑾。"

玛喀觉得这名字有些耳熟，然他平日里极为自大，旁人的名字在他耳中不过只是个名字，听过便忘了，便道："不曾听过！"

倒是他身边一个手下惊疑不定地开口："肖怀瑾，可是大魏的封云将军？"

封云将军？

玛喀一怔，看向眼前的人。只要提封云将军、右军都督，纵然他平日里再如何眼高于顶，不将大魏的兵将放在眼中，也知道对方究竟是什么人。封云将军用兵，从无败仗，其骁勇悍厉，即便没交过手，也足够震慑乌托人。

"你可是大魏封云将军？"他道。

肖珏神情平静地看着他，道："正是。"

玛喀猛地横刀于眼前，轻松的神情骤然收起。

虽然不知道是不是真的，但从面前这个青年嘴里说出，玛喀信了九成！这人本就气势不凡，况且若非这样的人物，穆红锦又怎么舍得将济阳城军交到他手里，连心腹崔越之都没用上。

乌托探子送回来的信里，可没有提过此事！

玛喀气急败坏，于不安中，又隐隐生出一股跃跃欲试来。肖怀瑾确实不简单，可，他只有两万人。

两万人对十五万人，怎么看，他都不像是要赢的一方。勇将又如何？就凭这几个虾兵蟹将？这几条小得可怜的船？

若是他率领乌托人打败了肖怀瑾，他就是打败了大魏封云将军的人，在乌托国里，日后都要沐浴在荣耀下。

一时间，玛喀热血沸腾，吼道："勇士们，将他们全部杀光！占领他们的城池，夺走他们的财富！杀啊！"

"杀！杀！杀！"

震天的喊杀声响起，传遍了运河。乌托人本就狡诈凶残，嗜杀无数，此刻被玛喀的话一激，纷纷扬刀冲来。

短兵相接，浴血奋战。

喊杀声传到了禾晏耳中，禾晏看向远处，河面上，两军混战在一处。

木夷问："肖都督已经动手了，我们现在是要靠近他们？"

禾晏摇了摇头，看向天空。

此刻天空晴朗，万里无云，一丝风也没有。她的心渐渐沉下去，司天台的人说了，今日可能无风，也可能有风，但即便有风，也不是这个时候。只是……这样的天象，真的会有风吗？

老天爷真的会站在济阳城这一边吗？

她又看向远处，乌托兵船巨大而沉重，在运河上显得尤为瞩目。她看着看着，忽然一怔，片刻后，唇角露出一丝笑容。

木夷问："禾姑娘，你在笑什么？"

"我笑乌托人蠢不自知。你看那些船头船尾，都被连在一起了。"

乌托国并非水乡，兵士们也不擅水。因此所有的大船全都用铁链首尾串联在了一起。乌托人大约觉得此举可以省下不少力气，不至于其中某一只船跟不

217

上队伍，一眼看过去，如船队。

海商走货的时候，经常这样首尾相连，不过用在此处，就实在有些累赘了。尤其是今日，他们还想要用火攻的办法。

木夷心中一动："只要引火烧掉他们一只船，就行了。"很快，他又忧愁起来，"他们的大船串在一起，小船一进去，犹如羊入虎口，只怕还没烧掉船就被乌托人给包围了。"

"无事。"禾晏招呼其余人，"你们就按照我图中所示地方待着，我带一只船，把他们引过来。"

"引过来？"木夷道，"如何引过来？"

乌托人还犯不着追着一只船跑，之前还有可能，现在这么多船串在一起，只怕会一直盯着肖珏带领的济阳军打。

"我自有办法。"禾晏道。

话音刚落，一个男子的声音传了过来："阿禾。"

禾晏转过头，见是楚昭，微微一怔。

"你让翠娇去王府拿殿下穿的衣裳，外面不安全，我就叫翠娇先回崔府，我给你送过来。"楚昭微笑着道，"幸而赶上了。"

"楚兄怎么还在济阳城里？"禾晏问，"这里不安全，你应该跟着那些撤离的百姓一道离开的。"

这人连自保之力都没有，倘若乌托人进城，他恐怕凶多吉少。

"连殿下都待在王府不曾离开，我又怎么好舍下同袍。济阳也是大魏的土地，阿禾尚且能保护济阳一方百姓，我虽不及阿禾，也不会独自逃离，会与好友共进退的。"

"可你并无武功，"禾晏想了想，"罢了，你等等。"

她跳下船，走向岸边一处驻扎的帐子，进去不过须臾，又跳了出来，手里拿着一团衣物样的东西，塞到了楚昭手里。

"这是之前我在济阳的绣罗坊买的，料子是鲛绡纱，听卖衣裳的小伙计说刀枪不入、水火不侵。虽然不知道是不是真的，但你穿在身上，若真有个万一，也能抵挡一二。"

楚昭一愣，正要说话，就见那姑娘已经转过身上了船。她的背影看起来极潇洒，很快被周围的人淹没。

船渐渐驶离岸边，朝着喊杀声最大的河中心而去，在那里，刀光剑影，战火纷飞。

小船犹如扑火飞蛾，摇摇晃晃，义无反顾。

楚昭低头看向手中，半晌，他慢慢地将衣物提起，裙摆长长，这是一件女子穿的衣裙。

他愕然片刻，随即摇头失笑。

城中的百姓们各自躲在屋中，将门窗紧掩，年幼的被年老的抱在怀中，死死盯着屋门，仿佛盯着所有的希望。

时间渐渐地流逝。

街道上一个人都没有，平日里热闹非凡的济阳城，今日安静得如一座死城。王府里，穆红锦坐在殿厅中，看向门外。

窗户大开着，柳枝如往日一般温柔，晴空万里，今日无风。

她垂下眸，指尖渐渐掐进高座的软靠中。

今日无风。

葫芦嘴边，藏在暗处的兵士如石头，沉默而安静。弓箭手伏在暗处，等着乌托人一旦上岸，就发动伏击。

崔越之站在树后，总是挂着和气笑容的脸上，今日出奇地沉肃。十五万乌托人，一旦进城，城中剩余老少再无活路。

他带着一部分济阳城军在这里，为的就是不让他们上岸进城，成为城门前的最后一道防线。可是，如果肖珏无法消灭乌托人的主力，大部分乌托人走到这里，凭借他们这些人，是绝对拦不住那些去往城中的恶狼的。

唯有如禾晏前夜里所说，用火攻将这些乌托人主力消灭，漏网之鱼经过这里，他们才有可能拦得住。但火攻之术……真的可用吗？

一名济阳城兵趴在草丛里，背上背着弓箭。长长的野草遮蔽了他的脸，刺得他脸上微微发痒，然而他仍旧一动不动，连去抓挠一下的意思都没有。

不动的不只是人，他面前的野草，开在路边的小花，平静的水面，柔如羽毛的蒲公英……都纹丝不动。

今日无风。

崔越之一颗心渐渐沉下去，今日无风，天时不佳，仅凭肖珏手中两万不到的兵士，不用火攻，只怕无法与乌托人相抗衡。他们在这里所谓伏击，说不准最后反倒成了乌托人的猎物。

可怎么会无风？

司天台的人说，今日五成有风，五成无风，根本说不准。可云林居士，那位看起来就很厉害的白衣剑客，十分笃定地对他说："不必担心，今日一定有风。"

听闻云林居士柳不忘会扶乩问卦，是以他们都深信不疑，又或许，是自欺欺人地希望他说的是真话。可是眼下看来，哪里有风？

对了，柳不忘呢？

崔越之这才想起来，似乎从他离开崔府到演武场的营帐中，就没有看到柳不忘。

水面微微泛起波澜，并非风吹，而是水中游鱼浮动。

堤岸边春草茸茸，桃红柳绿，怪石深林处，有人席地而坐，面前摆着一把古琴。这男子身着白衣，衣袍整洁不染尘埃，姿容情态格外飘逸，腰间佩着一把剑，像是潇洒的江湖侠客。

柳不忘看向长空。

日光照在树林中，投射出一片金色的阴影，并不使人觉得炎热，温暖得刚刚好。这是生机勃勃的春日，每一片新绿都带着春意，落在温柔的水乡中。

远处厮杀声与此地的宁静形成鲜明对比。

风还没有来，但柳不忘知道，无论是早一点，还是晚一点，风一定会来。

多年前生机已绝的死局，多年后再扶乱，看出了一线生机。他起先并不知道那一双影子是谁，可如今看来，或许正是他的徒弟禾晏与那位年轻英武的右军都督肖怀瑾。

这二人既是将领，征战沙场多年，无形之中，早已挽救了不少人的性命，这是功德。身怀功德的人，上天不会过于苛待他们，走到何处，都有福泽庇佑。许是因为他们身上的正气和光明，连带着济阳城这局死棋，都多了一丝生机。

这二人，是可以将死棋下活的人。

所以风一定会来，虽然可能不会来得太早，但是，风一定会来。

而他要做的，是将那一丝生机紧紧抓住，帮着这二人将这局棋彻底盘活。

远处的厮杀声似乎变近了一些，这并非错觉。柳不忘往前看去，几只大船……正往这边驶来。

乌托人不是傻子，不会被肖珏一直牵绊住脚步，他们的主力与肖珏带领的济阳城军交手时，另一支队伍则趁乱偷偷上岸，只要上了岸，控制了整个济阳城，水战之胜，不过是迟早而已。

崔越之的人马在葫芦嘴，离此地还有一段距离。他们以为崔越之是陆地上的第一道防线，实际上，柳不忘才是第一道防线。

奇门遁甲之术，云机道长的七个徒弟中，就数他学得最好。这些年来，他极少使用此术，是因为极为耗神，损伤心力。而他已非当年的少年，纵是白衣飘逸，早已鬓发微白。

不过，他会一直守在这里，守护着她的城池。

柳不忘拨动了琴弦。

第二十九章　火攻

草色青青，时有幽花，乱蜂戏蝶中，琴声清越绵长，慢慢飘向了水面。

在刀剑纷乱中，有这么一人弹琴，实在是引人注目。白衣剑客骨节分明的手拂动琴弦，琴音流泻，仍是那一首《韶光慢》。

他其实会弹很多曲子，但这些年，弹得最多的，也不过是这一曲。周围已经被他布好阵法，琴音亦有迷惑心智的能力。待乌托人到了此地，会为阵法迷惑，进而难以找到入口。他能为崔越之多拖延一些时间，等待着老天爷这股迟来的东风。

乌托人的船在慢慢靠近，有人从船上下来，气势汹汹。柳不忘安静坐着，如在当年的栖云山上打坐，平心静气，不慌不忙。云机道长嘴上不夸，却从来待他格外宽容。大家总说，山上七个师兄弟，就数他最优秀，师兄们总是笑着打趣，总有一日他会光耀师门。

可……他早已被逐出师门。

手下的琴音一顿，似乎为外物所扰，弹错了一个音，柳不忘微微失神。

当年他在栖云山下，见到了穆红锦，后来才知道，穆红锦原是济阳城中蒙稷王的爱女。穆红锦不愿意嫁给朝中重臣之子，央求柳不忘带她离开，柳不忘踌躇许久，决定让她在客栈等待，自己先和小师妹回栖云山，将此事禀明云机道长。

只是这一上山，便再也没能下来。等他下山，已经是一年后。

穆红锦总认为，他骗了她，故意将她的行踪告知蒙稷王，是他一手将她送回了蒙稷王府。事实上，并非如此。

当年柳不忘匆匆忙忙上了山，告知云机道长，有一位逃婚的姑娘被家人所迫，如今歇在外头，希望云机道长能想想办法，让自己带穆红锦上山。

柳不忘生性善良，第一次对云机道长说了谎，道穆红锦是普通人家的姑娘，只因心中担忧，一旦云机道长知道了穆红锦的真实身份，未必会出手相救。

但云机道长比他知道的还要清楚。

"你说的，可是蒙稷王府的穆红锦？"

柳不忘呆住："师父……"

"你真糊涂！"云机道长沉着脸斥责他，"你可知她是什么身份？她是蒙稷王唯一的女儿，日后要继承蒙稷王位。蒙稷王之所以为她联姻，正是因为，日后她将会成为蒙稷王女。

"你如此草率，将她带上栖云山，可知会给济阳城带来怎样的灾难？又会给栖云山增添多大的麻烦？即便你不在意济阳城中百姓性命，你的师兄们与你一道长大，难道你连他们的安危也罔顾？"

"师父，不是这样的……"柳不忘辩解。

云机道长叹道："你以为蒙稷王知道你将他的女儿藏在这里，会放过栖云山吗？"

"他不会知道的。"

"不忘，你太天真了。"云机道长拂袖道，"放弃吧，为师不会出手。"

柳不忘跪在地上，想了一会儿，便站起身来，对着云机道长行了一礼："徒儿知道了。"

"你想做什么？"

"徒儿自己想办法。"

柳不忘想，他虽比不上云机道长的本事，但天无绝人之路，一定能想出别的办法。当务之急，他得先下山，和穆红锦约定的日子快到了。

"你还要去找那个女子？"

柳不忘道："是，徒儿已经与她约定好了。"

"你不能下山。"

"什么？"

"我不能看着你将栖云山毁于一旦。"云机道长道，"你必须留在山上。"

"师父，她还在等我！"

云机道长的脸上全然是无情的神色。

柳不忘慢慢拔出腰间长剑，他并非想要对师父动武，但实在是很着急。可他的剑法又哪里及得上云机道长的精妙，终归是败下阵来。

云机道长将他关在山上的一处水洞中，水洞周围瀑布飞流，兰草芬芳，景致很好。可周围被云机道长布下阵法，他无法离开阵法半步，只能被困在这里。

柳不忘的奇门遁甲，终究不能和云机道长相比。他绝望地恳求云机道长："师父，我只要下山去和她说一句话，我不能言而无信，她还在等我……师父！"

"你若能解开为师的阵法，就可以下山。"

云机道长转身离去了。

柳不忘试着解阵。但这阵法竟比他过去所遇到的加起来还要厉害，他心中焦急，日夜不停地解阵，终于病倒。

玉书来看他，给他送药，看着柳不忘遍体鳞伤的样子，心疼极了，轻声道："师兄，你这又是何苦？"

"你能不能求师父将我放出去？"柳不忘靠着洞穴的石壁，奄奄一息，语气却仍然执拗，"我想下山去。"

玉书后退一步，忍不住冲他喊道："就算下山去又怎么样？她已经成亲了！她没有等你，穆红锦已经和她的王夫成亲了！"

柳不忘瞪大眼睛。

他在阵法中，无法清楚觉察外面的时间变化，只能数着黑夜过日子。每隔一日，便在石壁上刻下一笔，转头看去，已经过了二百多个日夜。

那个姑娘，那个穿着红裙子、长辫子上缀着铃铛、总是笑盈盈地黏着他的姑娘，已经成亲了？她是怀着怎样的心情，是没有等到他，被失约的恨意，还是求助无门，被迫上花轿的绝望？

柳不忘的心剧烈地疼痛起来。

"她没有等你，她已经忘了你们的约定。"小师妹站在他面前，含泪道，"所以，你也忘了她吧。"

忘了她？怎么可能？身在其中的时候不识心动，已经别离方知情浓。他早已习惯了被依赖、被纠缠、被骗的日子，纵然恼怒，却也甘之如饴，怎么可能说忘就忘？

"她是什么时候被王府的人找到？又是什么时候成的亲？"他慢慢地问道。

玉书回答："你走之后不久，她就被官兵找到了。半年后就成了亲。师兄，"她还要劝，"你去跟师父服个软，日后咱们就在栖云山上好好过日子不行吗？"

柳不忘没说话。

"师兄？"

他抬起头来，少年的眼神，自来干净如春日暖阳，如今却带了些许冷漠和拒人于千里之外的疏离。玉书被他的眼神吓到了。

"你走吧。"柳不忘道，"日后也不要来了。"

他变本加厉地琢磨研习，寻求解阵。他罔顾自己的身体究竟能不能负担，心中只有一个念头，他要下山。

柳不忘的奇门遁甲之术，就在这一日日的苦习中突飞猛进，与此同时，他察觉到，不知从什么时候起，云机道长的阵法力量在渐渐变弱。

又一个春日来临，他破阵而出。

春雨打湿了屋檐下的绿草，少年的白衣被泥水溅上了污迹，他浑然未觉，一步一步走得坚定。

师兄妹们围在云机道长的床前。这么长的日子，阵法越来越弱，不是他的错觉，云机道长大限将至。

柳不忘愕然。

他扑到云机道长榻前，跪下身去，云机道长看着他，问："破阵了？"

柳不忘点了点头。

师父伸手，在他的脉搏上微微一点，察觉到了什么，深深叹了口气。

"你还要下山？"他问。

柳不忘跪得端正而笔直："是。"

沉默了很久。

"你走吧。"将他抚养长大的师父一字一顿地道，"从今往后，你不再是我师门中人，也不要再上栖云山。"

"师父！"师兄弟们一惊，纷纷为他求情。

云机道长没有说话，闭上眼，再看时，已溘然长逝。

一夜之间，他失去了将自己养育大的师父，也失去了留在栖云山上的资格。和师兄们一同将云机道长入土安葬，柳不忘独自一人下山。

此一别，便知天长地久，永难重逢。

他的伤口隐隐作痛，这样一直强行破阵，终究是伤了根本。雨下得很大，他没有拿伞，跌跌撞撞地踩着泥泞的山路，一路不停，终于走到了山下，进了济阳城。

城中一如既往地热闹，没有半分不同。柳不忘走到了蒙稷王府。他藏在王府对面的房檐下，戴着斗笠，想看一看穆红锦。虽然他也不知道，见到穆红锦能说什么。失约的是他，晚了一年多的也是他。叫她等自己的是他，没有来的也是他。

但如果她想要离开，柳不忘想，或许他仍旧会束手无策，会如她所愿。

然后他就看到了穆红锦。

和当年的骄丽少女不同，她变得更加美艳动人，穿着精致华贵的袍服，从马车上下来，侧头与身边的男子说着什么。她身边的男子眉目温和，从背后搂着她的腰，衣袍也遮不住她微微隆起的小腹。

穆红锦怀孕了。

那个传说中的"糟老头子"，年纪并不大，看向她的目光也很是柔和。而她回望的目光，亦是温顺，和记忆里的骄纵姑娘判若两人。

雨水打湿了他的靴子，打湿了他的衣袍，柳不忘却觉得，不及他此刻心中狼狈。

他们琴瑟和鸣，夫妻恩爱，看上去如神仙眷侣，而他站在这里，格格不入的滑稽。

但他凭什么要穆红锦一直在原地等待呢？这个姑娘，生得如栖云山下桃花一般灿然明亮，生机勃勃。正如他会在不知不觉中爱上她，穆红锦的"王夫"也是一样吧。

穆红锦已经有了自己平静的生活，那他，也没有必要再前去打扰了吧。

他的目光太过炽热而沉痛，穆红锦似有所觉，回头望来，柳不忘微微侧身，躲在房檐的阴影下。

"怎么了？"身边的男子握着她的手问道。

"无事。"穆红锦摇摇头，"大约是我的错觉。"

雨水冰凉，分明是躲在屋檐下，何以会打湿他的面颊？他唇角似是尝到苦涩滋味，原来春日的雨水，也有不甜的。

他大步离开了。

琴音如诗如画，将丛林中的重重杀机尽数掩盖，有乌托人毫无所觉地踩进来，突然惊叫，一时间，惨叫连连，终是有人意识到了不对，喝止身后人的动作："别进来，有埋伏！"

柳不忘微微一笑。

当年下山后，他曾经沉寂过好一阵子，如行尸走肉，不知道日后可以干什么。他既不能回栖云山，也不能去找穆红锦，一时间，活在世上，只觉了无生趣。

直到玉书找到了他。

小师妹不如当年一般玉雪可爱，憔悴了许多，站在他面前，柳不忘这才恍然察觉，不知不觉，玉书也是个大姑娘了，不再是跟在他身后跑来跑去的小妹妹。

"师兄，"女孩子看着他，眼里涌出泪水，"对不起。"

"什么？"他不明白。

"穆姑娘之所以被王府官兵找到，是因为我去告的密。"

柳不忘的神情僵住。

"我喜欢你，很喜欢你，不希望你和她在一起。"玉书将所有的过错一股脑地说出来，像是要求得解脱，"我偷听到了你们的谈话，所以将她藏身之所告诉了蒙樱王。我以为只要她成了亲，你就会忘了她，就不会再想着她！我没想到你会一直执着这么多年。"

"对不起，我错了，"她失声痛哭，"是我害了你，师兄，对不起。"

她哭得恣意，柳不忘却如石头一般，浑身僵冷。

他年少无知，心思粗糙，竟没看出来小师妹看自己时眼中的绵绵深情，也没看出来玉书看着穆红锦时一闪而过的敌意。

少女的爱恨来得直接，思虑简单，只顾着赌气时的发泄，没想到教一双有情人生生错过。直到世事变迁，遗憾如滚雪球一般越滚越大，方才悔悟。

"你怎么能这样？"他第一次冲玉书发怒，"你知不知道，知不知道……"

他没有说下去。

知道什么呢？当年的他，都不知道自己爱得这样深。

闻讯赶来的大师兄找到了他，对他道："小七，别怪玉书，她年少不懂事，现在已经知道错了。你也别怪当年师父见死不救，将你关在栖云山上阵法中。"

柳不忘木然回答："我没有怪过任何人。"

只怪他自己。

"你可知，当年师父为何要将你关在栖云山上？"大师兄道，"师父自来仁善宽厚，既收养了我们七个孤儿，就算穆红锦是王女又如何，师父真要保，又岂会惧怕这个身份带来的危险？"

柳不忘看向他，不明白他这话是何意。

"师父是为了你。"

云机道长曾为柳不忘卜卦，卦象显示，终有一日，他会为一女子粉身碎骨，英年早逝。

深情会杀死他。

"你是师父最看重的弟子，师父怕你因穆红锦丢了性命，才会将你关进阵法中。"师兄道，"他虽行事有偏，可也是一心为了你。"

柳不忘只觉荒谬。

不过是一个卦象，何以就要他这般错过？云机道长是为了他才如此，他又能怪谁？

只怪世事无常，捉弄有情人。

他一直待在济阳城，藏在暗处，每日也做些和过去一般无二的事。直到有一日，玉书在寺庙里，被穆红锦的侍卫捉拿。

玉书没那个胆子行刺，消息一传出来，柳不忘就知道这是穆红锦在逼他现身。而他非但没有恼怒，甚至内心深处，还有一丝窃喜。这么多年了，他终于可以光明正大地再见她一面。

他在深夜的佛堂，见到了穆红锦。

年华将她打磨得更加瑰丽，似成熟的蜜果，浑身上下都透着看不穿的风情。柳不忘心中酸涩地想，是谁将她变成如此模样，是她如今的那一位"王夫"吗？

也是，他们连孩子都有了。她已经成家生子，与他愈来愈远。

女子的红袍华丽，金冠在夜里反射出晶莹的色彩，比这还要晶亮的是她的眼睛，她盯着自己，目光中再无多年前的顽皮与天真。

他有千言万语想要对她说，但不知道从何说起。临到头了，吐出来的一句竟然是"玉书在哪儿"。

柳不忘还记得穆红锦当时的目光，似有几分惊愕，还有几分了然。话说出口的刹那，他就后悔了。他不应该如此生硬，该说些别的。问她这些年过得如何，为当年自己的失约而道歉，也好过这一句质问。

穆红锦看他的目光，仿佛在看一个陌生人，轻描淡写地回答："在牢中。"

他们二人的对话，生疏得如陌生人，仿佛站在敌对的立场，再无过去的亲昵。

柳不忘很矛盾，他想留在这里，与她多说几句话，多看看她。但他又怕自己在这里待的时间久了，会控制不住流露出自己的感情，给穆红锦带来困扰。

已经过去很久了，当年他没有及时赶到，如今，穆红锦身边已有他人，又何必前来打扰，自讨没趣。

他要穆红锦放了玉书，云机道长将他抚养长大，玉书是他的女儿，他不能看着玉书身陷囹圄。况且，穆红锦抓玉书的目的，本就是他。

"不过是师妹而已，这般维护，你喜欢她？"

柳不忘答："是。"

"你说什么？"

柳不忘望着她，像是要把她此刻的模样永远摹刻在心底，一字一顿道："我喜欢她。"

他承认了告密之事是自己所做，承认了自己骗穆红锦随意编造了诺言，承认了从未对穆红锦动过心。

穆红锦笑了。她笑得轻蔑而讽刺，像是他的喜恶多么微不足道，多么可笑。她要柳不忘做她的情人，作为放走玉书的条件。

柳不忘恼怒，可在恼怒中，竟又生出隐隐的渴望，他悚然发现，原来在他心底，一直没有放弃。如埋了无数的火种在地底，只要她一句话，轻而易举地就可以破土而出，星火燎原。

他答应了。

穆红锦却不愿意了。

穆红锦要他带着玉书滚出济阳城，永远不准再踏入这里。她要将自己与柳不忘划分得干干净净，永无交集。

这是他最后一次与穆红锦说话。

柳不忘后来化名云林居士，云游四方。他白衣潇洒，剑术超群，所到之处，亦有人称赞仰慕。可他永远冷冷清清，似是万事万物都不放在心上。

他亦没有再见过师兄们与玉书，这世上，每个人最终都要成为孤零零的自己。但每年的水神节，他仍旧会回到济阳城。他偷偷地、不被任何人所知晓地进入城中，只为了看一看穆红锦守护的城池。

就如守护着她一般。

扶乩卜卦只问事不问人，这是他后来给自己立下的规矩。替人卜卦，难免预见波折，为了避免波折，努力绕过一些可能带来不祥的相遇，殊不知人世间每一次相遇，自有珍贵缘分。绕过灾祸的同时，也掉进了命运的另一个圈套，就如他自己。

一生遗憾，一生近在咫尺而不可得。

密林深处，惨叫声越来越烈，上岸的人也越来越多。他的琴声渐渐激烈，如金戈铁马，在重重杀机的阵法中隐现。

阵法，并不是万能的。人越多，所能维持的时间越短，需要耗费的精力也就越大。当年在栖云山上，云机道长将他关在阵法内的那段日子，为了能尽快出去，他不顾自己的伤势，强行钻研破阵，终是伤到了心神。这些年，他不曾布过如此耗力的阵法。

柳不忘的唇边，缓缓沁出一丝鲜血。

春光里，他笑意从容，出尘如初见。仿佛仍是当年一袭白衣的剑客少年，挡在了心上人的身前。

运河上杀声震天，船与船碰撞在一起。

乌托人如恶狼将济阳军包围。他们人多，船上有弓箭手，箭矢如流星飞来，将济阳城军的小船眨眼间扎成筛子。掉入水中的济阳军虽能凫水，却无法在水中发挥实力。乌托人还准备了许多铁叉，似是渔夫们用来叉鱼的工具，只是尖头被锻造得又尖又利，对着落入水中的济阳军刺下——

运河水迅速被血染红。

一名年轻的济阳兵士为躲避乌托人船上射来的利箭，跳入水中，数十个乌托人哈哈大笑，用手里的铁叉往他身上投刺过去。那年轻人不过十六七岁，躲避不及，被刺中手臂，紧接着，接二连三的铁叉从四面八方朝他刺来，将他的身体捅了个对穿。

铁叉被迅速收回，在他胸前留下一个血淋淋的空洞。他挣扎了两下，便沉了下去，水面只留下不断浮出的血流，证明他曾活着。

副兵回头一看，冲混战在中间的青年喊道："都督，不行，他们人太多了！"

人太多了。

双拳难敌四手，寡不敌众。这也不是当年的虢城，而唯一可以出奇制胜的火攻，还缺一场东风。

"没有不行。"肖珏长剑在手，目光锐如刀锋，冷道，"战！"

他既是首领，便一直被人纠缠混战。玛喀虽自大，却也听过肖珏的名头。先前以西羌人作为诱饵，在凉州卫里企图偷袭，却因为肖珏的突然回归使得计划全部打乱。玛喀很清楚地记得，那个西羌首领日达木子力大无穷，凶悍勇武，最终却死在肖珏手中。

玛喀想要得胜，想要拿下济阳城向国主邀功，却不想平白丢了性命，只一边往后退，一边冲着身侧的乌托兵高声道："陛下曾说过，谁拿下肖怀瑾的头颅，就是此战最大的功臣，得封爵位！"

"勇士们，杀了他！"

乌托兵们闻言，顿时热血沸腾，一拨拨地拥到肖珏身前。

禾晏驾船靠近的时候，看到的就是这一幕。

肖珏的长剑冷冽如寒冰，衬得他英秀的脸如玉面罗刹，弹指间取人性命。人一拨一拨地拥上来，他周围已经积满了尸体，而青年脸上未见任何疲态，英勇如昔。

"这样下去不行。"禾晏蹙眉。乌托人太多了，肖珏可以一当十，以一当百，一千呢？一万呢？十万呢？他固然可以孤身杀出重围，可只要乌托人没有上岸，他就永远要挡在百姓面前。而剩下的济阳城军，根本不能与他形成默契，同他配合无间。

赤乌和飞奴都在崔越之那头，他一个人，只能硬扛。

禾晏想了想，对其余船上的人道："你们就按我方才说的，将船划到我所画图上的位置，原地待命，不可远离。木夷，你乘着这只船，跟我走。"

说罢，将方才楚昭带给她的，穆红锦的袍服披在身上。

"你……"木夷一怔。

"我扮成王女殿下的样子，好将一部分人引开。"禾晏回答，"否则都督一人撑不了那么久，须得将乌托人的兵力分散。"

"就算你扮成殿下，"木夷忍不住道，"你怎么知道，他们就一定会来追我们？"

"你要知道，"禾晏摇头，"摧其坚，夺其魁，以解其体。龙战于野，其道穷也。"[①]

更何况，想来乌托人会认为，比起捉拿肖怀瑾，捉拿穆红锦这样手无寸铁

---

① 引自《三十六计·擒贼擒王》。

的女子要轻松得多。

她抬头看向远方，此刻已是午时，太阳正当长空，已经起了炎热的暑意，一丝微风也无。

还是无风。

禾晏叫其余的船划得远一些，与木夷二人朝着肖珏的方向划去，却又不划得太近，只在肖珏周围的乌托兵船能看得见的地方，有些焦急地、仿佛迷路般地盘旋。

"那只船从哪儿冒出来的？"玛喀远远地看到一只落单的小船，这只小船看起来与其他济阳城军的船只一般无二，上头插着旌旗，却又说不出地古怪。

这只船并不靠近他们混战的这头，反而像是想要逃离似的。逃兵？

玛喀命人划小舟察看，不过须臾，刺探军情的哨兵便回来报："将军，那船上坐着的，似是蒙稷王女，应当是要弃城逃走！"

玛喀精神一振："蒙稷王女？你可看得清楚？"

"属下看船上有个穿王女袍服的女人，还有个侍卫打扮的人，不知是不是真的。"

玛喀思忖片刻，道："到现在为止，蒙稷王女都还没有露过面。说是在王府中，不过是为了稳定军心，我看极有可能是打算逃走。也对，不过是个女人，没了倚仗，只怕早已吓破了胆。"

他狞笑起来："既如此，抓住她！"

"可……"身侧的亲信道，"将军，我们的船正与肖怀瑾交战，没办法捉拿穆红锦。"

乌托兵们不如济阳城军通水性，又是走水路而来，山长水阔，便用铁钩将数千只大船全部首尾相连，此刻要解开船也是不可能的，若是前去追穆红锦，就要放弃和肖珏的交战。

"蠢货！"玛喀骂了一句，"擒贼先擒王，肖怀瑾又如何？肖怀瑾又不是济阳城的主子，抓住了穆红锦，济阳城军必定大乱，到时候咱们就不战而胜。"

还有一句话他没说，比起肖怀瑾来，穆红锦一个女人，好捉拿得多。

"等抓住了穆红锦，本将军就用她来叩开济阳城的大门，肖怀瑾必须乖乖投降，不然我就当着济阳城军的面杀了这个女人。"玛喀的笑容里，带着残酷的恶意，"你们猜，肖怀瑾会怎么选择？"

以肖珏冷血无情的性子，生父生母尚且能不在乎，一个穆红锦算得了什么，自然不会因此投降。而穆红锦反正都要死，因肖珏不肯放下兵器而死，济阳城军自然会对他生出诸多怨气。

到那时，内讧一生，军心一乱，济阳城不过是一盘散沙，崩溃是迟早的事。

"掉转船头,随我来!"玛喀笑道。

乌托兵们没有再继续拥上来,最前方的大船掉转了方向,往另一个方向驶去,济阳城军们停下手中的动作,问:"怎么回事?"

"怎么突然不打了?"

肖珏看向乌托兵船驶离的方向,茫茫河面上,有一只挂着旌旗的小船,小船上有红衣一点,在河面上如鲜亮的信号,引人追逐。

"那是……王女?"身侧的兵士喃喃道。

"不,是禾晏。"肖珏目光微暗,片刻后,道,"跟上他们。"

"他们追上来了!"木夷有些紧张地道。

"不用担心,"禾晏道,"你水性好,等下藏在水中,不必露面。"

"你呢?"

"我送他们一份大礼。"禾晏笑容淡淡。

她从一边的箱子里掏出一个铁团子,这铁团子四面都带了倒刺,锋利无比,看起来像是野兽的巨爪,她抽出腰间长鞭,铁团子上头有个扣,将它扣上长鞭。

"这……"

禾晏突然出手,将手中的长鞭甩向一边的礁石,铁团没入礁石,却没有将礁石粉碎,她迅速收手,但见礁石上露出空空的五个洞口,看得人心惊。

这东西要是对准人的心口,能把人胸腔掏走一大块。木夷忍不住打了个冷战,问:"禾姑娘,你要用这个与人对战?"

这兵器凶是凶了点,但到底不如刀剑灵活,一次甩一鞭,一鞭只能杀一个人,还没来得及甩第二鞭,敌人就扑上来了。而且,万一鞭子被砍断了怎么办?

"不,"禾晏摇头,"我对付的是船。"

木夷还要再问,就见禾晏推了他一把:"快下水!"

他下意识地跳入水中,藏在了礁石后,握紧了手中的匕首。刀剑在水中难以挥动,唯有匕首灵活讨巧,可也比不得在岸上。

乌托兵船本就比济阳城的小船高大,远远望去,禾晏如被巨兽逼入末路的羔羊。

"王女殿下,"玛喀站在船头,高声道,"束手就擒吧。你若是识相,或许本将军还能饶你一命!"

他对穆红锦势在必得,这小船上什么人都没有,连方才的唯一的侍卫也不见了，这是侍卫见势不妙，将穆红锦一人丢下逃走了？

啧，大魏人，总是如此软弱！

船头的红袍女子低头站着，什么话都没说，两只船的距离越来越近、越来越近，就在玛喀打算令人将她擒获时，那女子却突然一抬头，从船上跃起。

小船不比大船高，她也并未想要跳上乌托兵船，而是双脚斜斜踏着乌托船身如闪电掠过。

"砰砰砰砰砰——"

她步掠得极快，每踏一步，手中的鞭子亦用力甩上船身。

铁团砸在船身上，又飞快被鞭子带走，只留下五个空洞的爪印，水倒灌而入。

"什么声音？"

"她在做什么？抓住她！"

"快放箭！快放箭！"

箭矢如黑色急雨，从四面八方落下，那女子却如履平地，轻松躲过。行动间，衣袍随风落下，露出里头黑色的铠甲。而她落在风里，一脚踏上自己的船，站在船头，看着因灌水而逐渐倾斜的大船，唇边笑容讥诮。

"本将军文盲，不识字，'束手就擒'四个字，不认识。"她的目光落在气急败坏的玛喀脸上，语气是一如既往地嚣张，"你识相点，跪下给我磕个头，或许本将军会饶你一命。"

玛喀愣住了，半晌，怒道："你不是穆红锦？"

"你这样的废物，怎么用得着劳烦王女殿下出手？"禾晏笑道，"王女殿下好好地待在王府中，你这样的，我一个就能打三个。"

玛喀拔出腰间长刀："我看你是在找死！"

他刚刚说完这句话，身下的船就往下一沉。方才禾晏手中的鞭子从大船下一一砸过，硬生生地砸出一排空洞。此刻河水往里灌去，船早已不稳。乌托兵们随着船东倒西歪。

大船在渐渐沉没。

"快往旁边的船去！"

一片混乱中，又有人道："不行，船都连在了一起，得把铁钩砍断才行！"

为了走水路方便而将大船首尾串在一起，此刻却成了自己给自己挖的陷阱。一只大船倾倒着往下沉，连带着所有的船都被拉扯，进也进不得，退也退不得。

"砍铁钩！快点！"

铁钩又沉又牢实，并非一两下就能砍断。乌托兵们掩护着玛喀先到了另一

233

只大船上，剩下的人被快要沉没的船带着，慌张地去砍铁钩。

"哗啦"一声，铁钩应声而断，落在水中，带着那只四处都是漏洞的船慢慢沉了下去。一些没来得及逃走的乌托兵也跟着落水，一时间，水面上呼号声、叫喊声混作一团，十分混乱。

玛喀怒火冲天，抬头望向罪魁祸首，却见那女子已经趁着方才混乱，摇着船逃出了一段距离。

"给我追！"玛喀大喊，"抓住她，我要扒了她的皮！"

被一个女子当着众人的面如此戏耍，简直是奇耻大辱，如何甘心！

禾晏摇着船行过水面，朝着躲在礁石后的木夷伸出手，一把将他拉了上来："快上来！"

木夷翻身上船，知晓此刻耽误不得，立刻开始划桨。只是瞥向禾晏的余光，仍是惊诧不已。

他知道禾晏力大无穷，但仅凭一己之力砸翻了一只船，实在令人瞠目结舌。木夷心中佩服之余，又隐隐生出一股激动，对着禾晏道："禾姑娘，咱们能不能都如你方才那般，将他们的船全部砸翻？"

"不可能。"禾晏回答得很快，"现在如此危急，哪里有时间做铁虎爪？"

"那你为什么……不多做一些呢？"话一出口，木夷也觉得自己说得有些过分。

禾晏耐着性子解释："多做些也没用，他们没有我这样大的力气，纵然有力气大的，也不一定能顺着他们的船砸得准确无误。"

她的身手，是在长时间的战役中练出来的。兵器虽然重要，但更重要的是用兵器的人。

"况且此种办法只可用一次，乌托人有了准备，只怕早已在船上备好弓箭手，还没等我们靠近，就要放箭了。方才那一鞭子，只是为了拖一点时间，时间拖得越久，我们的胜算就越大。"

"一直拖时间，风真的会来吗？"木夷看了看天，这样的晴空，却让人的心中布满阴霾，难以生出半丝信心。

"师父说有风，就一定有风。"禾晏目光坚定，"若是没有风，就将自己变成那股东风。总之，别停下战斗就是了。"

另一头，追着乌托兵船而来的济阳城军，亦看见了刚才那一幕。

"禾姑娘……好厉害。"有人喃喃道。

船砸了，引得乌托人手忙脚乱地砍铁环，还淹死了些不会水的乌托人，之前被压着打的郁气稍减，济阳城军心中只觉痛快。

肖珏垂眸，低声道："竟想到了一处。"他转身吩咐副兵："将箱子拿出来。"

箱子是上船前,肖珏令人搬上来的,很沉。一人将箱子打开,但见箱中满满地堆着如方才禾晏所使鞭子尽头缀着的那个形似虎爪的玩意儿。只是没有鞭子,是可以套在腕间的利器。

"之前会凫水的二十精兵出列。"肖珏道。

二十个提前得知命令的精兵顿时站了出来。

肖珏看着他们:"拿着铁爪,入水。"

远处的大船正在全力追逐禾晏的小船。小船只有两个人摇桨,如何能与大船相比,禾晏很快会被他们追上。

两万对十五万,本就是十分勉强的事。他亦知此仗难胜,而天公未必作美,凡事当做好万全的准备。这一箱铁爪,就是他的暗手。然而没料到,竟与禾晏想到了一处。只不过,她在明,而他在暗。

"砸船。"他道。

琴声与远处江面上的厮杀声形成了鲜明的对比。春日与战场,本就是两个不相干的事物。

日光照在白衣人的身上,将他的衣衫照得更加洁净,恍然望去,似乎仍是当年的白衣少年。

一滴血滴到了面前的琴弦上,发出了一声极轻微的声音。似是清越的琴声也因此变得悲伤起来。

密林深处传来嘶吼喊叫的声音,乌托人越来越多,将开在路边的小花蹑碎踩踏,然到底不能继续向前,仿佛无形之中被绊住了脚步。而看起来平和安乐的春日美景,竟成了杀人利器,处处有埋伏。

柳不忘唇边的鲜血越来越多,琴声越来越急。

人太多了,他的阵法拦不住太多的人,现在这样,已经是勉强。旧伤隐隐作痛,柳不忘很清楚,自己支撑不了多久。

但他还是必须拦在这里。拦在这里多一刻,崔越之那头就能多坚持一刻,在这里多杀掉一个乌托人,崔越之的人马就能多一些时间。济阳城中的百姓会多一刻安全……她也一样。

桃花嫣然出篱笑,似开未开最有情。[1]

他一生,也就只有那一朵似开未开的桃花,他没能看着这朵桃花开到最后,多呵护一些时候,也是好的。

"铮"的一声,手中的琴弦似是受不住,猛地断掉。琴声戛然而止,柳不

---

[1] 引自汪藻《春日》。

忘"噗"地吐出一口鲜血。鲜血落在面前的琴面上，一些溅到了地上的草丛中。如三月的桃花，俏丽多情。

没有了琴声，密林深处的脚步声倏而加快，近在眼前。阵法已破，他慢慢站起身来。

"那是谁？"

"什么人！"

"怎么只有一个人？是不是有埋伏？"

破阵之后的乌托人闯了进来，却因为方才丛林中的埋伏而心生忌惮，一时间无人敢上前。

双方僵持片刻，到底是乌托人人多胆大，大笑道："不过一人，纵然有埋伏，济阳城军也没剩几个了，埋伏多少，咱们杀多少！怕什么！"

面前的白衣男子纹丝不动，衣袍整洁如世外仙人，当年一头青丝以白帛束起，出尘清冷，如今华发渐生，这如树般令人安心的背影，却从未变过。

永远保护想要保护的人。

一丝微风吹过，吹得他的发带微微飘摇，吹得他衣袍轻轻晃荡，吹得这男子如水一般的眸光荡起层层涟漪。他先是怔住，随即唇边慢慢溢出一抹笑容。

这局死棋中的生机来了。

济阳城的希望来了。

风来了。

柳不忘缓缓拔出腰间长剑。

运河上，激战正酣。

肖珏令二十名精兵携铁爪潜入水底，凿穿乌托兵船。

乌托兵船有数千，全部凿穿是不可能的，在水下力气也难以使出来。十人为一组，挑最中间的两只重重凿击。如此一来，被铁钩连着的乌托兵船队伍全都乱了，乌托人忙着砍断铁钩，只能眼睁睁地看着禾晏的小船从面前逃走。

"这些混账！"玛喀大怒，一把从旁边的兵士手中夺过弓箭，对着水中的兵士放箭。然而挑选出来的二十人个个都是水中好手，身手灵活，立刻避开了。这样敌驻我扰，敌进我退，倒惹得乌托人的步子都被打乱。

"你们继续用铁叉。"玛喀沉着脸吩咐，"我不相信他们能一直潜在水下，先抓住那个女人！"

那个假扮穆红锦的女人羞辱了他，乌托男子最好脸面，今日若不能将那女子抓住，他的部下、亲信都会暗中嘲笑他。

除非将那女子抓住，狠狠地折磨，才能挽回颜面。

"给我追！"

一丝微风落在人脸上，拂起微微痒意，极细小，却立刻被人捕捉到了。

禾晏看向木夷，木夷眼中满是惊喜："有风了！"

身后的兵船穷追不舍，禾晏沉下眉眼："把他们引到埋伏圈中去。"

"是！"

小船拼命往远处划去，只是被高大的船只衬托得未免有几分可怜。

"他们这是往哪儿去？"身侧的副兵问道。

肖珏看向禾晏乘着的小船，运河平静，她前去的方向，如果他没记错，应当有好几处藏在水中的暗礁。小船自然可以避开，如果是大船……

肖珏："跟上他们，分散乌托人的兵力。"

"都督？"

"起风了。"他垂眸道。

风仍然柔柔的，如情人间温柔的嬉戏，绕过每一个人。木夷拼命划桨，只问禾晏："禾姑娘，现在可以点火了吗？"

"不行。"禾晏道，"风还不够大。"

风不够大，纵然点上了火，数千只乌托兵船，也没办法立刻陷入火海。他们有各种办法可以及时将火扑灭，对战的时机很重要。

"那现在怎么办？他们快要追上来了。"木夷着急。

禾晏回头看了一眼，道："我去拖住他们。"

"你？"木夷担心，"我陪你吧。"

"不必，"禾晏拍了拍他的肩，"你乘着这只船，与其他船在自己的位置待好，乌托兵船看见咱们，很可能会过来。你们务必保护好船只，"顿了顿她又道，"也保护好自己。"

"可……"木夷的话还没说完，就见禾晏脚尖在船头一点，朝着玛喀所在的那只大船掠去。

"禾姑娘怎么一个人去了！"副兵惊讶。

肖珏道："动手吧。"

"砰"的一声，小船撞上了大船，将大船撞得稍稍一歪，玛喀气得脸色铁青："怎么阴魂不散。"他狞笑一声，"不过数千人便想螳臂当车，既然你们那么想死，本将军就送你们一程！"

他挥刀冲身后人吼道："勇士们，开战！"

两方人马混战在一起，济阳城军虽人数不敌，却也毫无畏惧。禾晏、肖珏二人与玛喀周围的人混战。禾晏扣着铁爪的鞭子砸船厉害，砸人也不错，她一鞭子挥过去，便将一人挥翻。

可鞭子到底不是刀剑,刺入一人,一时间收不回来,而拥上来的乌托人越来越多,她才一脚踢开面前一人,身后劲风已至。禾晏侧身避开,一把晶莹长剑挡在她面前。

肖珏背对着她,手中剑正往下滴滴答答地淌血,将饮秋从乌托人胸前抽出,淡声提醒:"小心。"

"都督,"禾晏道,"一起上吧!"

他们二人背对着背,一人持剑,一人握鞭,将后背交给对方,此刻是全心全意地信任。分明从未一起抗敌过,于生死间,也生出奇妙的默契,像是惺惺相惜中心意相通,彼此的每一个动作都不必提醒,自然心领神会地配合。

一时间,乌托人竟无可近身。

副总兵挑开一个乌托人,回头看到如此景象,思忖一刻,问道:"这禾姑娘究竟是什么来头,身手如此了得?"

她并不是靠着肖珏的庇护,而是能与肖珏联手,非但没有给肖珏拖后腿,甚至配合得游刃有余。

"将军,这女人好厉害!"亲信对玛喀道。

肖怀瑾厉害,那是因为他是大魏的右军都督、封云将军,这女人的名字却从未听过,怎生也如此厉害?莫非大魏军中人才辈出,这样身手的不止肖怀瑾一个?

一时间,玛喀对自己主动请缨来济阳有些后悔。他看济阳无甚兵力,又是穆红锦一个女人坐镇,以为攻下济阳是一件再简单不过的事,才抢了这个差事。谁知道好端端地竟遇到肖珏,还有一个棘手的女人。

虽然此刻济阳城军已经少了大半,但对于乌托人的十五万大军来说,不仅没有立刻拿下城池,反倒还吃了不少亏,奇耻大辱,难以想象!

"加人,给我冲!"玛喀咬牙切齿地看着被乌托人围在中心的男女,"我就不信,他们打得过我十五万人!"

船上的桅杆挺直不动,挂着的旌旗却晃动了起来,不是方才那样极轻微地晃动,而是能让人看见的,如鸟雀舒展翅膀一样地挥动。

"起风了!"禾晏的声音难掩激动,"都督,真的起风了!"

不是微风,更像是清风,或许还会变成劲风、狂风。

而且……

"是东南风!"禾晏笑得眼睛弯弯,"是东南风,都督。"

肖珏瞥她一眼,只道:"可以引君入瓮了。"

禾晏与他对视一眼,笑意一闪而过,跳起来道:"走——"

他二人突出重围,像是体力不支似的,跳上一只济阳城军的小船。小船上的济阳城军拼命划桨,仿佛要将他们带往远方。

"想跑?"玛喀冷笑一声,大手一挥,"给我追!今日必要拿下这二人人头!"

这个关头,济阳城军的人已经越来越少,显然肖怀瑾和那女人是寡不敌众。玛喀虽然心中有疑惑一闪而过,肖怀瑾是那种会弃兵逃走的人吗?但这点疑惑,很快就被即将胜利的喜悦冲淡了。

亲信有些迟疑:"将军,穷寇莫追。要不先将这里剩余的济阳城军歼灭,咱们上岸进城是正道。"

"你懂个屁!"玛喀轻蔑道,"济阳城军已经不成形了,抓住了肖怀瑾……"他眼中贪婪之色一闪而过,"国主只会对我厚赏有加。这是要名垂青史的战功!

"追!"

小船在前面飞快地行驶。浩荡宽广的运河下,藏了无数不起眼的暗礁,平日里往来的商船早有经验,远远地避开。可这些乌托人未必知道。

他们也未必知道分散在四处、看起来丝毫不起眼的小船里,究竟藏了怎样的利器。

"将军,你有没有看到那些小船?"亲信问玛喀。

水面四周出现了数十只小船,隔着不远不近的距离,像是不怀好意。

不祥的预感越来越浓,亲信开口:"将军,这是不是埋伏啊?要不要我们再……"

"屁的埋伏!你要是害怕,就趁早滚回老家,我乌托兵中不养懦夫!"玛喀一脚将身边人踢开,"就这么几只船,说埋伏,是想笑掉人的大牙吗!他们这不叫埋伏,叫来送死!我看来得好,都给我备着,等他们靠近一点,放箭!"

亲信转念一想,便觉得玛喀说得也有道理,这些济阳小船犹如飞蛾扑火,纵然是从四面八方赶过来,但看起来也没有任何胜算。

禾晏的信号已经放了出去,木夷领着其余船只纷纷朝这头靠近。禾晏转头看了一眼身后的乌托兵船,兵船已经挨得越来越近。

与此同时,风也越来越大。

吹得船上的旌旗猎猎作响,吹得她心底的喜悦一层层地漾开,抑制不住。

"点吗?"禾晏问肖珏。

肖珏扯了下嘴角:"点。"

二人命周围的济阳城士兵停下划桨的动作:"快入水!"

"扑通,扑通,扑通——"

落水的声音接二连三,听得乌托兵船上的人愕然:"他们怎么全都跳下水了？"

"准备铁叉！就算落水了，也能打。"玛喀阴沉沉道。只当他们是黔驴技穷，走到穷途末路了。

禾晏微微一笑，一脚踏在船头，从怀中掏出火石。

"刺——"

极轻微的响声，并未让人放在心上，女孩子眸光明亮，笑容狡黠："送你们个大礼，接好了！"

一道火星从空中划过，如天边流星，飘到船上，火星落到了被掀开的帘子上，落到了沾满膏油的干柴上，只听"轰"的一声巨响，小船上炸出一团巨大的火光，几乎要将整个天空映亮。

乌托兵船迅速被大火淹没，而风渐渐地大了，斜斜地将火苗吹向了乌托兵船。

运河上的动静，传到了济阳城中。

林双鹤从崔府的后院中走出来，看向远处，自语道："那是什么声音？"

身侧的钟福亦是侧耳倾听，片刻后，看向林双鹤，问道："林公子，您真的要留在这里吗？"

他如今已经知道了林双鹤的真实身份，不过林双鹤同肖珏又不同，半点功夫也无。不跟着百姓撤离，留在这里作何？

"这府里还有这么多姐姐妹妹，"林双鹤笑道，"我若是走了，谁来保护她们？"

钟福无言片刻，说得像他很厉害似的。

"崔中骑的夫人们还在府上，几位姐姐都敢留下来，我又怎么能独自一人逃走？我好歹也是个男人，"林双鹤摇了摇扇子，"男人，当然该保护姑娘们。"

二姨娘透过窗户看着外面正与钟福说话的林双鹤，托腮道："这林公子看着弱不禁风的，没想到关键时候还挺男人，若是我再年轻个十岁……"

"就怎么样？"卫姨娘瞪了她一眼，"都什么时候了，你还有心情想这些！"

"我不过就是随口说一下，姐姐何必这么激动。"二姨娘伸了个懒腰，"我们活不活得过今日都不好说，就不能让我做会儿梦。"

"呸呸呸，"四姨娘道，"二姐你可别乌鸦嘴，老爷一定能打败那些乌托人！老爷不是说了嘛，那个乔公子其实是大魏的封云将军。有封云将军在，这场仗怎么都能赢。你别担心了！"她说得又快又急，好似顶有信心，却也不知是在安慰别人，还是在说服自己。

三姨娘爱哭，眼泪在眼眶里打转了好久，此刻闻言，终于忍不住，流着泪道："封云将军又如何？咱们城里多少年没打过仗了，士兵还没百姓多，他又不是神仙。我还这么年轻，我不想死……"

"别哭了！"卫姨娘沉着脸喝道，见三姨娘瑟缩了一下，终是叹了口气，又递了一方帕子给她，声音软和下来，"怕什么，咱们虽然是妾，却也是中骑府上的人。没得老爷在前方卖命护着，咱们在背后哭哭啼啼地扯后腿的道理。

"纵然是妾，是女子，那也是中骑的女人，要有气节，不畏死。这场仗要是胜了，老爷活着回来，咱们就庆祝。若是败了……老爷回不来了，咱们也不在乌托人手下讨命活。绳子都在手上，人人都会死，不过是早一些晚一些罢了。"

"咱们姐妹好歹在一处，纵是真的没了活路，黄泉路上也好有个照应，怕什么。"卫姨娘说。

二姨娘"扑哧"一声笑起来，眼中似有泪花闪过，笑着握住三姨娘的手，只道："对呀，咱们姐妹都在一处，有什么可怕的。"

三姨娘抽抽噎噎地去抹脸上的眼泪，不肯说话，四姨娘看向窗外，喃喃道："起风了。"

"起风了。"穆红锦看向窗外的树。

起先只是一点小风，随即越来越大，吹得外头的柳树枝条东倒西歪，仿佛下一刻就要被连根拔起。池塘掀起一层浅浪。

王府内外空空荡荡的，除了几个一直跟在身边的老人，能走的，她都让人走了。

"刚才是什么声音？"她问身侧的侍女。

侍女摇了摇头。

"也是，"穆红锦叹息，"你又怎么会知道。"

那一声巨响来得惊心动魄，似乎是从运河的方向传来。打听情报的下人来过两次，都说如今乌托兵与肖珏带领的济阳城军在水面交战，乌托兵还未上岸进城，然而……济阳城军损失大半。

势不均，力也不敌，这场仗，真是难为肖怀瑾了。穆红锦心里想着，有些痛恨自己的无能，若她也会调兵遣将，冲锋陷阵，便不必坐在这空荡的王府里，徒劳地、无力地、等一个结局。

城陷，她跟着一道殉葬，城存，她继续活着，似乎这就是她如今能做的全部。

风从窗户吹进来，将她放在软座上的镜子"砰"的一下吹倒，落在地上。

穆红锦一怔，走过去将镜子捡起来。

先前已经摔过一次，镜子上留下一道轻微的裂痕，这一次摔得比上一次更狠，裂痕遍布了整个镜面，她才刚刚伸手一摸，镜子就碎掉了。碎掉的镜子落在柔软的长毯上，如落在长空里的宝石，又像散在内心深处的记忆。

她心中蓦然一痛，俯下身去，不知为何，竟流下泪来。

密林深处，白衣剑客被数百乌托人围住。

他手中的长剑滴滴答答地往下淌血，白衣早已被血染红了大块，分不清楚是自己的还是别人的。

"给我上！"乌托人一拨拨地拥来，这人的剑术极好，以一当十当百，到现在都没能倒下。

却也受了不少伤。

他的手臂被乌托人的刀砍伤了，腿上也在流血，但他的身姿始终轻盈，如栖云山上的云雾，教人难以捉摸。

他令周围的屠杀都变得带了几分仙气，如话本里的英雄少年，剑客江湖，一剑一琴，天高地阔。

但英雄亦有不敌的时候。

柳不忘的眼睛开始发花，视线变得模糊起来。方才布阵已经耗费了许多精力，牵连到了宿疾，此刻不过是强弩之末。

但他多撑一刻，济阳城就能多安乐一刻。

风渐渐起来了，他唇角的笑容越来越盛，越来越明亮，仿佛多年前听红裙银铃的少女闲笑打趣，佯作无聊，却会背过身去偷偷不自知地微笑。

一把刀劈至面门，柳不忘跃身避开，行动间，从怀中飞出一物，他下意识地伸手去抢，攥在掌心。

那是一只银色的镯子，镯子边上刻着一圈小小的野雏菊，因岁月隔得太久，不太精细的边也被磨得温润，尚带着人的体温，微微发热。

曾有一人对他说过："这个叫悦心镯，送一个给心上人戴在手上，一生都不会分离。"

十七岁的穆红锦央求他："柳少侠，快送我一个！"他冷淡地回答："她不是我心上人。"却在和玉书同行回山上，在栖云山脚下，再次遇到老妇人的时候，鬼使神差地掏钱买下了那只镯子。

柳不忘那时不明白这么做是为了什么。他努力说服自己，是怕穆红锦一人在客栈里等得无聊，回来时那家伙定要矫揉造作，这镯子，就当堵上她嘴的礼物。可惜的是，很多年了，却再也没有机会送出去。

或许曾有过那么一刻，或许曾有过很多时刻，他是真心想和那个姣丽明媚的姑娘，一生一世，双宿双飞的。

"咻——"

一把长刀从身后捅来，刀尖从他前胸穿透而出，像是要剖开他的心，教他自己也看看清楚，他的心上人究竟是谁。

身后的乌托人大笑起来："这颗人头是我的了！军功谁也不能跟我抢！"

周围响起了嘈杂的哄笑声。

柳不忘倒了下去。

倒下去的时候，手里还死死握着那只悦心镯。

风如少女的手，温柔地抚过他的眉间，他仰头躺着，再也没了力气站起来。

恍惚间，好像回到了很多年前，他第一次下山的时候。

那年少年仗剑骑马，也曾豪情万丈，师兄笑着调侃，山下的女人是老虎，你可莫要被红尘迷乱眼。他撇嘴不以为意，一转头，就看见红裙长辫子的姑娘坐在树下，桃花纷落如雨。

第三十章 有别

运河上浓烟滚滚，陷入了一片火海。

乌托人的惨叫声、惊慌声、玛喀的命令声混在一处，最后全都藏在火烧过船上木柴，发出噼里啪啦的撕裂声中。

这场东风来得晚，却来得盛。似乎也知道自己是迟来，拼命地不肯停，数千只乌托兵船被铁钩连在一起，火势迅猛，来不及出逃，眨眼间便全部陷在火海中。难得有机灵的乌托人，离得稍远一些，费尽九牛二虎之力将连着的铁钩砍断，可浓烟滚滚，根本分辨不清方向，这里四处全是暗礁，不小心撞上，船只倾覆。

而这时候，济阳城军的小船反倒发挥了优势。小船灵活，纵是辨不清方向，到底是济阳人，通晓水路，轻而易举地离开。即便被火势牵连，济阳人人会水，早早地潜在水下，游到岸边，大多毫发无损。

乌托兵就没这么幸运了，这一场火攻，能逃出来的所剩无几，纵是逃出来，士气大乱，军心已散，恐怕还没打就已经溃不成军。

水面下，禾晏与肖珏往岸边游去。

在点上火的刹那，肖珏就已经抓住她跳入水中，春日的河水尚且带着凉意。禾晏是会泅水的，但当水没过她的眼鼻，不自觉地，浑身就僵硬起来。

她仿佛回到了被贺宛如的人溺死在池塘中的那一刻。亦是如此，天在水面以上，离自己越来越远，她被永远留在水下，再也无法窥见光明。

一开始还能勉力支撑，凫了一段时间后，越来越无法勉强，身体的不适总是能很快应付，而心中的恐惧却不是简单就能忘却的。

她渐渐落在了肖珏身后。

肖珏似有察觉，见禾晏落后于他，神情带着罕见的痛苦，不由得微微一怔。

禾晏并没有在肖珏面前提起过会不会水，但肯定是会的，否则从船上跳下来，也不会支撑到这里，不过眼下看来，畏水？

这也是有可能的，譬如被火燎过的人，看见火就躲避。从马上跌下来受伤的人，日后再也不肯上马。禾晏应当会水，但却畏水。

他刚想到这里，就看见禾晏眼睛闭上，神情不大对劲了。

肖珏微微蹙眉，连气也不换？这样下去她会憋死的。

他转身回到禾晏身边，按了按禾晏的肩膀，试图叫醒禾晏，然而禾晏好像已经失去了大部分知觉，对他的动作毫无反应。

她神情痛苦，纵是水面下，也依稀可见紧张，肖珏往上看去，这里离岸边还有一段距离，这样下去她会死的。

少女的脸近在咫尺，到了水下，长发早已散开，脸上的脏污亦被洗净，令她的五官看起来如琉璃般通透易碎，仿佛就要消失在水下似的。肖珏心一横，深吸一口气，按住她的肩膀，俯身吻了上去。

气息，从唇上不断地渡了过来，窒息感霎时减轻了许多，禾晏感到有什么人在托着自己，她迷迷糊糊地睁开眼，似乎看到青年俊美的脸近在眼前。

是梦吗？禾晏心里想，这生死攸关的时候，她怎么还做了个春梦？只是地点居然是在水中，颇为奇特。

再多的，她就不记得了。

凉意从脸上蔓延开来，禾晏"喀喀喀"地吐出一口水，一下子坐起身来，木夷见她醒来，松了口气，道："禾姑娘，你总算是醒了。"

这是在岸边，远处运河的水面上依旧浓烟滚滚，一片火海。她还记得自己与肖珏跳入水中，回头看了一眼，身边并无肖珏的踪影，就问："都督呢？我怎么在这里？"

"我刚到岸上，就看见都督抱着你出来了。都督让我照顾你，自己离开了。"木夷挠了挠头，"岸边有不少乌托人上来了，济阳城军不够，禾姑娘，你在此地休息，我先去帮忙。"

"不必了。"禾晏随手从里衣的下摆扯下一截布料，将在水中散开的长发高高扎起，站起身来，"我跟你一起去。"

葫芦嘴，此刻亦是一片激战。

先前柳不忘用阵法困住了一批乌托人，乌托人破阵后，又与柳不忘激战，到底是损了士气，但杀了柳不忘后，贪功冒进，等到了葫芦嘴，个个心浮气躁，根本不曾发现潜藏在暗处的危机。埋伏在暗中的弓箭手放箭，攻了个乌托人措手不及。此刻乌托人剩余的不多，与崔越之安排的济阳城军混战在一起。

不知河上情形如何。崔越之心中正想着，忽然见有人前来，高声道："中骑大人，东风起，肖都督已经火攻乌托兵船，乌托人此刻正乱作一团，溃不成军了！"

"果真？"崔越之大喜过望，"天佑我济阳！"

另一头的乌托人闻言，心中登时大乱，一边吩咐身边兵士不可相信敌人扰乱军心的诡计,一边又忍不住胡思乱想。本就安排他们这些人先行上岸,军队随后就至,可他们刚上岸就遇到那个白衣剑客,光是走出阵法就纠缠了好一阵子,都已经这么久了,之后的军队应该早就到了才是,怎么现在都没动静?

一鼓作气,再而衰,三而竭。崔越之这头是越战越勇,而乌托兵们节节败退。

"儿郎们!"崔越之喝道,"随我战!"

运河岸上,从火海中逃出来的乌托兵和济阳城军混战激烈。

禾晏赶过去的时候,四周一片刀剑相向的声音。先前与禾晏共同放火船的几十人都自发以禾晏为首。

"乌托兵人数的优势已经没有了,至少现在差异不算太大。"禾晏道。毕竟那场火将大部分乌托人葬在其中。

"况且他们此刻定然军心涣散,可以趁此机会将他们一网打尽。"禾晏攥紧手中的鞭子,"去吧!"

船舶边上,她一眼看到了肖珏正被乌托人围着。这些是玛喀的亲信,刚刚放火的时候,玛喀似乎没能从里头跑出来。剩下的这些亲信见主子没了,回去也是个死,便将目光全部对准了肖珏,若能杀了肖珏,许能将功补过。

乌托人轮流冲上来对肖珏砍杀,禾晏提鞭冲向人群,一鞭子撂倒一人,再一脚踢开面前人,退至肖珏身边。

肖珏有些诧异:"你怎么来了?"

"我当然要来了,"禾晏道,"说好了要共进退,我还指望着这一次立功,都督将我上表朝廷,赐我个官职什么的。"

肖珏嗤笑一声:"想得美。"

禾晏将鞭子缓缓横于身前:"做梦都不做美点,岂不是很亏?"冲入人群中。

这群乌托人极为狡诈凶残,只拼命地对肖珏与禾晏二人进攻,像是要拼个鱼死网破。剩余的济阳城军与其余乌托人混战在一处,根本无法近前。

禾晏心中微恼,济阳城军的人数实在太少了些,而眼下这些乌托人,已经不是在打仗了,就是对着肖珏和她,聚众杀人而已。

"得先将这几人的头领解决才行。"她暗暗道。

她正想着,却见那群乌托人突然加快了进攻的力度,按理说,她好歹也叫他们吃了这么大的亏,不该忽略她才是,可这势头,却是冲着肖珏一人而去。

他们要做什么?禾晏警惕起来,下意识地后退,想要提醒肖珏,可才一转身,就听得"轰隆"一声。

靠岸的那只济阳城军的小船上，连带着肖珏、连带着乌托人，炸起一片火光，就如方才在河中心的火船一般。禾晏也被炸得飞到了岸上，她立刻爬起来，看向远处，心中一颤，喊道："肖珏！"

船只的碎片炸得到处都是，水面被炸得剧烈翻腾，有人拉她的手往后退，是木夷，木夷道："这是火器！从前听人说过，乌托人的工匠中，有人会做火器，不过极其稀少。没想到今日他们带在了身上……定是冲着肖都督来的！"

禾晏也曾听过，不过火器做起来很难，又很耗费银子，纵然是做上十个，也不一定能用。抚越军当年军饷有限，是以最后放弃了。乌托人的火器应当也不多，否则大可以一开始就扔数十个。想来是看玛喀不在了，存着两败俱伤的念头，将肖珏一并拉下去而已。

"可恶。"她咬了咬牙，就要往方才船炸的方向跑去。

"禾姑娘！"木夷拉住她，急道，"四周还有残余的火器碎片，很可能会再次炸响，你现在去很危险。"

禾晏甩开他的手，木夷还要再劝，看清楚她的神情时，忽地一顿，手一松。禾晏转身往水中跑去。

四周的乌托人越来越多，拦在禾晏身前，她干脆甩了鞭子，冷笑一声，翻身跃起，顺手抢走两个乌托人手中的长刀，双刀在手，下手亦没有半分迟疑，抽刀间，敌人倒下。

她不想用剑暴露自己，但至少能用刀。但这样又有什么用？若是她能再早一点……再早一点……禾晏忽然哽咽起来。

水面上什么都没有，只漂浮着船只的碎片，看不到肖珏的身影。那个人……那个将她从绝境里一把拉起来的人，会记住她的生辰、给她做长寿面、带她看萤火虫、在春日里对她嘲笑却又纵容有加的人，怎么会消失在这里？

她要快点到那处水面，快点找到肖珏。林双鹤还在济阳，如果快些找到的话，也许还有救。这世上对她好的人不多，对她最好的这一个，绝对不能死掉。

乌托人太碍手碍脚了，禾晏眉眼冷厉，手中长刀飞舞，看得人眼花缭乱。她步伐不停，只拼命冲向方才炸响的地方。

木夷看着那姑娘的身影，只觉得天地间似乎没有任何东西可以阻挠她的步伐。她身手矫捷如鹰，他不知道女子也能这样。

乌托人扑上来，又被禾晏一一挥开，她就这样一往无前，身后铺着乌托兵的尸体，终于到了水面。

"肖珏——"她喊道。

没有人应答。

"肖珏——"

禾晏弯下腰，试图在水面上捞出什么，可手从水中抬起的时候，只有水流从指缝间流走，什么都不剩。

空空如也。

她有些茫然，茫然到无法分辨心中难以抑制的难过究竟是因为什么。这感觉似是她突然眼盲的那一日，似是她被贺宛如的人按在水中的那一日，即将失去一样很重要的东西，那样的难过。

"肖珏……"她喃喃道。

正在这时，身后突然传来一个人的声音："喊什么？"

她猝然回头，见身披黑甲的青年大步走来，秋水般微凉的眸子里，似有淡淡嘲意。

这岸边至浅水面上，尽是她方才怒火攻心杀掉的乌托人。尸体倒在一旁，皆是一刀毙命。

青年挑了挑眉，目光落在她手中滴血的长刀上，片刻后，似笑非笑地看着她："这么凶啊？"

下一刻，那姑娘突然扑到他怀里，双手死死搂着他的腰，将脸埋在他怀中。

身后的济阳城军都呆住了。

肖珏的身子一僵，神情微恼："你……"

下一刻，他闭上了嘴，只因怀中这副身子颤抖得厉害。她先前跳入水中，里衣已然湿透，铠甲又沉重，搭在姑娘身上，显得格外冰冷，衬得她尤其脆弱。

肖珏忍了又忍，终是忍不住，将她的脸从自己怀中硬拽出来。

"你干什么，我还没死。"他嗔道。

禾晏怔怔地看着他，这人好端端地站在眼前，鲜活的、生动的，就在眼前。

她忽然流下泪来。

肖珏还是第一次见到禾晏流眼泪的模样。

他怔了一下，心中思忖，到底是个姑娘家，平日里再如何厉害，第一次上战场，血肉横飞的模样，终究是有些可怕。不过……上一次她与日达木子对战，反应似乎不如眼前这般激烈。

想了想，肖珏终于还是皱着眉头，放缓了声音安慰道："已经没事了，别哭了。"

他看了看周围，崔越之那头的人已赶过来，而乌托兵只剩下残兵败将垂死挣扎，不足为惧。

"都督！"飞奴赶了过来，看向禾晏，亦是愣了一下。

"你还要站在这里哭多久？"肖珏头疼。

禾晏飞快地抹了一把眼泪，知晓方才是自己失态了，转身道："啊，刚刚沙子眯了眼，现在没事了，收个尾吧！"

这理由烂得让人觉得敷衍，肖珏也懒得揭穿她，在她转身往回走的时候目光一顿，突然间，一把攥住禾晏的胳膊。

"怎么了？"

肖珏没说话，只看向她背后。禾晏顺着他的目光看过去，见从自己腰间，慢慢地流下几点血珠，没入了河水中，只留下了一线血迹。

她怔住，迟钝了许久的痛觉似乎这时候才回来。大概是方才惊怒之下冲进乌托兵中，只攻不守，被乌托人钻了空子受了伤。她又急于去找肖珏，竟没发现自己何时挂了彩。

禾晏将铠甲整了整："可能被割伤了，等下回去包扎一下就好了。"

"你现在回去找林双鹤。"肖珏道，"这里不需要你了。"

乌托人大势已去，玛喀已经身死，河面上数千只大船正燃烧着熊熊火焰，剩下的残兵，济阳城军足以应付。不过禾晏没有让手下行动，自己歇息的习惯，就道："不必。只是些小伤而已。"

肖珏脸色微冷，拧眉看着她。

"真的不必。"

穿着暗色铠甲的年轻男人看着她，微凉的眸光里似是含刀，语气也是淡淡的："你不知道疼吗？你没有痛觉，不会喊疼？"

禾晏察觉到他似乎有些生气，她下意识地回答："……不疼。"

青年眼中掠过一丝极淡的嘲讽，平静地看着她："你是不疼，还是不敢疼？是觉得没必要，还是不需要？"

说完这句话，他就松开手，转身走了，没有再回头看禾晏一眼。

"这是发的哪门子脾气。"禾晏站在原地，半晌，小声嘟囔了一句，"又没有人教过我，也没有人哄过我呀。"

她跟了上去。

……

战争结束得比想象中早。

从乌托人的兵船进了运河，到风来火攻，再到清理剩余的残兵，只用了两日。

其中固然有济阳城军的英勇和肖珏指挥布阵的奇巧，最重要的，还是那一场东风。但凡那场风刮得再晚一些，再短一些，都不会是这个结果。

东风刮得火势不停，将数千只乌托兵船埋葬在济阳城外的运河之中。无数济阳城民跪下朝着运河的方向磕头祈祷，泪水涟涟："多谢水神娘娘庇佑，多谢封云将军用兵如神，多谢天佑济阳，天佑大魏。"

朝霞染遍了整个河面，将浸满了鲜血的河水染成了金红，壮丽得惊心。

岸边剩下的济阳城军卸下盔甲，坐在地上，怔怔地看着日出的方向，满是血污的脸上，是如释重负的欣慰。

济阳城，守住了。

崔府里，禾晏坐在榻上，看着林双鹤给她熬药。

"林兄，这里交给翠娇就好了。"禾晏道，"不必劳烦你。"

林双鹤坐在炉子边，边扇扇子边道："小丫头知道什么，我这药寻常人煎，煎不出药效，还得我自己来。我说禾妹妹你也是，身上挂了那么大一条口子自己不知道啊？难怪怀瑾这么生气，你要是死在这儿了，让人多自责呀。"

"也没有很大的口子，就巴掌长嘛，又没有伤及要害。"

真正作战的时候，只要还能走、能打，不伤及性命，都是轻伤。

"妹妹，你什么时候才能想起来你是个姑娘？我在朔京城给别的小姐看病，有时候人家就为身上一指甲盖那么大的胎记都能寻死觅活。你这伤口让她们看，能把人吓死。"

他揭起药罐盖子看了看，又把盖子放下，拿帕子握着罐柄拿起来药罐，放在一边的桌子上。

"且不说有没有危及性命，也不说你是不是特别能忍疼，但是你不爱美吗？"他从一边取来干净的药碗，将罐子里的药汁倒进去，"你就不怕日后的夫君嫌弃？别怪我话说得刺耳，但女孩子嘛，讲究这个很正常。"

禾晏靠着榻，看着他的动作，笑道："我又不打算成亲。"

"为何？"林双鹤的动作一顿，看向她，"你年纪轻轻的，生得又不差，性情也直爽可爱，既无甚疑难杂症，怎么就不打算成亲了？"

"成亲多没意思，"禾晏叹道，"就在一个宅子里，走来走去都是那些地方，还不如住在军营里。"

"你这想法比较奇特。"林双鹤将倒好的药汁放在一边凉着，"等你日后遇到了喜欢的人，就不会这么想了。"

"就算遇到了我喜欢的人，我也不会成亲的。"禾晏道。

林双鹤眯起眼睛："禾妹妹，你该不会已经有意中人了吧？"

"没有。"

她答得爽快，林双鹤心中却疑窦顿生，禾晏好端端的，说出这等沮丧的话，以他多年在女子堆中摸爬滚打的经验来看，能让一个女子年纪轻轻就说出"不想成亲"这种话来，绝大多数可能是遭遇了情伤。

禾晏一直在凉州卫里，成日舞刀弄棍，哪儿来的情伤？

他心中一凛，莫非真是喜欢上了楚子兰？又因楚子兰和徐娉婷的关系，深知无法和楚子兰结为夫妇，这才心如死灰？

但这样的话，肖珏又怎么办？

林双鹤一时间，觉得情况十分严重。

禾晏见他发呆，问："林兄，你可有见着我师父？"从战争开始到结束，禾晏都没看到柳不忘。

林双鹤道："那一日早上柳师父是和崔中骑一道走的，崔中骑忙着料理伤兵，还没回来，柳师父应该和他在一块儿吧。"

禾晏点了点头，心中却有些不安。

林双鹤走到禾晏跟前，从袖中摸出一个圆盒子，放到禾晏枕边："这是我们家秘制的祛疤膏，用在身上，不敢说完全恢复，恢复个七七八八还是可以的。"

禾晏的伤已经由济阳城的医女包扎过了，此刻闻言，拿起来一看，只见圆圆的盒子上写着"祛疤生肌"四个字，格外眼熟。仔细一回想，之前在凉州城里与丁一交手受伤，回到凉州卫，沈暮雪给她送药的时候，药盘里也放了这么一盒。这药祛疤效果极好，伤痕如今已经很淡了。

"这是你们家秘制的？"禾晏问。

林双鹤稍有得色："准确说来，是我秘制的。"

"这个是不是很贵？"

"禾妹妹，你怎么能用钱来衡量药的价值呢？这药我不卖，是我专门为怀瑾配的。他平日里动辄受伤，回头肖如璧看见又得心疼。配点祛疤药，肖如璧看不出来，心里好受些。"

为了让自家大哥放心？禾晏心道，肖珏倒还挺谨慎。可她明明记得是沈暮雪拿给自己的，禾晏问林双鹤："你这药没有为其他人配过吗？比如别的姑娘？"

"你这是何意？"林双鹤奇道，"这药我就只给怀瑾做了，做得也不多，只有几盒。还不是看在妹妹你和我关系好的分上，我才给你一盒。你也别告诉旁人，这药做起来费劲儿。"

禾晏："……好。"

"那你慢慢喝药，喝完药再休息。"林双鹤满意地摇了摇扇子，这才离开了，禾晏看向手中的药盒。

肖珏给她的？

伤兵都安顿下来，死去的战士被一一写入册子。济阳城军本来就不多，此战一过，所剩无几。

崔越之带着身后的兵清理战场，他满脸血污，头上破了口，用白布草草包扎了一下。

远远看见肖珏前来，崔越之忙上去，道了一声："肖都督。"

肖珏比他年轻得多，他却再也不敢小看面前的青年。这一次如果不是肖珏在，十五万乌托兵，济阳城无论如何都是守不住的。能够险胜，固然有运气的成分，但更多的，还是这位福将。

"战场已经清理过了。"崔越之道，"等乌托兵那边的伤亡计数好，就可以回王府跟殿下报明情况。殿下会将此次战役前后写成奏章，上报朝廷。都督对济阳城的救命之恩，济阳城百姓莫不敢忘。"

肖珏往前走："不必感谢，谢他们自己吧。"

崔越之有些感怀，正要说话，忽然有人过来，是崔越之的下属。对方看了一眼肖珏，神情犹犹豫豫。

"何事？"崔越之问。

"中骑大人，我们……我们找到了柳先生。"

自从开战后，柳不忘就没有与他们在一处。崔越之正担心着，闻言急道："在什么地方？"

"就在葫芦嘴前面的林岸上。"下属诺诺道，"柳先生……"

崔越之一颗心渐渐下沉，看向肖珏。肖珏垂眸，半晌，平静开口："带路。"

柳不忘死在阵法中央。

他死得很惨，身上七零八落全是伤口，最致命的是胸前一处刀伤，从后到前，贯穿了整个心口。他临死前嘴角向上，没有半分不甘怨憎，好似看到了极美的事情，非常平静。

四周还倒着许多死在他剑下的乌托人。密林深处也有尸体，崔越之看了许久，迟疑地问："奇门遁甲？"

肖珏："不错。"

崔越之肃然起敬，如今会奇门遁甲的人，已经不多了。柳不忘在此布阵，杀了不少乌托人，替他们争取了不少时间。若不是前面柳不忘撑着，等不到风来，那些乌托人上了葫芦嘴，一旦进城，大开杀戒，后果不堪设想。

柳不忘谁也没告诉，自己在前挡了这样久，连死了都没人知道。

他的剑就落在身边，琴被摔得粉碎，白衣早已染成血衣。

肖珏蹲下身，将柳不忘被乌托人拽得不整的衣裳慢慢整理好，又从怀中掏出手帕，替他擦去脸上的血污。

做完这一切，他才看着柳不忘的脸，低声道："带他回去吧。"

禾晏在崔府里待到了傍晚。

崔越之的四个姨娘轮番来看望她，好不容易打发走了姨娘，外头又有人来报："老爷回来了！都督回来了！"

禾晏精神一振，下床穿鞋往外走。崔越之和肖珏回来了，柳不忘定也回来了。但见崔越之才走到门口，就被四个姨娘团团围住，尤其是三姨娘，抱着崔越之哭得撕心裂肺，听得人鼻酸。

真是好能哭。禾晏正想着，就见肖珏越过崔越之往自己这头走来。他还没来得及脱下铠甲，风尘仆仆，走到她面前，微微蹙眉："谁让你出来的？"

"本来就没什么大事。"禾晏拍了拍手，"连林兄都觉得是你们小题大做了。对了，都督，你有没有看见我师父？"

肖珏闻言，眸光一动，落在她的脸上。

那双微凉的黑眸里，掠过一丝极浅的怜悯，似无声的叹息，落在人心头。

禾晏的笑容慢慢收起。

她问："出什么事了吗？"

肖珏道："你去看看他吧。"

禾晏整个人都僵住了。

柳不忘睡在房间里的榻上，衣裳被人重新换过，除了脸色苍白了一点，他看起来就像是睡着了。

禾晏的眼眶一下子红了。

她走到柳不忘身边，握住他的手。

柳不忘的手很凉，不如当年从死人堆里将她拉起来时的温暖。他原先睡得很浅，只要稍有动静就会醒来，如今她在这里叫他师父，他也不为所动。

禾晏轻轻将柳不忘的衣裳往下拉了拉。衣裳是被重新换过的，想也知道，他身上受了伤。但禾晏没料到，伤口竟然如此之多。那些乌托人在柳不忘手中吃了个大亏，自然要百倍奉还。柳不忘体力不支的时候，便争先恐后地要在这战利品上再划上一刀。

他的身体，支离破碎。然而神情却又如此平静，仿佛只是在花树下睡着了，做了个美梦而已。禾晏的目光落在柳不忘手上，他的手攥得很紧，禾晏默了一刻，用了点力气，将他的手指掰开，瞧见了他藏在掌心里的东西。

那是一只银色的镯子，看起来做工很粗糙，似乎是多年前的旧物，大概是被日日把玩珍藏，一些雕刻的痕迹都被磨得不甚明显，却也还能看到，镯子的边缘刻着一圈小小的野雏菊。

这是柳不忘在生命尽头也要保护的东西。他无儿无女，又只收了自己这么一个徒弟，一生走到尽头，除了一张琴、一把剑和这只银镯子，什么都没留下。

空空茫茫，干净利落。

禾晏的喉咙哽咽得说不出话来，久别重逢，就要天人永隔。她拼命忍住眼泪，一方手帕放在了她面前。

"想哭就哭。"肖珏道，"我在外面，不会有人进来。"

他的声音很轻很淡，带了一点不易察觉的安慰，不等禾晏说话，就转身出了门。

门在背后被关上，门后传来女孩子的哭声，一开始是压抑的啜泣，紧接着，似是抑制不住，哭声越来越大，越来越响亮，到最后，如同讨不到糖吃的孩子，号啕大哭起来。

哭声传到了隔壁屋里的卫姨娘耳中，她站起身，有些不安地绞着帕子："我要不还是去看看吧？"

"别，"二姨娘摇了摇头，看向窗外，青年负手而立，站在门前，如守护者，"这种难过的时候，非你我二人可以安慰。"

"让他们自己解决吧。"

屋子里的哭声不知道是什么时候停止的。又过了许久，门"吱呀"一声开了，有人从里面走了出来。

肖珏侧头看去。

走出来的姑娘眼泪已经被擦干净了，除了眼睛有点红，看不出有什么问题。

"都督，谢谢你替我守门啊。"她道。

肖珏蹙眉看向她。

禾晏回望过去："看我做什么？我脸上有脏东西？"

"难看。"

"什么？"

"你骗人的样子，很难看。"他的眸光带着一种洞悉一切的了然，沉声道，"我说过了，想笑的时候可以笑，想哭的时候也可以哭。总好过你现在装模作样。"

这话说得委实不算好听。

禾晏愕然片刻，反是笑了，她道："不是装模作样，只是……也就只能这样而已了。"

柳不忘已经死了，这是不可能更改的事实。她可以为柳不忘的死伤心难过，但总要往前看。人不可以对着每一个人诉说自己的苦楚悲伤，这样只会令人讨厌。有些痛苦的事情，放在心里就行了。若是时时对着旁人哭丧着脸，久而久之，旁人厌恶，自己也走不出来。

她的经验告诉自己，再难的事，都会过去的。

只是……

"你知道吗？"她叹息一声，"这世上对我好的人，原本就不多，一只手就能数得过来。

"现在，又少了一个。"

柳不忘的遗体才刚刚带回来，还没来得及商量入葬的事，就有人过来通知肖珏：王女殿下派去的人已经找到了柴安喜。

肖珏带着林双鹤即刻赶往王府。

到了王府殿厅的时候，穆红锦正与手下说话，见到肖珏二人，微微摇了摇头，道："他快不行了。"

二人进了屋，见屋中榻上躺着一人。这人心口处中了一箭，正在往外不住地冒血，一个大夫模样的人正替他按着伤口。林双鹤让那人出去，自己坐在榻边，摸了一下脉搏，对着肖珏摇了摇头："没救了。"

他到底只是个大夫，和阎王争命这种事，也要看一点运气的。伤成这个样子，不可能救得活。林双鹤从怀中掏出一个药瓶，倒出一颗药丸，喂进柴安喜嘴里。

不多时，榻上的人费力地睁开眼睛。

林双鹤起身："时间不多，你有什么要问的尽快问。"他拍了拍肖珏的肩，自己出去了。

柴安喜迷迷糊糊地抬起头，待看到肖珏的脸时，那双已经黯淡的眸子忽然迸出一点光来，他喘了口气："……二少爷？"

肖珏漠然盯着他。

"二少爷，"柴安喜有些激动，可他一说话，便从嘴里吐出一大口血来，他问，"您怎么在这里？"

"我是来找你的。"肖珏在榻前的椅子上坐下来，声音平静，"五年了，现在我应该可以知道，当年鸣水一战，到底发生了何事。"

柴安喜一愣，半响没有说话。

肖珏少年时候，经常看见柴安喜。柴安喜是肖仲武手下的副兵，他身手不算最好，性情却最忠厚老实。偶尔柴安喜替肖仲武办事，在府上看见肖珏，总是憨厚地一笑，叫他："二少爷！"

但如今躺在榻上的柴安喜，看上去像个老人。头发白了大片，脸上还有一块烧伤的痕迹。他的身材也变得极瘦小，而看向肖珏的目光，再无过去的慈爱，和着悔恨、心虚、痛苦或是还有别的什么。

复杂得让人心惊。

他苦笑了一声："二少爷，其实你都知道了吧。"

肖珏没说话。

"将军是被人害死的，这个人……也包括我。"

肖珏猝然抬眸，袖中的手指蓦地攥紧成拳。

"你也知，"柴安喜话说得很艰难，"将军一直不满徐相私权过大，偏偏陛下一直对徐相信任有加。将军提醒陛下要多加提防徐相生出祸心，徐相早已对将军暗恨有加。

"当今太子暴虐懦弱，与徐相一党一丘之貉，早已看不惯将军，他们二人忌惮将军手中兵权，本想嫁祸污蔑，奈何将军一生清白，找不出漏洞。太子和徐相便联手，与南蛮人暗中谋划鸣水一战。鸣水一战中，南府兵里有内奸，将军腹背受敌，才……不敌而亡。"

肖珏看向他："内奸指的是你吗？"

柴安喜的神情痛苦起来："对不起，二少爷……对不起，他们拿我娘威胁我，我娘已经七十岁了，我……我答应了他们，把将军的布防图抄了一份给了他们……不止我一人，当时的南府兵里，将军的亲信中，亦有别的人叛变。他们拿妻儿老小相逼，我当时……我当时猪油蒙了心，就答应了。"

"你为什么来了济阳？"

"徐相……徐相岂能容下知道真相的人活在世上？当时叛变的几位，都在鸣水一战中被灭口了。我侥幸逃脱，本想带着母亲逃走，谁知道回到家中，母亲已经病逝……徐相的人四处搜寻我的下落，我曾听将军说过，济阳城易出难进，最易躲藏，就用了些办法，隐姓埋名，藏在济阳。"

"二少爷……其实我想过去找你，可是一出济阳城，我的消息就会传出去，徐相不会让我活着见到你。所以我只能等，我知道倘若二少爷还活着，终会有一日找到我。"他的眼角渐渐渗出泪水，"你找来了，太好了……二少爷，你长大了，如果将军还在，看见你如今的模样，会很欣慰的。"

肖珏看着他的眼泪，面上并无半分动容，只道："是谁要杀你？"

"我不知道。"柴安喜茫然地开口，"早在二十日前，我在翠微阁时，就有人想要杀我，夜里放了一把大火，我逃了出去。脸上的伤就是那时候留的。后来我一直藏着，直到……直到乌托人来到济阳，我知道了二少爷的消息，想要来找你，半路上被人追杀……"

他已经不是当年肖仲武手下的力士了，这么多年，年纪、身手不能和当年相比，又因那一场大火，旧伤在身，轻轻松松就被人伏杀。所幸还留着一口气，能活着见到肖珏，能看一看肖珏长大的模样，能将心底的愧疚和悔恨一一说出。

　　"我……我没有什么能够帮得上二少爷的，说这些，也就是求一个心安而已。我欠将军的、欠夫人的、欠大少爷二少爷的、欠兄弟们的，这辈子也还不清。"他像是在哭又像是在笑，"等到了地下，我会亲自向将军磕头谢罪……"他的声音戛然而止，眼睛还睁着，却再也没了亮光。

　　他死了。

　　肖珏静静地坐着，垂眸不语，片刻后，站起身来，走出了房门。

　　柴安喜死了，鸣水之战的最后一个知情人也没有了。他无法将一个死人带回朔京作为人证，而柴安喜也没有留下任何可以作为证据的东西。

　　来这一趟，也不过是证实了他一开始就猜测的一些东西而已。

　　穆红锦和林双鹤在外等着他，看见肖珏出来，穆红锦道："我的手下找到他的时候，他正被人追杀，被救下来的时候已经受了重伤。我让城里的大夫暂时帮他止血……"穆红锦看向肖珏，微一皱眉，"他死了吗？"

　　肖珏："死了。"

　　她叹息一声，没有说话。

　　找了这么久，最后人是找到了，却死了，就差那么一点点，未免可惜。

　　林双鹤问："怀瑾，你之后打算如何？"

　　肖珏沉默了一会儿，才道："柴安喜已经死了，济阳兵事已平。过几日出发回凉州。"

　　"要走了吗？"穆红锦有些不舍，"你们在此也并没有待多长时间。不如等小楼回来之后再走？"

　　肖珏道："有别的事做。"

　　如此，穆红锦也不好再挽留，笑着开口："不管怎么说，此次济阳城能保住，多亏了肖都督。本殿会写奏章上达天听，陛下定会嘉奖赏赐。"

　　"不必。"肖珏转身往前走，他似是对这些事兴趣不大，生出几分不耐。林双鹤挠了挠头，解释道："怀瑾这会儿心情不好，殿下勿要跟他一般见识。"

　　穆红锦摇头。既是济阳城的功臣，无论如何，她都心存感激。

　　"对了，"似是想到了什么，肖珏步子一顿，没有回头，声音微沉，"殿下可知道，柳先生不在了？"

　　穆红锦神情僵住。

　　崔府里，屋中，楚昭正用小炉煮着茶。

他神情悠淡，动作耐心，应香将帕子递给他，他握着壶柄，将茶壶提起放到了桌上。

"柴安喜应该不行了。"应香轻声道。

"能在济阳拖了五年才死，柴安喜也算是个人才。"楚昭微微一笑。

"可是四公子，"应香不解，"为何不直接杀了他，反而要故意留着他一口气，让他见到了肖都督，将真相说出来，岂不是暴露了相爷？"

"就算他不说，肖怀瑾也早就猜到了幕后之人是谁。"楚昭不甚在意地一笑，"说出来，不过是让他更放心而已。柴安喜在他面前落气，他也就会更恨相爷。肖怀瑾对相爷的威胁越大，相爷也就会更看重我。毕竟，没有人比相爷更明白，什么叫制衡之道了。"

"再说，这里是济阳，既无人在身边，怎么做，那就是我们自己的事。"他淡淡道，"减一把火或者增一把火，都在我们自己。"

应香点头："奴婢知道了。那四公子，现在柴安喜已经死了，相爷交代我们的事也办到了，之后我们是要回朔京吗？"

"不，"楚昭道，"有一件事我很好奇，所以我决定，先去凉州卫。"

"凉州卫？"应香惊讶，"那可是肖都督的地盘。"在凉州卫，楚昭绝对讨不了好处。

"所以在肖怀瑾的地盘上抢人，那就很有意思了。"

茶杯里的茶叶上下浮沉，他看着看着，慢慢轻笑起来。

回去的时间定在两日后，等柳不忘入葬后，禾晏与肖珏几人就要出发回凉州卫了。

此次来到济阳，有诸多快乐的地方，也有许多难过的苦楚。最遗憾的，莫过于刚刚与故人重逢，便要永别。

禾晏一反常态地沉默起来，在屋子里收拾行李。其实行李本就没有几件，林双鹤出钱在济阳的绣罗坊为她置办的那些女子衣裳，禾晏都没办法带回去。她一个"大男人"，随身带着女子衣物，大抵会被人用奇怪的眼光看。所以那些衣裳首饰鞋子，禾晏全都送给了崔越之的四个姨娘。只是打包收拾的时候，看着看着，也会有些不舍。

枕头下还放着一个面人。面人不如刚做出来的时候颜色艳丽了，有些暗淡，面团也渐渐发干，禾晏将它拿起来，放在眼前仔细地看了看。

红色的裙子，黑色的小靴，言笑晏晏，是陌生的样子，也是她的样子。

一早就知道，买下这东西，是不可以带回凉州卫的。但真的要留在这里，禾晏又不舍得。仿佛面人存在的地方，就是记忆存在的地方。将它留在这里，就是将济阳的记忆抛弃。

但其中或心酸或快乐的记忆,她并不愿意舍掉。

"不想带回去?"肖珏坐在桌前,瞥了她一眼。

禾晏叹气:"带回去怕被凉州卫的人发现,露了马脚就不好了。"

肖珏扯了下嘴角:"你不是很会骗人,怎么连个借口都找不到?"

"小心驶得万年船。"她一边说,一边却死死地将面人的木棍捏在手上,舍不得放开。

肖珏嗤道:"你可以说,买回去送给未婚妻。"

禾晏一怔,看向他:"这也行?"

"你不是玉洁冰清,为未婚妻守身如玉,如此痴情,自然走到哪里都心心念念。买个纪念的面人回去送,有何不可?"

这一说倒是提醒了禾晏,也是,她还是个有"未婚妻"的人,便将面人拿起,放进了包袱中,对肖珏赞道:"都督,我现在发现,论骗人,你才是真正的高手。"

肖珏放下手中的军册,看向她,微微扬眉。

"我随口一说,勿要放在心上。"禾晏叹了口气,"只是在济阳待久了,要回凉州卫,还有些不舍得。"

这样温柔的水乡、纯朴的百姓,来了自然会生出眷恋。此生不知道有没有再来的机会,可纵然是再来此地,也不知道又是多少年后。

"你想留下?"肖珏问。

禾晏点头,又摇头:"不。我喜欢这里,但还有更重要的事要做。"

倘若她没有那些恩怨,单纯地以"禾晏"这个身份长居此地,自然求之不得。可她尚有恩仇未断,就算有再美的风景,也不可停留,需得一直往前走。

"你是指建功立业?"他声音微带嘲意。

禾晏笑笑:"算是吧。不过都督,你之前答应过我,只要随你来济阳城办事,就会让我进南府兵,可还说话算话?"

肖珏:"作数。"

禾晏高兴起来,至少她离自己的目标又近了一点点。

肖珏垂眸,掩住眸中深意,再抬起头来时,神情已经恢复平静。正要说话,有人在外面敲门,是翠娇的声音:"夫人。"

"进来。"

翠娇走了进来,手里捧着一件叠得整整齐齐的衣物,先是看了一眼肖珏,神情有些为难。

"怎么了?"禾晏问。

261

"隔壁的楚四公子……让奴婢将这件衣物送还给你,说多亏了夫人的衣裙庇护,得以全身而退,感激不尽。"

禾晏想起来,楚昭替她送穆红锦的衣物时,禾晏曾将那件"刀枪不入、水火不侵"的鲛绡纱裙子送给他,让他当作铠甲披上。若非他叫翠娇送还,禾晏都快忘记了。

接过那件鲛绡纱,禾晏想了想,放在了桌上,回到凉州卫她也是男儿身,这衣裙用不上了,也留给崔越之的小妾们好了。

甫一放好,对上的就是肖珏微凉的眸子。

青年侧头看着她,平静道:"我买的衣服,你送给楚子兰?"

"也不是你买的嘛,"禾晏实话实说,"这不是林兄付的银子吗?"

肖珏神情漠然。

禾晏意识到这人是生气了,想想也是,他和楚子兰是死对头,自己却将他选中的东西给楚子兰,自然会心中不悦。

她想了一下,主动解释:"当时我让翠娇送王女殿下的衣物给我,楚兄怕翠娇一个小姑娘出事,自己过来送了。我看他一个大男人手无缚鸡之力,又在运河边上,若是遇到了乌托人,两刀就能被砍死。绣罗坊的小伙计不是说了嘛,这裙子刀枪不入、水火不侵,我有铠甲不怕,就把这裙子当铠甲送给了他。"

当时情况太乱,禾晏都忘记了这衣裳是女装,她给楚子兰,只怕楚子兰也不会穿。

"楚兄?"肖珏缓缓反问。

禾晏后退一步,知道这话又说错了:"楚四公子,楚四公子。"

他冷笑一声:"我看你和楚子兰很熟。"

"不,也不是太熟。"禾晏正色道,"萍水相逢而已,日后也不会再见到了。"

"我再提醒你一句,"年轻男人眉间微有不耐,声音冷淡,"你要喜欢谁都可以,喜欢楚子兰,就是不知死活。"

两日后,柳不忘入葬。

依照济阳的风俗,人离世后,棺椁送上木船,入水葬。木船又叫"载魂之舟",因济阳靠水,济阳人认为,水神娘娘会用船只,载着人的灵魂驶向彼岸。

禾晏去送柳不忘最后一程。

柳不忘躺在木棺中,神情十分平静。禾晏将手中的花放在木船上。

她与柳不忘的师徒情谊,尤其短暂。是柳不忘将她从死人堆里拉出来,教她刀剑弓马,他教的奇门遁甲与禾晏学过的兵书结合在一起,从此改变了禾晏的一生。

如果没有当年柳不忘对她伸出的那只手,她大概早就死在漠县的沙漠中。再遇到柳不忘,本以为是上天恩赐,可这缘分如昙花一现,极快地消逝了。

禾晏恨自己没有与柳不忘多说些话,如今留下诸多遗憾。她还没来得及问柳不忘当年与穆红锦究竟是怎么回事,也没来得及问他这些年又走过了什么地方。她也没有机会对柳不忘吐露自己的心事,那些拿捏不定的烦恼。她一生中,长辈缘似乎不太好。于父母亲戚的缘分,更是单薄得要命,柳不忘亦师亦父,如今也离开了。

人间的遗憾事,总多过圆满。

"殿下。"禾晏听到身后的崔越之开口。她回过头,见穆红锦走了过来。

她没有穿那身红色的袍服,换了一身黑色,长发梳成辫子盘起,头戴金冠,仍如从前一般美艳强大,但神情之中又多了一丝茫然。这令她看起来仿佛是个迷路的孩子,竟显出了些脆弱。

禾晏让开,穆红锦走到了木船前。

船上的男子,陪葬品只有一把剑和一张琴,他下山的时候就是这样清俊出尘,离开尘世时,亦是不染污浊。白衣少年纵然老了,也仍是少年。

穆红锦怔怔地看着。

肖珏说柳不忘不在的时候,她一开始是觉得不可置信,其次便觉得可笑,再然后,巨大的茫然袭来,教她难以相信这件事已经发生了。

但发生了就是发生了,很多事情,本就不会以人的意志为转移。而她也不再是不知事的小姑娘,只要将头埋在枕头里,骗自己说不相信就可以了。

所以她来了。

柳不忘是为了保护济阳城而死的,他死前布阵在葫芦嘴前的河岸上,以一当百当千,没有告诉任何人。

他还是一如既往,什么都不肯说。

这是她一生中,唯一爱过的男人。纵然柳不忘心中另有她人,他们也早已决裂多年,但终究是牵挂,他死了,穆红锦仍然会伤心。

"殿下。"禾晏想了想,走上前去,摊开掌心,"可认识这个?"

穆红锦缓缓转过头,见禾晏手中躺着一只银色的镯子。镯子被磨得光滑温润,依稀可见边缘刻着一圈细小的雏菊。一瞬间,过去的画面充斥在脑中,似乎有老妇慈祥的声音落在耳边。

"这个叫悦心镯,送一个给心上人戴在手上,一生都不会分离。"

"柳少侠,快送我一个!"

"她不是我心上人。"

穆红锦愣愣地看着眼前的镯子，只觉得喉咙发紧，哑声问道："你怎么会有这个？"

"师父临死前，手中一直紧攥着这只镯子。我想，这应该对他很重要。"禾晏看向穆红锦，"这可是殿下的手镯？"

穆红锦接过禾晏手中的镯子，喃喃道："我不知道。"

她怎么会知道呢？当年那些玩笑话，早已落在记忆深处，都不敢拿出来回忆。她已经当面得知柳不忘不喜欢自己，如今这镯子却又清清楚楚明明白白地告诉她，原来柳不忘的心中，有过自己？

她怎么敢信？

她怎么可能信？

禾晏的心中，亦是浮起一阵无力的悲哀。柳不忘已经走了，谁也不知道当年之事究竟如何，可她还是想为柳不忘辩解一番。

"殿下，我总觉得，当年之事，您与师父之间，或许有诸多误会。"禾晏道，"只是人如今已经不在了。如果殿下认识这只镯子，这只镯子就请殿下代为保管。倘若殿下觉得为难……就将它放回木棺。"

"但我想，"禾晏轻声道，"如果师父还在的话，他会希望你留着。"

一只没有送出去的银镯，一句迟来的解释，一句坦诚的告白，这大概是他生前最遗憾的事了。

可遗憾又有什么用，人死了，与之相关的所有恩怨，不管愿不愿意，甘不甘心，都烟消云散。故事到这里就结束了。

穆红锦看着掌间的银镯，片刻后，慢慢攥紧掌心，低声道："我知道了。"

禾晏看她的样子，是要将镯子收起来了，心中稍稍松了口气。她能为柳不忘做的实在不多，如今，也只有这一件事了。

木棺合上，船的周围堆满了各色的野花，柳不忘从春日里下山，如今，又要回到春日里去。河水清凌凌地推着小舟向前，越来越远，渐渐消失在群山之间的碧涛中。

"彼岸到底是什么呢？"禾晏低声喃喃。

可这谁能知道？就如当年柳不忘下山遇到穆红锦，对卖花的妇人嘴里所说的"一生一世"嗤之以鼻。

当年只觉一生漫长，可原来见过几个人，听过几首曲，几次相遇几次别离，一生也就过去了。

柳不忘的丧事完毕后，禾晏一行人就要启程回凉州卫了。

崔越之来送他们，站在崔府门口，叫人不断地往马车上搬东西。

"这都是济阳的特产，你们多拿一些回去。凉州可没有这些。"

林双鹤拿扇子支着脑袋，道："这烤兔子就不必带上了吧，油腻腻的，马车上也不方便啊。"

"带着，"崔越之很坚持，"你们拿着路上饿了吃，钟福，"他叫管家过来，"杏子准备好了没有？"

"好了。"钟福提着一布袋红杏过来，"都洗得干干净净，路上都督和姑娘吃两个，又解渴又好吃。"

禾晏："……"不知道的以为他们踏青呢。

真是盛情难却。

"真的够了，崔大人，"禾晏笑道，"再多装点东西，我和都督就没地方可坐了。"

崔越之看了看被塞得满满的马车，终于罢手，笑道："好吧，那就罢了。你们在我崔府待的时间太短了，时间长一些，我定带你们逛完整个济阳城。"说到此处，又郑重其事地对肖珏与禾晏俯身行了一记大礼，"此次济阳城之难能解，多亏了肖都督和禾姑娘，还有柳师父。此大恩大德，崔某没齿难忘，济阳百姓也会记着你们的恩情。此生若是有用得着崔某和济阳城的地方，崔某和济阳百姓定赴汤蹈火，在所不辞。"

"禾姑娘以后若是有机会，一定要多来济阳城玩儿呀。"说话的是崔越之的四姨娘，她笑眯眯道，"下一次待的时间长些，妾身们给您做好吃的。"

二姨娘看向肖珏，笑盈盈道："肖都督也是。"

卫姨娘瞪了她们二人一眼，上前拉住禾晏的手，嘱咐道："路上小心。"

禾晏笑着点头。正说着，外头有人来传话："中骑大人，木夷带着人过来了，说来与禾姑娘道别。"

肖珏挑眉，禾晏问："跟我道别？"

木夷带的人，正是当时与禾晏一同去给乌托兵船放火的人。五十人里，因战争去世的有二十来人，此刻，这剩下的二十几人听说禾晏要走了，随着木夷一道来与禾晏道谢。

"多亏了禾姑娘，"一名年轻人挠了挠头，"临走之前，兄弟们打算一起来给禾姑娘道声谢。"

木夷从怀中掏出一个木头做的框子，递给禾晏："这是大伙儿送给禾姑娘的礼物。"

禾晏接过来一看，这是一整块木头雕刻成的木头画，上头刻着一片火海中，船头站着一位身披铠甲的年轻女子，这女子手持长鞭，长发在脑后高高束起，英姿飒爽，十分亮眼。

禾晏看了半晌，迟疑地问道："这是……我？"

"是的。"又有人道，"咱们一起凑了些银子，找了济阳城里最好的工匠给刻出来了。不过还是没刻出禾姑娘的神韵，禾姑娘用鞭子打沉乌托兵船的时候，可比这画上刻得神武多了！"

"就是，这画不及禾姑娘本人貌美！"

"就是就是，禾姑娘这等美貌，神仙都画不出来。"

说到最后，全是一片认真的夸赞之声，夸得禾晏脸红。嗯，济阳男子们的热情，此刻她是感受到了。

崔越之笑眯眯地看着。

木夷看向禾晏，道："禾姑娘非要回凉州不可吗？"

禾晏愣了一下，点头回答："我还有要事在身。"

"这样。"年轻人的眸中顿时闪过一丝遗憾，不过片刻，又盯着禾晏的眼睛，认真地问道，"那日后可还会来济阳城？"

木夷本就生得俊朗阳刚，赤诚又微报的目光落在人身上时，着实令人招架不住。禾晏纵然再后知后觉，面对这样的眼神，也明白了几分。她有些尴尬，又很感动，任谁面对一份诚挚的感情时，都不会无动于衷。

"我很喜欢济阳城。"她笑着看向木夷，"日后若是有机会，一定会再来。"

木夷一怔，挠了挠头，傻乎乎地笑了。

"嘿，"林双鹤摇了摇扇子，凑近肖珏耳边道，"早说了，我禾妹妹这般容色性情，定会讨人喜欢。你看，这么多虎视眈眈的，啧啧啧，你可要把我禾妹妹看好了。"

肖珏嗤笑一声，似是匪夷所思："什么眼光？"

"当然是好眼光了。"林双鹤收起扇子，"你要知道，是金子总会发光的。"

说话的工夫，又有人从府里走了出来，这人一身天青色长袍，清瘦温润，是楚昭。楚昭身边，应香手里提着一个包袱。

"楚四公子？"崔越之愣了一下。

楚昭与肖珏的关系，崔越之已经从穆红锦嘴里知道了。这二人立场不同，穆红锦将他们安排在一处，固然有制衡的道理。说起来，这一次能将乌托人打败，楚昭送来的兵防图也功不可没。

"楚四公子这是要去哪儿？"崔越之问。

"我此次前来济阳，为的就是乌托人一事。此事已了，也该同诸位告别。"他微微一笑，"之前没有告诉崔大人，也是不想崔大人麻烦，这几日运河附近战场清理，崔大人应当也是分身乏术。"

"这话说得他自己很善解人意，我们就很摆谱似的。"林双鹤低声道，"他也太会说话了。"

崔越之笑笑："楚四公子客气了，应当提前说一声，崔某就算再忙，为楚四公子饯行的时间还是有的。不过，"崔越之看向肖珏，"楚四公子今日出发的话，岂不是可以和肖都督同行，这一路上，也不至于过于寂寞。"

肖珏闻言，神情冷淡，连一丝和乐也吝啬装作给予。

禾晏心想，崔越之这客套就有些生硬了。楚昭怕是故意挑的今日，为的就是一起出发吧。

不过，她没想到的是，楚昭闻言，笑道："是啊，正好我们的目的地也是凉州卫。"

凉州卫？

禾晏诧然："楚……四公子怎么会去凉州卫？"

肖珏抬眸，目光落在他身上。

"济阳这头的兵事，我已经写信告诉徐相。"楚昭笑笑，"陛下圣旨下来之前，我会一直留在凉州卫。毕竟济阳之事，楚某也是从头到尾在场的。"

他没有说下去，意思众人却已经明了。

崔越之心中暗暗咂舌，朝廷中的明争暗斗，如今竟已经激烈到了这种程度？难怪会给乌托人可乘之机了。

肖珏闻言，似笑非笑道："楚四公子想住凉州卫，可以。不过凉州卫，本帅说了算。"

楚昭含笑以对。

肖珏没有再理会楚昭，转身上了马车。禾晏看向楚昭的目光亦有不同，这个人……好像是故意的。

故意到了连掩饰都不肯的地步。

她对楚昭行礼道："那楚兄，我先上马车了。"

不等楚昭说话，禾晏就匆匆上了马车。楚昭这般挑衅，肖二少爷心中定然不悦，这个关头，可不能在老虎头上拔毛，要是把肖珏惹毛了，不让她进南府兵，这一趟可真就是白来了。

她匆忙上马车的动作落在楚昭眼中，楚昭愕然一刻，摇头笑了，又同崔越之等人一一告别，才不慌不忙地随应香上了自己的马车。

马车朝城外驶去。

林双鹤撩开马车帘子，看了窗外一眼。济阳城里刚刚经过乌托兵事，不如先前热闹。但大大小小的河流如故，船舫静静漂着。想来过了不了多久，就会回到从前热闹鲜活的画面。

来的时候权当是玩闹一场，真要走了，竟然生出诸多伤感。林双鹤看着看

267

着，便叹了口气。

禾晏手里还紧紧抱着木夷一群人送她的木刻画。手指描摹处，画上的女子，竟有几分女将军的风姿。

肖珏瞧见她的动作，嘲道："现在不怕带回去给凉州卫的其他人看见了？"

先前一个面人就百般为难，纠结万分，如今这么大一幅木刻画，她却如获至宝，再也不提什么"被人发现女子身份就完了"这种话，女子的心思，果真当不得真。

"实在不行我可以说，是送我未婚妻的。这不是都督你教我的嘛。"禾晏道，"那么多人，这么多心意，盛情难却，盛情难却。"

她嘴上谦虚着，目光却透着一股满足，肖珏只觉好笑，眸中掠过一丝笑意，不咸不淡道："挺受欢迎的。"

马车渐渐地远去了。

穆红锦站在岸边，青山重重处，再也看不到载魂之舟的影子。曾经的少年重新归于山川湖海，而她还要继续在这里，在冰冷的殿厅里那个高座上坐下去。

这是她的责任。

"小殿下已经在回来的路上了。"身侧的侍女轻声道，"殿下，我们也回府吧。"

穆红锦点了点头，最后看了一眼长河尽头，转过身去，广袖长袍，威严美艳，腕间似有银光一点，极快地隐没。

不知有哪里来的游者，头戴斗笠，手持竹棍，沿着河岸边走边唱，声音顺着风飘散在江河里，渐渐远去。

"归人犹自念庭闱，今我何以慰寂寞……苦寒念尔衣裘薄，独骑瘦马踏残月……亦知人生要有别，但恐岁月去飘忽。寒灯相对记畴昔，夜雨何时听萧瑟……"[1]

---

[1] 引自苏轼《辛丑十一月十九日，既与子由别于郑州西门之外，马上赋诗一篇寄之》。